D0809041

WITHDRAWN

Seis días

Seis días

Matthew Quirk

Traducción de Santiago del Rey

Rocaeditorial

Título original: *The Directive*

© 2014 by Rough Draft Inc.

Edición publicada en acuerdo con Little, Brown and Company, Nueva York.
Todos los derechos reservados.

Primera edición: noviembre de 2014

© de la traducción: Santiago del Rey
© de esta edición: Roca Editorial de Libros, S. L.
Av. Marquès de l'Argentera 17, pral.
08003 Barcelona
info@rocaeditorial.com
www.rocaeditorial.com

Impreso por LIBERDÚPLEX, s.l.u.
Crta. BV-2249, km 7,4, Pol. Ind. Torrentfondo
Sant Llorenç d'Hortons (Barcelona)

ISBN: 978-84-9918-775-4
Depósito legal: B-20.750-2014
Código IBIC: FF; FHP

Todos los derechos reservados. Quedan rigurosamente prohibidas,
sin la autorización escrita de los titulares del copyright, bajo
las sanciones establecidas en las leyes, la reproducción total o parcial
de esta obra por cualquier medio o procedimiento, comprendidos
la reprografía y el tratamiento informático, y la distribución
de ejemplares de ella mediante alquiler o préstamos públicos.

RE87754

Para Ellen

El cerco policial se estrechaba. Noté que la sangre de la víctima se iba secando en mi piel y me la tensaba como si tuviera escamas. Esa sangre me señalaba como autor del disparo. Sabía que debía levantar las manos y entregarme, confiar mi vida a las leyes que había jurado defender, a las leyes que habían destrozado a mi familia.

O podía entregarme a los asesinos, que aguardaban junto a mí en el coche negro. Mi única escapatoria. Se abrió la puerta trasera. Yo era inocente, pero tenía suficiente experiencia para saber que la verdad ya no importaba.

Asomó una mano para indicarme que subiera.

El único modo de salir era meterse hasta el fondo.

Subí al coche.

Capítulo uno

Cuatro días antes…

«No se te ocurra apostar nunca en el juego de otro hombre.» Es una sencilla norma que aprendí de mi padre. Entonces, ¿qué hacía cruzando un callejón de Manhattan, palpando en mi bolsillo un fajo de mil dólares y yendo al encuentro de una banda de trileros que tenían pinta de haber decidido dejar de atracar a la gente por hoy para limitarse a timarla con las cartas?

Ni idea. Aunque si hubiera sido capaz de pensar con claridad, habría deducido que algo tenía que ver con las ocho horas que me había pasado aquel día examinando vajillas de porcelana, flanqueado en todo momento por mi prometida, Annie, y por mi futura abuela política.

En Bergdorf Goodman hay una pequeña sala de torturas que ellos llaman la «suite de compromiso», donde un vendedor con terno y una serie de señoritas impecables van desfilando ante ti con objetos de lujo, hasta el momento en que una jarra de mil quinientos dólares te parece que tiene un precio razonable.

La abuela, Vanessa, se había ofrecido a colaborar en los preparativos nupciales, puesto que la madre de Annie había fallecido hacía muchos años. Nuestro vendedor, que tenía acento argentino, nos fue mostrando todas las variantes imaginables de bajoplatos, cuchillos, tenedores, platitos, tazas y cuencos.

A Annie las cosas materiales le daban más bien igual (nunca había tenido que preocuparse de eso), pero yo advertía que la abuela la presionaba con todo el peso del apellido Clark, con todas las expectativas de la familia…

La cuarta hora se convirtió en la quinta. Y esa era solo la segunda parada de la ruta del día.

—Mike… —dijo Annie. Mi prometida y su abuela me miraban fijamente. El vendedor y su harén, apostados tras ellas, fruncían el entrecejo como un severo jurado. Me había quedado en las nubes.

—¿No me has oído? —preguntó Vanessa—. ¿Las tacitas las prefieres normales o con pie?

—¡Ah! A mí me basta con algo sencillo —contesté.

La abuela me dirigió una sonrisa, pero sus ojos no expresaban lo mismo.

—Desde luego —dijo—. Pero ¿te parece que esta es más refinada, o que esa otra es un poquitín más… elegante?

Annie no apartaba la vista de mí. Yo haría cualquier cosa para contentarla, pero después de cuatro días en Nueva York, en modo buen chico, o chófer para todo, yendo de una tienda de lujo a otra, se me estaban agotando las energías.

—Exactamente —repliqué.

Annie parecía inquieta; Vanessa, irritada.

—Bueno, ¿cuál? —dijo la abuela—. Era una pregunta.

Un par de años antes, el padre de Annie había lanzado seis pastores alemanes negros (sin cuerdas vocales) para que me mataran, pero la verdad es que el hombre empezaba a parecerme bastante aceptable comparado con Vanessa.

Annie nos miró alternativamente a su abuela y a mí, y luego musitó:

—Mike…

El argentino se retorcía la correa del reloj. La abuela estrujaba un finísimo pañuelo de hilo como si fuese un garrote. De tanto mirar y tanto soportar el resplandor exagerado de los focos de la tienda, yo tenía los ojos completamente resecos y, al cerrarlos, casi sentí cómo me raspaban los párpados.

La posibilidad de perder la chaveta (y de barrer todo el contenido de la mesa de un mandoble) me resultaba atractiva, aunque, seguramente, no era el paso más recomendable.

Me puse de pie chasqueando la lengua.

—Perdón —dije—. ¿Me disculpáis? Acabo de recordar que tengo que llamar a mi contable al cierre de la Bolsa.

Era mentira, pero resultó eficaz. Si algo se consideraba sagrado en la familia de Annie era el dinero. Bastó con esa ocurrencia para liberarme.

Me apresuré a buscar la salida. El argentino me hacía señas; quizá disponían de una zona de reanimación (con un buen solomillo y canal de deportes) para novios abrumados, pero lo que yo necesitaba era el aire de la calle.

Capítulo dos

$\mathcal{H}$abía visto con el rabillo del ojo a los trileros jugando al monte cuando nos dirigíamos a Bergdorf Goodman. Estaban en una travesía llena hasta los topes de basura, a medio camino entre las tiendas con suelos de mármol de la Quinta Avenida y el centro comercial de medio pelo en que se ha convertido Times Square.

Mientras me abría paso por las aceras atestadas, observé a los timadores que se desplazaban entre los turistas. Un carterista exploraba la multitud congregada en torno a un retratista chino. Al otro lado de la calle, unos aspirantes a raperos engatusaban a los transeúntes, les firmaban un CD de diez dólares y recurrían a amenazas nada sutiles para completar la venta. Verme rodeado de tal bullicio y esas diabluras me sentaba bien después de tantas horas de modales postizos y aire acondicionado.

Sin pensar a dónde iba, descubrí que mis pasos me conducían al lugar donde había visto antes el juego del monte. Me sorprendió que todavía siguiera en marcha, aunque ahora se había trasladado al otro extremo de la calleja.

El trilero que manejaba las cartas era un blanco larguirucho, de un vigor enérgico y apremiante. Llevaba una descomunal gorra de los Yankees calada sobre los ojos, y unos vaqueros que le colgaban hasta la mitad del trasero.

A modo de mesa, tenía tres cajas de leche apiladas verticalmente con un periódico encima. Las cartas y el rollito habitual fluían al mismo tiempo: «Los doses pierden y el as gana. A ver quién descubre el pastel, a ver quién descubre la miel».

El tipo me echó un vistazo, pero fingió no advertir que me acercaba. Alzando de modo casi imperceptible una ceja, avisó a los demás que empezaba el juego. Había cuatro jugadores.

Al aproximarme, les hizo señas con disimulo y ellos se abrieron lo justo para que pudiera mirar bien. Jugaron cuatro rondas mientras yo observaba. Las cartas bailaban y el dinero volaba en manos del trilero, pasando de los ganadores a los perdedores. Claro que tampoco importaba. Trabajaban juntos, manejaban el mismo dinero, estaban todos del mismo lado. Así era cómo funcionaba el timo del monte.

Y de ahí que fuese una estupidez arriesgar ni un centavo. Aunque yo conociera sus trucos, habría tenido que vencerlos en su propio juego amañado.

Debería haberme parado a pensar qué demonios estaba haciendo yo, y haber vuelto a Bergdorf's a examinar cucharillas de sorbete de plata legítima.

Pero, en vez de largarme, me metí en el juego. El trilero empezó a provocarme.

—Apueste o circule. Si quiere mirar con la boca abierta, en esa calle ponen *El rey León*. Esto es solo para jugadores.

No le hice caso. Fingí que estaba medio asustado y que aguantaba el tipo, como el clásico primo que trata de aparentar que se las sabe todas. ¡Por Dios, yo tenía la pinta ideal! Había estado tan ocupado esa semana que le había pedido a Annie que me escogiera ella misma unas cuantas prendas para el viaje y me las metiera en la bolsa. Así pues, llevaba un jersey con escote en pico, bléiser azul, pantalones de piel de melocotón y náuticos; supongo que Annie quería convertirme en un niño bien para el encuentro con la abuelita. En fin, tenía pinta de bobo cargado de dinero. Me habría atracado a mí mismo.

El grupo se cerró a mi espalda, empujándome hacia la mesa de juego. «Cerrar las compuertas» se llamaba esa maniobra: una parte del proceso para pescar al objetivo, la primera fase del timo. Había una única mujer jugando y acababa de ganar dos veces. Las apuestas estaban en cuarenta dólares. Una vez que el trilero había echado las cartas, tú ponías tu dinero frente a aquella que creías que era el as de picas; otro jugador podía superarte doblando tu apuesta y optando por otra carta. Sola-

15

mente jugaba la apuesta más alta, con lo que había un solo jugador y una apuesta por ronda. Eso era clave para el timo.

—Ya no quiere aceptar mis apuestas —me susurró la mujer—. Soy demasiado buena. Le he cogido el tranquillo.

Medía un metro sesenta aproximadamente, era rubia y de tez blanca: una criatura de ciudad con una expresión temible en los ojos y un cuerpo difícil de ignorar.

—Ayúdame —me pidió con una mirada de complicidad, y me entregó ochenta dólares en gastados billetes de veinte mientras se pegaba contra mí—. Pon esto en la carta de la izquierda.

Un chico paliducho y con pinta de bobo puso cuarenta en el centro. Yo cogí el dinero de la mujer y lo puse en la izquierda.

—Ochenta —dije.

Cabreado, el trilero miró mi apuesta, volvió la carta —el as de picas— y me entregó ciento sesenta dólares.

El timo del monte tiene sus papeles clásicos: el bomboncito de mi izquierda era el «mecenas» y su papel consistía en proporcionarme una muestra del juego exenta de riesgos para hacerme creer que era posible ganar e impulsarme a poner mi propio dinero. Empujé los billetes que acababa de ganar hacia ella. El trilero la agarró de la muñeca cuando iba a recogerlos.

—¿Qué coño? —masculló—. Ha ganado este hombre. La suerte del novato.

—El dinero es suyo —dije—. Yo he apostado por ella.

El tipo se volvió hacia mí.

—No me venga con rollos de Wall Street, Rockefeller. Si quiere jugar, saque la pasta. ¿O es que se la ha gastado toda para vestirse de marinero?

Increpar al objetivo. Así concluía la parte del espectáculo pensada para pescarlo. Yo me sentía insultado, estaba furioso, ansioso por desquitarme: completamente maduro para el timo.

—La esquina del as está doblada —me susurró la mujer al oído. Ahora ya se colgaba de mí como una chica Bond, insuflándome confianza. La esquina estaba doblada hacia atrás, pero un trilero experto puede doblar y desdoblar una carta a su antojo. Era otro truco para captarme, para convencerme de que no podía perder. Saqué la cartera y puse un billete de veinte.

Observé cómo el tipo mezclaba las cartas, cogiendo dos a la vez y soltando una. Todo el mundo cree que suelta la carta de debajo, pero en realidad suelta la de encima con un movimiento de prestidigitación llamado «empalme». No es que él fuese muy bueno, pero es una técnica convincente incluso si se realiza de un modo chapucero.

Las cartas quedaron sobre la mesa. La esquina doblada del as saltaba a la vista. Puse mis veinte dólares. Entonces intervino el chico abobado: era el «taponador». Si por casualidad escoges la carta correcta, su papel consiste en doblar inmediatamente la apuesta para que no puedas ganar. Si apuestas a la carta equivocada, el taponador no interviene y deja que el trilero se lleve tu dinero. Es un juego imposible.

Y así fue la cosa. Prevaleció la apuesta del taponador. Perdió, y entonces el trilero volvió la carta a la que yo había apostado, mostrando el as.

—Habrías ganado, ¿lo ves? —me dijo la chica al oído.

Saqué varios billetes más de la cartera. Los ojos del trilero se iluminaron. Para entonces ya se había formado un corrillo bastante nutrido. A mi derecha había unos jóvenes fornidos y bien vestidos que, deduje, habían venido a la ciudad para asistir a algún acto de fraternidad negra. A mi izquierda había una vieja china con una bolsa de la compra de tejido plástico.

17

La mujer arriesgó diez dólares, correctamente, a la carta del centro. Quizá el taponador, que parecía un poco lento, se despistó. El caso es que olvidó doblar la apuesta y el dinero de la vieja dama se mantuvo en juego.

No importaba. El trilero deslizó la carta de la derecha, que yo había seguido y sabía que era un dos, bajo el as ganador del centro para darle la vuelta. Y de algún modo, al caer de cara, el as ganador se había convertido en un dos perdedor. El trilero las había intercambiado mientras la giraba. Por este motivo, incluso con todo el dinero del mundo para desbancar la apuesta del taponador, nunca puedes ganar.

Yo sabía todo lo necesario para vencer a aquellos tipos. Saqué todo el dinero que llevaba en el bolsillo, unos novecientos dólares (menos lo que me había gastado ese día) y me lo guardé en la palma. Me gusta disponer de un montón de dinero a mano: viejas costumbres.

—El as gana, los doses pierden. A ver quién descubre el pastel. A ver si lo descubre usted.

El trilero recogió las cartas y continuó con su cantinela. El borde doblado del as desapareció mientras las barajaba. Ya no le hacía falta, puesto que yo había sacado los billetes y confiaba totalmente en la chica Bond. Seguí el as. Las cartas quedaron sobre el periódico.

—Izquierda —me susurró la mujer, todavía pegada a mí, indicándomelo mal. Puse diez en el centro, donde había ido a parar el as. Ellos no me iban a permitir que ganase. El taponador puso veinte a la derecha. Todo según lo previsto. Le doblé a cuarenta en mi as. Seguimos en un toma y daca: ochenta, ciento sesenta, trescientos veinte…

—Seiscientos cuarenta —anuncié, y los deposité sobre el periódico junto al as. Lo bonito de una apuesta tan abultada es que el fajo de billetes, cuando lo depositas, es lo bastante ancho como para cubrir las cartas durante una fracción de segundo.

El taponador me miró pasmado, y echó un vistazo a su rollo de billetes: le quedarían quizá seis de veinte. Se lamió los labios y se volvió hacia el trilero como pidiendo ayuda.

Yo había estado observando el dinero que manejaban. Sabía que no tenían suficiente para cubrir mi apuesta. No me pareció que el trilero se alterara.

—Rockefeller se pone codicioso. ¡Viva la codicia! La apuesta es de seiscientos cuarenta.

Ahora lo único que él había de hacer era cambiar el as del centro que yo había elegido correctamente por uno de los doses de los lados, y el fajo entero sería suyo. El tipo debería haber fingido un poco de inquietud, pero sonreía de oreja a oreja. Yo mismo estaba empezando a arrepentirme. No me hacía ninguna gracia tener que explicar a Vanessa y a Annie que íbamos a comer al Wendy's de la esquina porque me habían estafado en un monte de tres cartas.

Observé cómo cogía el dos de la derecha y lo usaba para darle la vuelta al as por el que yo había apostado. Los cambió al ejecutar la maniobra, por supuesto, y puso boca arriba la carta que él creía —estaba seguro— que era la perdedora.

—Los doses pierden —dijo con tono triunfal. Pero entonces se molestó en bajar la vista hacia las cartas y vio el as de picas mirándolo fijamente junto a mis seiscientos cuarenta dólares. Los ojos se le salían de las órbitas.

Los espectadores que no estaban en el ajo soltaron gritos de alegría. Un tipo me rodeó los hombros con un brazo.

Yo llevaba años sin hacer travesuras con las cartas. Pero no me había costado demasiado, sobre todo con un vivales tan chapucero, cambiar las cartas con el meñique y el anular al depositar el dinero. Estaba seguro de cuál iba a ser su siguiente artimaña, de modo que cuando las intercambió a continuación, me dio la carta ganadora.

Había ganado en buena lid. Y con malas artes.

—¡La policía! —gritó el taponador.

Debería habérmelo esperado. Si la cosa sale mal, o si consiguen pillar a un pringado con el dinero suficiente, el vigía grita: «¡La policía!», y todos se escabullen. Es el último recurso del timo. Aunque el objetivo gane, acaba perdiendo. El grupo entero salió disparado. El trilero, con un rápido barrido, se guardó el dinero y las cartas, e intentó echar a correr. Mis nuevos amigos de la fraternidad negra, dispuestos a prestar sus músculos en defensa del juego limpio, le cerraron el paso por ambos lados. El tipo no tuvo otra salida que lanzarse por donde yo estaba, derribando las cajas de leche y asestándome un gancho de derecha en los riñones para quitarme de en medio.

Los otros le gritaron varias amenazas muy originales. Yo me limité a mirarlo mientras se alejaba.

—¿Vas a dejar que ese gamberro te robe así? —clamó uno de los espectadores—. Tú has ganado limpiamente, colega. Yo lo atraparía y recuperaría mi dinero.

—Ni se te ocurra apostar nunca en el juego de otro hombre —repliqué encogiéndome de hombros, y me alejé. Al salir del callejón, me di cuenta de que estaba sonriendo. No me lo pasaba tan bien desde hacía mucho tiempo. Después de sobrevivir a mi altercado con los timadores de Nueva York, estaba sin duda en condiciones de enfrentarme con mi novia, con su abuela y con una tacita de porcelana con pie.

El incidente había durado en total veinte minutos. Enseguida me encontré de nuevo en Bergdorf's, embutido entre Annie y Vanessa. El dolor por debajo de las costillas se había apaciguado y convertido en una punzada. Arturo, el argentino, nos mostraba los méritos de distintos tenedores de pescado.

—Mike —dijo Annie, mirándome con dulzura—, ¿cómo vas? ¿Ya estás harto de preparativos de boda por hoy?

Por debajo de la mesa, sin que me viera ninguno de los presentes, examiné lo que le había birlado al trilero cuando me había derribado para huir. Si tu objetivo lleva unos pantalones tan holgados, meterle la mano en el bolsillo resulta fácil.

Él había huido sin nada. Y yo me había marchado de allí con mis seiscientos cuarenta dólares, además de otros ochocientos por las molestias y de una navaja de una clase que nunca había visto: delgada, mango de palisandro de precioso dibujo y refuerzos de latón, de unos ochenta años, española o italiana; la hoja no era de resorte, pero se abría con tal rapidez y facilidad que venía a ser lo mismo. Me dio la sensación de que el tipejo se la había birlado a alguien. Esa navaja era uno de los instrumentos de aspecto más letal que había tenido en mis manos. La cerré con sumo cuidado y la guardé junto con el dinero.

Mientras posaba la mano sobre el bolsillo lleno de billetes, le dirigí una sonrisa a Annie.

—Me lo estoy pasando como nunca —le dije. Y añadí, volviéndome hacia la abuela—: Creo que tienes toda la razón sobre la salsera, Vanessa. Porcelana de Limoges sin la menor duda. Ah, Arturo —me froté las manos—, ¿todavía tiene a mano esos catálogos de Haviland Limoges?

Fue en ese momento, flanqueado por mi prometida y por mi abuela política en la suite de compromiso, mientras seguía palpando a través del bolsillo la navaja de quince centímetros y el mugriento rollo de billetes de veinte que le había birlado a un timador callejero, cuando me di cuenta de que quizá había algo que no acababa de cuadrar en mí y en aquel sueño de una vida respetable que había perseguido durante años.

Capítulo tres

$\mathcal{M}$edia hora más tarde, nos reunimos con el padre de Annie en un restaurante francés de tres estrellas Michelin para cenar todos juntos. Él estaba bebiendo champán y hablando por el móvil en el centro de una banqueta vacía. Terminó la llamada y saludó a Annie y a Vanessa. Finalmente, me miró, se volvió hacia su hija y le dijo:

—¿Aún estás perdiendo el tiempo con este tipo?

Nadie reaccionó.

Entonces soltó una risotada y me dio un apretón de manos.

—¡Era broma! ¡Sentaos!

Larry Clark, mejor dicho, sir Lawrence Clark, es una antigua estrella del rugby inglés que trabaja actualmente en el mundo de las finanzas, dirigiendo un fondo de alto riesgo. Irradia salud y agresividad por todos los poros y siente debilidad por ese tipo de humor que implica ponerte en un aprieto, o mentirte con descaro, y luego reírse de ti cuando le has creído.

Había mantenido en la madurez su recia complexión de jugador de rugby, y se afeitaba el cráneo diariamente para conseguir esa bola reluciente y rosada, tan en boga hoy en día entre los altos ejecutivos. Encajaba de maravilla con la expresión ceñuda que exhibía siempre que me miraba.

Yo estaba todavía tan excitado por mi refriega con los fulleros que no me importó sentarme a la mesa e intercambiar unas cuantas pullas con él. Tras el segundo plato, me disculpé y perseguí a nuestro camarero por el laberinto de los botelleros con la intención de interceptar la cuenta antes de que Clark pudiera hacer el gesto siquiera. Me costó un poco engatusar al tipo, pero conseguí que me dejara pagar.

El placer que había sentido aquella tarde al vencer a los trileros en su propio terreno no fue nada comparado con el que me produjo contemplar la cara de Larry, al término de la cena, cuando el camarero dijo, echándome una mirada, que «el caballero ya se ha ocupado de la cuenta».

Más tarde, mientras volvíamos a pie hacia el parque, Vanessa dijo que estaba fatigada y le pidió a Annie que la acompañara al hotel. Clark preguntó por su parte si podía «secuestrarme un momento».

Me olí una encerrona. Annie se encogió de hombros.

—Te lo devolveré entero —le dijo su padre, aunque después de mi jugada con la cuenta y de la rabia apenas disimulada que le había dado, yo no estaba tan seguro. Accedí, de todos modos. La boda ya era un hecho. Quizá quería hacer las paces por fin.

Caminamos hacia un tramo de la Quinta Avenida flanqueado por los grandes edificios de la firma McKim, Mead y White, los hoteles de la Edad Dorada y los clubs de los magnates corruptos.

Clark giró el pomo de una gran puerta de madera y me guió hacia el interior de un edificio señorial. No vi ningún rótulo. Tal vez fuera su club y pudiéramos sellar un acuerdo de paz con un brandi y unos puros. A mí no me entusiasmaba la charla típica de los clubs, aunque durante los últimos años había aprendido a divertirme interpretando el papel adecuado, riéndome con los demás cuando se quejaban de estar «en la ruina» y de las molestias que les causaban sus yates de veinte metros. Pero, en fin, si eso había de servir para acabar con mis problemas con Lawrence, estaba totalmente dispuesto a soportarlo.

Me guio hasta una biblioteca y nos sentamos en un par de sillones Chesterfield de cuero. No hubo circunloquios de ninguna clase. Se echó hacia delante en el sillón y se lanzó a la carga.

—Conozco a tu familia, Mike, y sé muy bien la clase de persona que eres. Pero ya no está en mis manos solucionarlo. Annie ha tomado una decisión y yo no puedo hacer nada.

Eso es lo que he sacado al cabo de años de duro trabajo, después de pasar por la Marina, de costearme la universidad y la Facultad de Derecho de Harvard, de soportar aquellas noches sin blanca y con tanta hambre que me metía en la cama a las ocho de la tarde. Es posible que tuviera problemas para adaptarme a aquel mundo, pero mientras me hallaba allí sentado, soportando la mirada furibunda de Clark, comprendí que ello se debía en buena parte a que aquella vida decente tenía problemas conmigo. Él me consideraba una especie de delincuente y creía que toda mi vida era una prolongada estafa.

—Larry —dije, sabiendo que él no soportaba esa familiaridad—. Tu hija y yo nos queremos. Nos ocupamos el uno del otro. Nos cuidamos mutuamente. Es algo maravilloso y más bien raro. Realmente, me gustaría que tú y yo pudiéramos empezar de nuevo y encontrar el modo de llevarnos bien. Lo cual lo haría todo más fácil y colmaría de felicidad a Annie. ¿Qué me dices?

Él no contestó, limitándose a dar un par de golpes con su macizo anillo en la mesita de mármol que tenía al lado. Entonces se abrió la puerta y se nos unieron otros dos hombres.

—Estos son mis abogados —dijo Lawrence al presentármelos.

Había que despedirse del brandi y de los puros. Lo que más molestaba a Clark era que fuésemos tan parecidos: él había salido de la nada y cimentado su fortuna con varias operaciones inmobiliarias muy turbias en Londres. La primera vez que intentó ahuyentarme y separarme de Annie, yo le había insinuado que conocía los sucios secretos de su pasado, cosa que me proporcionó un respiro, pero también me granjeó un enemigo jurado. Él siempre me ha guardado rencor por superarlo con mi estrategia.

Si finges como un impostor el tiempo suficiente, puedes llegar a conseguir todo el vestuario necesario, e incluso los modales, para parecer un tipo legal. Pero Clark me temía; había acabado convenciéndose a sí mismo. Esa clase de hipocresía es peligrosa, y yo (por ser quien era, por lo que sabía y por la persona que me amaba) constituía una grave amenaza para él. Por mucho que tratara de denigrarme ante Annie, yo procuraba no rebajarme a ese nivel y no le había contado nada a ella sobre el pasado de su padre. Habría resultado mezquino.

—Hay algunas cuestiones que resolver, Mike —sentenció—. Me marcho mañana a Dubái, así que, lamentablemente, tengo que dejarlo cerrado esta noche.

23

Uno de los abogados le pasó un fajo de documentos. El otro sacó una carpeta de cuero que parecía un talonario de cheques.

—¿Existe algún incentivo que te hiciera replantear esta relación, algo que te ayudara a ver que lo mejor para ti y para mi hija sería que vuestros caminos se separasen?

—Estás de broma —exploté.

Él me miró de hito en hito. Totalmente serio.

Me froté la barbilla un instante, eché una mirada a las estanterías de caoba y a mis tres inquisidores.

En el bolsillo de la chaqueta tenía el tarjetón con el que me habían traído la cuenta en el restaurante. Era de un papel bonito, de un blanco impecable, totalmente intacto, doblado por la mitad. Lo saqué, junto con un bolígrafo, me incliné y escribí algo en la parte de dentro. Lo empujé por encima de la mesa, me arrellané en mi sillón y crucé los brazos.

Por un momento, Clark pareció sumamente complacido por haberme logrado engatusar y poder practicar su juego favorito: regatear y discutir el precio. Entonces leyó la nota.

Resopló con furia por la nariz y la arrojó sobre la mesa.

Volví a ver las palabras que acababa de escribir: «Tienes pegada una semilla en los dientes».

Observé cómo movía la lengua detrás de los labios para quitársela, mientras me miraba con odio. Al dejar mi último empleo, muchos bufetes habían intentado que trabajase para ellos. Así que ya había aprendido a dejar con un palmo de narices a la gente que trataba de comprarme. Clark le hizo una seña al abogado número dos, que me pasó un fajo de documentos.

Yo estaba irritado, desde luego. Notaba el peso de la navaja en el bolsillo y, por un momento, me vino a la cabeza una imagen surrealista: si pinchaba a uno de aquellos rollizos asesores solo saldría el relleno de lana. Pero lo que más me enfurecía era que no podía demostrar mi furia. Eso habría jugado a favor de Clark, confirmando su convicción de que yo no era más que un matón de barrio. Eso es, debía actuar como Bruce Banner, el álter ego de Hulk. «Calma, calma. No pierdas la calma.»

—Tal vez sepas que los intereses financieros de la familia son considerables —me dijo—. Una parte del patrimonio está en una compañía de fideicomiso a nombre de Annie, y hay ciertos detalles —legales, financieros, impositivos— que hay que poner en orden antes de... —Su voz se extinguió con un suspiro apenado.

Hojeé el fajo de documentos. Tenía un centímetro y pico de grosor, y era más enrevesado que el contrato de una fusión empresarial. Pero en definitiva se trataba de un acuerdo prenupcial, por si yo pretendía cazar a la encantadora Annie por la fortuna de decenas de millones que iba a acabar en sus manos, como única heredera de sir Larry.

—Esto es un documento legal —explicó el abogado número dos.

Muchas gracias. Clark solía olvidar que yo tenía un doctorado en Derecho y un máster en Administración Pública por la Universidad de Harvard. Consentí en que el abogado siguiera divagando mientras acababa de leerme de cabo a rabo el contrato y marcaba algunos puntos.

—No es más que un borrador —dijo el hombre—. Un punto de partida. Estoy seguro de que podremos llegar a un acuerdo. Es usted muy libre de buscar un asesoramiento independiente, por supuesto. ¿Ve algún problema en el documento?

Arrojando los papeles sobre la mesa, contesté:

—De hecho, sí.

Ellos se miraron. Las narinas del abogado número uno se ensancharon ligeramente. Noté que su excitación aumentaba. Una batalla legal es mucho mejor que el sexo para esta gente. El contrato entero era una bofetada en pleno rostro, naturalmente, y estoy seguro de que Clark buscaba una buena pelea. Pero yo no iba a darle ese gustazo.

—Hay un error en la página diecinueve. Debían de estar pensando en Nueva York; Virginia sigue el Código Civil en derecho familiar —aclaré—. Pero no tiene mucha importancia.

—Es un borrador —tartamudeó el abogado de Clark.

—Está bien. ¿Quién va a actuar como testigo?

—¿Cómo? —intervino Clark.

—A mí el dinero me da igual, Larry. Si esto sirve para que te quites de en medio, lo firmaré ahora mismo. Por mí, está bien.

—Podríamos redactar otro borrador.

—No importa —repetí—. Ya lo he corregido.

Firmé tres veces en las últimas páginas y se lo entregué.

—Avísame si necesitas formalizarlo en presencia de un notario —le dije—. Buenas noches.

Si librarme de aquel capullo solo iba a costarme mi firma y unos millones, me había resultado fácil. Me marché sin más.

Cuando llegué a nuestra habitación de hotel, encontré a Annie sentada en la cama con su portátil.

—¿Qué tal te ha ido con papá? —preguntó—. Veo que has sobrevivido. ¿Te ha ofrecido una rama de olivo?

—Un acuerdo prenupcial.

—¿Cómo? Ni siquiera me lo había dicho. ¿Te ha montado una encerrona con ese acuerdo?

—Y con dos abogados.

—¡Ay, Dios! ¿Y qué has hecho?

—Nada. He firmado. Tú decides, claro, pero a mí me parecerá bien si también lo firmas. Así nos libramos de él.

¿Qué esperaba Annie? ¿Que lo hubiera estrangulado?

Ella dejó el portátil, meneando la cabeza con furia.

—Voy a bajar a buscarlo y… —apartó la colcha.

—No te molestes siquiera. De todas formas, esto significa que si las cosas se tuercen entre nosotros, no podrás quedarte con mi todoterreno. —El vehículo en cuestión era un Cherokee de veinte años con la pintura deslucida y los amortiguadores hechos polvo del que no me decidía a desprenderme.

Ni siquiera la desagradable sorpresa que me había deparado Clark había sido capaz de disipar el agradable sopor que me habían dejado los cuatro platos de la comida y la botella y media de Chave Hermitage (un borgoña que me había hecho comprender por qué la gente estaba tan obsesionada con el vino).

Me tendí junto a ella en la cama.

—¿Seguirías queriéndome aunque ello implicara quedarte sin nada? —le pregunté.

—¿Qué pregunta es esa? —replicó con un tono solidario y un deje ligeramente ofendido.

Enseguida se suavizó.

—Vamos, Mike. Claro que sí. Claro que sí —me susurró al oído, y se tendió a su vez junto a mí para darme un beso en el cuello.

Capítulo cuatro

No es que tenga opiniones muy sofisticadas sobre maridajes: qué vino va con esto o con lo otro. Pero hay una combinación que me tomo muy en serio: si el menú de la noche incluye forzar una entrada, hacer un esprín a la desesperada para escapar de la policía o ejercer cualquier forma de violencia, seguro que no te irá mal una lata de tres cuartos de cerveza Steel Reserve y una dosis de Old Crow.

Ambas bebidas se removían en el asiento del metro contiguo al mío mientras me dirigía a casa de mi hermano. Desde luego, parecían fuera de lugar metidas en aquella bolsa de Annie con el rótulo *Tranquil Heart Yoga* y un logotipo con el mandala de la Madre Tierra. Hacía años desde la última vez que las había probado, pero en su momento habían sido para mi hermano y para mí una elección segura. Te bebías los dos primeros cuartos de la lata de Steel Reserve, añadías una cantidad equivalente de burbon, taponabas la lata con el pulgar, le dabas un vuelco y ya podías beber. Lo típico era hacerlo mientras conducías (sujetando y manejando el volante con la rodilla), y, con mucha frecuencia, cuando te dirigías al escenario de un delito inminente. Esa cerveza tiene un nueve por ciento de alcohol, pero no se trata solo de eso: hay una especie de alquimia en la combinación del burbon barato con el sabor medicinal de la cerveza *lager* de alta graduación. Las dos bebidas juntas bajaban como un trago ardiente y, en apenas unos minutos, acababan con cualquier inhibición y te convertían en un objeto potenciado de destrucción, en una granada de mano adolescente.

Esta noche era una noche especial. Yo necesitaba un padrino. Iba a abrirle la puerta al pasado, por muy mal sabor que tuviera. Mi padre me estaba presionando desde hacía mucho tiempo para que volviera a ponerme en contacto con Jack. Decía que se había regenerado. Años atrás, yo había cortado con mi hermano mayor —mi único hermano, mi antiguo héroe—, y lo había expulsado de mi vida. Lo cual, por mucho que él se lo mereciera, me partía todavía el corazón. Yo me había equivocado de medio a medio respecto a los pecados de mi padre; tal vez Jack mereciera también otra oportunidad.

Lo echaba de menos. Nadie me conocía como él. Y aunque tenía muchos defectos, mi hermano había cuidado de mí cuando yo era un chaval y mi padre estaba en la cárcel. Annie y yo teníamos un montón de amigos fantásticos, pero, realmente, no podía hablar con ellos de una parte de mi pasado. Necesitaba a alguien con quien poder bajar la guardia y bromear sobre los viejos tiempos. Necesitaba una válvula de escape, un modo de desfogarme sin hacer estupideces, como la que había cometido en Nueva York con aquella pandilla de trileros. Aún tenía las costillas magulladas. Si las personas como Lawrence Clark iban a utilizar mi pasado contra mí, ¿por qué molestarme en ocultarlo? Jack estaba de nuevo en la ciudad. Quizá la boda podía servir para acercarnos de nuevo. A la vuelta de Nueva York, lo llamé para que nos viéramos, y tras varios mensajes incómodos y unos cuantos intercambios de llamadas, habíamos quedado para cenar esta noche.

Al buscar su dirección en los alrededores de Takoma Park, justo pasado el límite de Washington, lo único que había encontrado en Google había sido la imagen de un solar vacío, donde una vieja empujaba un carrito lleno de basura por la acera. Mientras me acercaba a su casa, vi talleres mecánicos, casas de empeños e iglesias instaladas en locales comerciales. Era ese panorama el que había imaginado para nuestro reencuentro. Pero me equivocaba. Jack todavía debía de estar metido en asuntos turbios. Cuanto menos había acertado al decidir qué llevar a la cena, supongo.

Doblé la esquina. Tras unas manzanas, el barrio se transformaba: los garitos de licores se convertían en tiendas de vinos, los coches se volvían más caros, y, de pronto, me encontré ante una hilera de casas adosadas nuevas: «¡A partir de los 600!», rezaba una valla publicitaria.

Era probable que la fotografía del solar vacío fuera antigua: la habrían tomado antes de que empezaran a construir. Y en vez de la vieja del carrito, desaparecida hacía mucho, había una joven madre muy atractiva con mallas, empujando un cochecito doble del tamaño de una excavadora.

Jack vivía en el número ciento ocho, una casa de tres pisos en la esquina del mejor sector recién construido. Al subir la escalera de acceso, me pregunté cómo se las habría arreglado para agenciarse semejante pedazo de propiedad. Aquel patio impecable con caléndulas me puso mucho más nervioso sobre la situación de mi hermano que si me lo hubiera encontrado viviendo en un cuchitril junto a un descampado.

Toqué el timbre del interfono.

Al cabo de treinta segundos, me abrió la puerta un hombre al que apenas reconocí: un hombre de pelo castaño corto, aunque empezaban a asomarle algunas canas en las patillas. Sonrió, exhibiendo las chupadas mejillas y el maxilar de un corredor consumado. Llevaba un chaleco Patagonia, pantalones de algodón con pinzas y zapatillas deportivas grises New Balance de ciento treinta dólares, recién estrenadas. Este no era el hermano que yo conocía. Jack solía vestir de un modo ordinario y chillón. Este individuo, en cambio, apestaba a opulencia digna y discreta.

29

—No tenías que haber traído nada —dijo, cogiendo la bolsa de la priva, mientras me guiaba hacia el comedor—. Pero gracias.

Venía un delicioso olor de la cocina, que estaba equipada con utensilios culinarios de primera: cuchillos Shun, licuadora, media docena de ollas Le Creuset… Suerte que yo había pasado un curso intensivo de consumo ostentoso en Bergdorf's.

—Me alegro de que hayas venido —dijo—. Hace tiempo que quería ensayar esta receta tailandesa, pero no había tenido un buen motivo para probarla hasta ahora.

En la encimera había un recorte del *New York Times*. Miré el sendero de acceso por la ventana trasera: un Audi A6 gris. Un coche de abogado de empresa. Jack siempre había preferido los modelos americanos de gran potencia. Cuando éramos más jóvenes, tenía un GTO del 69 que había tardado dos años en restaurar él mismo. Según mis recuerdos, habíamos reconstruido el maldito cacharro pieza a pieza, robando componentes de chatarrerías, saltando vallas y corriendo delante de perros rottweiler enloquecidos.

Al girarme, vi que mi hermano miraba ceñudo el lote de seis cervezas y la botella de *whisky* en envase de plástico que había llevado.

—¿Quieres que te sirva una de estas? —me preguntó. Había sacado del armario un vaso de cristal Pilsner, pero no conseguía disimular su repugnancia.

—¿Tú vas a beber? —inquirí.

—Yo ya no bebo gran cosa. Pero tú bebe tranquilo.

—Perdona. Si te estás rehabilitando, puedo deshacerme de toda esta bebida. Era una especie de chiste.

—No. No estoy pasando el mono ni nada parecido. Simplemente, no bebo durante la semana. Estoy muy ocupado con el trabajo. Y ya no me recupero con tanta facilidad como antes.

—Fantástico —exclamé echando un vistazo alrededor (encimeras de mármol, electrodomésticos de acero inoxidable, una pantalla plana nueva...), y calculando en silencio sus gastos generales—. ¿Tienes un empleo a tiempo completo? —pregunté—. ¿Tal vez trabajas en un taller mecánico?

—No —replicó sofocando la risa, como si yo tuviera que estar de broma—. Es un trabajo de oficina. Aunque acabo pringando de ocho a ocho; ya sabes cómo va eso. Pero es otro tipo de mecánica.

—Me alegro. ¿Qué clase de trabajo es?

—Consultoría de seguridad. Cosas de esas.

Era una tarea curiosa para Jack. En los viejos tiempos, si querías controlar los riesgos, el primer paso era no permitir que un tipo como él cruzara la puerta.

—¿En serio? —Mi tono de voz mostró más sorpresa de lo que yo pretendía.

Él sonrió.

—Ya sé por dónde vas, Mike. Zorros en el gallinero. Pero ahora estoy limpio, y algunas de mis... —buscó la palabra adecuada—... experiencias pasadas han demostrado ser muy útiles. Me ocupo de ciertos envíos, de contratar a agentes de seguridad, de las investigaciones, del trato con los informadores. Me siento cómodo en ese mundo. Aunque la mayor parte del tiempo lo paso sentado delante de un ordenador, examinando antecedentes e historiales profesionales.

—¿Para quién trabajas? —pregunté. Yo conocía a varias empresas del sector.

—Tengo mi propia empresa —contestó—. Una sociedad unipersonal: un sistema para evadir impuestos. —Abrió la nevera y sacó una botella verde de agua con gas.

—¿Y para quién trabaja tu empresa?

—Eso no puedo decírtelo, Mike. No te creerías la cantidad de acuerdos de confidencialidad que he de firmar. Ya sabes de qué hablo, ¿no?

—Claro. —Me daban ganas de decirle que se dejara de cuentos, pero él parecía totalmente a sus anchas. Al fin y al cabo, si yo me había convertido en una persona modélica, ¿por qué no podía hacerlo él también? ¡Por Dios! Era casi una decepción. Jack Ford, uno de los grandes timadores de todos los tiempos, había vuelto al redil con las personas decentes.

—Bueno. Papá me ha dicho que estás en un período de transición, o trabajando por tu cuenta —me dijo.

—Sí. En mi propio bufete.

—Si alguna vez necesitas que te ayude o te haga un trabajito, dímelo. No he olvidado todas las veces que me echaste un cable. Te debo mucho, Mike. Es lo mínimo que puedo hacer.

Aquello sonaba casi como un gesto caritativo, lo cual me cabreó. Pero procuré contener mi irritación. Lo único que Jack sabía era que yo bebía cerveza y *whisky* chungos y que viajaba en transporte público. Para alguien que no conociera mis antecedentes profesionales —o sea, que había hecho mi aprendizaje junto al intermediario más poderoso de Washington—, la mera idea de que un tipo de treinta años pudiera tener una pequeña oficina política donde su única tarea consistía en mover hilos en las altas esferas resultaba completamente descabellada. Jack no me había visto desde que yo era un recluta de la Marina al que acababan de arrestar, y que por los pelos se había librado de la cárcel. ¡Dios mío! Tal vez creía que me había presentado allí para pegarle un sablazo.

—Gracias. Lo tengo todo solucionado.

31

—Y esa chica…, Annie. Parece increíble, por lo que me ha contado papá. ¿Dónde se celebró el compromiso?

—En la Toscana.

Él soltó un silbido.

—No podía hacer otra cosa —expliqué—. Es fantástica. Divertidísima e increíblemente inteligente. Me echa en cara mis estupideces, me convierte en un tipo mucho mejor… Estoy loco por ella, chico. Así que no hago tonterías en el terreno sentimental.

—Me alegro mucho por ti, Mike. —Me miró un momento fijamente, como si lo sintiera de verdad; luego me dio la espalda y revisó la receta culinaria. Había colocado una docena de ingredientes en pequeños cuencos de cristal.

La mesa del comedor estaba puesta para dos, uno en cada extremo. Cada plato con su respectivo bajoplato: parecía una ilustración de la revista *Gourmet*, salvo por la lata de Steel Reserve junto a mi copa de vino. No hay que derrochar, siempre lo he dicho: abrí la lata y le añadí un chorro de Old Crow.

—Por los hermanos —brindé alzando mi bebida. Jack miró con desagrado su agua mineral.

—Pensándolo bien —dijo—, ponme una de esas.

—¿Seguro?

—Sí, hombre. No puede ser tan mala como la recuerdo.

Le preparé el combinado y se lo pasé. Alzamos las latas y dimos un sorbo. Él apretó los párpados y frunció los labios con una mueca crispada.

—Joder. Es todavía peor —jadeó dándose un golpe en el pecho con el puño. Ambos nos echamos a reír. Yo me alegraba de que estuviéramos en plan compinche. Eso me permitiría fisgonear sobre su vida antes de que él lo hiciera sobre la mía. Confía, pero verifica. Había llegado la hora de investigar.

Capítulo cinco

*E*ché un vistazo a la receta y vi que los últimos cinco minutos de elaboración parecían ligeramente menos complicados que un trasplante de válvula mitral. Ahí estaba mi oportunidad. Mientras Jack empezaba a tostar cacahuetes, pulsé el botón de volumen de mi teléfono hasta que pasó a modo vibración y se puso a zumbar en mi bolsillo. Lo saqué y me disculpé. Inclinado sobre la sartén, él apenas se dio cuenta. Respondí con un: «Hola, cielo», y subí a la planta de arriba a atender la llamada.

Yo contaba con una ventaja para investigar a Jack: me había pasado la mejor parte de mi juventud pegado a sus talones, escuchando y espiando lo que decía; por ello, conocía bien sus hábitos a la hora de esconder cosas. ¿Cómo, si no, habría podido aprovisionarme durante toda mi adolescencia de petardos de los buenos y de números atrasados de *Playboy*? Miré debajo del colchón de su dormitorio, más que nada en homenaje a los viejos tiempos, y no encontré nada.

Di unos golpecitos en las paredes del armario: no había falsos paneles. Solo quedaba la cómoda. Era de roble macizo, un mueble muy pesado, pero conseguí separarlo cuarenta centímetros de la pared sin hacer demasiado ruido. En secundaria, mi hermano había hecho un agujero en la tabla de yeso de detrás de la cómoda de su habitación para esconder un alijo de contrabando. Hacía un hatillo con todo el material, le ataba una cuerda, lo metía en el hueco practicado en la pared y pegaba la cuerda con cinta adhesiva en el interior del agujero. Todavía habría media docena de petardos M-80 empotrados en las paredes del apartamento en el que nos criamos.

Su montaje actual era una variación más sofisticada sobre el mismo tema. Detrás de ese mueble, había un trozo de tabla de yeso que podía retirarse y que ocultaba dos cajas fuertes biométricas de alta calidad. La de encima tenía una puerta de acero gris de un metro veinte de ancho por medio metro de alto. Lo cual quería decir normalmente: armas. Era grande, además; le habría cabido allí una ametralladora ligera. Pero en ese momento no disponía de tiempo para acceder a su interior. Imposible.

Mientras efectuaba el registro, yo seguía haciendo mi papel en la imaginaria conversación prenupcial que estaba utilizando como tapadera.

—Claro. Las sillas, del color que tú prefieras...

Esa charla frívola contrastaba curiosamente con el peligroso material que, según iba deduciendo, mi hermano ocultaba en aquella casa tan coquetona. La caja fuerte de debajo era más pequeña y tenía una puerta cuadrada de unos cincuenta centímetros, provista de cerradura con combinación Grupo II y un disparador interno. Debía de costar unos mil doscientos dólares. Según mi experiencia, nadie compraba un equipo semejante para mantener intacto su certificado de nacimiento. Aquella caja fuerte hablaba de un montón de joyas, dinero o drogas. O tal vez era que Jack se había vuelto un maníaco de la seguridad. Habíamos crecido rodeados de tantos ladrones que teníamos ciertos hábitos profundamente arraigados.

Me las arreglé para colocar la cómoda otra vez en su sitio, volví al armario y me dediqué a examinar los cinturones. En su adolescencia, Jack solía llevar encima una Raven Arms del calibre 22, una de las clásicas pistolas baratas y compactas; la usaba sobre todo para hacer ejercicios de tiro con unas latas, pero era muy capaz de ponérsela a alguien en el cuello si la cosa se ponía peliaguda. Como siempre llevaba la cartuchera por dentro del cinturón en el lado derecho, yo ya sabía lo que había de buscar.

El armario contaba a primera vista la misma historia que el resto de la casa. Había colgados allí media docena de trajes de buena calidad: Zegna, Brooks Brothers, etcétera. Los cinturones más anchos, los que se usan con vaqueros, eran unos cinco centímetros más cortos que los cinturones finos que se llevan con traje. Y en la mayoría de estos últimos, a unos quince centímetros a la derecha de la hebilla, encontré lo que andaba buscando: un contorno gastado del cuero producido por una cartuchera de tamaño considerable, quizá de un calibre 40. Jack había pasado a un calibre superior. El trabajo en el que estuviera metido, fuera cual fuese, requería llevar un buen traje para ocultar el arma. Estaba clarísimo que no se dedicaba a introducir nombres de inversores en la base de datos Accurint, para ver si habían puesto en circulación cheques sin fondos.

Oí que sonaba un teléfono abajo. Hurgué en los cajones del escritorio. Entre los artículos de oficina, encontré una tarjeta negra, semejante por su forma a una tarjeta de crédito normal aunque tres veces más gruesa; disponía de contactos de cobre en la base y cuatro rectángulos vidriosos en la parte de delante; era electrónica, pero no se me ocurría para qué podía servir. Al darle la vuelta, presioné sin querer con el pulgar uno de los rectángulos. Una luz LED parpadeó en la tarjeta, tiñendo de rojo la oscura habitación en una compleja secuencia de destellos.

Al cabo de un momento, la luz cesó. Mientras yo aún intentaba comprender lo que acababa de provocar, la pantalla del portátil de Jack también parpadeó y emitió una secuencia parecida de destellos blancos. Surgió una línea de comando, se fue desplegando un código y, luego, hacia la mitad de la pantalla, apareció un mensaje: «Huella dactilar no reconocida».

Me situé frente al portátil y rompí a sudar. No quería que quedase ningún registro de mi fisgoneo. Al cabo de un segundo, se encendió una luz junto a la webcam incorporada en la parte superior. Mi cara apareció en la pantalla.

El portátil emitió tres agudos pitidos.

«Escaneando… Fallo de autenticación», decía un rótulo.

«Espere mientras contactamos con un agente.»

El corazón me martilleaba en el pecho. Dejé la tarjeta negra en el cajón y lo cerré.

Jack debió de oírlo. Ahora el que parecería un ladrón sería yo. Aguardé el golpe en la puerta, las acusaciones totalmente justificadas. Pero no apareció nadie.

Era muy extraño. Seguramente, la comida estaría preparada. Jack ya tendría que haber venido a buscarme. Desde abajo, me llegó un ruido de persianas cerrándose, o como si corrieran muebles.

Salí de la habitación y me dirigí hacia la escalera.

—Deberías quedarte ahí arriba —dijo Jack.

Bajé un escalón, me asomé a la sala de estar y descubrí dónde estaba la Glock.40 de la cartuchera. Jack la esgrimía en la mano derecha.

—¡No te acerques más!

Bueno. Este sí era el hermano que yo recordaba.

Capítulo seis

Annie había disimulado muy bien su inquietud cuando le dije que había quedado con Jack aquella noche. Yo era consciente de que mi antigua vida le producía ciertos temores, pero creo que comprendía que a mí me haría bien volver a contactar con él, tener a alguien con quien hablar, aclarar los asuntos del pasado...

—Anda, ve a ver a tu hermano —me había dicho.

Nos habíamos ido a vivir juntos hacía cuatro meses, aunque apenas habíamos pasado una noche separados durante el último año. Vivíamos en un barrio pintoresco de Alexandria llamado Del Ray, lleno de chalés de los años cuarenta y de calles comerciales anticuadas. Estaba separado de la capital por el río, y, después del escándalo, yo me alegraba de haberme alejado un poco de Washington. Habíamos pensado en probar suerte en otra ciudad, pero resultaba reconfortante tener cerca a mi padre, puesto que ya había salido de la cárcel. Mi familia había quedado destrozada cuando era niño, y ahora, al fin, la había recuperado en parte. Ese era uno de los motivos, también, que me había impulsado a ir a ver a Jack.

Annie se cuidaba del jardín; yo cortaba el césped. Siempre había gente que venía a charlar un rato con nosotros en el porche, o bien invitábamos a barbacoas a los vecinos —el ortodoncista que vivía a nuestra izquierda, o el abogado tributario de la derecha—, gente bastante agradable, aunque un poco seca. Les gustaba hablar de programas informáticos de contabilidad y de fondos de inversiones.

Algunas noches, Annie y yo descorchábamos una botella

de vino, subíamos por la buhardilla al tejado y mirábamos las estrellas o los eclipses lunares. Tanto ella como yo metíamos notas en el maletín de trabajo del otro, y cuando yo llegaba al tribunal y me presentaba ante un juez, al abrir el maletín, me encontraba una notita que decía: «Gracias por la noche de ayer, abogado».

Pero había algo que no estaba bien. Desde la locura desatada en mi último trabajo, desde aquel último día espantoso, se había creado una cierta distancia entre Annie y yo. Una cosa es que, después de permanecer en espera un cuarto de hora para contactar con Internet, tu prometida te oiga decir: «¡Por Dios, me dan ganas de matar a alguien!» Pero otra cosa muy distinta es que te oiga pronunciar esa frase una mujer que te ha visto con sus propios ojos ante el cadáver de un hombre al que acabas de matar. Ella me había dicho que comprendía que no había tenido otro remedio que hacerlo, pero lo cierto era que no lo había olvidado del todo. A veces la sorprendía mirándome con aire suspicaz, y advertía que seguía pensando en ello, tal vez alimentando las dudas que había sembrado su padre.

No era ella la única que prefería no pensar en aquel día. Yo, en general, me sentía en buenas condiciones, pero con frecuencia, cuando trataba de conciliar el sueño o cuando volvía a casa en metro, recordaba la cara del muerto como si la tuviese delante, o veía las fotografías de sus nietos que tenía sobre el escritorio, u oía cómo arañaba con los dedos la bolsa de plástico con la que le había cubierto la cabeza.

Después de trabajar para mi antiguo jefe, e incluso después del baño de sangre y de la dura tarea de superar el escándalo, yo gozaba en el DC de una buena reputación como intermediario político competente. Me alegró dejar atrás los turbios asuntos de infiltración y espionaje que había aprendido a manejar en mi antiguo puesto. En cambio, por ahora, podía permitirme el lujo de escoger a mis clientes y asumir únicamente casos que no me quitaran el sueño, cubriendo aun así todos mis gastos. No sacaba ni mucho menos el dinero que me había acostumbrado a ganar, pero me bastaba para vivir. Difícilmente puedes encontrar acuerdos más ventajosos que los que ofrece el diablo. A veces, si realmente creía en la causa por la que estaba trabajando, usaba alguno de los trucos que había aprendido de mi antiguo mentor: un ligero toque, presionar un poco en el momento indicado o, simplemente, no corregir la impresión de que conocía los secretos de alguien.

Como la madre de Annie ya no vivía, la abuela, de acento refinado y labios de pitiminí, se había entrometido en la organización de la boda y estaba consiguiendo volverla loca. Aquella era la ocasión para que los Clark exhibieran su clase y su riqueza ante todo el mundo. Un día perfecto. Una hija perfecta. Una vida perfecta. Y la verdad era que si la boda y la necesidad de convertirme en un hombre respetable y sin tacha empezaban a sacarme de quicio, la culpa no era de Annie.

En casa, algunas noches me quedaba con los ojos abiertos, mirando el resplandor rojizo del despertador y escuchando los ruidos de la oscuridad insomne. Cuando ya no aguantaba más, me levantaba de la cama con cuidado para no despertar a Annie, separándome del calor de aquel cuerpo que tan bien conocía. Bajaba al porche o salía al patio trasero, y observaba el cielo sin hacer caso del fresco aire primaveral. Sentía con temor que había algo en el ambiente, algo tan elemental como la gravedad, que me arrancaba de ese hogar pacífico y me arrastraba hacia la noche.

Confiaba en que Jack me comprendiera, en que pudiéramos ayudarnos mutuamente. Era eso lo que me había conducido a su casa. Pero no había previsto una escena semejante.

Me eché a reír, al verlo allí con la pistola, y me dispuse a bajar la escalera meneando la cabeza. Le había estado dando largas a la elección del padrino, y Annie ya debía de haber comprendido que era porque una parte de mí, aunque fuera una parte muy pequeña, todavía esperaba contar con mi hermano a mi lado, frente a los invitados: las cuentas del pasado saldadas, todo de nuevo en su sitio. Lo único que él tenía que hacer era entregarme un pequeño estuche. ¿Hasta qué punto podía cagarla, ejecutando una tarea tan sencilla?

Aquí estaba la respuesta: Jack acababa de empujar un sillón contra la puerta. Apostado junto a la ventana de delante, atisbaba entre las persianas mientras le resbalaba por la sien una gota de sudor. Desde mi posición, veía una parte de la cocina abierta, donde los fideos se estaban enfriando en la sartén. Era una bonita estampa de interior, cuidadosamente diseñada, que sugería un título del tipo: «Esperando a que vengan a matarme».

Sin hacerle caso, continué bajando la escalera, me acerqué al fogón y probé su *pad thai*.

—Esto está delicioso —dije.

—Gracias —respondió sin apartar la vista de la calle.

Me senté en el sofá y puse dos cuencos de fideos en la mesita de café. Le ofrecí uno de ellos. Él me miró inexpresivamente y no dijo a nada. Yo retorcí una porción de fideos con el tenedor.

—Estoy en un aprieto, Mike.

—¿En serio? —dije fingiendo sorpresa.

Asintió y bajó la mirada a la pistola.

—¡Ah, sí! —exclamé echándole yo también un vistazo—. Iba a preguntarte a qué venía eso. Espero que no sea por mí.

—No, no. —Y con tono monocorde, añadió—: Estaba llevando a cabo un trabajo de mensajería, pero dudaba de si tal vez no se trataba de un asunto de seguridad, es decir, si no podría ser que alguien estuviera jugando a dos bandas. Me inquietaba acabar cargando con el mochuelo por algo realmente grande, o porque alguien saliera herido, ya me entiendes. Así que empecé a hacer averiguaciones sobre la gente que me había contratado.

—¿Estabas pensando quizá en desplumarlos?

—No pretendía más que cubrirme las espaldas. Y el asunto era grande de verdad. Esos tipos van muy en serio. Me asusté, intenté excusarme y renunciar al trabajo. Quizá la gente que hay detrás descubrió que estaba investigando, no sé. El caso es que ahora van a por mí.

—De ahí la pistola. ¿Es posible que esos tipos vayan a pasarse por aquí esta noche?

—Tal vez. Acaban de llamarme. Podrían venir a buscarme en cualquier momento. Dicen que estoy en deuda con ellos. Me están tendiendo una trampa...

—¿Cuánto?

Jack me miró sorprendido.

—¿Qué?

—¿Cuánto dinero dicen que te has quedado?

—Yo no me he quedado nada, Mike. Es una trampa.

—Lo sé. Pero ¿cuánto?

—No se trata del dinero, Mike. Dicen que he estropeado todo el plan. Que debo arreglarlo o me harán daño de verdad.

—Al grano. ¿Cuánto necesitas?

Bebió un trago de la botella de agua que había dejado en la estantería.

—El pago era de sesenta y cinco mil —especificó—. Les devolví el dinero. Pero no bastó para zanjar la cuestión. Dijeron que era demasiado tarde, que lo había echado a perder todo y que ahora habría de encargarme del trabajo por mí mismo. Pero yo estoy intentando reformarme de una vez. Te juro que no me quedé nada, Mike. No quería contártelo ni implicarte en el asunto. Me asaltaron ayer cuando venía del metro. Me dieron de puñetazos en el estómago. Lo pasé mal. Dijeron que si no les daba lo que querían, me zurrarían en serio y me enviarían al hospital.

—Ya. O sea que te dieron de puñetazos en el único lugar donde casi no quedan morados.

Es una técnica útil para los sicarios que no quieren dejar marcas, y también para los mentirosos que no las pueden enseñar.

—Llama a la policía —sugerí.

—Quería hacerlo. Pregunté por ahí. Ellos debieron de enterarse y aseguraron que me matarían si iba a la pasma.

—Por supuesto —afirmé, y me comí otro bocado de *pai thai*.

—Yo creo que pretenden asustarme a causa de lo que sé. Quieren obligarme a desaparecer.

—¿Y por qué no lo haces?

—Mira, Mike —dijo, dolido—, ya no quiero huir más. Quiero vivir mi vida. No he hecho nada malo.

—Entonces, ¿has de pagar para que te dejen en paz? ¿Pagarles la operación que estropeaste?

—No te estoy pidiendo nada, Mike. Lo único que necesito es tener a alguien con quien hablar. He de encontrar el modo de salir de este lío, y estoy tan asustado que no puedo pensar con claridad. Quizá tú podrías ayudarme a descubrir qué se traen entre manos, a superarlos siendo más listo que ellos. No

41

sé. Quizá podría compensar las pérdidas que han sufrido. Pero no sé si aceptarían, ni tampoco cuánto costaría.

Una aproximación sutil. Jack todavía conservaba su toque.

—¿A nombre de quién debería extender el cheque? Aunque supongo que será mejor en metálico tratándose de tipos tan turbios. —Me palpé los bolsillos, buscando un talonario o la cartera.

—¿Hablas en serio?

—Por supuesto que no —repliqué dejando el cuenco en la mesa—. No me vas a sacar un centavo, chaval.

No podía creer que yo le hubiera dado una segunda oportunidad, y él me la estuviera jugando así.

—Sabes, Jack...

Unas luces deslumbrantes brillaron a través de las persianas. Un chirrido de neumáticos. Las portezuelas cerrándose de golpe. Las voces. El decorado clásico de un viejo timo para darte el sablazo. Parecía que había tres hombres. No podía negarse que Jack se había empleado a fondo.

—Justo a tiempo —dije.

—Mike, deberías salir de aquí. ¿Tienes una pistola?

—No necesito ninguna pistola, Jack.

Me acerqué unos pasos para verle bien los ojos y comprobar cómo tenía las pupilas. Quería saber si se estaba chutando.

—Bueno, ¿y en qué consiste este complot brutal con el que te has tropezado?

Un puño aporreó la puerta.

—Apártate de la ventana —aconsejó Jack. Él retrocedió hasta la cocina y se parapetó tras la barra que la separaba del salón.

Observé cómo se sacudía el pomo y oí un traqueteo metálico en la cerradura. Alguien estaba hurgando con una ganzúa. Cualquier matón profesional que se preciara habría tirado la puerta abajo, pero aquellos tipos parecían interesados en dejar intacta la propiedad. Interesante.

Fui a abrir la puerta.

—¿Qué haces, Mike? Esa gente no se anda con bromas.

—Este número ya me lo habías hecho, Jack —dije meneando la cabeza—. Exactamente el mismo montaje: cuando los malvados vienen a darte una paliza por actuar honradamente, y yo he de ahuyentarlos rascándome el bolsillo. Fue en Tampa, me parece. ¿Ni siquiera lo recuerdas? Les di ochocientos pavos.

—Mike, has de creerme.

Iba a soltarle un discurso desgarrador, diciéndole que le había dado otra oportunidad, que había venido a pedirle que fuese mi padrino de boda, y que él iba y me hacía esto. Pero estaba demasiado cabreado y desilusionado para iniciarlo siquiera.

—Olvídalo —dije. Mascullé un par de maldiciones y, apartando a un lado el sillón, abrí la puerta.

Capítulo siete

*A*rrodillado frente a la puerta, había un tipo de una complexión que en la Marina solíamos llamar de «armario ropero». Pareció cabrearse de verdad al ver que la ganzúa y la llave de tensión se le escapaban de las manos. De pie, detrás del especialista en cerraduras, había un hombre flaco de dientes diminutos; y a la derecha de este, un gigantón luciendo unas gafas de cristales tan gruesos que parecían escotillas de submarino. Iban bien trajeados, excepto el de las gafas, que parecía salido de una tira cómica, aunque supuse que tendría sus puntos fuertes.

—Adelante —dije regresando hacia la sala de estar—. Me imagino que han venido dispuestos a ejercer una violencia desenfrenada a menos que yo subsane los errores de mi hermano.

El flaco miró a sus compañeros. Eso no estaba en el guion.

—Pues es más o menos la idea —afirmó.

Jack intentó disuadirme de nuevo. Yo no le hice caso.

—Me llamo Mike —me presenté, y le estreché la mano al flaco, que parecía el líder del grupo—. ¿Y usted?

Él me observó un momento, tratando de descifrar qué me pasaba exactamente, y luego echó un vistazo alrededor.

—Bueno, no sé —titubeó—. Señor Lynch.

—Bien, ¿y cuál es el plan, Lynch? ¿Partirme los dedos uno a uno? ¿O tal vez golpearme con un calcetín lleno de pilas?

El tipo consideró la idea.

—Eso parece un poco excesivo. Pero lo quitaremos de en medio para tratar con su hermano.

—Permítame que le ahorre más molestias. Es una actuación magnífica, pero no me la trago...

Lynch le hizo un gesto al tipo de las gafas, que se adelantó y me sujeto del antebrazo con ambas manos.

—Él no lo entiende —gritó Jack desde la cocina—. Cree que es una broma. No le hagan daño. No tiene nada que ver con esto.

Mientras me arrastraban, volví la cabeza hacia él. Se había quedado de pie y estaba completamente desolado. Al principio, creí que era por la vergüenza, por haberme traicionado después de que yo lo hubiera dejado entrar otra vez en mi vida.

—¡Por Dios, Mike! —exclamó—. Lo siento. Supongo que tenías todo el derecho del mundo a creer que era un montaje, pero es real.

Mientras el de las gafas me llevaba a un rincón, vi que mi hermano forcejeaba con el otro hombre. El individuo, gritando con acento irlandés, lo sujetó por los brazos hasta inmovilizarlo. Lynch se le acercó entonces, lo golpeó en la cara con una pistola y Jack cayó de rodillas emitiendo un gemido. Volvió a atizarle con la pistola, esta vez en la sien, y mi hermano se desmoronó.

Me zafé de la zarpa del gigantón y arremetí contra Lynch, gritando: «Déjelo de una puta vez». Antes de poder pensar siquiera lo que estaba haciendo, lo derribé contra la barra de la cocina. Los otros dos me sujetaron. Jack yacía boca abajo en el suelo; le salía un hilo de sangre de un corte en la ceja.

El cabecilla se me acercó, me observó con ojo clínico y luego me golpeó con la culata de la pistola en el pómulo, justo debajo del ojo. Durante un segundo, el mundo se volvió todo negro. Vi un chisporroteo de luz y noté un aumento de presión en el seno nasal. Yo también gemí. Mientras parpadeaba frenéticamente para contener las lágrimas, Lynch me metió la mano en el bolsillo y me sacó la cartera.

—Michael Ford —dijo. Se volvió hacia Jack—. ¡Ah, ya veo! Es una reunión familiar. Y vive usted en Howell Avenue, Del Ray. ¿Cierto? Es un barrio encantador. ¿No va nunca al Dairy Godmother? Tienen unos helados deliciosos.

—¿Qué? —dije.

Él suspiró, como si todo aquello no estuviera en sus manos.

45

—Bueno, ¿qué le pasa? ¿Tiene complejo de mártir? ¿Por qué quiere inmiscuirse en esta clase de fregado? —preguntó señalando a Jack con la pistola—. En fin, lo felicito. Ahora responde también usted. Parece un tipo bastante capaz, de modo que escúcheme bien. O su hermano hace lo que debe, o la próxima vez lo matamos. ¿Me ha entendido?

—No me venga con esas.

El hombre se inclinó, puso el dedo en el gatillo y presionó con el cañón de la pistola la mano de Jack.

—¿Lo ha entendido? —preguntó de nuevo.

—Sí —asentí.

El tipo se quedó mi permiso de conducir, volvió a meterme la cartera en el bolsillo y se encaminó hacia la puerta. Sus compinches me mandaron de un empujón contra las estanterías, dejándome sin resuello. Mientras me levantaba del suelo y trataba de tomar aire, salieron de la casa.

Me acerqué tambaleante a la puerta para mirar la matrícula, pero me detuve y retrocedí hacia Jack. Oí que el coche se alejaba a toda velocidad. Mi hermano se había dado la vuelta y estaba boca arriba. Me senté a su lado, en el suelo, apoyando la espalda en la pared, y le levanté la cabeza.

—Lo siento, Mike. No pretendía que todo esto te pillara en medio. Te he dicho que te quedaras arriba. No sé cómo librarme de esta mierda.

—Está bien, Jack —dije mientras le limpiaba con el dedo la sangre que tenía en el ojo—. Pero no te preocupes. Todo se arreglará.

No lo creía, pero ¿qué iba a decirle? Únicamente tenía una cosa en la cabeza: que Lynch conocía mi dirección. Ahora iría a por mí.

Me pasé la noche entera con Jack en urgencias: seis horas para que le pusieran diez puntos. Yo quería respuestas, pero él estuvo dormido o desmayado casi todo el rato. Cuando volvió en sí, a primera hora de la mañana, acerqué una silla a su cama.

—Vamos a llamar a la policía, Jack.

—Ya lo intenté. Tienen informadores entre los polis. Por eso vinieron a buscarme.

—¿Quiénes son?

—No lo sé.

—No me vengas con cuentos. Tú trabajabas para ellos.

Él se giró hacia la bandeja que tenía junto a la cama, cogió un frasco de zumo y retiró el precinto.

—Tengo solo un número, pero ningún nombre.

—¿Y dónde te reunías con ellos?

Trató de recordar: una estación de metro, una biblioteca, un local de sándwiches. Siempre lugares públicos, anónimos.

—Mira, tengo el teléfono en los pantalones —dijo—. Ahí está el número.

Me incliné para cogerlo, pero me frené.

—Olvídalo —dije sentándome otra vez—. No quiero saber nada más. Cada vez que consigo poner en orden mi vida, tú intentas arrastrarme a un asunto como este. El tipo se ha llevado mi permiso de conducir. Sabe mi dirección. El lugar donde duermo, donde duerme Annie. Han dicho que ahora respondo yo. ¿Qué quiere decir eso?

—¿No puedes dejarme un rato en paz? —Cerró los ojos con una mueca, disimulando el dolor.

—¡Te lo juro por Dios, Jack! —exclamé levantándome de la silla y quedándome de pie junto a él—. Si esto se vuelve contra mí, te aseguro...

Se abrieron las cortinas y entró el médico. Por muy justificada que sea tu posición, nunca quedas bien gritándole a un tipo que yace ensangrentado en la cama de un hospital.

Jack tenía una leve conmoción, pero ninguna herida seria. El sanitario le entregó unas recetas y una factura de dos mil dólares, y nos despachó. Volví a ponerme al volante de su coche, paré para comprar las medicinas y lo dejé en casa.

—¿Te las arreglarás? —pregunté cuando subía los escalones.

—Sí —afirmó—. Y siento haberte metido en esto. Yo me encargaré de resolverlo, Mike. Me lo merezco por tratar de hacer lo correcto. Vete a casa y no te preocupes. En serio.

El chico bueno que había en mí quería decirle que lo ayudaría. En su momento, mientras crecíamos con un padre en la cárcel, utilizando ropa del Ejército de Salvación y cupones de comida, yo tenía a todos los matones de la ciudad encima y

47

Jack había recibido más palizas de la cuenta por protegerme. Pero yo le había pagado la fianza un montón de veces desde entonces; más veces de la cuenta también. Aunque esto era distinto. Ahora tenía demasiado que perder. ¿Qué podía decirle? Lo ignoraba y, tras una noche en el hospital, estaba demasiado agotado para pensar. Le recomendé que durmiera un poco y me dirigí a la estación de metro para tomar el primer tren y volver a casa.

Crucé el umbral, me desplomé en el sofá y cerré los ojos.

—¿Ahora llegas? —inquirió Annie, bajando por la escalera—. ¡Por Dios, Mike! Estamos a media semana.

—Perdona. Con Jack Ford, todos los días son sábado.

Ella inspiró de golpe al ver el morado en mi mejilla.

—¿Te has metido en una pelea?

—Daños colaterales. Unos tipos se lanzaron sobre Jack.

—¿Dónde estabais?

Ella daba por supuesto, no me cabía duda, que había sido en algún bar de carretera, lo cual era menos terrorífico que la verdad. Me puse de pie.

—En un sitio poco recomendable. —No estaba mintiendo. Pero dejaba de lado los detalles.

—Ni siquiera me enviaste un mensaje hasta después de medianoche. Pensaba…

Annie podría haberme soltado una diatriba en toda regla. Me la merecía. Pero lo dejó ahí.

—Hagamos un trato, ¿vale? La próxima vez avísame —pidió—. ¿Estás bien?

—Sí.

—¿Y Jack?

—En gran parte.

—¿Te duele la cabeza?

Asentí. El dolor era consecuencia de los golpes, la fatiga y la inquietud, pero no del alcohol, como ella sospechaba. Me dejó sufrir un rato, pero poco después decidió conmutarme la pena.

—Serás idiota —dijo acariciándome el pelo—. Me alegro de que te hayas sacado ese peso de encima. Si era necesario pasar una noche haciendo el burro para reconciliarte con Jack, celebro que lo hayas hecho. ¿No podríais hablar de esas cosas tomando un té?

—No funciona así.

—Te has quedado aliviado, ¿no?

—Claro. Una taza de café y volveré a estar en plena forma.

—Bien —dijo ella, cogiendo su maletín—. He de irme corriendo.

La acompañé a la puerta y la despedí con un beso. Annie se detuvo un momento en los escalones del porche.

—Y se acabaron los problemas con Jack, ¿verdad?

No respondí. Me había distraído mirando un coche aparcado en la calle. Me pareció reconocer a su ocupante.

—¿Mike?

—Por supuesto —respondí—. Lección aprendida.

Ella echó a andar.

A media manzana de mi casa, sentado en un Chrysler 300 negro, sin molestarse siquiera en pasar desapercibido, Lynch estaba observando cómo se alejaba mi prometida.

49

Capítulo ocho

Salí a la calle y caminé hacia el coche, mirando enfurecido a Lynch. Él me devolvió la mirada con aire aburrido. No hizo ningún intento de disimular. No era vigilancia. Era intimidación.

Subió el cristal de la ventanilla y arrancó. Corrí adentro para buscar las llaves de mi coche. Cuando volví a salir, el vecino de enfrente, un veterano de la guerra de Corea, estaba sacando marcha atrás su coche por el sendero de acceso. Esa operación solía durar unos tres minutos. Eché un vistazo a las travesías de uno y otro lado. La autopista Jefferson Davies quedaba a dos minutos por la izquierda; la 395, a cinco minutos por la derecha. Lynch había desaparecido hacía rato.

Conduje hacia la ciudad para asistir a una reunión con varios abogados de Derecho Electoral con quienes estaba trabajando en un caso de fondos opacos. Los grupos de presión de ambos extremos del espectro político ponen cientos de millones en organizaciones de carácter social sin ánimo de lucro, y luego ese dinero se emplea para comprar elecciones. Todo anónimo, libre de impuestos y oculto a base de mover el dinero a través de una red de empresas fantasma. Nosotros estábamos intentando desenredar esa trama y exponer a la luz pública a la gente que había detrás.

A mí el caso me encantaba. Nos faltaba poco para poner al descubierto a los principales donantes ocultos tras esas falsas empresas, y para obtener el apoyo político necesario para perseguirlos. Sus abogados y sus grupos de presión estaban luchando ferozmente. La cosa empezaba a ponerse divertida, pero yo apenas conseguí prestar atención a lo que se dijo durante las dos horas siguientes. Únicamente podía pensar en Lynch: quién era y porqué andaba tras de mí. Repasaba una y otra vez lo que Jack me había contado de sus reuniones con ese hombre.

—¿Cómo lo ves tú, Mike? —preguntó uno de los abogados.

—Muy interesante —contesté mordisqueando el bolígrafo. Había perdido el hilo totalmente. Solo pensaba en Lynch. Él y Jack habían repetido un punto de encuentro una sola vez: un restaurante que quedaba a diez minutos de allí.

En cuanto concluyó la reunión, me dirigí a ese local. «Me tomaré un café», me dije.

Era un pequeño bar de autoservicio regentado por coreanos; el rótulo de la entrada decía: «Eurocafé». Entré y me serví un café en un vaso de poliestireno. La adolescente de la caja registradora dejó un momento su libro de texto y me cobró.

—Gracias. ¿Puedo hacerte una pregunta? ¿Has visto alguna vez por aquí a un hombre alto, delgado y paliducho, de dientes muy pequeños?

—Aquí veo a un montón de gente —contestó ella, y volvió a coger el libro. Le hice varias preguntas más, sin éxito. No sé qué esperaba. ¿Un nombre y una dirección? Ni siquiera tenía una fotografía. Di la vuelta a la manzana, preguntándome qué motivo tendría Lynch para acudir a aquel lugar. Era la clase de tugurio que solo frecuentas si es la única opción en las inmediaciones de tu oficina. Tal vez el tipo había bajado la guardia a medida que se había sentido más a sus anchas con Jack.

Me detuve en seco. En la parte trasera de un edificio de oficinas había un Chrysler negro. Rodeé el edificio caminando por la acera de enfrente. Nadie a la vista. Había cinco coches apretujados en el aparcamiento, incluido el Chrysler de Lynch, que había reconocido por la antena extra del maletero. Crucé y estudié la entrada: no había rótulos de ninguna empresa. Eché un vistazo a ambos lados y me acerqué al coche.

En el asiento trasero había unos documentos. Me incliné para tratar de distinguir el membrete.

Acababa de leer: «Borrador. Confidencial» en la parte superior de una hoja que sobresalía de una carpeta cuando oí pasos a mi derecha. Alcé la vista y vi a Lynch. Al instante, una mano enorme me empujó la cabeza contra la ventanilla.

Retrocedí tambaleante. Alguien me retorció los brazos de-

51

trás de la espalda y me aplastó sobre el capó del coche. Logré girar la cabeza lo suficiente para ver que era el hombre de las gafas, el que había visto en casa de Jack. Él me mantuvo las piernas bien separadas, como en un control policial, y me apretó la cabeza de lado contra la fría plancha de metal.

Lynch se situó junto al capó, chasqueando los labios. Con la mano derecha, sacó una navaja plegable y la abrió.

—Muy bien —dijo al tiempo que hacía una seña. Su secuaz me puso de pie—. Ya es bastante pesado tener que tratar con su hermano. ¿Qué le pasa? Parece que todavía quiere más problemas.

Me apretó con el dedo el morado del pómulo, y añadió:

—Michael Ford, de Howell Avenue. Hice algunas averiguaciones anoche, y estoy impresionado. Salió airoso, no hace mucho, de una situación muy complicada. Necesitamos esa habilidad. Porque dudo que su hermano sea capaz de manejar esto por su cuenta. Ahora el trabajo está en sus manos.

—Pero... ¿qué ha sucedido? ¿Jack le robó dinero de una entrega? ¿De cuánto estamos hablando?

—No. El dinero lo recuperamos. Es una cuestión de costes alternativos: de lo que podríamos haber ganado si Jack hubiera hecho bien su trabajo. Era una misión sencilla, pero él no hizo el pago a tiempo a nuestro hombre, y empezó a hacer preguntas porque, de repente, le entraron escrúpulos de conciencia. Asustó a nuestro contacto. Había un sistema sencillo de hacer esto, pero ya no existe. Por consiguiente, usted y su hermano han de encontrar otra manera de conseguirnos lo que queremos.

—Yo soy abogado —expliqué—. No sé por quién me habrá tomado, ni en qué clase de trabajo pretende que colabore, pero no sirvo para mucho más que para presentar recursos e inflar facturas. No puedo ayudarlo.

—Venga, ya. Usted se coló en el Departamento de Justicia y acabó con su antiguo jefe. Las noticias vuelan, Mike. Y le aseguro que este asunto le va a encantar.

—Yo no sé nada. Apenas había hablado con mi hermano desde hace años.

—Bueno, así podrán ponerse al día. Él está en deuda con nosotros. Y usted parece haberse involucrado voluntariamente en la situación; por tanto, ahora también figura en mi libro de contabilidad. Lo único que ha de hacer es ayudarnos a terminar lo que Jack estropeó. Luego me olvidaré de usted.

—¿De qué está hablando? —pregunté.

—Del golpe.

—¿Qué golpe?

—Un banco.

—¿Pretende que robe un puto banco? Esto es absurdo.

—¿Jack no se lo ha contado?

—¿Qué banco?

—Todos, en realidad.

—¿Bromea?

—No —dijo Lynch—. Y no es tan complicado como parece. Usted está pensando en armas, cronómetros y caretas de goma. Pero es algo muy distinto. Este trabajo podría hacerlo con traje y corbata, sin una gota de sudor; ahí radica su belleza. Aunque podría complicarse. —Esgrimió la navaja—. Pero eso está totalmente en sus manos. Un hombre respetable como usted siempre resulta útil. No creo que vaya a tener mucho...

—Muy bien —dijo alguien a su espalda—. Quieto ahí.

Lynch se dio la vuelta, dejando a la vista a un nuevo invitado a la fiesta: una mujer rubia vistiendo un suéter, cazadora militar y vaqueros remetidos en las botas de montar.

El tipo parecía divertido hasta que ella se desató la cazadora con la mano derecha y la apoyó en la culata de una pistola que asomaba de una cartuchera. Genial. ¿Serían Lynch y Gafotas mi mejor opción ahora?

—Baje la navaja —ordenó la mujer—. No complique más las cosas. Suéltenlo y apártense.

—Usted no lo entiende... —farfulló Lynch.

Ella sacó la pistola.

—Tire la navaja y suéltenlo —dijo con tono imperioso.

Lynch miró al matón que me tenía sujeto y asintió con la cabeza. El otro me soltó los brazos.

—Que venga hacia aquí —prosiguió ella.

Ellos retrocedieron.

El enemigo de mi enemigo es mi amigo, o eso dicen. En todo caso, caminé hacia a ella.

—Gracias —dije al acercarme—. ¿Quién demonios es usted?

53

—Emily.

—Encantado. Yo soy Mike.

—Lo mismo digo —respondió mientras echaba un vistazo alrededor—. ¿Podría hacerme un favor, Mike?

—Claro.

—Coja esas bolsas de basura.

Había dos bolsas negras junto a un contenedor. Ella acababa de salvarme la vida. Lo mínimo que podía hacer era cargar con su basura.

—Salga y vaya hacia la derecha —dijo—. Encontrará un viejo Land Cruiser. Póngalo en marcha. Y meta las bolsas en la parte trasera.

Me dio las llaves. Me marché del aparcamiento, metí las bolsas en el coche y arranqué el motor. Ella salió caminando hacia atrás, sin perder de vista a los dos hombres, echó a correr y subió de un salto al asiento del copiloto.

—¡Vamos, rápido! —gritó.

Me alejé zumbando. La mujer llamó a alguien con el móvil, describió a los dos tipos que me habían acorralado y le dijo a su interlocutor que enviase a «algunos hombres».

El coche era un Land Cruiser antiguo, de los sesenta o setenta. Pero mientras circulábamos a toda velocidad hacia Rock Creek, me fui convenciendo de que lo habían trucado con un motor moderno de camión de entre cinco y ocho litros. Eché un vistazo por el retrovisor a las bolsas.

—¿A qué se dedica exactamente, Emily? —pregunté.

—Soy investigadora —respondió—. Podemos detenernos en mi oficina para que se adecente un poco.

No es que yo estuviera muy interesado en limpiarme la mugre en la oficina de una investigadora privada. Ya había conocido a algunos de su gremio. Me la imaginé en una oficina de treinta metros cuadrados de algún sórdido edificio de la calle Quince, donde necesitabas recoger una llave colgada de un cordel roñoso para acceder al lavabo compartido del pasillo. Me sentía agradecido por su ayuda, pero había algo que no encajaba. Tenía que saber por qué se encontraba ella detrás de aquel edificio en el mismo momento en que me habían asaltado.

Capítulo nueve

Cruzamos el puente para entrar en Georgetown y doblamos hacia el canal, donde las antiguas fábricas y talleres habían sido transformadas en oficinas y bloques de apartamentos de lujo, y donde el hotel Ritz-Carlton, por ejemplo, tenía una chimenea.

Emily me dio indicaciones en Water Street para que entrara en un garaje situado bajo un almacén de ladrillo, ahora reconvertido en *lofts*, y me dijo que aparcara en una plaza reservada junto a la entrada. Cargados con las bolsas de basura, cruzamos un pasillo del sótano y entramos en un ascensor.

Ese barrio está infestado de tipos ricos vestidos de modo informal, y había media docena de ellos en el ascensor en el que subimos a la sexta planta. Varios de esos individuos dirigieron a Emily miradas de desaprobación. Supuse que sería por introducir basura en aquel Edén de diseño y refinamiento creativo.

La sexta planta tenía el aspecto de un estudio de arquitectura o de una agencia de publicidad: ladrillo visto por todas partes, espacios abiertos, iluminación estilosa y muebles modernos.

—Vuelves muy pronto —le dijo a la mujer un tipo trajeado sin corbata.

—El tiroteo no ha durado demasiado.

El hombre sofocó una risotada, agitó el dedo como diciendo «muy bueno», y se alejó. La cosa empezaba a tener más sentido. Por la ropa vagamente ecuestre, el coche antiguo y el moño informal, Emily parecía más bien una persona de dinero que sabía cómo pasárselo bien, y no el tipo de mujer que se dedica a transportar residuos.

Seguimos adelante. Por las dimensiones de las oficinas, que parecían pistas de *squash*, y el paso acelerado de las secretarias, supuse que estábamos en un pasillo de dirección.

Mi acompañante me guio hasta el final de la planta. Entramos en una oficina con grandes ventanales y una vista del Potomac que abarcaba desde la Universidad de Georgetown hasta el Capitolio. En metros cuadrados, debía de tener una superficie no muy inferior a la de nuestra casa en Del Ray.

Ella fingió que se avergonzaba de aquellas dimensiones, y comentó:

—Cuando diseñábamos los planos, no me di cuenta de que resultaría tan desmesurado. No vaya a creer que sufro un problema de culto a la personalidad. También lo usamos para celebrar reuniones.

—¿Así que este es su despacho?

—Póngase cómodo.

Arrojó una de las bolsas sobre una mesa de conferencias de madera noble, de unos seis metros de largo, y hurgó en su contenido.

—Gracias por ayudarme allá abajo —dije—. Detesto parecer ingrato, pero tal vez podría explicarme qué hacía escondida detrás de aquel edificio.

Levantando la vista, me explicó:

—Llevamos una semana vigilando esas oficinas. Cabía la posibilidad de que pudiéramos dar por fin un paso importante en la investigación, y entonces aparece usted y casi consigue que lo maten, con lo cual he tenido que intervenir. Ahora ellos se habrán asustado y nosotros hemos vuelto a la casilla de salida.

No era de extrañar que pareciese enfadada conmigo durante el trayecto. Eché un vistazo a los documentos de su escritorio.

—¿Cómo ha dicho que se llamaba?

—Emily.

—¿Emily?

—Bloom.

—¿Como en Bloom Security?

—Esa soy yo. Puede dejar la bolsa aquí encima.

Obedecí y añadí mi basura a la suya.

Había oído hablar de Bloom Security, cómo no. Era la firma empresarial de inteligencia más grande del mundo. Trabajaban para las altas esferas en el DC y tenían oficinas en las principales capitales. Piensen en una moderna agencia Pinkerton o en una CIA privada. La firma tenía más de un siglo de antigüedad; habían empezado como guardias de seguridad para los magnates del ferrocarril, el acero y la minería de la Edad Dorada.

Actualmente, rastreaban los bienes ocultos de los peores dictadores y criminales de guerra del mundo y, por un precio astronómico, eran capaces de conseguir cualquier cosa: rescatar a un alto ejecutivo secuestrado por las FARC, reclutar a una fuerza militar de Aire, Mar o Tierra o sofocar un golpe de Estado.

No podía creer que aquella mujer que estaba limpiando de café molido unos restos de papel triturado fuese Emily Bloom, la joven más inaccesible de Georgetown.

—Yo me llamo Mike Ford. Soy amigo de Tuck Straus.

Ella reflexionó un instante y dijo:

—¡Ah, claro! Creo que me ha hablado de usted.

Tuck estaba colado por aquella mujer. Era uno de mis mejores amigos en el DC y siempre la estaba elogiando. Emily era la heredera de aquel imperio de seguridad, y Tuck llevaba suspirando por ella desde la universidad. Ahora veía por qué.

—¿Le importa explicarme qué relación mantiene con aquellos dos caballeros? —preguntó. Bloom Security debía de tener sus motivos para andar tras la pista de un tipo como Lynch. Yo, no.

Emily se desplazó con la silla hasta su escritorio y tecleó algo en el ordenador. Gracias al reflejo de la ventana, vi mi cara en la pantalla. Estaba comprobando mi historial.

—Mi hermano está en un aprieto con ellos. Quería averiguar qué se traen entre manos, para ver si podía ayudarlo.

Ella se mordió el labio inferior mientras leía el texto de la pantalla.

—¿Qué clase de aprieto? —Parecía interesada a medias. Podía ser una actitud genuina, aunque yo sospeché que se trataba de una táctica para recabar información.

—En realidad, no sé gran cosa del asunto; lo único que sé es que lo han amenazado.

Bloom Security mantenía una estrecha relación con las fuerzas del orden, y yo tenía la sensación de que me estaba interrogando; por ello, me salté casi todos los detalles.

—¿Usted sabe quiénes son? —pregunté—. ¿Tiene datos sobre lo que se cuece en ese edificio de oficinas?

Supongo que el archivo que había consultado sobre mí le había dicho casi todo cuanto necesitaba saber, porque se relajó, volvió a la mesa y revisó el montón de papel triturado distraídamente, como quien se sienta ante su escritorio para resolver un crucigrama. Daba la impresión de que yo había superado la prueba.

—Si conociera todos los entresijos, no estaría hurgando en la basura —respondió—. El punto de partida fue un contrato de seguridad y vigilancia, con información confidencial compartimentada. No conozco todos los detalles. Se trata de algo relacionado con delitos financieros. Francamente, no creo que nadie sepa nada importante sobre esa pandilla. —Encajó otro pedazo de papel en su sitio—. ¿Qué es lo que no me está contando, Mike?

—Le he dicho todo lo que sé.

Ella me estudió fríamente.

—¿Por qué está buscando en la basura? —Fue lo primero que se me ocurrió preguntar para librarme de su mirada.

—He supuesto que todo el lugar iba a quedar inutilizado para seguir investigando, y me he llevado lo que he podido.

—Pero ¿cómo es que usted hace tareas sobre el terreno?

—¡Ah! Estaba actuando. Esa misión era lo más interesante que había hoy en la ciudad. Resulta mucho más divertido que las presentaciones en Power Point y las previsiones de beneficios, y siempre conviene recordar que, más allá de los jets privados, de los exsenadores y las mesitas de café Saarinen, la gente nos paga a fin de cuentas para que, literalmente, hurguemos en la basura.

—¿Es legal hacerlo?

—Sí, siempre que sea en una zona de paso pública.

Uno de los colegas de Bloom, un tipo apuesto de veintitantos años, asomó la cabeza por la puerta y le pasó una nota.

—¿Necesitas algo? —preguntó.

—Sí —repuso ella—. Algo para limpiar a mi amigo.

Por su actitud, supuse que sería un ayudante. Revisé mi reflejo en la ventana. Estaba hecho un desastre: tenía manchada de gris la mitad de la cara, debido al polvo del capó, además de la magulladura aún hinchada de la noche anterior. El ayudante reapareció con una toalla humedecida en agua caliente: una toalla tan mullida y agradable que eché un vistazo a la etiqueta para incluirla en nuestra lista de bodas.

—El subdirector está aquí —dijo el joven. Bloom miró el reloj y soltó una maldición por lo bajo—. Gracias, Sebastian. Dile que suba en cinco minutos.

—Supongo que tendrá otras cosas que hacer —insinué.

—Sí, claro. Contactos. Desayunos de negocios, almuerzos de negocios y cenas de negocios siete días a la semana. Sonrisas falsas, chistes de mierda y súplicas a pomposos trajeados para que nos den más trabajo. La mitad de ellos se niega a creer que yo dirija la empresa. Para la otra mitad, no soy más que un apellido y un apretón de manos: el salvoconducto para que las grandes firmas tengan la sensación de que han llegado a lo más alto. Pero no puedo quejarme. Lo más agradable cuando tu nombre figura en la entrada del edificio y posees el cien por cien de las acciones de clase A es que puedes hacer cuanto se te antoje. —Alzó un pedazo de papel triturado—. ¿Está seguro de que no sabe nada más de esos tipos?

—Completamente.

—Qué lástima. Pensaba que quizá podríamos ayudarnos mutuamente.

La información era una moneda de cambio, y yo tendría que negociar para llegar a alguna parte.

Ella volvió a bajar la vista a los papeles y desperdicios.

—¡Ah, mire! —exclamó.

—¿Una pista? —pregunté acercándome.

—¿Esto? —Cogió uno de los papeles—. No, no tiene ningún valor. Creo que es una cuenta de resultados para un bufete de abogados. En esa empresa, por lo que yo sé, no cometen nunca ningún error. Y no disponíamos de los hombres ni de la autorización para pillarlos. Siempre lo destruyen todo, y lo más seguro es que ya hayan desalojado esa oficina.

Hizo una pausa.

—En cambio, esto otro… —Sacó de la bolsa una pinza reversible negra de mayor tamaño que lo habitual, se acercó a su escritorio y la usó para sujetar un fajo de documentos—… es exactamente lo que necesitaba. Se nos han acabado todas.

Sonó el teléfono. Bloom miró la pantalla del teléfono fijo.

—He de empezar a repartir apretones de manos. Pero si recuerda algo que haya olvidado mencionarme y quiere compartir información, llámeme. Quizá entonces tenga algo más para usted. —Me anotó su número de móvil en el dorso de una tarjeta y me la dio. Ahí estaba, formulado con elegancia y sutileza: era una cuestión de toma y daca.

—Por supuesto —dije.

—Y vaya con cuidado, Mike. No sé mucho de esos tipos, pero me consta que no se andan con bromas. Actúe con cautela.

No me habría venido mal hablar con alguien del problema de Jack. Mientras sopesaba su oferta, sin embargo, miré a través de la puerta de cristal de la oficina y vi al subdirector del FBI, uno de los agentes más veteranos del país, acercándose por el pasillo. Jack me había advertido que no hablara con la policía. Y había otro factor sobre el que prefería no reflexionar abiertamente. No quería recurrir a las autoridades si no sabía hasta qué punto habría de jugar sucio para salir del atolladero.

Salí del despacho justo cuando el subdirector del FBI entraba. Él me dirigió una larga y desagradable mirada mientras pasaba por su lado. Una mirada que, seguramente, me merecía, teniendo en cuenta que acababan de arrastrarme por un callejón y de enrolarme en el robo de un banco.

Capítulo diez

$\mathcal{A}$nnie ya estaba en casa cuando llegué a nuestra calle. Como su coche ocupaba el corto sendero de acceso, encontré un hueco en la esquina y aparqué. Al acercarme, vi luz en el mirador y observé que ella cruzaba la habitación vistiendo una camiseta de deporte. No se veía ni rastro de Lynch en la calle; solo el paisaje habitual del barrio: un embotellamiento de cochecitos infantiles y varias personas tomando helados. Tal vez sus amenazas eran una fanfarronada. Me permití relajarme ligeramente, pasando del pánico al miedo.

Cuando ya estaba a media manzana, reconocí a los tipos de los helados.

—¿Qué coño hacen aquí? —grité desde lejos.

Los papás que paseaban a sus bebés me miraron consternados. Me tenía sin cuidado. Yo no le quitaba ojo a Lynch. Estaba apoyado en un árbol de la otra acera, justo frente a mi casa, y el fornido irlandés de la otra noche se hallaba a su lado. Lynch repartía su atención entre dos tareas: buscar los pedacitos de chocolate del helado y vigilar mi casa.

Al acercarme, advertí que se había situado justo en el ángulo adecuado para atisbar la habitación lateral donde se encontraba Annie estirándose y doblándose por la cintura.

—Para responder a su pregunta —dijo él—, resulta que el local donde hacen estos helados exquisitos estaba cerrado esta mañana; he tenido que volver. —Miró la ventana de mi casa y lamió la cucharilla—. Delicioso.

Me lancé sobre él. Los papás se habían refugiado tras la esquina y observaban la escena con creciente alarma.

—Calma, Mike, calma —soltó Lynch.

—Juro por Dios…

—No puede matarme. Aquí no, desde luego.

—Lárguese. No quiero verlo más.

—Solo estamos disfrutando de la tarde, Mike. Aunque me alegro de haberme encontrado con usted. No hemos podido terminar nuestra charla.

—Voy a llamar a la policía —amenacé sacando el móvil.

—Por favor.

Alcé el teléfono y coloqué el pulgar sobre el teclado.

—Es el nueve, uno, uno. Por si lo ha olvidado —dijo.

Marqué.

Lynch arrojó la cucharita en el vasito vacío.

—Aunque quizá no le conviene demasiado que venga la policía y empiece a hacer preguntas cuando acaba de recorrer la calle gritando obscenidades. Además, ¿qué piensa decir exactamente? ¿Que hay un par de tipos bien vestidos saltándose la dieta enfrente de su casa? ¿O va a contarles un borroso complot que usted apenas comprende? Además, todo lo que sabe se lo ha contado su hermano, un exconvicto incapaz de abrir la boca sin soltar una mentira.

—Departamento de Policía de Alexandria —dijo una voz al otro lado de la línea—. ¿Cuál es la emergencia?

Lynch prosiguió:

—Estoy seguro de que la policía local habrá averiguado todo esto antes de medianoche. Está poniendo las cosas más difíciles para usted y su hermano, Mike; prolongando una situación desagradable. Pero si quiere complicarlo del todo, adelante.

—¿Oiga? —dijo el operador—. ¿Cuál es la emergencia?

Esperé un momento, apretando los dientes. Lynch no dejaba de mirarme.

—Perdone —me disculpé—. He marcado mal. No hay ninguna emergencia.

—De acuerdo. Que tenga buenas noches, señor. Y vaya con más cuidado en adelante, por favor.

—Me parece que hemos empezado con mal pie —opinó Lynch. Se metió la mano en el bolsillo y me tendió mi permiso de conducir—. Yo soy un tipo razonable. Defiendo mis intereses, como cualquiera. Si pago a alguien para hacer un trabajo, espero que cumpla. Y si no lo hace, espero que lo remedie. Es de justicia, sencillamente.

Cogí mi permiso

—O si no…, ¿lo envía al hospital? ¿Lo mata?

Él arrojó el vasito de helado en el cubo de basura de un vecino, y replicó:

—Se me da mejor la zanahoria que el palo. Usted es un elemento muy competente. No tiene antecedentes. Está limpio. Y tiene montada toda esa historia de abogado respetable. Creo que puede encontrar el modo de hacer este trabajo con el mínimo de alboroto o de peligro para sí mismo. Después, no me verá más. Y podrá volver junto a su chica encantadora y seguir escogiendo blondas para su boda.

¿Cómo sabía tantas cosas ya?

—Su hermano no tiene nada que perder, Mike. Pero usted sí, mucho. Es lamentable que tenga que apretarle las tuercas a usted, pero así está la cosa.

—¿Y pretende que robe un banco?

—Sería más divertido, pero no. Esta operación era muy sencilla antes de que su hermano decidiera, pese a todas las pruebas en contra, que él era uno de los chicos buenos. No se trata de un asalto, Mike. Es un asunto de información confidencial.

Yo temía que quisieran reclutarme para un grave delito. Ahora bien…, manejar información privilegiada, como Martha Stewart…[1] ¿Qué ocupación más distinguida podía existir?

—Teníamos a un economista en el lugar adecuado para que nos pasara una información importante para los mercados. Su hermano la cagó con el pago. El economista salió corriendo. Y ahora necesitamos otro medio para conseguir los datos.

—¿Qué tipo de datos? ¿Cuál es el objetivo?

—No me gustaría arruinarle la sorpresa.

—¿Por qué no presionan a su infiltrado, en vez de presionarme a mí?

63

1. Famosa millonaria estadounidense, condenada y encarcelada en 2004 por uso de información privilegiada. Actualmente, es una personalidad televisiva. *(N. del T.)*

—¿Quién ha dicho que no lo estemos haciendo?

—Pues da la impresión de que pierde la mayor parte de su tiempo siguiéndome a mí.

Lynch asintió, como aceptando mi observación.

—Él es un caso complicado. No consigo localizarlo por ahora. Y será mejor no fisgonear más en ese avispero de momento, a menos que al tipo se le ocurra hacer una locura. Al final, lo acabaremos localizando.

Echó un vistazo al otro lado de la calle. Annie había salido al porche y se nos estaba aproximando. Tenía que arreglármelas para que Lynch se largara.

¿Hasta qué punto podía ser peligroso un economista? Hablaría con él, simplemente. Era un precio barato que pagar para mantener todo aquel asunto lejos de mi hogar.

—¿Y si yo consigo que el tipo vuelva a colaborar? —pregunté.

Lynch sonrió, sin dejar de observar a Annie.

—O sea que acepta entrar en el asunto —masculló.

—No. Yo estoy fuera. Hablaré con el tipo para permanecer al margen.

—Fantástico. Está dentro. Tenga presente que si la caga, o lo asusta o complica más las cosas, todavía lo tendrá más difícil para arreglarlo.

Annie estaba a unos diez metros. Notaba cómo saboreaba Lynch mi inquietud a medida que ella se acercaba.

Todavía esperó un segundo más, hasta que Annie se encontró casi a la distancia suficiente para oírnos.

—Se llama Jonathan Sacks. Dispone de veinticuatro horas. —Y se alejó sin más.

—Hola, cielo —me saludó Annie—. ¿Quién era ese hombre?

«Mi nuevo jefe.»

—Nadie —dije.

Capítulo once

$\mathcal{M}$i primer día como cómplice criminal estaba resultando más bien aburrido. Aparqué frente a la casa adosada de Sacks, que formaba parte de un grupo de doce viviendas similares. Tenía su propia entrada, lo cual resultaba práctico. Eran las siete y media de la mañana, un buen momento para pillar a la gente cuando sale a trabajar. Tras media hora sin observar ningún signo de actividad en el interior de la casa, mi impaciencia se transformó en osadía y me encaminé directamente hacia la entrada.

Vi publicidad de pizzerías asomando bajo la puerta. Al lado, había un buzón. Di unos golpecitos en la superficie de metal; sonó un ruido amortiguado; debía de estar lleno hasta la mitad.

Sacks llevaba varios días fuera, y estábamos a media semana. Deduje que había huido. Atisbé a través de las persianas: no se apreciaba ningún signo de un desalojo precipitado; probablemente, pensaba volver. Sin embargo, yo no tenía días para esperarlo. Se suponía que había de estar preparando una declaración para el caso de los fondos electorales opacos; pero entre aquella absurda operación de vigilancia y el almuerzo del colegio de abogados que Annie acababa de recordarme esa mañana, no sabía cuándo podría ocuparme de mi trabajo.

Sacks era un economista de la Reserva Federal. Esa institución controla un montón de bancos, por lo que supuse que el individuo tendría acceso a alguna clase de información confidencial. Saqué el portátil, provisto de una tarjeta de banda ancha, y busqué algún directorio en la página web de la Reserva

Federal. No encontré nada a simple vista. En la página de «Contacto» había unos cuantos números, la mayoría de los cuales, supuse, irían a parar a un buzón de voz. Algunos de ellos tenían el prefijo y los cuatro primeros dígitos iguales.

Eso solía significar que si marcabas los cuatro primeros dígitos, seguidos de tres ceros, podías comunicar con la centralita.

Ya tenía un número. Pero ¿cómo me identificaba?

La noche anterior había hecho una búsqueda sobre Sacks en Accurint, que es una de las grandes fuentes de información disponibles actualmente. Si existe una información sobre ti en alguna base de datos comercial o gubernamental de cualquier parte del mundo, ellos la compran, la sitúan en un conjunto unificado y la hacen accesible mediante una opción de búsqueda. Una vez que aprendes a leer los informes, te basta con esas pocas páginas para conocer el historial de una persona y una buena porción de sus secretos. Yo había averiguado todas las direcciones de Sacks, desde la casa donde se crio en adelante; listados de sus parientes, socios, colegas y vecinos, así como de las personas con las que vivía, y también sus teléfonos, historiales profesionales, antecedentes delictivos e incluso, en la mayoría de casos, sus números de la Seguridad Social.

Por los apellidos y las fechas de nacimiento, había deducido que Sacks tenía dos hijas y una esposa, y una casa unifamiliar en Falls Church. No obstante, desde el pasado verano, vivía solo en una casa adosada de lujo en el sudoeste del DC. Eso sonaba a divorcio, lo cual explicaría los móviles financieros de su implicación.

Las direcciones profesionales son lo primero que hay que mirar para localizar a un adicto al trabajo. Entré en LinkedIn y allí había un listado con una docena de colegas y socios del individuo. Escogí a un tipo que trabajaba en el Departamento del Tesoro, dentro del mismo sector, y que podía tener motivos por ello para estar en contacto con mi hombre.

Así pues, ahora buscaba a Andrew Schaefer. Vacilé un momento antes de hacer la llamada. Sentía que iba a traspasar una frontera: era mi primer paso para complacer a Lynch. Hice varias búsquedas más en Google y encontré un organigrama del personal de la Reserva Federal con números de teléfono.

Eso me lo ponía muy fácil. No tenía una buena excusa, pero sí muchas maneras de proceder. Marqué el número de la centralita.

—Política monetaria —dijo una voz masculina.

—Con Laurie Stevens, por favor. —Era la secretaria de la oficina de Sacks.

—Un momento.

—Laurie al habla.

—Hola, Laurie —la saludé. Al ser transferida la llamada desde la centralita principal, mi número aparecería en su teléfono como una extensión interna, lo cual inspiraba más confianza—. Soy Andrew Schaefer, de la OEP. Me gustaría saber si podría disponer de un hueco en la agenda de hoy de Jonathan Sacks.

—¿Ha intentado enviarle un correo electrónico?

Obviamente, yo no tenía ni idea de cómo funcionaban las cosas en aquella oficina.

—Sí. Pero no he recibido respuesta. No consigo localizarlo. Y necesito tener hoy esto resuelto para el IPC.

—Lleva unos días ausente. Una gripe o algo así. Lo mejor sería que contactase por correo.

—¿Tiene su número de móvil?

—¿Su móvil? No lo creo. Si es urgente, puede hablar con el subdirector.

Me había pasado de la raya. Había que dar marcha atrás.

—No, no, ya lo tengo todo controlado. Pero quería comprobar un dato con él. Esperaré a que me conteste por correo.

—De acuerdo.

—Gracias.

Sacks había abandonado su puesto. Realmente, estaba escondido. Busqué en el listado los familiares y socios que vivieran en la zona. Con veinticuatro horas de plazo, no me daba tiempo de ir de puerta en puerta, ni de intentar contactarlos por teléfono de uno en uno.

Había albergado en principio la esperanza de doblegar a Jonathan Sacks poco a poco, tal como me habían enseñado: cerrar gradualmente una trampa de la que no pudiera escapar. Pero por desgracia, tenía un plazo que cumplir. No me quedaba más remedio que localizarlo y ponerlo nervioso.

Después de hacer varias llamadas y de romper el hielo, me sentí en plena forma. Había una pizca de otra cosa también: diversión no era la palabra correcta; era más bien el placer de ceder a una de tus debilidades.

Eché un vistazo a la oficina del encargado de la urbanización, en la acera de enfrente, y pensé un minuto. Luego marqué el número de la exesposa de Sacks.

—¿Diga?

—Hola. Disculpe que la moleste. Soy Stephen, de River Park Homes. Usted figura en la lista de contactos de Jonathan Sacks para casos de urgencia.

—¿Ocurre alguna cosa?

—¡Oh, sí! Hemos sufrido aquí un escape de agua enorme y solo tenemos el número de la oficina del señor Sacks. Necesitamos acceder a su vivienda y estamos tratando de contactar con él.

—¿Ha probado en su móvil? ¿Tiene el número nuevo?

—Tenemos el de su casa y el de la oficina…

—Acaba de cambiarlo —dijo, y me dictó el nuevo número.

Ahora ya podía ponerme en contacto con él. Pero ¿qué iba a decirle? Tenía una vaga idea del rollo que le soltaría. Intentaría ponerme de su lado, actuar como el chico bueno en contraste con el malvado Lynch, pero no sabía cuál era la petición que debía hacerle ni conocía los términos del acuerdo.

Jack me había dado la noche anterior el número de Lynch, así como algunos datos sobre Sacks. Mientras paseaba arriba y abajo por la calle, llamé.

—¿Quién es? —dijo Lynch.

—Mike Ford. —Pero no pude añadir nada más.

Un Prius dobló la esquina, y, de inmediato, reconocí al volante a un hombre que parecía Jonathan Sacks después de una parranda de tres días.

—Mierda. Está aquí —dije—. Volveré a llamarlo. —Y me agazapé detrás de mi todoterreno.

Según podía apreciar, el coche de Sacks estaba hecho polvo. Una planta de plástico se balanceó en el asiento trasero mientras él se detenía frente a la urbanización y echaba a andar hacia su casa. Llevaba un suéter azul oscuro, pantalones de color caqui y zapatillas deportivas.

Entró en su casa para echar un vistazo rápido y luego se dirigió a la oficina del encargado. A través de la luna de cristal, lo vi gesticular y señalar hacia su casa. Su exesposa lo habría avisado de la fuga de agua. Las cosas se estaban desarrollando mucho más deprisa de lo que esperaba.

Observé cómo su confusión se transformaba en suspicacia y observé que atisbaba a través de los cristales de la oficina.

Volvió al Prius y arrancó. Yo me subí corriendo a mi coche y lo seguí, con la esperanza de averiguar al menos dónde estaba viviendo y poder idear un modo de abordarlo.

Mantuve las distancias, aunque apenas importaba. Sacks estaba completamente inmerso en su propio mundo. En los semáforos, lo veía a través de sus retrovisores hablando consigo mismo. Desde el sudoeste de la ciudad, condujo a lo largo del Mall; luego cruzó hasta el Navy Memorial y aparcó, dejando la mitad del coche en una zona de autobús.

Caminó por la avenida Pensilvania y dobló hacia Indiana. Caí en la cuenta de golpe: se dirigía a Judiciary Square, la parte del DC por la que yo sentía menos predilección.

Toda esa zona es un palacio de pesadilla para quienes tienen tendencias delictivas. A un lado de la calle se alzaba el edificio del FBI, una fortaleza de hormigón de ese estilo de los años cincuenta llamado «brutalismo». Al otro lado, se encontraba el Departamento de Justicia, donde había tenido hacía un tiempo el placer de ser casi incinerado. Al fondo, estaba la central de la Policía Metropolitana y los juzgados del Distrito de Columbia. Yo había realizado allí un montón de trabajo voluntario; ya debería haberme acostumbrado al lugar, pero la verdad es que nunca dejaba de provocarme una sensación de desasosiego.

En esos juzgados, a los doce años, me había pasado semanas esperando fuera, en duras sillas de plástico, mientras mi padre recorría el laberinto de las vistas previas con el fiscal del distrito y los abogados de la acusación, que nos dedicaban falsas sonrisas a mí y a mi hermano al pasar corriendo por el pasillo. Había sido allí donde había tenido que sentarme, vistiendo mis ropas de beneficencia, y escuchar cómo el presidente del jurado declaraba culpable a mi padre; allí donde había visto al juez condenarlo a veinticuatro años; allí donde había presenciado cómo el alguacil lo arrancaba de los brazos de mi madre. Du-

69

rante la mayor parte de mi vida, mi padre no había estado a nuestro lado.

Y era justo allí a donde Sacks se dirigía. Un escenario perfecto para mi primer trabajo con mis nuevos socios criminales.

Las aceras y las escalinatas de los juzgados estaban llenas de policía. Conté cuatro agentes judiciales uniformados mientras caminaba; y vaya a saber cuántos había de paisano.

Sacks se detuvo frente a un horrible edificio de los años setenta, de hormigón deslucido por la lluvia y cristales negros: la Magistratura. Observó la entrada; hundía una mano en el bolsillo y, con la otra, se rascaba compulsivamente el cuello. Aguardé a unos seis metros de él.

De repente sonó mi móvil.

Mientras yo lo silenciaba y fingía que caminaba despreocupadamente, Sacks se giró.

Era el número de Annie. Consulté la hora y solté una maldición. Si no terminaba deprisa, iba a llegar a tarde.

Sacks seguía contemplando el edificio. Parecía como si fuera a ponerse a llorar. Entonces inspiró hondo y se volvió por donde había venido. Pasó frente a un bar deportivo, reflexionó un momento y se sumergió en la penumbra del local. Me situé en un punto de la acera desde donde podía verlo a través de la puerta de cristal.

Mi móvil volvió a sonar. Bajé la vista, haciendo una mueca, pues pensé que sería Annie. Era Jack.

—¿Qué hay?

—¿Dónde estás?

—En Judiciary Square. He encontrado a Sacks.

—¿Qué está haciendo?

—Deambular con cara mustia como si fuera el último día de las vacaciones de verano

—¿Qué crees que pretende?

—No lo sé… —Me giré para contemplar de nuevo el edificio al que el hombre se había acercado para dar luego media vuelta.

No entendía cómo no se me había ocurrido antes. ¡Claro! La Magistratura era la sede del fiscal superior del distrito.

—Quiere ver al fiscal.

—¡Ay, mierda! —exclamó Jack.

—Lynch me manifestó que prefería dejarlo en paz, a no ser que cometiera una locura.

—Chivarse parece una locura considerable teniendo en cuenta lo que sabemos de Lynch. No puedes permitir que entre ahí. Lo matarán. Yo acabo de terminar una reunión. No estoy muy lejos. Voy para allá.

Me dije a mí mismo que estaba haciendo una buena obra en todo aquel asunto. Lynch podía estar vigilándonos en ese mismo momento. Y si veía que su contacto entraba en la oficina del fiscal, era capaz de cualquier cosa. Yo tenía un motivo adicional para detener a Sacks: si él hablaba, mi única salida fácil —arrastrarlo de nuevo al delito— se evaporaría.

Sacks no había pedido nada en el bar. A los cinco minutos, se dio por vencido. Salió a la calle, frente a las fuentes del Navy Memorial. Miró hacia el fondo de la avenida Indiana, donde estaban los juzgados, y después hacia donde tenía el coche.

«Lárgate», pensé.

Sacó su móvil. Me aproximé.

Fue una llamada rápida, pero logré captar el final: «Voy para allí; estoy al otro lado de la plaza. De acuerdo».

Echó a andar hacia los juzgados, llevándome la delantera.

Mi móvil soltó un pitido. Un mensaje de texto de Annie: «¿Dónde estás?».

Ahora no podía responder. Mientras cruzaba otra vez la plaza siguiendo a aquel individuo, habría jurado que había visto un Chrysler negro bajando por la calle Cuarta.

No me daba tiempo de intentar doblegarlo poco a poco. Tenía que pillarlo al vuelo y disuadirlo en el corazón mismo del sistema de la justicia penal.

Caminé a toda prisa cuando se aproximó al cruce. Él encontró un hueco en el tráfico. Pero yo tuve que detenerme y, decidiéndome, me la jugué. Crucé frente a un Escalade de la Policía Judicial que frenó bruscamente y tocó la bocina mientras yo corría hacia la otra acera.

Sacks había alcanzado la puerta principal de los juzgados. Eché a correr, pero llegué demasiado tarde. Él ya atravesaba los detectores de metal; yo era el último de la cola. Había ocho agentes entre nosotros, y no parecía el lugar indicado para incitarle a gritos a participar en una conjura criminal.

Esperé, sudando, mientras me hacían pasar por el arco de seguridad. Recogí el móvil y las llaves, y corrí por el pasillo para dar alcance a mi hombre.

Él oyó que me acercaba; se giró y me miró sobresaltado.

Dos policías uniformados pasaron por nuestro lado.

—¿Es usted Jonathan Sacks?

Yo tenía las mejillas rojas de tanto correr, y un morado bajo el ojo izquierdo. Era consciente de que parecía un loco.

—Sí —afirmó apartándose ligeramente y echando un vistazo a los agentes más cercanos.

—Me llamo Michael Ford. Soy abogado. Y tengo motivos para creer que su vida corre peligro. Lamento sorprenderlo así.

—¿Para quién trabaja?

—Para nadie. Me ha llegado una información hace poco. Tenía que avisarlo.

Él retrocedió.

—Escuche —dije—. Si colabora con un fiscal o facilita información ahora, corre un grave peligro. Si yo he sido capaz de averiguar qué está haciendo, ellos también lo serán. Por favor, concédame cinco minutos.

—¿Es una especie de amenaza?

—Al contrario. Estoy aquí para ayudarlo.

—Hable.

—Aquí no. No puedo explicarle lo peligroso que es para usted, y para mí, estar en este edificio. Ellos tienen informadores. Si usted habla, lo sabrán.

—¿Y cómo sabe todo esto?

Me acerqué un poco y le expliqué:

—Mi hermano intentó hablar y ellos se enteraron. Vi con mis propios ojos cómo los hombres que están detrás de todo esto lo golpeaban hasta dejarlo inconsciente. Su vida también corre peligro. Escúcheme, por favor.

Él no apartaba los ojos de los policías más cercanos. Si daba un grito, yo estaba perdido.

Los familiares aguardaban cerca de las salas de los tribunales y deambulaban por los pasillos con expresiones consternadas o de callada angustia. Docenas de abogados, jueces y policías iban de aquí para allá. Reparé en las duras sillas de plástico donde había pasado tantas horas, y pude ver esperando allí a una abuela, y también a un niño cuyas piernas no llegaban a tocar el suelo. A través de una puerta abierta, atisbé a un juez tomando asiento en el tribunal. En apenas unos instantes, reviví mi propia detención y juicio, diez años atrás, y recordé al juez que me escrutaba desde lo alto del estrado aquella noche, cuando mi vida entera se había ido al garete.

A cada paso, temía sentir una mano sobre un hombro y el tacto metálico de las esposas en las muñecas.

73

Capítulo doce

—*D*ispone de cinco minutos —dijo Sacks.

No podía creer que hubiera aceptado.

—Sígame —le indiqué—. Vamos a un lugar público. Pero no aquí.

Él asintió.

Antes de que pudiera pensárselo mejor, lo guie fuera de los juzgados y crucé Constitution hacia una hilera de árboles situada al final del National Mall. Estábamos al otro lado de las fuentes que hay delante del Capitolio.

—Hable —me apremió.

Yo debía engatusar a aquel hombre para que participara en un complot criminal del que no sabía prácticamente nada. Tenía que introducirme en su mente y conocer sus motivaciones para persuadirlo. Mi hermano me había explicado lo que él había llegado a saber, el esquema general: Sacks era el típico adicto al trabajo del DC, un hombre tan concentrado en salvar el mundo que había perdido a su esposa. Yo me había leído muchos de sus discursos e informes gubernamentales, todos ellos documentos áridos y extremadamente técnicos, pero que venían a ser lo que en su círculo se consideraba recopilación y revelación de trapos sucios: argumentos para elevar los requisitos de capitalización bancaria o para restringir el comercio de derivados y las operaciones con cartera propia.

Jack me había informado de lo restante: tras su divorcio, cuando Sacks estaba realmente necesitado de dinero para la manutención y la pensión alimentaria, ningún banco quiso contratarlo. Tratando de hacer lo correcto, había conseguido quemar las naves. La puerta de las oportunidades se había atascado para él. Interpretaba el papel de humilde burócrata, pero no soportaba la idea de compartir una habitación o alquilar un apartamento en un sótano. Pensó que si sabía manejar miles de millones en letras del Tesoro, también sabría manejar su propio dinero en Bolsa. Pero no fue así. Y a partir de ahí fue cayendo por la pendiente hasta que Lynch lo metió en un callejón sin salida.

¿Qué me daba pie para creer que podría convencerlo? El tipo viene al DC para tratar de llevar una vida decente y realizar una buena labor entre personas en apariencia respetables; de repente se ve involucrado en un delito que apenas comprende y ahora está cagado de miedo.

Podía sentirme identificado.

—Esos hombres de los que está huyendo —dije—, tienen informadores en todas partes. —Eso era lo que me había asegurado mi hermano, y ahora me interesaba creerlo—. Si habla, se enterarán y lo atraparán.

—Los fiscales pueden protegerme.

—¿Por un caso de delito financiero? ¿Cree que tienen recursos para eso? No estamos hablando de las Cinco Familias de la mafia. Usted supervisa los bancos y sabe cómo funcionan estos acuerdos de guante blanco. Dentro de seis años, quienes estén detrás de este asunto quizá, y digo quizá, habrán de enfrentarse a una multa que ascienda a un porcentaje insignificante de los intereses que hayan sacado con sus beneficios. O firmarán un acuerdo de conciliación y todo acabará bajo la alfombra. ¿Piensa permanecer escondido todo ese tiempo?

—¿Cómo sabe todo esto?

—Soy un empollón repelente, igual que usted. Mi hermano ya es otra historia. Él estaba implicado en la operación, pero acudió a mí en busca de ayuda. Trató de recurrir a la policía. Los hombres con los que trabajaba se enteraron. Y ahora van a matarlo a menos…

—A menos que yo acceda a sus exigencias.

Asentí.

—¿A usted también lo han amenazado? —le pregunté.

No respondió; se limitó a contemplar el Lincoln Memorial a lo lejos.

—Usted vino a Washington con intención de hacer el bien —le dije—. Lo comprendo. Es lo mismo que me trajo a mí aquí. Uno trabaja todas las horas del mundo, tratando de poner fin a la lacra de los sobornos cotidianos..., ¿y qué consigue a cambio?

Él bajó la vista al suelo de tierra del Mall.

—Consigues que te machaquen —continué—. Pretendes hacer lo correcto y acabas perdiendo todo aquello por lo que has luchado.

—¿Y usted qué sabe?

—Tengo mi propia historia. Pero ahora eso da igual. Sé lo que es pagar el precio por mantener tus principios. Sé lo que es que te arrinconen. Si todos esos fondos de alto riesgo comercian con redes de expertos e información confidencial, ¿qué importa un soplo más o menos? ¿Cuál es la diferencia? ¿Por qué habría de ser usted el único en pasarlo mal mientras todo el mundo se dedica a amañar el juego? Usted les envía esa información y, en un par de segundos, todos los problemas desaparecen. No habrá largos y desagradables interrogatorios, ni grandes jurados, ni montones de cámaras acechando, ni una mancha en su historial para el resto de su vida por la que todo el mundo sabrá lo que llegó a hacer. Es muy sencillo.

Me asusté de la facilidad con que me salían aquellas siniestras promesas. No solo estaba intentando convencer a Sacks para que vendiera su alma, sino que estaba intentando convencerme a mí mismo.

—Como si a usted le importara lo que me pase a mí —comentó.

—Claro que sí. Mi hermano no me ha traído más que problemas durante toda mi vida. Pero usted es un tipo honrado. Lo que le ha ocurrido es terrible. Páseles la información. Será imposible rastrear la fuente. Y luego vuelva a reanudar su vida como si nada hubiera sucedido.

Él inspiró hondo y contempló la superficie del estanque, que se rizaba bajo un viento frío. A mí me tenía intrigado lo que hacía con la mano metida en el bolsillo derecho. Si no hubiera visto cómo pasaba por los detectores de metal de los juzgados, me habría inquietado la posibilidad de que se tratara de una pistola.

—De acuerdo —aceptó—. ¿Qué hemos de hacer ahora?

Le había soltado un buen discurso, aunque tal vez con una familiaridad un tanto precipitada. A lo mejor yo era tan bueno como parecía y había logrado persuadirlo. Pero halagarme a mí mismo podía resultar peligroso, sobre todo cuando estaba hablando con un hombre que tan solo unos momentos antes parecía dispuesto a jugárselo todo para cooperar con el fiscal. Yo nunca había pensado que llegaría a preguntarle a alguien: «¿Lleva un micrófono encima?». Aunque, por otra parte, aquel parecía ser un día para hacer cosas por primera vez.

Ignoraba cuál era siguiente paso. Él observó mi vacilación y la evaluó en silencio.

—Usted está en la inopia —aseguró—. ¿Conoce siquiera cuál es el objetivo? ¿La magnitud de lo que se propone esa gente?

Se echó a reír, como si yo fuese el mayor bobo del mundo. En ese momento me vino a la cabeza el consejo de mi padre: «No se te ocurra apostar en el juego de otro hombre». Me giré un poco y entonces vi, aparcado a doscientos metros, el Chrysler de Lynch. Había un cilindro gris asomado por la ventanilla trasera.

Mi instinto me decía que me tirara al suelo o que echara a correr como alma que lleva el diablo, pero, de golpe, comprendí que no era un arma, sino una especie de micrófono. Lynch podía escuchar cada una de nuestras palabras.

Sacks siguió mi mirada. Mientras él se volvía, me acerqué y atisbé la grabadora digital en su bolsillo, que mantenía la luz roja encendida. Me había estado grabando. Me entregaría al fiscal.

—Quieren conseguir la directiva —dijo.

Capítulo trece

*N*o iba a conseguir doblegarlo. Aunque el tipo no llevaba un micrófono conectado capaz de retransmitirlo todo a la fiscalía mientras yo intentaba persuadirlo. Pero no había una salida fácil en aquel asunto. Debería haberme mantenido al margen.

Mientras empezaba a alejarme, Sacks sacó el móvil y marcó un número.

Me detuve y me volví hacia él.

—No llame al fiscal —le dije. Lynch estaba escuchándolo todo. Sacks iba a conseguir que lo mataran.

—No se mueva —me respondió.

—Usted no lo entiende.

—Lo entiendo perfectamente —contestó, y alzó el teléfono—. Tengo a uno de ellos aquí. No. Justo a la vuelta de la esquina.

Echó a andar hacia los juzgados, yendo directamente hacia Lynch al mismo tiempo que lo denunciaba. Estaba decretando su propia ejecución.

Corrí tras él, lo sujeté del brazo.

—Lo están escuchando todo —le susurré agitadamente. Él me apartó de un empujón. Yo me mantuve firme y me acerqué aún más—. Lo van a matar. Tiene que huir.

Sacks tropezó, cayó hacia mí. Lo sujeté por las axilas e impedí que se fuese de bruces al suelo.

Algo pasaba. El hombre soltó un quejido y el cuerpo se le puso rígido. Lo mantuve derecho unos instantes, pero toda la fuerza lo abandonó y acabó desmoronándose.

Al principio era una mancha pequeña; apenas se distinguía

en la superficie azul de su suéter. Pero enseguida fue aumentando de tamaño.

Traté de impedir que cayera del todo. Lo abracé, lo mantuve sujeto. La mancha se extendía rápidamente. Noté cómo su calidez se filtraba a través de mi camisa.

Dejé que se arrodillara y que, después, se tendiera en el suelo. Lo puse boca arriba. Me quité la chaqueta, arranqué una manga de mi camisa y la enrollé para utilizarla como apósito. Le habían disparado en el pecho.

Media docena de personas pasaron por nuestro lado mientras él se desangraba en el suelo de tierra. El coche de Lynch había desaparecido.

Sonó mi teléfono.

Sacks contemplaba el cielo, incrédulo. Repetía solo con los labios «Dios mío, Dios mío» una y otra vez, porque con aquel agujero en el pulmón le faltaba el aire para hablar. Entre el tráfico, el viento y los autocares turísticos con el motor al ralentí, yo no había oído ningún disparo; tal vez habían usado un silenciador. Estaba al tanto de que Sacks le había explicado a la policía dónde encontrarme. Tenía que huir. Quizá me habría dado tiempo de escabullirme, pero eso significaba dejar al tipo desangrándose en medio del Mall.

Sujeté el apósito con fuerza.

—¿Qué es «la directiva»? —le pregunté.

Él estaba demasiado grave para oírme, ni para emitir una respuesta.

Cuatro agentes de la Policía del Capitolio cruzaron Madison y se acercaron. Levanté un momento la mano del apósito de tela: la sangre anegaba el pecho de Sacks, resbalando hacia abajo; volví a apretarlo con fuerza.

—¿Qué pasa aquí? —gritó el jefe de los policías.

—Este hombre está herido —dije, mientras me rodeaban—. No sé qué ha sucedido. Aguante aquí. —Agarré a uno de los agentes del brazo y le puse una mano en el apósito—. Soy técnico sanitario. Tengo el botiquín en el coche.

Corrí hacia la fila de coches aparcados, escogí un Escalade y lo rodeé. Cuando estuve detrás del todoterreno, me agazapé y cruce la calle hacia los árboles que rodean la National Gallery.

79

—¡Eh! —oí que gritaba el policía a mi espalda. Yo seguí hacia Constitution. Al limpiarme el sudor de la frente, conseguí mancharme la cara con la mano ensangrentada.

Ya debían de haber dado el aviso, porque enseguida tuve compañía: un coche patrulla de la Policía Metropolitana pasó por la avenida Pensilvania, hizo un brusco cambio de sentido y vino hacia mí con las sirenas aullando y un rugido tan atronador que hacía retemblar el suelo.

Giré a toda velocidad hacia la entrada del metro. Una escalera mecánica estaba estropeada; las otras dos, atestadas a causa de la muchedumbre de la hora del almuerzo. Los washingtonianos pueden resultar un tanto irritables respecto a las normas de las escaleras mecánicas: hay que mantenerse a la derecha y circular por la izquierda; es imposible colarse. Puesto que necesitaba un sistema más rápido, me subí de un salto a la plancha de metal situada entre las dos escaleras, me impulsé con ambas manos y, poniéndome de lado, fui descendiendo sobre la cadera. Al echar un vistazo por la pendiente no me había fijado en los discos de acero atornillados a la plancha entre una y otra escalera, pero mientras bajaba rápidamente por ese improvisado tobogán, fui recibiendo su duro impacto en el coxis cada dos metros. Al llegar abajo, salí disparado, perdí el equilibrio y me fui de bruces contra las mugrientas baldosas rojas. Me incorporé de un salto y eché a correr.

La policía ya estaría desplegándose por el otro extremo de la estación. Mi única ventaja era que estábamos en una parada del ramal anexo de la línea Verde/Amarilla que cubre algunas de las zonas más pobres del DC; pasa cada quince minutos, y los vagones y las estaciones están siempre a tope.

El parpadeo de las luces rojas del andén y una corriente de aire frío anunciaron que se aproximaba un tren. Me abrí paso hacia la primera fila y esperé hasta el último minuto. Cuando la multitud se abalanzaba hacia las puertas, retrocedí a empujones y me metí corriendo en un oscuro rincón, lejos de las escaleras mecánicas, donde se encontraba la entrada del ascensor enmarcada por unas grasientas planchas metálicas.

La policía detuvo el tren. Mientras iba subiendo en el ascensor, vi cómo registraban los vagones, gritando órdenes por radio. Al abrirse las puertas arriba, esperaba encontrarme una barrera de uniformes azules. Pero la policía todavía estaba llegando y no había cubierto más que las escaleras mecánicas, a unos quince metros. Salí a la calle.

Había visto mi reflejo en el vidrio reforzado del ascensor: tenía la cara veteada de sangre. Necesitaba limpiarme con urgencia. Me alejé corriendo de las sirenas, que aullaban con desespero, y me colé entre dos de los camiones de venta ambulante para turistas que hay alrededor del Mall. Di una buena calada de humo de generador mientras pasaba por el hueco que había entre ambos; me agencié una sudadera y una botella de agua, crucé a todo correr entre el tráfico de Constitution y me zambullí bajo los arbustos más espesos que encontré.

Emergí un minuto después, con la cabeza mojada, pero ya sin manchas de sangre, luciendo una sudadera demasiado ajustada con un rótulo que decía: «Tú no me conoces». Debajo, llevaba la camisa húmeda y todavía tibia de la sangre de Sacks. La entrada del Jardín de Esculturas estaba a cinco metros. Al cabo de unos instantes, me había convertido en un turista más que contemplaba perplejo la araña de Louise Bourgeois.

Mi coche había quedado cerca de los juzgados, pero no podía regresar allí. La policía descubriría enseguida que no había cogido el metro y el despliegue se extendería por toda la zona.

Atisbé a través de las verjas y detecté un coche patrulla aparcado en la esquina de enfrente. Rodeé el Jardín de Esculturas hasta el otro lado, esperé a que pasaran en bicicleta unos agentes de la policía del parque y salí a la avenida Madison. Venía más policía: motos de un lado, coches del otro, hombres a pie desplegándose en abanico entre los museos… Estaba atrapado.

Alguien me sujetó del brazo.

Me di la vuelta. Era mi hermano.

El Chrysler negro esperaba al ralentí a unos pocos pasos. Jack se dirigió hacia el vehículo. Lynch estaba al volante.

—Puedo sacarlo de aquí —me dijo.

El cerco de la policía se estrechaba. Noté que la sangre de Sacks se iba secando en mi piel, que me la tensaba como si tu-

81

viera escamas. Esa sangre me señalaba ante todo el mundo como autor del disparo. Sabía que debía levantar las manos y entregarme, confiar mi vida a las leyes que había jurado defender, a las leyes que habían destrozado a mi familia.

O podía entregarme a los asesinos que acababan de tenderme una trampa para inculparme. El coche negro, mi única escapatoria, aguardaba a mi lado. Se abrió la puerta trasera. Yo era inocente, pero tenía la suficiente experiencia para saber que la verdad ya no importaba.

El círculo policial se iba estrechando más y más.

Jack subió y me tendió la mano para que lo siguiera.

El único modo de salir era meterse hasta el fondo.

Subí al coche.

Capítulo catorce

*L*ynch arrancó, y yo me agaché por debajo de los cristales tintados.

—¿Usted le ha disparado? —le pregunté.

—Es más complicado de lo que parece —respondió él.

—¿Qué haces tú con ellos? —espeté a mi hermano.

—Yo estaba justo ahí, Mike. Ellos me han recogido. Y pueden sacarnos de aquí —dijo mirando a Lynch. Observé el morado negruzco que Jack tenía bajo el vendaje de la sien. Percibí su temor—. Han venido a ayudarnos.

—Los dejaremos en un lugar seguro —dijo Lynch.

—Al Dupont.

—¿Cómo?

—Déjeme en el hotel Dupont Circle —le dije mientras revisaba llamadas perdidas y mensajes de Annie—. O mi prometida me matará con sus propias manos y le privará de ese placer.

Tenía que hablar con ella antes de que la noticia empezara a circular; explicarle la situación antes de que todos los canales televisivos me presentaran como un asesino. Pero había algo más: si yo iba a huir, no lo haría sin ella.

—Hay mucho jaleo en el centro —opinó Jack.

—Al Dupont —repetí, e intenté pensar en algún sitio donde ducharme en pleno día.

Lynch me miró como quien le consiente un capricho a un niño de siete años.

—Muy bien —aceptó.

En el cruce con Florida, me bajé aprovechando un semáforo.

Jack iba a abrir la puerta de su lado para acompañarme, pero Lynch lo detuvo y me dejó marchar.

—Lo sacaremos de esta, Mike —dijo cuando me alejaba—. No se preocupe. Pero recuerde una cosa: no cometa ninguna locura. Eso nunca acaba bien.

Me dirigí al Hilton. Compré ropa en la primera tienda que encontré, una tienda de *skate* de última moda, y luego me duché y me cambié en la piscina comunitaria que hay detrás de la escuela elemental Marie Reed.

Al cruzar el vestíbulo del hotel Dupont Circle, me di cuenta de que mi conjunto —pantalón caqui y camisa a cuadros— no me daba un aire informal, sino más bien el de un rapero con ganas de acceder a un público más amplio. En el salón de baile principal, los camareros retiraban los platos de postre y los jueces y abogados charlaban en corrillos.

Le hice una seña a Annie, que estaba en la otra punta del salón y se había convertido en el centro de atención de un grupo de abogados y magistrados. Sujetaba un pesado pedazo de cristal con un rótulo grabado. Cuando la gente que la rodeaba me vio acercarme, la inquietud se apoderó de sus rostros, como si estuvieran a punto de presenciar un choque de trenes. No se les escapaba la gravedad del hecho de que yo le hubiese dado plantón a Annie en su gran momento.

—Michael —dijo un viejo abogado, especializado en propiedad intelectual, con quien tenía amistad—, al fin has llegado. Tienes ante tus ojos a la nueva ganadora del premio Copeland de Asistencia Legal Voluntaria. —Y alzó su copa hacia Annie.

—Felicidades —dije—. Siento muchísimo llegar tarde. Era una emergencia.

Me incliné y le di a Annie un beso en la mejilla. Ella se mostró tan receptiva más o menos como un bloque de hielo.

—¿Estás bien? —murmuró.

—Sí.

—¿Qué demonios es esa ropa? —susurró con una falsa sonrisa que me recordó desagradablemente a su abuela.

—Ya te lo explicaré.

En un televisor, situado al fondo del bar, estaban dando las noticias. Un ejército de policías y sanitarios se había concentrado en el lugar donde había dejado a Sacks.

Antes de que lograra escabullirme, me presentaron y fui estrechando las manos de los demás hombres y mujeres.

—… y este es el juez Gustafson, el único en todo el DC que pone por escrito su propias opiniones.

Todos se echaron a reír. Observé que aún tenía sangre bajo las uñas. Estaba a punto de darle la mano a un magistrado del tribunal de donde había sacado a Sacks. Me quedé inmóvil como un idiota, mirando mi propia mano, y, finalmente, estreché la suya. Aunque me mataran, sería incapaz de recordar de qué hablamos ni cuánto tiempo estuvimos allí. Lo único que tenía en la cabeza era el aullido de las sirenas policiales y la imagen de Sacks desangrándose en el suelo.

Temía que mi cara apareciera en cualquier momento en las noticias.

—He de marcharme —farfullé interrumpiendo la anécdota de uno de los contertulios.

Annie me miró como diciendo: «¿Qué demonios haces?».

—Te acompaño —dijo—. Disculpen un momento.

Salimos al vestíbulo.

—¿Dónde te habías metido? —preguntó—. Mi propio prometido me ha dejado plantada. ¿Te imaginas el efecto que produce una cosa así? Ya estoy harta de la locura que te ha entrado de repente, sea lo que sea. ¿Y por qué vas vestido así?

—Perdona. Tienes toda la razón. Jack está metido en un grave aprieto.

—¿Qué ocurre?

—Hay unos tipos que van tras él. Lo han amenazado.

No me había dado tiempo de pensar qué iba a hacer. Mi único impulso era salir corriendo. Pero ¿podía pedirle a Annie que dejara toda su vida así como así? ¿Debía contarle lo que ocurría?

No. Ella era fuerte, una luchadora, y aunque yo tratara de mantenerla al margen, no me permitiría enfrentarme solo al problema. No podía tentarla. Debía protegerla.

—¿Está herido? —me preguntó—. ¿Tú estás implicado? Has de acudir a la policía.

Pero Jack ya había intentado recurrir a la policía. Sacks, también. La miré fijamente: allí, en su propio elemento. Me sentía tan orgulloso de ella... ¿Qué pretendía yo? ¿Que huyéramos? ¿Que viviéramos de motel en motel? ¿Que nos escondiéramos en alguna parte como Bonnie y Clyde, con el pelo mal teñido, contando nuestros últimos dólares, parapetados tras unas persianas bajadas o discutiendo por el mando a distancia durante el resto de nuestras vidas?

Me metí la mano en el bolsillo y palpé la grabadora digital que le había sacado del bolsillo a Sacks mientras yacía agonizante. Noté que se desprendían escamas de sangre seca. Ese individuo podría haberme entregado al fiscal. Lynch me había protegido, y esa idea me ponía enfermo. Mi mente giraba enloquecida, repasando todos los medios posibles para escapar, todas las mentiras que podía contarme a mí mismo.

Pero ninguno de esos recursos me consolaba. Quedaba una única conclusión, por mucho que me resistiera a aceptarla: no tenía salida. Estaba en manos de Lynch. Por eso él me había dejado bajar del coche, pues sabía que no me quedaba elección. No podía pedirle a Annie que huyéramos. Mi vida estaba aquí. Su vida estaba aquí. Yo tenía demasiado que perder.

—Tienes razón. Me ocuparé de ello, Annie. Todo se arreglará —dije, y la besé—. Estoy muy orgulloso de ti. Ve a celebrarlo; te lo mereces. Yo voy a asegurarme de que Jack está bien; le aconsejaré que vaya a la policía y se acabará esta cuestión.

Ella apretó los labios y, luego, me preguntó:

—¿Me avisarás si necesitas ayuda?

—Sí.

—Está bien. Y basta de problemas. Volveré adentro. Nuestro socio gerente me ha invitado al Cosmos Club, nosotros dos solos. A lo mejor quiere despedirme por hacer tanto trabajo voluntario.

—Lo dudo. Eres una máquina. Tú sigue así. ¿Estamos en paz?

—Dame un poco de tiempo —pidió ella.

La besé en la mejilla. Ella regresó al salón de baile.

Crucé la cafetería y me metí en el bolsillo un cuchillo de carne. Cuando pasaba junto a la entrada del centro de negocios, salió una mujer. Le cedí el paso y metí el pie en el hueco antes de que la puerta se cerrara.

Y

Lo único que necesitaba saber era dónde trabajaba Sacks y qué había querido decir con «la directiva». Sentado ante un ordenador, no tardé en descubrir qué era lo que andaba buscando Lynch.

Si quieres dar el mayor golpe del mundo, olvídate de los bancos y ve a la fuente de todo el dinero, al banco de los bancos, a la Reserva Federal.

Cada ocho semanas, aproximadamente, se reúne un comité en una fortaleza de mármol del National Mall conocido como el Consejo de Gobernadores de la Reserva Federal. Veinticinco hombres y mujeres se sientan alrededor de una larga mesa de madera con incrustaciones de obsidiana que reluce con un brillo impecable. Hacia mediodía deciden los destinos de la economía americana, aunque no anuncian su plan públicamente hasta las dos y cuarto de la tarde.

El Consejo de la Reserva Federal decide, pero no impone. Los periódicos siempre dicen que fija la tasa de interés, pero no es así; sus integrantes no pueden imponer ningún decreto a los bancos ni obligarlos a conceder préstamos baratos.

Al concluir la reunión, ese comité reunido en el DC emite una directiva a la oficina de compraventa de valores de la Reserva Federal de Nueva York. Dicha oficina es el acelerador y el freno de la Reserva para toda la economía nacional. Los operadores compran y venden, manipulan y manejan los mercados siguiendo las órdenes de Washington. «La oficina», como la conocen en Wall Street, cuenta con un balance general de tres billones de dólares que respaldan el valor de la moneda y de las cuentas bancarias de Estados Unidos, y mueve diariamente miles de millones de dólares en títulos y valores.

Examiné una foto de la última reunión del comité. Allí, en una silla situada junto a la pared del fondo, medio oculto tras una columna, se hallaba sentado Jonathan Sacks con todo el aspecto de ser el tipo más joven de la sala.

La directiva era el manual de estrategia de la economía americana. El comité había estado inundando Estados Unidos de dinero fácil con la esperanza de reactivar el crecimiento económico. Pero aquella política de estímulos habría

87

de concluir en un momento dado. Y enterarse de cuándo dejaría de sonar la música podía reportar unas ganancias de miles de millones.

Lynch no quería fisgonear la cuenta de resultados de un banco cualquiera. Él andaba tras la joya de la corona de la Reserva Federal, y pretendía que yo la robara.

Me era imposible huir. Ya sabía qué tenía que hacer.

Capítulo quince

Aguardé en el bosque del parque Fort Totten, cagándome de frío. El suelo estaba cubierto de latas de cerveza oxidadas y envoltorios de condones. Un terraplén de tierra de tres metros de altura describía un círculo perfecto, rodeado de una profunda zanja. Yo me había encaramado en la parte más alta.

Esos antiguos fortines, esos terraplenes en tiempos provistos de cañones para mantener a raya a los confederados, se encuentran fácilmente paseando por los alrededores de Washington. Son rincones desolados, ocultos en la espesura de los parques de la ciudad, cubiertos de zarzales y frecuentados sobre todo por vagabundos y adolescentes en celo.

Jack me había telefoneado. Yo necesitaba retirar mi coche del lugar del crimen, pues había estado con el todoterreno en casa de Sacks aquella misma mañana. Además, había dejado dentro el dosier sobre el tipo y también mi portátil. Ambas cosas me relacionarían con el asesinato, de manera que habíamos acordado que mi hermano se encargaría de recogerlo y, posteriormente, se reuniría en este lugar conmigo.

Estaba pisoteando las hojas podridas para tratar de entrar en calor cuando oí pasos en el sendero: varios hombres.

Venían con Jack.

—Mike —oí que decía mi hermano.

—No intente nada —indicó alguien.

Reconocí la voz de Lynch.

—¿Qué demonios hace él aquí?

—No pasa nada, Mike —explicó Jack—. Está conmigo. Ha venido para colaborar. He ido a recoger tu coche, pero la policía lo tenía todo acordonado. Por poco me detienen. Ellos me han ayudado a recuperar el coche.

—Vamos a subir —dijo Lynch—. Solo pretendemos hablar. ¿De acuerdo?

Me habría gustado llevar la pistola que guardaba en casa en una caja de seguridad. Lo único que tenía encima para protegerme era el cuchillo de carne. Lo saqué; sentí el cálido tacto del mango de madera en la mano.

—Muy bien —asentí.

Jack y Lynch avanzaron entre los árboles hacia el fortín. No había más que un camino para cruzar el foso seco: una rampa de tierra. Bajo la luz menguante, distinguí una persona a mi izquierda. Supuse que habría más en el bosque, vigilándome.

—Ellos me han ayudado, Mike —insistió Jack. Se habían detenido a unos tres metros—. La policía vigilaba la zona. No habría podido recuperar el coche sin su ayuda. Lynch desea hablar contigo.

Volví a guardar el cuchillo en el bolsillo trasero, dejando el mango fuera, a punto para poder sacarlo. Lynch se acercó.

—¿Qué ha pasado con Sacks? —pregunté.

—Ha muerto hace media hora —respondió él—. Y lo lamento. A nadie le gustan los derramamientos de sangre. Pero era una situación complicada.

—En absoluto. Él iba a hablar y usted lo ha matado.

—También estaba a punto de denunciarlo a usted, Mike. No lo olvide.

Subió el último tramo de la rampa y me tendió un sobre.

—Tenga —dijo.

Lo cogí. Dentro había un CD y unas páginas impresas. Las hojeé: fotos mías con Sacks, justo antes de que lo mataran.

—Ya lo ve. Imágenes suyas en el escenario del crimen. Estas son copias; hemos destruido los originales.

Aquellas fotografías podían acabar con mi vida. Era como sujetar una granada a punto de estallar.

Lynch me ofreció un mechero. Volví a meter las hojas y el CD en el sobre, y apliqué la llama a una esquina del sobre. Unas lenguas de color rojo azulado fueron trepando por la superficie de papel. Tiré el sobre y dejé que se consumiera a mis pies. El disco de plástico se alabeó y ennegreció entre las cenizas.

—¿Qué es esto? ¿Una propuesta de paz? —pregunté.

—Pretendía echar una mano —dijo él.

Recuperó el mechero, sacó un Winston y lo encendió.

—Deje de hacerse el solícito —le espeté—. Ya he comprendido cuál es la situación.

El mayor de mis temores era que todos los prejuicios contra mí quedasen confirmados. Y Lynch contaba con lo necesario para convertirme en un fugitivo y en un asesino despreciable, para hacer realidad las calladas inquietudes de Annie y las murmuraciones de su familia.

Yo sería capaz de cualquier cosa para impedirlo. Lynch me tenía bien cogido. Y no haría más que empeorar la situación si me mentía a mí mismo, si aceptaba su actitud paternalista y fingía que aquello no era un vil chantaje.

—Le escucho —dijo.

—Usted gana, me tiene atrapado. Dígame qué quiere.

Me convenía mantenerlo con la guardia baja, porque había empezado a vislumbrar una salida. Aún no tenía el plan completo, solamente los rasgos generales: como esas grandes ideas que se te ocurren cuando te estás durmiendo, y que al día siguiente has olvidado.

—Termine el trabajo —ordenó Lynch.

—Usted lo que quiere es la directiva —dije—. ¿Cómo se supone exactamente que voy a robar el secreto mejor guardado del sistema capitalista?

—Nunca he dicho que fuera a resultar fácil.

—Puedo buscar a otro hombre que esté presente en esa sala cuando se tome la decisión. ¿Para cuándo se prevé la próxima reunión del comité?

—Para el martes.

—¿El próximo martes?

—Exacto.

—Muy bien. Yo encontraré la manera. Y usted nos dejará en paz. A mí, a Jack y a mi familia. Y el asesinato no recaerá sobre mis espaldas. ¿Trato hecho?

Él adoptó una expresión afligida, y replicó:

—Hay una pequeña complicación: en la fiscalía saben

quién era Sacks; saben que tenía acceso a esa decisión. Él no llegó a contarlo todo, pero están lo suficientemente enterados. Quiero decir que van a extremar las medidas de seguridad en el DC. Vigilarán a todo aquel que tenga acceso a esa sala. Después de lo de hoy, después de que usted haya sido visto en el Mall, es imposible.

—Y si no hago posible lo imposible, me matará.

—Queda Nueva York.

—Ni hablar —protesté—. Esa es la cámara acorazada más inaccesible del mundo.

—Tampoco es Fort Knox[2] —comentó Lynch.

—Hay más oro en Nueva York que en Fort Knox.

Él sonrió. Deduje que esa era su idea de un chiste.

—Pero su objetivo no será la cámara acorazada —observó—. En ella únicamente hay unos cuantos cientos de miles de millones. El dinero de verdad está arriba: en la oficina de compraventa.

—La policía ya debe de tener rodeada mi casa.

—No se preocupe. No tienen nada para identificarlo, salvo algunos bocetos imprecisos sacados del testimonio de los primeros agentes que han llegado al lugar. Pintarse la cara de sangre es un poco apache para mi gusto, pero ha resultado eficaz.

Mejor que me creyera tan loco. Necesitaba todas las ventajas estratégicas que lograra reunir.

Jack se humedeció los labios. Tardé en responder a pesar de que no había nada que decidir. Las palabras de Lynch no me dejaban opción: eran órdenes. Palpé de nuevo el cuchillo; di un par de pasos, situándome a escasa distancia.

—Yo le consigo la directiva —dije—. Y hemos terminado. No vuelvo a verle nunca más. Todas las deudas quedan saldadas.

—Ese es el trato.

Lo único que parecía justo era hundirle el cuchillo en la

2. Base militar de Kentucky, donde el Departamento del Tesoro estadounidense guarda una parte de las reservas de oro en una cámara acorazada. *(N. del T.)*

garganta. Pero aquel hombre tenía muchos recursos detrás y lo único que conseguiría sería que me mataran. Debía seguir el juego y ganar tiempo.

—De acuerdo —acepté.

—Bueno, ¿cuál es el plan? —me preguntó.

—¿Mi plan para la misión imposible que me ha explicado hace veinte segundos?

—Sí.

—Mire a ver si puede conseguirme una pelota de béisbol de los Red Sox, de la Serie Mundial del 2004, firmada.

—¿Habla en serio?

—Sí. Tengo algunas ideas.

Él asintió. Parecía gustarle mi determinación.

—Ya preguntaré —dijo, y me dio una palmadita en el hombro—. No lo habría podido hacer sin usted, Mike. Ahí va una recompensa por las molestias.

Sacó del bolsillo una moneda de diez centavos y la alzó ante mis ojos. Esas monedas se usan como un mensaje; se dejan junto a un cadáver como advertencia para los soplones.

—Que le den —masculló pasando por su lado.

¿Lynch se empeñaba en implicarme? Perfecto. El error lo cometía él. Porque yo iba a llegar hasta el corazón del complot que habían tramado aquellos hijos de puta y lo iba a hacer saltar por los aires desde dentro.

Contaba con seis días.

Capítulo dieciséis

*E*stornudé. Un poco de hachís salió volando de la bolsa de pruebas plastificada, y acabó en un rincón polvoriento. Me encontraba en el almacén de pruebas de la Policía Metropolitana, una antigua fábrica de Anacostia rodeada de feudos de narcotraficantes. Aquel lugar era como la cueva de Aladino: bienes robados por todas partes, amontonados en el muelle de carga, y que llegaban hasta la calle. El panteón de las drogas estaba construido con contrachapado, y de vez en cuando el polvo de ángel entraba en combustión a causa del agobiante calor. El almacén era como una rueda de la fortuna forense: una auténtica maravilla para los abogados de oficio. Las pruebas acababan perdiéndose siempre, y los clientes salían libres.

Aquel era el último lugar donde deseaba estar, pero tenía un caso de asistencia voluntaria y no quería dejar en la estacada a mi cliente, que era un buen chico de Stronghold, a punto de entrar en la universidad, al que habían detenido con el hachís. Las leyes sobre la marihuana habían sido reformadas, pero la modificación no era aplicable al hachís. El chaval llevaba una décima de gramo más del límite, lo cual podía acarrearle una pena de cárcel seria. Examiné la bolsa de pruebas.

La policía no la había pesado todavía: un fallo típico. Cuanto menos se dijera al respecto, mejor. Un simple estornudo acababa de ahorrarle a aquel chaval ocho años de cárcel.

Al salir, me vino a la memoria otro caso: tal vez otra manera de colarme en la Reserva Federal. Tenía que regresar a Virginia. Me dirigí a las galerías comerciales de Pentagon City.

Ya que estaba allí, compré unos gemelos de esmoquin, tipo botón, pero mi auténtico objetivo era el Apple Store.

Lo vi antes de que él me descubriera. Parecía un chico de diecisiete años, pero tenía tres más. Derek lucía un corte afro, con una parte afeitada, gafas retro y la camiseta estándar de los empleados de Apple encima de una camisa de vestir abotonada hasta arriba. Se había criado en Barry Farms, un sitio complicado para ser un cerebrito, pero, como mínimo, el rollo informático lo había mantenido a salvo, encerrado en casa.

Me sonrió al reconocerme, aunque con una sonrisa incómoda. La última vez que nos habíamos visto había sido frente al fiscal, mientras yo negociaba un acuerdo.

Se me acercó con sigilo y me preguntó:

—Hola, ¿estás interesado en un iMac?

—¿Cómo te va? —le pregunté en voz baja.

—De maravilla. ¿Algún problema?

—No. Tranquilo. ¿Sigues sin meterte en líos?

—Sí. Me han prorrogado el período de prácticas.

Al relajarse, fue adoptando su acento normal, propio de un chico del sudeste de Washington. Derek era un gran imitador. Ese era, en parte, uno de sus problemas.

—¿John te echó un cable?

—Sí. Gracias. A ellos les tiene sin cuidado un problemilla con la ley. De hecho, lo consideran como una medalla.

Yo había defendido a Derek en el juzgado del distrito. El chico había pirateado el sistema de la embajada de Tayikistán (al parecer, no le costó demasiado), y se las había arreglado para incluirse en un listado del personal y recibir una matrícula del programa de vehículos diplomáticos. La matrícula la puso en su pequeño Acura trucado, creyendo que podría circular por la ciudad a velocidad de *rally* y aparcar donde se le antojara. Lo detuvieron al día siguiente.

A mí el asunto me pareció graciosísimo. Yo hacía un montón de trabajo voluntario para los chavales del DC. Aquellos pequeños delincuentes me recordaban a mí mismo a esa edad. Con una defensa adecuada, contribuía a evitarles que los engullera el sistema legal y conseguía algunas veces que dejaran de actuar como idiotas. El fiscal quería procesar a Derek por ciberterrorismo y otra serie de delitos. Pero logramos re-

95

ducirlos a una falta, que quedaría suprimida de sus antecedentes al cabo de dos años. A mí me había impresionado lo que había llegado a hacer desde la comodidad y la seguridad de la habitación de su casa.

—Me preguntaba si podrías echarme una mano —le dije mientras examinaba el ordenador—. Tengo un caso relacionado con un *software* malicioso. No puedo entrar en detalles, pero la cuestión es que el programa se apodera del ordenador y le transmite al *hacker* toda la información. El experto está un poco anticuado, y he pensado que quizá tú podrías ayudarme.

—Claro. ¿Qué hace exactamente el programa?

—Todavía no estamos del todo seguros. ¿Qué es lo peor que existe actualmente?

—Hay programas muy peligrosos escritos en lenguaje python y en C++. Registran todo cuanto se teclea, toman capturas de pantalla, acceso remoto, desactivación remota... Hasta pueden grabar audio y vídeo.

—¿A través de la webcam? ¿Y qué hay de la lucecita?

—La apagan.

—Joder —solté.

El supervisor merodeaba en modo «informal forzado».

—Esa es una de las ventajas del Mac —dijo Derek, alzando un poco la voz para que lo oyera su jefe.

—¿Tú podrías escribir un programa como ese?

—No, qué va. Te lo descargas y ya está.

Me acompañó a un largo mostrador de asistencia técnica, cogió un portátil y entró en una página web que estaba llena de anuncios y ventanas emergentes: un juego de guerra en ruso, lectores de tarjetas de crédito, chicas adolescentes frunciendo los morros en bragas... Aquello parecía un compendio de los barrios más chungos de Internet.

—¿Está integrado en BIOS y en recuperación de datos? —me preguntó.

—Creo que sí.

—¿Sobrevive a un borrado de datos?

—Por supuesto.

—Aquí lo tienes —dijo señalando en la página—. Seguramente, es uno de estos.

—Pero ¿cómo se utiliza?

—Se envía por correo electrónico. Se carga en un *software* pirata. Hay un montón de maneras de introducir la carga mortífera.

—¿Esto, por ejemplo? —inquirí sacando un lápiz USB.

—Claro. Pero tienes que andarte con cuidado con los lápices de memoria. Si lo conectas en un ordenador, quedará infectado sin remedio. Díselo a todo el mundo que lo maneje. Han de ejecutarlo en el entorno seguro de un sistema virtual.

—De acuerdo. ¿Podrías hacer varias copias? Estamos investigando y todo el mundo necesita una copia.

Llevaba un par de lápices USB más en la cartera y los saqué. Él me lanzó una mirada suspicaz.

—¿Son para buscar pruebas?

—Exacto.

Le tendí los lápices. Esperé.

—¿Cómo?, ¿crees que voy a hacerlo aquí?

—Bueno, donde sea.

—Este es el mostrador del equipo técnico, colega. Un poco de respeto. ¿Ves esto? —Señaló la página web—. No voy a tocar nada de ahí en el trabajo. Me despedirían. Probablemente, lo haré esta noche. ¿Voy a ganar algún dinero con esto? ¿Una tarifa de consultor, quizá?

—Ahora eres un hombre de mundo, Derek. Se trata de devolver un favor.

Meneó la cabeza, masculló «asistencia voluntaria» y cogió los lápices USB.

97

Capítulo diecisiete

*L*os lápices USB ni siquiera era necesario que funcionaran. Únicamente, tenían que servir para contentar a Lynch. Dado que él quería mi plan completo esa misma noche, investigué para estudiar el terreno de la Reserva Federal de Nueva York. La suite ejecutiva del presidente había sido remodelada en 2010 y todos los informes del proyecto y de su ejecución eran públicos. Por ello, a partir de la solicitud de presupuestos, conseguí averiguar cualquier cuestión, desde las cerraduras que había en la oficina hasta los fabricantes de las puertas y los lavabos.

Me pasé el día haciendo llamadas telefónicas, tratando de determinar cómo se transmitía exactamente la directiva desde el DC hasta Nueva York, y quiénes intervenían en el proceso. Me hice pasar por periodista, por investigador de poca monta de la Oficina de Fiscalización del Gobierno y por un analista de seguridad de la consultora Booz Allen Hamilton, que lleva a cabo un montón de trabajo para el Gobierno. Decía que estaba indagando sobre las mejores prácticas en seguridad de datos y que quería compararlas con las de otras agencias.

Simular números de teléfono es fundamental y muy fácil. Muchas páginas web de pago te permiten cambiar tu identificador de llamada por el número que tú quieras. Si pones uno semejante al de la centralita principal, la gente da por supuesto que estás en la casa. La música de espera también ayuda. Me pasé mucho rato en espera, y siempre grababa la música o las voces mecánicas que indicaban que mi llamada era importante y que en breves momentos…, etcétera. Cuando tenía a alguien al teléfono, le decía que me había entrado otra llamada y le pedía que aguardase un momento; entonces reproducía la música de espera de la agencia en cuestión. Después de esa jugada, ya nadie sospechaba.

Durante la primera llamada siempre parecías un idiota, confundiendo nombres y usando la jerga inapropiada. Pero si te excusabas diciendo que aquel era tu primer día, o que eras un becario, la gente solía guiarte hacia lo que necesitabas.

—Eso me suena a formulario dos uno uno cero. ¿Se refiere al grupo de operaciones?

—¡Ah, sí! —exclamaba yo—. ¿Conoce la extensión directa?

Quizá los miembros del FBI y los de la CIA son lo bastante cautelosos como para pararte los pies de entrada. Ellos colgarían el aparato y te devolverían la llamada a través de la centralita para confirmar tu identidad. Pero a la mayoría de la gente le resulta incómodo cortarte y prefieren evitar el conflicto.

Así pues, no tardé mucho tiempo en llamar a la extensión directa de Mary para pedirle un formulario dos uno uno cero para la reconfirmación de una Regulación E, como si llevara trabajando en la Administración una década. Existía una especie de dialecto que empecé a captar: un tono de humor negro y hastiado que te identificaba como un funcionario veterano de la Reserva Federal.

Ocurrió que, mientras llevaba el caso de Derek, había oído hablar por primera vez de «ingeniería social». Ese es el término con el que los cerebritos y los piratas informáticos designan estos métodos para superar barreras de seguridad a base de labia. Se requieren muchísimas llamadas para aprender la jerga, las normas y la estructura burocrática de tu objetivo con el fin de utilizarlas en su contra.

En realidad, se trata de timos a las instituciones ejecutados a una distancia prudencial, por teléfono o por correo electrónico. Al practicarlos, interiorizas las frías, irracionales y exasperantes normas de un sistema burocrático («… se equivoca de departamento. Tiene que rellenar el formulario seis seis cero. Vuelva el martes. Abrimos de diez a cuatro…»), y las acabas utilizando en su contra. No existía confianza ni familiaridad entre los distintos engranajes del sistema, y ahí radicaba su debilidad. Si conocías los procedimientos, el número al que llamar, el nombre adecuado que dejar caer y el modo de formular

99

tus peticiones, podías conseguir prácticamente lo que quisieras. Las llamadas eran la parte más fácil. Además, yo necesitaba ciertos suministros que no vende ningún hombre honrado. De modo que aquella tarde me pasé por una guarida de ladrones que había jurado hacía mucho no volver a visitar: el bar de Ted, en otros tiempos el bar predilecto de los turbios amigos de mi padre y de los delincuentes con los que yo andaba.

La primera vez pasé de largo. El bar que yo recordaba era un garito sin ventanas junto a la autopista, tan gastado por los años que difícilmente podías discernir su color original. Quizá había sido azul hacía mucho tiempo, pero cuando lo conocí, la pintura se había desteñido y convertido en una mezcla de verdes y grises al estilo Rothko.

Ahora, sin embargo, en lugar del garito había un local medio decente llamado Ted's Bar Restaurant, con acabados de madera nueva y ventanas normales, en vez de estar cegadas con tablones.

¿Habría cerrado Ted el negocio? ¿Se lo habría quedado una cadena de restaurantes, manteniendo el nombre? Aparqué en el patio de grava y entré. El interior estaba en penumbra y tuve que aguardar un momento a que mis ojos se acostumbraran a ella. Paneles de madera, un acuario enorme, un indio de madera de los que antes se usaban para anunciar la venta de tabaco, una máquina de discos de un metro y medio... Aquella decoración me dejó consternado. El único adorno que había en el viejo garito era una lona azul para tapar una gotera. La entrañable institución que yo había conocido y querido estaba muerta.

Pero entonces oí un coro de voces pronunciando mi nombre desde la barra. Media docena de cabezas se volvieron hacia mí y varias figuras se acercaron desde las sombras como fantasmas del pasado.

Luis, Smiles y Licks: la antigua pandilla de la que Jack y yo formábamos parte. Se les notaba la edad en la barriga que abultaba bajo el cinturón y en el cansancio de la mirada. Me rodearon los hombros con el brazo, me dieron golpecitos afectuosos y pidieron una ronda de Old Crow.

—¿Qué ha pasado con este sitio? —pregunté.

—¡Ah! —respondió Smiles, echando un vistazo alrededor—. Ted se metió en un asunto con Cartwright, no nos explicó cuál, sacó un buen pellizco y adecentó el garito.

—¿Cartwright está por aquí? —quise saber.

—En la parte trasera, supongo —dijo Luis.

Noté que un tipo me miraba fijamente desde el extremo de la barra. La fluctuante luz verde de la pecera le iluminaba la cara. Cuando advirtió que lo había notado, volvió a concentrarse en su cerveza.

—Oye —dijo Licks—, ¿tú y Jack tenéis un asunto entre manos? ¿Hay algo para nosotros? No tienes más que decirlo.

—¿Qué habéis oído?

—Bueno, mi primo habló con un tipo que había visto a Jack en el centro, muy trajeado…

—Deberías hablar con Cartwright —intervino Luis, cortándolo. Parecía como si se le hubiera acabado la paciencia con sus compañeros de copas desde hacía años—. Estos no hacen más que liarla con rumores de segunda mano.

Me indicó con una seña la puerta de la trastienda.

—Gracias —contesté. Pasé junto a los lavabos y crucé la cocina. El tipo que me había estado observando se levantó de la barra y salió del local, manteniendo una mano metida en el bolsillo.

Al llegar ante la puerta de la trastienda, tiré del pomo hacia la derecha e hice saltar el cerrojo. Había trabajado en el almacén del garito mientras cursaba secundaria, y ese cerrojo estaba tan viejo y tan suelto que el truco siempre funcionaba. Todo lo que fuera de valor lo tenía Ted en una caja fuerte.

Entré en la trastienda con intención de soltar algún chiste sobre su dejadez, por no haber sido capaz de arreglar ese chisme en doce años, pero toda la jovialidad me abandonó de golpe al ver dos armas apuntándome: una escopeta que esgrimía Ted y una pistola que sostenía un tipo sentado frente a Cartwright.

Ambos bajaron las armas al reconocerme. Ted calmó a todos los presentes, se acercó y me dio unas palmadas en el hombro. Estaba demacrado y lucía una rala barba canosa; la nariz se le retorcía en zigzag.

—Michael Ford —dijo—. ¡Por Dios! ¿Cuánto ha pasado? ¿Diez años?

—Más o menos —respondí.

—¿Tu padre ya salió?

—Sí.

—No ha venido a verme.

—Requisitos de la condicional: ninguna relación con delincuentes a menos que esté haciendo algún trabajo en la cárcel.

Pareció que Ted se lo tomaba con filosofía.

Cartwright se limitó a hacerme una seña y me dijo:

—Estoy contigo en un minuto, Mike.

Estaba en una mesa jugando a las damas con un tipo que parecía el doble de Danny DeVito. Había un buen fajo de billetes al lado del tablero. Mientras esperaba a que tirara su oponente, Cartwright miraba un partido de baloncesto en el televisor del rincón. Bebía *whisky* solo, en lugar de los cócteles *Old fashioned*, lo que solía ser señal de que estaba perdiendo dinero, o bien en el tablero o bien en las apuestas.

El otro tipo hizo su jugada con aire titubeante y sonrió. Cartwright le devolvió la sonrisa, movió una dama hacia atrás y extendió la mano para cobrar. Su oponente pareció confuso un buen rato, hasta que comprendió su derrota y empujó el dinero por la mesa. Cartwright lo recogió y vino a charlar conmigo junto a una diana que habían colocado al fondo.

—Me alegro de verte, Mike. ¿Qué me cuentas?

—Estaba buscando una cámara.

—Conseguirás mejor precio en las galerías comerciales.

—Prefiero comprártela a ti. Una pequeña, a poder ser como la cabeza de un alfiler, o más pequeña que una baraja.

—Ahora las hacen más pequeñas que el botón de la camisa que llevas. Te la proporcionaré.

—Ha de funcionar con batería. Casi como un vigila-bebés, para que puedas captar la señal y ver qué pasa desde fuera.

—Podría conseguirla. La batería dura una semana. La programas para que efectúe disparos regulares; solo necesitas un repetidor cerca con suministro eléctrico.

—¿Cómo de cerca?

—A una manzana.

—Fantástico. ¿Cuánto crees que me costará?

—¿Todo? Este asunto suena bastante chungo, así que tendré que cobrarte el suplemento de «yo no sé nada». Digamos que seiscientos. ¿Por qué no lo compras todo en Internet?

—Prefiero que no quede relacionado con mi nombre.

Cartwright inspiró hondo, echó una mirada al partido de baloncesto y soltó una maldición al ver que la apuesta se le escapaba. Hizo señas para que le pusieran otro *whisky*.

—Si es para un asunto doméstico, Mike, permíteme un consejo: la solución a las sospechas no es fisgonear más. Eso nunca acaba bien. La solución es hablar claro.

—No es para eso.

—¿Has hecho todo el camino hasta aquí para llevarte unos artículos de tienda de espionaje?

—Bueno…, esto era solo para romper el hielo. No me vendrían mal un par de billeteras.

—Vaya, vaya —dijo, confirmando sus sospechas—. ¿Con tarjetas de la Seguridad Social?

—No. Solo con permiso de conducir y algunas tarjetas de crédito, por si acaso. No hace falta que funcionen. Es para dar un aire más legal a los permisos.

Cuando tenía diecisiete años, le birlé a Jack el certificado de nacimiento y me fui a las oficinas de Tráfico para sacar un duplicado de su permiso de conducir con mi fotografía. Era la mejor falsificación posible, porque era real. Aunque me parece que las falsificaciones se han vuelto desde entonces un poco más sofisticadas.

Cartwright dio un sorbo con aire afligido.

—Detesto mencionarlo siquiera, Mike, porque tu familia y yo nos conocemos desde hace mucho, pero ¿no estarás haciendo esto para colaborar con agentes de la autoridad?

¿Un chivato? Habría podido ofenderme, supongo, pero solo hacía unos años que había salido de la Facultad de Derecho y, además, conocía a un montón de fiscales. No era de fiar para un criminal; casi me tomé como un cumplido que Cartwright no se hubiera cerrado en banda por completo.

—No trabajo con policías de ninguna clase —aclaré.

—Bien. Porque en ese caso habría de matarte. Y eso sí que me sabría mal.

Se echó a reír. Yo lo imité.

—En serio —dijo—. Te conozco desde niño. Se me rompería el corazón.

Tragué saliva.

—Entendido.

—Bien. Ya está dicho. El precio de ese tipo de material ha subido una barbaridad, Mike. Vivimos tiempos interesantes.

—¿Cuánto? Quizá necesite varios juegos. Un par para mí. Y otro para Jack.

—Te haré un presupuesto.

—También ando buscando algunas cerraduras para practicar —proseguí. Tenía cierta idea de las que se usaban en la Fed de Nueva York—. Por ejemplo, Medecos actualizadas, algunas de esas tarjetas con código. Y el equipo completo de herramientas: ganzúas, cuñas, palanca, limas, llave de percusión y decodificadores.

—Tengo algunas cosas aquí. Y otras guardadas.

—¿Y no sabrás de alguien que tenga una pelota de los Red Sox, de la Serie Mundial?

—¿Un objeto de coleccionista?

—Exacto.

En el maletín llevaba una foto que había encontrado al investigar sobre la Reserva Federal. Mostraba al número dos de la oficina de compraventa de la Fed de Nueva York, que era nativo de Boston, economista y, por ende, un chalado de las estadísticas. Esos tipos sienten debilidad por el béisbol, por las hileras interminables de cifras de este deporte. En la foto, un plano medio, aparecía en su despacho frente al escritorio. Y detrás de él, había una hilera de pelotas de béisbol sobre bases de madera. Se podían leer algunas placas: Carl Yastrzemkski y Bob Doerr. Ninguna de ellas tenía más que una firma. En definitiva, un fan de los Red Sox. Lo cual me facilitaba la cosa para escoger un caballo de Troya: un trofeo ante el que no pudiera resistirse.

—Haré unas llamadas —dijo Cartwright, yendo hacia el fondo de la trastienda.

Abrió con llave una puerta y entramos en un almacén. Cogió de un estante una manija de puerta con teclado numérico, y me comentó:

—Son las nuevas cerraduras especiales con código y tarjeta del Departamento de Seguridad Nacional. Suizas. Valen mil trescientos dólares. Tienen un PIN de ocho dígitos y cifrado de doscientos cincuenta y seis bits. Están garantizadas para resistir seis horas los intentos de reventarlas.

—Joder —exclamé.

—Bueno. Eso ocurre si intentas abrirlas tal como esperan que lo hagas los laboratorios del Gobierno. Los componentes electrónicos que introducen hoy en día en estas cerraduras generan una serie de eslabones débiles. Son bastante chapuceras.

Introdujo la secuencia 12345678 en el teclado. El piloto rojo parpadeó, indicando que era incorrecta. Mientras parpadeaba la luz, metió una ganzúa en el armazón situado junto al piloto. La luz se apagó del todo y él giró la manija sin dificultad.

—Machacas la base y se abre. Hasta mi nieta sería capaz de hacerlo, joder —dijo—. ¿Has practicado últimamente?

—Hace años que no.

—Empieza aquí —indicó señalando la puerta que acabábamos de cruzar. Fue a una estantería y me pasó una ganzúa de gancho y una llave de tensión.

La cerradura era una Schlage de seis pernos. Me situé frente a ella, apoyando una rodilla en el suelo, metí la llave de tensión y la ganzúa dentro. Me recorrió un escalofrío. Era como si me estuviera colocando por primera vez en muchos años.

Aplicando presión en la llave, empecé a trabajar los primeros pernos. Los empujé hacia arriba hasta sentir que el cilindro cedía de un modo casi imperceptible en la línea de corte; luego noté que la mitad inferior de los pernos se soltaba, ya sin la presión en sentido contrario del diminuto muelle que tenían encima. Eso significaba que había conseguido una buena alineación.

Se oyó alboroto en la parte delantera del garito, pero estaba demasiado absorto en aquella tarea: un viejo rompecabezas que me había pasado años aprendiendo a resolver.

Al alzar el último perno, el cilindro giró libremente. La cerradura estaba abierta. Me eché a reír. ¡Dios mío, qué placer!

—¡Cartwright! —gritó alguien—. ¡Cartwright!

Me volví, pero demasiado tarde. Alguien me agarró del cuello de la camisa y me arrojó contra la pared.

105

Capítulo dieciocho

*U*n hombre se alzaba sobre mí mirándome furioso; las venas del cuello y de la frente se le habían hinchado de pura rabia.

—Hola, papá —dije.

Me lo merecía. Me había pillado in fraganti con una ganzúa y una llave de tensión, el tipo de utensilios que habían arruinado su vida y a punto habían estado de arruinar la mía.

Eché un vistazo alrededor.

—No puedes andar con estas compañías, papá. O incumplirás la condicional.

—Yo paso de culebrones —dijo Cartwright, asomando la cabeza un momento y regresando a la parte de delante del local. Aunque, en realidad, sí le gustaban los culebrones. Durante casi cuarenta años, aquellos tipos se habían pasado las veinticuatro horas del día jugando a las cartas y tramando fechorías en las trastiendas de bares y restaurantes: siempre con un televisor encendido al fondo del local. Si hubieras intentado apagarlo mientras emitían el culebrón de turno, te habrían partido un brazo.

Mi padre me soltó, se apartó e inspiró hondo.

—¿Qué demonios haces aquí? —preguntó.

—¿Cómo has sabido dónde estaba? —contesté levantándome.

—Me ha llamado un amigo y me ha dicho que estabas metiéndote en líos.

—No es eso.

—Entonces, ¿qué es? —dijo, acercándose de nuevo, como si quisiera abrumarme con su físico. Había pasado mucho tiempo encerrado, y siempre parecía olvidar que era más alto que él.

—Se trata de Jack. Está en un aprieto.

—¿Es grave?

—Podría serlo. Únicamente estoy dándole asesoramiento técnico, nada más.

—Tengo que preguntártelo: ¿no te estará timando?

—Al principio yo también lo pensé. Pero luego vi cómo esos tipos le pegaban una paliza. Me fío de él. Le dijeron…, bueno, ya sabes. Pero no te preocupes, lo tiene controlado.

—¿Qué le dijeron?

Estaba segurísimo de que me lo acabaría sacando tarde o temprano.

—Que lo matarían. Tiene que robar una información confidencial. Pasar unos datos.

—¿Que lo matarían, has dicho?

—Van en serio, papá. Créeme.

Desde lo ocurrido en el Mall, cada vez que cerraba los ojos o que me iba a dormir me venía a la cabeza la imagen de Sacks tratando de hablar sin que las palabras acudieran a sus labios, emitiendo simplemente un silbido a través del orificio del pulmón. Como no me apetecía explicarle por qué estaba tan seguro de que iban en serio, lo dejé ahí.

—¿En qué consiste el trabajo?

—Un asunto de guante blanco. Nada demasiado arriesgado. Se trata de un tema financiero.

—Yo también he hecho un montón de trabajos con documentos. ¿Detrás de quién andas?

—Tú no vas a acercarte siquiera. Pasé un verdadero infierno para sacarte. No voy a contribuir a que vuelvan a encerrarte.

—Conque asesoramiento técnico, ¿eh? —dijo mirando la ganzúa que tenía en la mano—. No te creo. ¿Quién es el objetivo?

—La Reserva Federal de Nueva York. Quieren robar la directiva, conocer la decisión del comité antes de que se haga pública.

—¿La Fed de Nueva York? Eso es imposible. Tienen la cámara acorazada más maciza del mundo.

—Nosotros no queremos robar el oro, sino ganar el acceso a la oficina de compraventa.

—¿Nosotros? —repitió. Se balanceó sobre los talones—. Vamos, Mike.

Me miró atentamente, escrutándome. Es imposible mentirle a un estafador. Cosa que convertía en algo muy complicado ser su hijo.

—¿Qué es lo que no me estás contando? —preguntó.

—Van a por mí también. Yo sufriré las consecuencias si Jack huye, o si no lo conseguimos. Saben que estoy con Annie.

Lanzó un puñetazo. Sin más ni más. Creí que me iba a noquear, pero giró sobre un talón y asestó el gancho de derecha a los sacos de harina amontonados junto a mi cabeza. De uno de ellos salió una nube de polvo blanco.

—Si no lo matan ellos —advirtió—, lo haré yo.

—Puedes ponerte en la cola detrás de mí. Aunque él asegura que estaba tratando de mantenerse limpio y que por eso lo están acosando. Porque se negó a colaborar.

—¿Y qué piensas hacer? No vas a forzar la entrada de la Fed de los cojones.

—No. Solo pretendo marear la perdiz, aguantar lo suficiente para encontrar el modo de que el negocio se vuelva contra los tipos que nos están amenazando y les estalle en la cara.

—¿Quiénes son?

—El cabecilla me dijo que lo llamara Lynch, pero igual no es su verdadero nombre. Se trata de un tipo muy flaco, de un metro ochenta y dientes de vampiro. Lleva un Chrysler negro.

Mi padre meneó la cabeza.

—¿Por qué no me has pedido ayuda antes?

—No voy a dejar que te involucres, papá. Yo mismo mantengo todo el asunto a cierta distancia. Por ahora estoy haciendo labores de vigilancia, tratando de obtener imágenes directas del objetivo. Me expongo a un riesgo mínimo.

—¿Estás pensando en un allanamiento?

—No. Hoy en día todo lleva una cámara incorporada. Por ello, estoy estudiando varias maneras de ver el interior de la suite ejecutiva. De hecho... —insinué, y lo pensé un instante—, ¿puedes hacerme un trabajito con la fresadora?

Mi padre tenía montado en su garaje un taller bastante aceptable. Lo sabía porque cada vez que iba a su casa, me obligaba a ayudarlo durante horas a terminar algún trabajo de bricolaje. La última vez acabé tumbado boca arriba en un hueco de apenas medio metro, sujetando una tubería de cobre mientras él trabajaba con el soplete y derramaba estaño fundido en mi antebrazo.

—Depende de lo que necesites.

—Es un expositor de una pelota de béisbol. Te enseñaré una foto. Necesito que ahueques la base de madera.

—Eso es fácil. ¿Para qué es?

—Mejor que no lo sepas. Pronto iré a estudiar el terreno, a examinar el cinturón de vigilancia y los controles de acceso. Si esas cámaras funcionan, dispondremos de imágenes de la distribución interior para diseñar la operación.

—Pero no piensas entrar, ¿verdad?

—No. Si va alguien, será Jack. Pero nadie entrará.

—¿Hasta qué punto te presionaron esos tipos?

—De mala manera.

—No me gusta nada esto. ¿Por qué se ensañan contigo? Que ellos sepan, tú eres un simple ciudadano, un aficionado.

—Supongo que se han enterado de lo que hice para salir del último jaleo.

—Aun así, ¿cómo piensan terminar la historia? ¿Crees que dejarán que hagas el trabajo y te retires sin más? ¿Te parece lógico después de haber amenazado a tu familia? Nadie le toca a alguien los cojones hasta ese punto y espera calmarlo cuando se acaba la historia.

—¿Opinas que es una trampa? —cuestioné. Me lo había planteado yo mismo varias veces y había examinado distintas probabilidades. La verdad era que, con cada caso que había asumido, me había creado un enemigo. Yo perseguía el dinero sucio, la corrupción. Había cabreado sistemáticamente a los personajes más poderosos de Washington. Habría sido más fácil enumerar a los que *no* tenían motivos para joderme.

—Podría ser —dijo mi padre—. Siempre tienes que saber para quién trabajas. Es la regla número uno. O bien podrías estar caminando directamente hacia una trampa. No se te ocurra apostar nunca en el juego de otro hombre.

—Por eso tengo la esperanza de volverlo todo contra ellos.

—¿Esa gente tendrá la decisión del comité antes de hora?

—Ese es su plan.

—Pero ¿hasta qué punto dependen las acciones de esa decisión? No es como cuando se produce una gran fusión y las acciones de una empresa suben un cien por cien.

—Que va a afectar a los mercados es seguro. Esta reunión es muy importante. Los analistas no tienen nada claras las intenciones de la Fed. Los presidentes de los bancos regionales están divididos, y nadie sabe si van a seguir acelerando o van a pisar el freno.

—A pesar de todo, la decisión no podría tener una repercusión de más de un dígito. ¿Vale la pena arriesgarse tanto?

—Las cosas han cambiado mucho. Cualquier imbécil con uno de esos planes de pensiones cuatrocientos uno ka, que te descuentan directamente del sueldo, y con una cuenta en el banco de inversiones Schwab, puede comprar un fondo cotizado de triple apalancamiento y afectar al índice Dow Jones con un simple clic. Hay derivados financieros en todos los sectores.

Mi padre había dado algunos golpes de guante blanco antes de que lo encarcelaran (siempre a gente que se lo merecía), pero aquello no era nada comparado con las fechorías diarias que, actualmente, pasan por las altas finanzas.

—Lo que quiere decir —proseguí— que deben de estar apalancados a lo bestia. Es una buena jugada: metes todos tus fondos y los apalancas cinco o diez veces, o incluso más.[3]

No hace falta que los mercados se muevan mucho, y hay tanta actividad en Bolsa que no te van a detectar por invertir usando información privilegiada. Todo el mundo puede tener su propia opinión sobre la inflación y las tasas de interés.

Mi padre entornó los ojos, concentrándose, y aventuró:

—Entonces…, si fallan en su apuesta, los puedes destrozar.

—Basta con que les dé las cifras equivocadas —sentencié.

---

3. Apalancar fondos diez veces significa realizar inversiones a crédito por un valor equivalente a diez veces el capital inicial. Son inversiones a corto plazo y de alto riesgo. *(N. del T.)*

—Suena fenomenal —replicó meneando la cabeza—. Pero tienes que robar los datos antes de poder cambiarlos. Lo cual es suicida. Y acabas de decirme que no entrarás allí. Estas cosas son divertidas para comentarlas en una trastienda con los colegas, pero piensa en tu vida, piensa en Annie. Ve a la policía.

—Tienen informadores en la policía.

—¿En la policía del Distrito de Columbia?

—No lo sé con exactitud, aunque me consta que ya han matado a algún delator. Son tipos muy profesionales, bien financiados. Jack tenía intención de hablar. Por eso han ido a por él. Hay algunas personas, de todos modos, con las que estoy convencido de que podría charlar sin peligro.

Pensé una vez más en Emily Bloom.

—Eso es lo único que deberías hacer. Quiero a tu hermano. Daría mi vida por él, pero yo ya soy viejo. Y la familia es la familia, sí. Pero ahora tu familia es Annie también. Te has partido el culo para apartarte de toda esta basura de baja estofa. No te metas. No vayas a echar a perder tu vida por él.

—Están amenazando todo lo que tengo, papá. Hago esto para preservar esa vida.

—¡Por Dios! Si tú puedes urdir en cinco minutos un plan para cambiar las tornas, para montarlo de manera que les explote en las narices, ¿no crees que ellos también serán capaces de darse cuenta? Esto me huele muy mal, Mike. No te acerques siquiera. Y no se te ocurra pasarte de listo hasta que sepas quién está detrás, hasta que sepas cómo pretenden joderte. Ese fue mi error. Y me costó dieciséis años de mi vida.

—Cambiar las cifras, nada más que cambiarlas —le dije—. Maldito cabrón taimado. Te quiero.

—Ni se te ocurra, Mike.

Estaba atrapado. Lynch me había dado a elegir entre perderlo todo o asumir una misión suicida. Aun suponiendo que me las arreglara para conseguirlo, lo más seguro era que me hicieran cargar con toda la culpa o que me mataran directamente. Pero ahora vislumbraba una salida. Lo único que debía hacer era colarme en la Reserva Federal de Nueva York, robar el dato económico mejor preservado del mundo y derrotar a Lynch en su propio juego, ante sus mismísimas narices.

111

—En serio —insistió mi padre—. Si no sabes para quién estás trabajando, ya has perdido.

—Lo averiguaré —contesté pasándome la mano por el pelo—. ¡Por favor! ¿Por qué nos pasan siempre estas cosas?

Él cogió del alijo de Cartwright un utensilio semejante a un escoplo pequeño. Era un antiguo punzón utilizado para hacer planchas de impresión para falsificar moneda y bonos.

—No creas que puedes jugar con esto. Tú finge que sigues la corriente y busca una salida —me aconsejó—. Estas cosas, Mike, nos pasan porque nos encantan. Es eso lo que me da miedo: que lo llevas en la sangre.

Capítulo diecinueve

*D*e vuelta en mi coche, saqué el móvil para llamar a Lynch. Me abrumaba el plazo que me habían dado. El tipo podía presentarse en mi casa en cualquier momento. Tenía que mantenerlo contento para evitar que mi nombre llegara a relacionarse con el asesinato.

Cogí el teléfono de prepago, pero mi móvil legítimo estaba al lado y me era imposible no prestarle atención. La luz de la pantalla parpadeaba, pues había docenas de notificaciones en la barra de información. Y antes de que pudiera examinarlas, el aparato empezó a sonar.

Era Annie.

—Hola, cielo —dijo—. El fotógrafo acaba de llamar. ¿Ya vas de camino? No se te habrá olvidado, ¿verdad?

—No, no. Sencillamente, estoy en un atasco.

No me había acordado en absoluto del depósito que había que pagar al fotógrafo, lo cual implicaba que habría de tragarme veinticinco kilómetros de denso tráfico. Mientras aceleraba por la carretera de circunvalación, el teléfono se encendió con varios mensajes de uno de mis mejores clientes, el que cubría una buena parte de mis gastos.

Estaba en la ciudad y me proponía, con una insistente serie de mensajes de texto y correos electrónicos, que nos viéramos en una coctelería cerca de Mount Vernon Square. Ya le había dado largas varias veces y no podía permitirme el lujo de cabrearlo. Bastante irritable era de por sí.

Después de dejar el cheque en el local de los fotógrafos y mientras me dirigía al centro, llamé a Lynch. No respondió.

Υ

Mark, mi cliente, estaba en el piso de arriba esperándome en una mesa. Llevaba un deslumbrante traje de ejecutivo, con lo que rompía la primera norma del DC de última moda. Uno no puede permitirse ninguno de los nuevos locales —los cócteles artesanales, los muebles de madera reciclada, los restaurantes de comida biológica— a menos que esté totalmente entrampado en el mundo empresarial, pero se supone que debe ponerse un atuendo enrollado antes de salir a tomar una copa.

Me senté. Mark no sabía lo que era hablar con discreción y enseguida se impuso con su vozarrón al discurso que estaba soltando el barman en otra mesa sobre la historia del ponche.

Mi cliente había sacado un buen pellizco de una operación punto.com y ahora repartía su tiempo entre Los Gatos, California y Nueva York. Se había acabado aburriendo de su trabajo como inversor en el mundo de la tecnología, y estaba intentando comprarse una carrera política. Yo lo orientaba hacia dónde podría hacer un trabajo más beneficioso, es decir, atacando las raíces de la corrupción, rastreando el dinero que impulsaba a los políticos a preocuparse más de las colectas de fondos que de las necesidades de sus electores. Mark apoyaba en parte el trabajo contra los fondos opacos, pero no le parecía que aquello tuviera suficiente glamur para él. Continuamente se echaba atrás. Quería victorias fáciles, titulares, trofeos…

No acababa de comprender por qué las causas que él y sus amigos sostenían no tenían tirón para el americano medio. ¿Era mala fe por parte de los votantes? ¿Se debía al lavado de cerebro de los republicanos? No se le pasaba por la cabeza que pudiera estar desconectado de la opinión pública, o que la gente tuviera la opción de disentir razonablemente. Su nueva táctica consistía en hacer declaraciones a la prensa diciendo que no podía creer que no lo hubieran reclutado para presentarse al Congreso ni lo hubieran postulado para un puesto de embajador.

—Ojalá fuera posible obligar a la gente a votar por sus verdaderos intereses —me soltó.

Yo iba a responderle que esa filosofía no le había ido demasiado bien a mi amigo Robespierre, pero me contuve.

Mi móvil de prepago sonó. Le eché un vistazo. Un mensaje de Lynch: «Se acabó el tiempo. ¿Qué tiene para mí?».

—¿Me disculpas un segundo? —dije a Mark. No le hizo ninguna gracia, pero me alejé antes de que pudiera manifestarlo y llamé a Lynch desde la entrada del local.

—¿Se le ha olvidado el plazo? —me preguntó.

—He estado trabajando como un loco. Tengo algo para usted. ¿Podemos quedar más tarde?

—Estoy al lado de su casa. Debería cuidar un poco ese patio. La gente va a deducir que, en el fondo, es un cerdo.

—Lo tengo en mi lista. Ahora no estoy en casa.

—Lástima. Annie acaba de volver de su sesión de correr. Parece muy sola.

—No se atreva a acercarse a ella —lo amenacé—. Ya voy de camino.

Mark parecía furioso cuando volví a sentarme. El bar era diminuto y varias personas me miraron mal. Era como si hubiera atendido una llamada en la cola para comulgar.

—Tengo que irme —le dije.

—Solo hemos tomado una copa.

—Es una urgencia, lo siento.

—Últimamente pareces muy distraído, Michael. No sé si estoy sacando de ti el cien por cien.

—¿No podemos hablarlo en otro momento?

—No, no podemos. No creo que me estés mostrando el respeto que merezco. Quizá deba reconsiderar nuestra relación.

Joder. Nunca era capaz de hablar claro.

—¿Me estás despidiendo?

—Si te vas ahora, me temo que acabará siendo así.

Sentí más alivio que angustia ante la idea de terminar de una vez con aquel tipo.

—Me voy —dije dejando un billete de veinte en la barra—. Gracias por el trabajo.

115

Capítulo veinte

Salí disparado hacia mi casa y encontré a Lynch en su coche, aparcado a la vuelta de la esquina, leyendo el periódico. El tipo de las gafas estaba en el asiento del copiloto. Di unos golpecitos en la ventanilla. Lynch bajó el cristal.

—¿Cuál es su signo? —preguntó.

—¿Qué?

—Vamos, diga.

—Capricornio.

Él alzó el periódico y leyó:

—«La luna llena de hoy quizá marque el principio de una espléndida aventura. Muchas personas de este signo emprenderán viajes excitantes que podrían llegar a cambiar sus vidas». Suena prometedor —dijo—. Suba.

—¿A dónde vamos?

—Le he encontrado la pelota de béisbol.

Subí al coche. Cruzamos el río y nos dirigimos al sur mientras Lynch me acribillaba a preguntas. Le expliqué que primero había que encontrar el modo de ver por dentro la suite ejecutiva, y le conté todo cuanto había averiguado sobre el procedimiento de transmisión de la directiva desde Washington a Nueva York el Día Fed (así era como llamaban al día en que el comité anunciaba un cambio en las tasas de interés).

Él no decía nada; se limitaba a asentir lentamente, evaluando mis progresos. Pasamos frente a la base Bolling de la Fuerza Aérea y llegamos a una parte desolada de la zona sudeste. Se detuvo en un viejo astillero de grava y arena rodeado de marismas. Había varias embarcaciones de pesca oxidándose sobre soportes mecánicos, o bien tumbadas de lado.

—Sígame —ordenó bajándose del coche.

—No me parece que aquí pueda haber muchas piezas deportivas de coleccionista —comenté.

—Lo primero es lo primero —sentenció él, y me guio hacia un edificio de dos pisos con un mirador arriba, que parecía la oficina desmantelada del astillero. Su compañero se quedó junto al coche, vigilándonos.

Lynch se detuvo en la entrada, sacó la pistola y la amartilló. Me señaló la puerta.

—En la Fed utilizan la misma cerradura —indicó, y echó un vistazo al reloj—. Tiene cuatro minutos.

Me arrodillé ante la cerradura, una Medeco. Llevaba encima las ganzúas de Cartwright, pero ese modelo, aunque de diseño antiguo, era de los más difíciles que se habían fabricado.

Para abrirlo, tenía que alzar seis pernos de máxima seguridad (diseñados con bordes dentados y falsas alineaciones para despistar a los ladrones) a la altura correcta. Eso era lo más fácil. Las Medeco son un hueso duro de roer porque, una vez que has situado los pernos a la altura correcta, has de rotarlos alrededor de un eje vertical hasta que adopten la orientación adecuada. Los pernos tienen unas muescas en los lados que, una vez alineadas, dan lugar a que una pieza de latón llamada «barra lateral» se retraiga y permita que el cilindro gire libremente.

—Es imposible —masculle volviéndome hacia él—. Necesito un…

Lynch me lo tendió: un fino alambre acabado en un codo de noventa grados. En teoría, me serviría para rotar los pernos.

—¿Acaso esto es una prueba? —pregunté.

—No podemos enviar allí a un aficionado.

—Desde luego que no. Y *yo* soy un aficionado. Y no quiero este trabajo. No me está motivando mucho que digamos.

—Usted está en nuestras manos, en todo caso. Hágalo lo mejor posible. Si no da la talla, se volverá prescindible.

—Necesitaría diez minutos incluso en el mejor de los…

Él levantó la pistola. La llamarada del cañón me cegó; la detonación, desde tan cerca, resultó ensordecedora. Me silbaron

117

los oídos. Me giré, tambaleante. La grava levantada por el disparo cayó como granizo sobre las paredes de cemento de la oficina. Lynch bajó el arma.

—Tres minutos y treinta segundos —dijo—. No me haga perder el tiempo.

—¿Forzando la cerradura?

—Abriéndola. Sin dañarla. Sin dejar rastro.

Las ganzúas eran del último modelo de Southern Ordinance, con cómodos mangos de plástico. Yo detestaba trabajar con ganzúas de lujo. Era como conducir un Mercury Sable. Además, no tenía el tacto necesario para una cerradura semejante. No había abierto ninguna tan difícil, ni mucho menos. Aquello era como pasar del fútbol infantil a la liga profesional.

Introduje la llave de tensión en el ojo de la cerradura y apliqué cierta presión, mientras hurgaba con la ganzúa de gancho. Tardé un poco en captar la estructura general.

—Dos minutos, treinta segundos.

Para manejar los pernos de alta seguridad, primero los forcé deliberadamente y luego fui aflojando con la llave de tensión y los bajé uno a uno.

—Dos minutos.

Trabajaba de atrás hacia adelante, y creía que ya tenía tres pernos alineados, pero era imposible saberlo con seguridad con una cerradura tan compleja.

—Un minuto —advirtió Lynch, y se situó detrás de mí, sujetando la pistola junto a la cadera.

«Tan prescindible como Sacks», pensé, recordando la escena del Mall. Lo cual no ayudaba mucho. El sudor me empapaba la camisa aunque el aire era fresco, y el corazón me retumbaba con fuerza, distrayéndome de las sensaciones de mis dedos.

El mecanismo no cedía, ni yo notaba ese sutil movimiento del cilindro indicándome que tenía los pernos a la altura adecuada y que ya podía dedicarme a trabajar la barra lateral. Algo estaba mal. Mantuve la tensión y comencé de nuevo.

Era el quinto perno.

—Treinta segundos.

Seguí trabajando, pero andaba perdido, tanteando a ciegas. No conseguía distinguir la línea de corte con tanta confusión.

No me quedaba tiempo. Debía empezar con las rotaciones y rezar para que las alturas de los pernos fuesen correctas. Introduje el alambre.

—Veinte —dijo Lynch. Oí un crujido en la grava a mi espalda. Estaba justo detrás de donde yo me había arrodillado.

—Diez segundos.

Las manos me temblaban. Noté que la cerradura se agarrotaba, que los pernos se desalineaban... Todo mi trabajo, malogrado.

—Cinco. —Me puso el cañón en la nuca. Hurgué con el alambre. Las manos me temblaban demasiado para hacer nada.

—Cero.

Noté que el cañón de la pistola se me hincaba en la parte posterior del cráneo. El tipo apretó con más fuerza.

—Clic.

No disparó. Extendió un brazo y me sujetó la mano que sostenía la llave de tensión. Luego se colocó a un lado, apuntándome a los ojos.

119

—Apártese —mandó.

Parecía saber lo que se hacía con la llave de tensión. Me puse de pie y me alejé unos pasos, sin perder de vista la pistola.

Lentamente, Lynch fue aflojando la presión en la llave. Observé en sus ojos lo concentrado que estaba mientras sentía cómo los pernos volvían a su lugar. Una mano experta era capaz de discernir cuántos de ellos había situado yo en la línea de corte. Esos pernos decidirían mi destino como un jurado.

Apretó los labios, evaluando mi trabajo, y crispó la mano en torno a la pistola. Alzó el pulgar y puso el seguro.

—Cinco, tal vez seis pernos —dijo—. Imposible activar la barra lateral.

Guardó la pistola en la funda.

—Tiene que hacerlo en menos de cuatro minutos o será hombre muerto el Día Fed.

Me fui hacia él y le di un empujón.

—Si vuelve a apuntarme con una pistola, le juro que lo mato.

Su secuaz se apresuró a acercarse. Lynch lo ahuyentó.

—¿Esto le parece tan escalofriante? —cuestionó—. Pues espere a la misión de verdad y verá. Esto es por su bien, Mike. La Policía de la Reserva Federal no le concederá una segunda oportunidad. Le meterán un par de balas en la cabeza y adiós.

El temor me había dejado un sabor metálico en la boca, como si hubiese chupado una moneda. Tardé un minuto en calmarme. Por mucho que me enfureciera, aquel tipo tenía razón: esto no era un juego. La cerradura me había derrotado. Y si fallaba en el momento de la verdad, acabaría muerto o en la cárcel.

—Entonces, ¿dejará que me vaya?

—Por ahora. ¿Necesita una cerradura de prácticas?

—Tengo todo lo necesario.

—Procure contentarme, Mike. Y usted y su gente no tendrán problemas.

—Voy a estudiar el terreno en la Fed.

—¿Cuándo?

—Mañana. Con Jack.

—Bien. —Le hizo una seña a su compañero, que se acercó con un sobre. Lynch contó un fajo de billetes de cincuenta.

—¿Necesita algún material?

—Ya me he ocupado de todo.

—¿Cómo van sus trabajillos de abogado?

—De maravilla —mentí.

—¿Cuánto le pagué la otra vez?

—Diez centavos. Pero no los cogí y tampoco voy a aceptar esto.

Él me tendió los billetes diciendo:

—No quiero que crea que esto es extorsión.

—Ya, claro. Dios me libre de pensar que es usted una especie de criminal. Guárdese su dinero.

—Yo siempre pago a mis hombres. Les pago bien. O sea que ha de cogerlo —dijo, y me puso el fajo en el pecho—. No voy a permitir que la cague por andar racaneando.

—No.

—No me fío de los hombres que no son míos. —El de las gafas sacó una pistola. Lynch igualó el fajo, lo dobló una vez y, metiéndomelo en el bolsillo de la chaqueta, sentenció:

—Mañana, después de Nueva York, me explicará cómo va a conseguir la directiva.

Ya podía olvidarme de marear la perdiz. No podría darle largas ni jugar con él. En cuanto perdiera la fe en mí, se lanzaría sobre mis seres más queridos.

Me dejó con su secuaz y se alejó para echar un vistazo a su teléfono. Llevaba dos móviles enganchados en el cinturón. En ese momento estaba usando un modelo desplegable sencillo, como mi móvil de prepago. Lo había visto utilizarlo otras veces, y siempre parecía que servía para recibir órdenes.

—Ya es hora de marcharse —avisó.

121

Capítulo veintiuno

Cuando llegué a casa, Annie estaba con el teléfono inalámbrico en la sala de estar.

—Papa. Papá... —Hablaba casi a gritos, tratando de meter baza, pero en vano—. Ya es un poco tarde para eso. Apenas faltan unas semanas para la boda.

Clark había estado viajando mucho últimamente: un viaje tras otro, casi sin pausa, a Oriente Medio y Sudamérica.

Los preparativos de la boda se estaban poniendo cada vez más tensos. Empezaba a quedar claro que los Ford y los Clark explotarían al mezclarse. Annie y yo habíamos mantenido un pulso de dos días a cuenta de los hoteles. Yo quería tener cerca a mi padre y a la restante familia, pero ellos no podían permitirse el hotel que la abuela de Annie había escogido. Y los Clark jamás pondrían un pie en un establecimiento que ofreciera el desayuno gratis.

El entusiasmo de mi padre constituía otro problema: acababa de pasarme un par de nombres más como invitados de último momento. Después de todo el tiempo transcurrido en la cárcel, tenía muchas ganas de reunir a la familia de nuevo. Por desgracia, la mitad de sus invitados estaban muertos o encarcelados. Y parecía creer que su participación en la lista de invitados debía ir en aumento, y no en disminución, por lo que no paraba de añadir nombres cuando sus primeros intentos no resultaban factibles, cosa que nos estaba volviendo locos a mi prometida y a mí. «Creo que quizá hay un primo...», decía, y se dedicaba a revolver en un cajón, buscando una de las viejas agendas de mi madre.

No era de extrañar que aquella llamada de Clark la hubiera puesto al borde del ataque de nervios.

—Muy bien —dijo Annie al aparato, sin molestarse en disimular su irritación—. Ordenaré que los envíen a los abogados.

Colgó sin despedirse. Cuando entré en la sala, esperaba encontrarla disgustada. Lo que no me esperaba era que arrojase el teléfono sobre el sofá con todas sus fuerzas. Lo pillé al vuelo cuando ya rebotaba hacia el entarimado.

—¡Por Dios! —exclamó—. ¿Has sentido alguna vez que serías capaz de matar a alguien?

Ladeé la cabeza. Lo había sentido, ya lo creo, y más de una vez. Era una extraña pregunta, teniendo en cuenta todas las peripecias que Annie y yo habíamos pasado.

—Perdona —se disculpó—. Es mi maldito padre.

Consideré la posibilidad.

—Bueno. Si lo matamos nos ahorraremos un cubierto, pero tendremos que buscar a alguien para que se ponga el esmoquin. Decidámoslo a cara o cruz. Lo dejo en tus manos. ¿Qué ha hecho esta vez? —pregunté.

—Es él y mi abuela. No cesan de introducir cambios, y todo en plan desmesurado. Me da la impresión de que quieren que sea tan caro para que me sienta en deuda, con el agua al cuello. Ya no tengo tiempo para discutir esta clase de cosas. Y ahora he de irme a Palo Alto por un asunto de trabajo.

—¿Cuándo?

—El vuelo sale dentro de una hora.

Annie acababa de ganar un caso importante de propiedad intelectual. De eso le había hablado el socio gerente cuando la invitó al Cosmos Club. Quería que aplicase su estrategia a escala nacional.

Frente a ella, sobre el escritorio había una factura de Oscar de la Renta: el vestido de boda. Por suerte, no veía el precio.

—La próxima vez que te las haga pasar moradas, dile que no necesitas su dinero.

—Cariño —replicó—, esto se ha puesto carísimo. ¿Estás seguro?

Yo tenía en el bolsillo un sobre con el dinero de Lynch, y me abultaba tanto que apenas podía sentarme.

—Segurísimo. Yo me encargo de los gastos. ¿Hay algo más, de todos modos? Porque esto no es nuevo. Tu padre ya lleva

123

tiempo haciendo esa jugada. —Ella había dicho algo sobre abogados cuando hablaba por teléfono.

—Está poniendo todo tipo de pegas a los proveedores.

—¿Pretende cambiar las condiciones?

—Déjalo, no te preocupes —dijo. Miré hacia el escritorio, donde había varios contratos con anotaciones.

—¿Se trata de los reembolsos? —pregunté.

Ella suspiró prolongadamente. Me di cuenta de que la había pillado.

Me eché a reír.

—¿Por si cancelaras la boda? —Meneé la cabeza—. Ya veo, quiere minimizar los riesgos.

A lo mejor solo le preocupaba que la boda se cancelara por motivos meteorológicos. De hecho, la última vez que habíamos ido a su casa, Clark había atenuado su abierto desprecio hacia mí para convertirlo en un desdén contenido. Me dejó en manos del adiestrador de los perros, y yo me pasé la tarde paseando con su jauría de caza. Tal vez se había dado por vencido. Tal vez había comprendido que la boda iba a celebrarse de todos modos. A mí me complacía pensar que me había ganado cierto respeto al rechazar su dinero.

—Es su especialidad profesional —explicó Annie.

—Muy bien. Yo apostaré por que esa previsión no se cumpla. ¿Y tú?

—Totalmente —aseguró, y me abrazó por la cintura—. No debería ser tan dura con él.

—Yo creo que más bien eres blanda.

—No, no hablo de eso. Es que me planteo si no estará enfermo o algo así. La última vez que estuve en casa, no parecía encontrarse bien. Se lo veía abatido, desfondado. Y cuando fuimos a la casa de campo, se pasó el rato al teléfono en su despacho, y después parecía como si hubiera perdido toda su vitalidad.

—Quizá había recibido malas noticias de los mercados.

—No, no es así. Él se crece en esos casos, le encanta contraatacar, doblar la apuesta, lanzarse al combate...

Se acercó a la maleta, arrojó la ropa sucia a la cesta y empezó a llenarla de nuevo con prendas limpias. Siempre la tenía preparada últimamente.

—Mi padre tiene algunos invitados más —dije.

—¿Cuántos? —preguntó.

—Cuatro. De Floyd County.

—Vale. ¿Con quién podemos sentarlos?

Di una ojeada al esquema de los asientos que había sobre una mesita, como si fuera el mapa de un campo de minas, y volví a mirarla a ella.

—Con nadie.

Annie meneó la cabeza y me dijo:

—Mira a ver si puedes resolverlo. Yo tengo que llegar al aeropuerto.

—Te llevo.

—Has llegado muy tarde. ¿Ha sido por culpa de Jack?

—No, no. Trabajo. Estoy liadísimo y, encima, va y me llama Mark Phillips y me secuestra para tomar unas copas.

—¿Qué tal te ha ido?

Pensé un momento antes de responder:

—Creo que por fin vamos en la buena dirección.

—Estupendo. Te veo de muy buen humor.

—¿En serio?

—Sí. Pareces, no sé, lleno de vitalidad.

—Gracias.

Yo creía que estaba hecho polvo después de mi tropiezo con Lynch. Pero ¿quién sabe? Una de las ventajas de que Annie estuviera ascendiendo en su trabajo era que estaba casi demasiado ocupada para prestar atención a mis idas y venidas. Y cuando los planes de boda se ponían demasiado estresantes, siempre me quedaba la posibilidad de serenar los nervios con mi nuevo entretenimiento: robar bancos con una pistola en la cabeza.

Albergaba ciertas sospechas sobre la razón de que pareciera tan pletórico en ese momento, pero prefería no detenerme a considerar la idea de que una parte de mí estaba disfrutando en realidad de aquella situación. Sobre todo porque, con un cliente menos y con un grueso fajo de dinero sucio en el bolsillo, cada vez parecía más cierto que yo no era —como le gustaba afirmar a Larry Clark— más que un criminal.

Recordé que, cuando ya nos íbamos del viejo astillero, Lynch me había dicho que estaba haciendo un buen trabajo: «Tómese un respiro, Mike. Yo diría que lo conseguirá. Usted está hecho para esto». Eso era lo que me daba miedo.

Capítulo veintidós

$\mathcal{A}$ la mañana siguiente, antes de ponerme en camino hacia la Fed, tuve que hacer algunas paradas para redondear mi equipo de herramientas. Primero pasé por la casa de mi padre y después me fui a ver a Cartwright. Él tenía fama de ser un hombre de recursos, pero consiguió impresionarme cuando me regaló una pelota de los Red Sox, de la Serie Mundial del 2004, firmada por la mayor parte de los jugadores. Decidí no preguntar de dónde la había sacado, porque parecía demasiado auténtica para haber sido obtenida por medios honrados.

También fui a buscar los lápices de memoria de Derek, y, tras recibir un breve curso de anonimato en Internet y confirmar que no había nada en los USB que sirviera para llegar hasta el chico, le di varios billetes de cien pavos por su trabajo.

Ya de camino a Nueva York, me detuve en casa de Jack para recogerlo.

—Conduce tú —le pedí—. Yo he de dedicarme al teléfono.

Mi hermano subió al coche. Su taza de café empañó el cristal.

—El tiempo ideal —comentó.

La temperatura era de tres grados y la llovizna resbalaba por el parabrisas. A los criminales les encanta el mal tiempo: implica menos testigos.

Puso la marcha atrás y retrocedió por el sendero. De repente frenó y volvió a poner punto muerto.

—No.

—¿Qué?

—No puedo.

—¿Te echas atrás?

—No; tú has de echarte atrás. No puedo permitir que te arriesgues. Yo me encargo. Vete a casa.

—No voy a dejar que lo hagas tú solo.

—Yo me metí en esto, Mike. Es culpa mía. No hemos llegado a hablar realmente, y nunca he tenido la ocasión de decírtelo, pero me siento superorgulloso de ti desde hace tiempo por todas las cosas que papá me iba contando. Yo no cesaba de hablar de ello: que mi hermano se ha graduado en la universidad, que ahora se va a Harvard... ¡Por el amor de Dios! Mis colegas pensarían que era todo parte de un timo.

Se echó a reír, inclinándose sobre el volante y apoyando el antebrazo encima.

—Pero eso me daba esperanzas cuando estaba jodido, Mike. Me daba pie para pensar que podía cambiar, que podía reformarme. O sea que..., gracias. Tienes una chica fantástica. Una buena vida. Una vida decente. No puedo permitir que por culpa de mis cagadas, o de lo que sea que no funciona en mí, se acabe estropeando todo eso. Vete a casa.

Di un sorbo de café mientras oía el zumbido mecánico de los limpiaparabrisas yendo y viniendo.

—Gracias, Jack. Pero por eso precisamente lo estoy haciendo. Todo aquello por lo que he trabajado pende de un hilo. No puedo mantenerme al margen y dejar que tú te encargues de arreglarlo. Sin ánimo de ofender ni nada parecido. Te agradezco lo que dices. Pero yo también he contribuido a fastidiar esta historia. Y ahora me toca apechugar a mí. Me voy a ocupar de esos tipos, te lo aseguro. Voy a conservar la vida que me he ganado. A veces tienes que ensuciarte un poco las manos para mantenerte limpio. En marcha.

Nos dirigimos a Nueva York. Puesto que yo necesitaba saber qué sucedía exactamente los días Fed cuando el comité tomaba su decisión en el DC, y por qué manos pasaba la directiva entre Washington y Nueva York, me dispuse a marcar los números que había ido obteniendo en mis llamadas de «ingeniería social».

127

La respuesta, averigüé, era que pasaba por muy pocas manos; venía a ser la información mejor protegida del Gobierno, dejando aparte la seguridad nacional. Lo cual era lógico. Un cambio de un cuarto de punto porcentual en una única cifra de dicha directiva —el tipo de interés fijado como objetivo por la Fed— podía imprimir un giro en la economía global. Designada como «Clase I FOMC–Acceso Restringido», la directiva era accesible únicamente a un puñado de personas ajenas al Consejo de la Reserva Federal, y solo en la medida en que fuera estrictamente necesario para su trabajo. El vicepresidente primero, mi fan de los Red Sox, era uno de ellos. A pesar de mis descubrimientos hasta ahora, no conseguía averiguar qué medio utilizaban para transmitir la información del DC a Nueva York.

Jack había estado urdiendo sus propios planes, y me informó:

—Yo creo que la clave no es Nueva York, Mike. Deben de enviarla al Departamento del Tesoro, en Washington, ¿entiendes?

—La llevan a pie —dije.

—Es lo que estaba pensando. ¿Y si nos hiciéramos pasar por los destinatarios, disponiendo de una falsa oficina o algo similar?

—Solamente hemos de colarnos en el Departamento del Tesoro y montar una oficina falsa sin que nadie lo note, ¿no?

—No exactamente, pero más o menos... O si metemos en un lío al auténtico mensajero, poniéndole un arma en el bolsillo antes de que cruce la barrera de seguridad, o algo parecido, y nosotros nos hacemos pasar por *otros mensajeros* y ellos nos dan el documento para mantenerlo a salvo.

—Me estás diciendo unas chorradas que parecen sacadas del *Superagente ochenta y seis*.

—Ya. Es penoso. Estoy completamente bloqueado.

La situación lo superaba: nunca había jugado en una partida de semejante magnitud.

Llegamos a Manhattan un poco después de mediodía y aparcamos en un garaje de Pearl Street. Jack se puso la capucha del impermeable, se la ciñó bien sobre la cara y sacó un periódico de la mochila.

Me bajé del coche. Habíamos hecho todo el camino de un tirón, y tenía las piernas tan entumecidas que andaba como si me hubiera pasado dos semanas navegando.

—¿Llevas alguna cosa chunga en la mochila? —pregunté.

—Claro.

—Pues déjala aquí. Cualquier cosa que no te gustaría que te encontrase la policía.

Vació el contenido en la guantera: un juego de ganzúas, un aerosol de pimienta, una porra flexible y una navaja automática.

—¿Esto es todo?

—Sí.

Mientras caminábamos hacia Maiden Lane, pasamos bajo un andamio de construcción. Yo iba haciendo inventario de los camiones y los habitantes corrientes del barrio: los empleados de mudanzas, los operarios, los repartidores, los banqueros...

Doblamos hacia la Zona Cero, la Reserva Federal y la Bolsa de Nueva York. Ahora era más que nada el miedo lo que provocaba que me flaquearan las piernas. Entre las medidas de seguridad de los bancos, la Policía de Nueva York y las cámaras de vídeo que te observaban desde cada esquina, aquella (con la posible excepción de la Casa Blanca) era la parcela de terreno más bien guardada de Estados Unidos.

Jack mantenía el periódico sobre la cabeza. Pero no llovía lo suficiente para justificar ese ardid. Se lo arranqué de las manos y lo tiré a la basura.

—Pero... ¿y las cámaras? —dijo.

—Pareces un chalado. No llames la atención.

Me alegraba de que hubiéramos logrado llegar a la hora del almuerzo. Tenía una lista de objetivos que quería controlar. Compramos unos perritos calientes y un par de cafés en un puesto de Liberty Street, y miramos cómo pasaba la gente, que fluía como una riada y nos repartía empujones.

La Fed es una fortaleza de dieciocho pisos. Sus verjas negras de hierro forjado y unos enormes bloques de piedra caliza y arenisca proyectan una imagen de vigor y, sobre todo, le dan un aspecto infranqueable.

129

Observé los puestos de vigilancia encaramados en lo alto de las esquinas del banco.

Le tendí a Jack mi móvil y le aconsejé:

—Actúa como un turista. —Fuimos rodeando el edificio mientras él hacía fotos. Yo había manipulado el aparato y suprimido el chasquido de la cámara para que pudiéramos sacarlas subrepticiamente.

Visto desde el aire, el edificio era básicamente una larga cuña que se iba ensanchando de este a oeste. En el flanco sur, sobre Liberty Street, se hallaba la entrada principal, que daba acceso a un vestíbulo ricamente decorado. En el flanco norte, sobre Maiden Lane, había un muelle de carga a prueba de colisiones y una entrada para visitantes y empleados muy transitada. En cada entrada había apostados por lo menos dos policías. Cada vez que me clavaban la vista, yo me sentía como si estuviera devolviéndoles la mirada desde un cartel de búsqueda y captura, en el que figuraban todos los detalles sobre el asesinato de Sacks impresos bajo mi rostro.

La Fed había estado muy bien vigilada las veinticuatro horas del día desde que se había inaugurado, noventa años atrás. Mientras hacía mis llamadas telefónicas, un economista que había trabajado allí me había contado una anécdota: la Fed está situada a un par de manzanas de la Zona Cero, y el 11 de septiembre tuvo que ser evacuada; por motivos de seguridad, hasta la Policía de la Reserva Federal recibió la orden de abandonar el edificio. Fue entonces cuando cayeron en la cuenta de que no había cerraduras en las puertas, y hubo que llamar a un cerrajero para que instalase unas cuantas de ellas, para no dejar el lugar desguarnecido por primera vez desde 1924.

Jack había sacado su propio móvil y lo llevaba en la mano. No paraba de hablar, lo cual solía significar que estaba nervioso. Dos trabajadores del servicio postal avanzaron por la acera, empujando un carrito, y entraron por la zona de carga de la Fed; los policías no revisaron sus documentos, sino que se limitaron a hacerles un gesto con la cabeza.

—¡Bingo! —exclamó Jack.

Meneé la cabeza y concluí:

—A esos ya los conocen. No; es demasiado complicado.

Además, ¿cómo entras en el edificio, una vez que has accedido al muelle de carga?

—El bar de la esquina —sugirió mi hermano—. Lo conozco. El baño está en la tercera planta del sótano. Si pudiéramos llegar a los túneles... Alcanzar los sótanos de la Fed...

Se acercaba una mujer: Tara Pollard, de Murray Hill, la gerente de la oficina de compraventa de valores. Yo había reunido las fotos del personal de la oficina del presidente, del Departamento de Prensa y de la oficina de compraventa: los empleados que con mayor probabilidad tenían acceso a la directiva antes de que se hiciera pública.

Ella debía de haber salido a buscar el almuerzo y venía hacia mí con un envase plástico de comida para llevar. Eché un vistazo a su placa de identificación para asegurarme. No dejaba de ser una ayuda que la Reserva Federal etiquetara a sus empleados.

—Quédate aquí —le ordené a Jack.

Caminé hacia ella, algo cabizbajo para protegerme de la lluvia, me metí la mano en el bolsillo y me puse un lápiz USB en la mano izquierda. Parecía que la mujer llevaba la cremallera del bolso cerrada, pero mostraba un bolsillo lateral entreabierto.

La rocé al pasar y dejé caer el lápiz dentro. Para un carterista, es mucho más fácil dar que recibir.

—¿Y eso? —preguntó Jack cuando regresé a su lado.

—Ahora, no —dije.

—¿Dónde está la suite a la que hemos de llegar? ¿En la torreta? Yo la situaría ahí.

Del extremo este del edificio sobresalía un torreón. Observé sus almenas, pensando que tal vez se habían tomado aquella idea de la fortaleza un poquito demasiado en serio. Daba la sensación de que pudieran defender el lugar con arcos y flechas.

—El presidente está en la décima planta; la oficina, en la novena.

—Lo que te decía de los túneles —prosiguió Jack—. He encontrado en la Red varios planos antiguos, de cuando construyeron el edificio.

—Cierra el pico —dije. Él me miró enfadado hasta que ad-

131

virtió que había un policía cerca. Esperé a que pasara de largo.

—La cámara acorazada está a veinticinco metros de profundidad, Jack, por debajo del metro; excavada en el lecho de roca. Son tres pisos de acero macizo; pesa doscientas treinta toneladas y está rodeada de una capa de hormigón reforzado con acero. La bajaron hasta ahí, al fondo, y luego construyeron alrededor el edificio. Toda la infraestructura de Nueva York queda encima de ella. A la menor alarma, queda herméticamente sellada en veinticinco segundos. Por tanto, abrir un túnel a través del baño del bar de la esquina no es el camino más indicado.

Colarse en edificios era mi especialidad. El punto fuerte de Jack era sortear las suspicacias de la gente.

—¿Cómo piensas entrar, entonces? —preguntó, un poco ofendido.

—Lo primero es lo primero.

Ya habíamos averiguado todo lo posible sobre el perímetro exterior de la Fed; y todas las personas a las que yo quería controlar durante la hora del almuerzo habían regresado a las oficinas. En la esquina situada en diagonal frente al edificio había una tienda de sándwiches, de precios desorbitados, que se calificaba a sí misma de pastelería francesa.

Entramos, le dije a Jack que pidiera algo y me fui al baño. Ya había revisado el lugar de antemano; estaba lo bastante cerca de la Reserva Federal y tenía wi-fi gratuito. Ambas cosas eran esenciales. Me puse de pie en el váter y alcé las placas del techo.

Saqué de la mochila una cajita negra en uno de cuyos lados había una antena, y la conecté a la caja de empalmes del ventilador del techo. Básicamente, era un repetidor inalámbrico capaz de captar la señal de una cámara instalada en el interior de la Fed y de enviarla a su vez a través de Internet. Yo podría mirar las imágenes en la Red desde cualquier lugar.

Hicimos la siguiente parada en un servicio de reparto. Ya tenía empaquetada la pelota de béisbol. Esa misma mañana había recogido la base de madera en casa de mi padre. Su trabajo con la fresadora era impecable, como siempre, aunque la vieja fundición familiar que había heredado —la Fundición Ford—, llevaba casi treinta años cerrada. Sin dejar el menor rastro, la base había quedado ahuecada para dar cabida a una cámara y una batería de reserva. La lente resultaba totalmente invisible tras el punto perforado de la «i» de «Serie».

Dentro de la caja había un boleto de regalo, que yo había fechado unas semanas atrás, y una amable nota de un tal profesor Halloran de la Universidad de Chicago, que había dirigido principalmente varios de los trabajos iniciales del vicepresidente primero, cuando este estaba en la facultad, y era un chalado del béisbol como él. Ello lo convertía en un donante plausible de mi «pelota/caballo de Troya», que pronto ocuparía su lugar adecuado, enfocada directamente hacia la pantalla del susodicho vicepresidente y preparada para emitirme todo cuanto captara.

—¿Y qué me dices de la nota de agradecimiento? —preguntó Jack—. Más aun: ¿y si el tipo telefonea al profesor?

—Halloran murió hace una semana —informé.

Me había pasado dos días enteros estudiando el currículo del vicepresidente y la sección de obituarios hasta encontrar el candidato adecuado. El teléfono y el correo electrónico que figuraban en el albarán remitían a mis cuentas falsas, por si al tipo se le ocurría plantear otras cuestiones.

—De fábula. Pero todavía no has entrado. ¿O lo vas a hacer todo por control remoto?

Ojalá hubiera podido. Pero en algún momento tendría que jugarme el trasero. Y ese momento había llegado ya.

133

Capítulo veintitrés

*L*e pasé a Jack una hoja impresa y una billetera llena de documentos falsificados. Él miró la hoja: una entrada electrónica para la visita guiada a la Fed. Caminamos hacia la entrada de Maiden Lane custodiada por la Policía de la Reserva Federal, que constituye de por sí un cuerpo formidable: todos sus miembros deben obtener dos veces al año un certificado de tiro con pistola, rifle y escopeta en el campo de tiro de la propia Fed. La mayoría de ellos posee la calificación máxima de «experto».

Primero examinaron nuestras entradas; luego, nuestros documentos falsos. El guardia paseó varias veces la mirada de mi cara a mi permiso de conducir.

Me hizo una seña para que pasara.

Recorrí con la vista el vestíbulo, calculando las probabilidades de superar las medidas de seguridad el día del golpe. Los empleados cruzaban una especie de esclusas de seguridad, con una puerta de dos hojas, que se abrían con las placas de identificación de la Reserva Federal. Aquello iba a resultar tan difícil como me había temido. Las esclusas, que disponían de una puerta en cada extremo, parecían cabinas telefónicas futuristas. Se trataba de una versión de alta seguridad del clásico torniquete, y solo permitían el acceso de una persona cada vez mientras sus documentos eran examinados. Algunas de ellas incluso comprobaban el peso mientras pasabas, para impedir que se colaran dos personas al mismo tiempo, y se bloqueaban si el escáner detectaba una anomalía en tu placa de identificación.

Jack y yo giramos a la derecha. Los visitantes teníamos que

pasar por un detector de metal y por un control de rayos X para las carteras antes de cruzar las esclusas. Era un sistema estándar de seguridad, el mismo que se aplicaba en los juzgados, aunque estos guardias estaban mejor armados.

Jack atravesó primero toda la barrera; después yo crucé el detector de metal, y un guardia me señaló la esclusa mientras otro guardia pasaba una tarjeta por el escáner para permitirme el acceso.

—Vaya con ellas —indicó. Seguí a tres mujeres hacia los ascensores el tiempo suficiente para examinar sus placas de identificación. La gente las llevaba en portaplacas de plástico pegadas al cinturón, o sujetas con un cordón alrededor del cuello.

La tecnología de la placa de identificación de la Fed constituía un alivio, pues la mayoría de las instituciones gubernamentales estaban adoptando tarjetas inteligentes cifradas por la Agencia Nacional de Seguridad que, en la práctica, resultaban imposibles de reventar o clonar. La placa de la Fed era mucho más fácil de piratear, aunque confiaba en que no me haría falta llegar a ese extremo. Tenía pensados otros trucos. Yo llevaba el teléfono móvil en la mano y, cuando entramos en el ascensor, saqué un par de fotos de cerca a las placas de las mujeres.

Ellas bajaron en la tercera planta. «¡Qué demonios!», me dije, y pulsé el botón del décimo piso: la planta del presidente. Funcionó. Los ascensores no estaban controlados con llave; otra buena señal. De todos modos, había sido una jugada estúpida. Mientras subía hacia el corazón de la Reserva Federal, pensé que no disponía de una excusa admisible si me daban el alto.

El ascensor se detuvo y las puertas se abrieron en la planta prevista. No había guardias en la zona de ascensores. Una vez superados los policías armados y las esclusas, aquello no era más que una oficina llena de financieros y economistas: gente que no tiene metida dentro la obsesión de la seguridad, como ocurre en el Pentágono o en la CIA.

Había puertas a uno y otro lado de la zona de ascensores, también controladas con placa de identificación, y, tras ellas, vi mostradores de recepción en los que había varios empleados.

135

Salí del ascensor, tiré al suelo un lápiz USB y le di una patada. Fue a parar junto a la puerta de acceso a la suite ejecutiva. Di media vuelta y me metí otra vez en el ascensor. Las puertas se cerraron. Pulsé el botón de la primera planta y descendí.

Salí a la antigua zona de atención al público del banco, una estancia de altos techos abovedados, provista de preciosas rejas de hierro forjado ante las cuales la gente acudía a comprar y a liquidar bonos. En la actualidad, era un museo de finanzas donde dejaban aparcados a los visitantes hasta que comenzaban las visitas guiadas.

Apiñados en torno a un lingote de oro que rotaba en un exhibidor detrás de un cristal de treinta centímetros, escuchamos cómo se esforzaba nuestra simpática guía sudasiática en disipar algunos de los mitos más extendidos sobre la Fed. Jack contemplaba cómo giraba y giraba el lingote de oro.

Yo estaba absorto estudiando las cámaras de circuito cerrado y también las placas de visitante que observé en algunas personas que desfilaban junto a nosotros. Los integrantes de la visita no llevaban placa, por lo que eran fáciles de identificar si se separaban del grupo. Otros visitantes —proveedores, amigos y familiares— recibían una placa roja temporal. Era esa la que iba a necesitar.

Capítulo veinticuatro

$\mathcal{D}$imos la vuelta entera hasta los ascensores, pasando por el vestíbulo principal situado en el flanco sur del edificio. Había cuatro policías fuera, y dos más en el mostrador de recepción. Me mantuve atento mientras salían del ascensor otras personas con placas de identificación temporales; no llevaban ninguna escolta: nadie que comprobara que salían realmente del edificio una vez que habían bajado.

Esa circunstancia me brindaría una oportunidad.

El grupo era lo bastante nutrido como para que nos dividieran en dos ascensores.

—Pulsen el botón «E» y manténgalo apretado —dijo la guía.

No hizo falta hacer nada más para llegar a la cámara acorazada, cinco plantas más abajo. Me vino a la cabeza una imagen de *El Superagente 86:* una sucesión de puertas inexpugnables, cada una de ellas con una tecnología más estrambótica que la anterior.

Pero no había ninguna llave especial. Bajamos y salimos a un claustrofóbico pasillo del sótano. Yo apenas prestaba atención al instructivo vídeo proyectado en la pared. Parecía que el locutor fuera el mismo que había grabado los vídeos de la clase de educación sexual de primaria.

Todos mis sentidos estaban concentrados en el estrecho pasillo y, doce metros más allá, en la reserva de oro más grande del mundo. Nuestra guía nos observó atentamente mientras nos advertía que no se podían sacar fotos, ni usar móviles ni tomar notas o dibujar esquemas. A continuación, avanzamos hacia la cámara acorazada.

Y

Eche usted un vistazo al dinero que tenga en el bolsillo: cualquier billete servirá. Como verá impreso en la parte superior, lo que lleva encima son «Billetes de la Reserva Federal». La Fed es la razón de que esos dólares tengan algún valor.

La Reserva Federal emplea un montón de tiempo en desacreditar las teorías de la conspiración, como podría esperarse de una institución que fue fundada por una camarilla de banqueros neoyorquinos —en una isla privada, nada menos— con el fin de controlar la economía de Estados Unidos. Esa es la pura verdad. Y todavía algo mejor: el lugar se llamaba... isla Jekyll.

Durante la mayor parte del siglo XIX no había habido ningún banco central estadounidense, y la economía había atravesado peligrosos altibajos cíclicos. Tras la crisis de pánico de 1907, los banqueros se hartaron de la situación. J.P. Morgan ya estaba cansado de tener que ocuparse él solo de orquestar el rescate de la economía americana entre sus otros colegas de la banca. Así pues, reunió a un grupo de magnates y políticos de Nueva York y, al amparo de la noche, salieron de la ciudad en un vagón privado al que accedieron por un andén apenas frecuentado. Se recluyeron en una isla situada frente a la costa de Georgia, donde se abstenían de llamarse por sus nombres para evitar que los criados pudieran filtrar sus intenciones, mientras negociaban —no sin muchas disputas— lo que habría de convertirse en el Sistema de la Reserva Federal. Posteriormente, a lo largo de los encarnizados debates en el Congreso, algunos banqueros fingieron oponerse para que no pareciera un acuerdo demasiado beneficioso para ellos.

Como consecuencia, la Fed es, por su propia concepción, muy favorable a los grandes bancos de Nueva York. Cuando el comité decide en el DC cuáles han de ser las tasas de interés, no puede imponérselas por decreto a los bancos. Por tanto, el comité fija una tasa de interés como objetivo y envía esa directiva a la oficina de compraventa de valores de la Fed de Nueva York, dándole instrucciones sobre el modo de cumplirla. Los operadores de la oficina acuden a los mercados y trapichean con los grandes bancos, comprando y vendiendo letras del Tesoro y otros instrumentos de deuda del Gobierno, básicamente pagarés del Tío Sam. Cuando los chicos de la Fed compran un montón de dichos pagarés, inundan la economía de dinero; cuando los venden, retiran el dinero de la circulación.

Están creando y destruyendo dinero, de hecho. Al restringir o expandir el flujo de dinero en la economía global, volviéndolo más o menos escaso, consiguen también que sea más o menos caro tomarlo prestado: la tasa de interés. De este modo, comprando y vendiendo a los grandes bancos del mundo, pueden modificar las tasas de interés hacia el objetivo propuesto.

La cantidad de dinero físico circulante es tan solo una cuarta parte de la masa monetaria total. Las cantidades restantes no son más que cifras en un ordenador. Cuando se dice que el Gobierno puede imprimir tanto dinero como quiera, se alude en realidad al trabajo diario de la oficina de la Reserva Federal, consistente en modificar el flujo de dinero —añadiendo ceros a una serie de cuentas electrónicas— que los grandes bancos pueden prestarnos a ustedes o a mí.

En el sótano de la Fed, no vi guardias ni armas; únicamente, grupos de visitantes que hacían el recorrido por turnos. Avanzamos por un estrecho pasillo hacia el oro. Y entonces se aclaró de golpe la aparente laxitud en las medidas de seguridad.

No estábamos en un pasillo, sino en un pasadizo de tres metros de longitud en el interior de un cilindro de acero macizo. La cámara acorazada no tiene puertas: ese pasadizo es la puerta. Imagínense un tubo gigantesco con un orificio de un extremo a otro.

Es eso lo que protege el oro. El cilindro pesa noventa toneladas y el marco en el que reposa, ciento cuarenta. Todas las noches, un guardia manipula una pesada rueda para que el cilindro gire noventa grados y luego descienda unos nueve milímetros. Así descansa sobre su marco y deja la cámara acorazada sellada herméticamente y convertida en un búnker impenetrable alojado en el lecho de roca de Manhattan.

Después de cruzar aquel mecanismo brutal, la visión del oro era casi decepcionante. Los lingotes tenían un aire deslucido, semejantes a barras de plomo amarillento apiladas tras la reja de una jaula. Aquel lugar podría haber sido el almacén del sótano de un viejo edificio de apartamentos, de no haber sido por la gigantesca balanza de platillos que había en mitad de la estancia.

Lo que yo había considerado una visita simpática y familiar se desarrollaba, de hecho, en el mismísimo interior de las jaulas, donde un guardián de la cámara acorazada pasaba a los visitantes un lingote del alijo de algún país (el noventa por ciento del oro corresponde a reservas extranjeras, que los americanos hemos custodiado desde que Europa las depositó aquí durante la Segunda Guerra Mundial), y la gente lo iba sopesando entre grandes exclamaciones de asombro.

Transportar el oro resulta muy engorroso. Cada lingote pesa unos doce kilos y vale entre quinientos y setecientos cincuenta mil dólares: las medidas no son estándares. Si un país quiere prestarle a otro varios miles de millones de dólares, uno de los operarios se coloca unos protectores de metal en los zapatos, carga un carrito en el casillero del país A y transporta los lingotes unos metros hasta el casillero del país B. Observé los enloquecidos ojos de Jack, que no paraba de fraguar planes allí dentro. Me daba miedo que cogiera algo, que evidenciara que estábamos estudiando el terreno y alertara a los guardias. Yo seguía concentrado en los pases de los visitantes: simples tarjetas rojas sin nombre y sin código de barras; los pases de los empleados, de color azul, eran más sofisticados.

Tras un minuto, la guía nos condujo a la salida. Jack echó un último vistazo codicioso a la cámara acorazada. Yo no dejaba de pensar en los miles de millones que fluían a través de los ordenadores arriba: en la novena planta a la que se ascendía con un ascensor sin llave, tras una puerta guardada solamente por la Policía de la Reserva Federal, en un entorno de tipos amigables que no se molestaban en cerrarle el paso a un visitante sin identificación.

Algunos ladrones roban con un revólver; otros, con una pluma estilográfica. Pero creo que la mejor opción hoy en día es robar con un terminal Bloomberg, el sistema informático que permite a los profesionales de las finanzas ver los movimientos de los mercados y hacer transacciones electrónicas.

Y

Todas las mañanas, en la novena planta de la Fed de Nueva York, la oficina de compraventa se prepara para entrar en acción y manipular los mercados según las instrucciones estipuladas en la directiva. Sus operadores están conectados por ordenador con veintiún grandes bancos de todo el mundo. Una vez preparados para empezar a comprar y vender, en las llamadas operaciones de Mercado Abierto, pulsan un botón en su terminal y tres pitidos —las notas F, E, D—[4] suenan en las terminales de sus homólogos. Y a partir de ahí se inicia la carrera.

Normalmente, hay de ocho a diez personas en esa oficina, la mayoría de ellas son tipos en torno a los treinta años; y entre todos manejan una cartera de títulos del Gobierno por valor de casi tres billones de dólares, que respaldan nuestra moneda. Sin ella, el dinero que llevamos en el bolsillo tendría tan poco valor como los billetes del Monopoly. Los operadores de esa planta de la Fed realizan transacciones por valor de cinco mil quinientos millones de dólares todos los días, fijan el valor de cada centavo que ustedes ganan o gastan y pilotan la economía global.

141

Si usted les robara su plan estratégico podría ganar cientos de millones en unos minutos, sin necesidad de coger una pistola ni de pisar un banco. Ni siquiera habría de salir de casa. Se haría con el dinero directamente de los mercados y robaría a la Reserva Federal a la vista de todo el mundo.

Había que olvidarse de la cámara acorazada, de los montones de dinero del sótano, de los lingotes oro... Quienquiera que estuviese detrás de Lynch tenía razón en una cosa: el dinero de verdad estaba arriba. El auténtico golpe era la directiva.

La guía de la visita nos condujo en manada al ascensor, y de ahí, al vestíbulo principal. Cuando estábamos saliendo, entró un tipo de la edad de Jack. Yo sabía, por mis averiguaciones, que trabajaba en la oficina de compraventa. Dejé caer otro lápiz de

---

4. F, E, D, en la notación musical anglosajona, corresponde a Fa, Mi, Re. *(N. del T.)*

memoria, mientras nosotros nos dirigíamos al ala sur del vestíbulo, otra vez hacia la zona del museo.

Me rezagué hasta situarme casi en la cola del grupo. Escabullirse de la visita parecía una maniobra cutre propia de aficionados; lo cual no significaba que no pudiera dar resultado. Pero suponía que los guardias apostados allí se habrían fijado en una persona que se despegara del grupo y volviera a entrar en los ascensores. Me detuve un momento en el vestíbulo, examinando cada puerta y cada salida, observando si tenían cerradura o barra antipánico o sistema de alarma. Había cerraduras Medeco por todas partes. Cada vez que veía una de esas, me ponía tenso al recordar mi fracaso con Lynch. Memoricé toda la distribución, imaginándome a mí mismo corriendo por allí, empapado en sudor, con dos guardias detrás de mí.

¿Por dónde saldría? ¿A dónde iría?

La parte más importante de cualquier robo no es conseguir lo que querías: es escabullirte una vez que te lo has agenciado. Y teniendo en cuenta que mis jefes quizá me estaban tendiendo una trampa para que cargara con el muerto, en este trabajo todavía parecía más importante que nunca.

Dejé que el grupo siguiera adelante y me acerqué a echar un vistazo a un corredor situado en el otro extremo. Enseguida capté movimientos de reojo: un agente caminaba directamente hacia mí. Me apresuré a meterme en el museo.

El agente vino detrás y buscó entre los expositores. Yo aceleré el paso e intenté repasar de memoria el contenido de mi mochila. No llevaba dentro nada claramente ilegal, pero había visto antes a Jack tomando notas en el control de seguridad y temía que se las encontraran.

Había ojos por todas partes. ¿Acaso me habían visto tirar los lápices de memoria?

—¿Qué pasa? —preguntó Jack, que me había seguido.

—No te separes de mí —dije—. Quizá haya problemas.

Hicimos lo posible para recorrer el museo sin demostrar pánico y dar la vuelta entera hasta la salida.

Oí las botas del policía a mi espalda.

—Disculpe —dijo.

Rompí a sudar. Nuestras falsas identidades no tenían ningún respaldo. Eso habría costado miles de dólares y requería un equipo de apoyo. Si pasaban por el sistema nuestros permisos de conducir, estábamos fritos.

Fingí que no lo oía y caminé otra vez por el vestíbulo hacia la salida. Un agente del mostrador de guardia nos salió al paso.

El policía que nos seguía se plantó frente a nosotros con un lápiz de memoria en la mano.

Noté que Jack iba a hablar, que iba a soltar alguna chorrada.

—Se le ha caído esto —dijo el poli.

Alcé las cejas, preguntándome qué diría aquel hombre a continuación: «Sé lo que pretende. Lo vamos a meter en la cárcel. Voy a pegarle un tiro aquí mismo».

Todas ellas eran opciones posibles. Esgrimió el lápiz hacia mí. Me costó un segundo comprender que solo quería devolvérmelo. Lo cogí y dije «¡Gracias!» con una octava más alta de lo normal. Sonreí, di media vuelta y me encaminé hacia la puerta abierta, hacia la lluvia, hacia la libertad. No me detuve ni miré atrás hasta que llegamos a South Street, junto al río.

Jack abría unos ojos como platos y respiraba aceleradamente, emitiendo nubes de vapor.

—Ya sabía yo que no pasaba nada —dijo, mintiendo.

Contemplé los grandes buques y los viejos remolcadores.

—Bueno, ¿qué te parece? —preguntó.

Yo había esperado que el trabajo resultara imposible. Lo cual limitaría mis alternativas y simplificaría las cosas. Pero no, no lo era. Había atisbado una vía de entrada. Los controles de acceso interno eran superables, cuando menos hasta la planta ejecutiva, y, además, había sembrado el lugar de dispositivos de vigilancia y de lápices con programas maliciosos. La única parte desconocida era la seguridad en la suite ejecutiva donde se recibía la directiva. Pero si mis cámaras o mis programas maliciosos funcionaban, pronto podría echar un vistazo por dentro.

Me volví hacia la mole de la Fed y los edificios del distrito financiero. Después miré a Jack.

—Puedo hacerlo —afirmé.

143

Capítulo veinticinco

Si la visita turística no iba a funcionar, necesitaba uno de aquellos pases de visitante. Mi primera idea fue hacerme pasar por un miembro de un grupo de presión financiero, lo cual abre todas las puertas. Pero eso conllevaría demasiados cabos sueltos. Sería mejor algo más sencillo. Durante el trayecto de regreso a casa desde Nueva York, estuve indagando y descubrí que un gimnasio iba a abrir dentro de uno o dos meses cerca de la Fed. Me puse en contacto con las oficinas de la empresa matriz, y pedí información promocional sobre programas de actividad física para empleados. Me dijeron que me la enviarían.

—La necesito mañana por la mañana —advertí, y les pasé mi número de cuenta de UPS.

Luego llamé al Departamento de Recursos Humanos de la Reserva Federal de Nueva York. Me pasaron de una persona a otra hasta que llegué al encargado de Ayudas y Beneficios Laborales.

Me presenté como jefe de ventas del gimnasio.

—Quisiera preguntarle si podríamos concertar una cita para el próximo martes —solicité. Ese era el Día Fed, el día del golpe.

—Bueno, la verdad es que estamos muy ocupados, y ya tenemos casi todo el presupuesto cerrado para este año.

Adopté una actitud diametralmente opuesta a la mía: la de un jovial representante de gimnasio.

—Pero a mí me encantaría hablarle de nuestros programas corporativos de actividad física. Podrían contar con una plantilla más satisfecha y saludable…

—Solo estamos libres para el almuerzo.

—Eso sería estupendo —dije.

—El almuerzo —repitió él.

—¡Ah...! —Comprendí que me estaba extorsionando—. Con mucho gusto me encargaría de recoger el almuerzo para su equipo si pudiéramos sentarnos a charlar en una mesa de la cafetería de los empleados, y examinar algunas de nuestras interesantes opciones de inscripción.

—Basil Thai —respondió el encargado—. Diga que es para Steven, de la Fed. Ellos ya conocen el pedido. Le enviaré por correo electrónico un formulario para conseguir un pase de seguridad.

Le di mi falso correo electrónico.

—¿Podría ser un poco más temprano? —pregunté—. Digamos, a las once cuarenta y cinco. —La reunión no duraría mucho, y a mí me convenía quedar libre poco después de mediodía para robar la directiva.

—Claro.

Encargué un par de chalecos del gimnasio para que Jack y yo pudiéramos hacernos pasar por representantes, y examiné el correo que Steven me había enviado. Era tal como había sospechado: a todos los visitantes se les exigía un nombre, una dirección y un número de la Seguridad Social. Tal vez no los revisaban todos a fondo, pero no podía correr el riesgo de inventarme uno.

Tendría una placa de visitante esperándome el día del golpe y más margen de maniobra del que había tenido durante la visita turística. Pero iba a costarme lo mío. Necesitaba ver a Cartwright.

145

Cuando dejé a Jack en su casa, me sentía muy satisfecho del plan y del reconocimiento del terreno que habíamos llevado a cabo. Le dije que iba a ocuparme de nuestros documentos para el martes. Él tenía una cita, pero aseguró que nos veríamos más tarde para terminar los preparativos. Arranqué para dirigirme a mi casa. Tuve que recordármelo a mí mismo una vez más: yo no iba a dar ningún golpe. No hacía más que ganar tiempo, fingiendo que seguía la corriente para tener contento a Lynch, hasta que pudiera manejar la situación y volverla contra él. Entonces noté que alguien me seguía. Tras cinco giros, ya no me cupo duda: lo identifiqué por la antena de la radio. Era un policía, y no hacía el menor intento de disimular. De tanto mirar por los retrovisores, estuve a punto de embestir a otro coche por detrás.

Encendí la radio para distraerme. En *Marketplace,* un programa de noticias económicas, emitían un reportaje sobre la reunión del comité. Por primera vez desde hacía años, la decisión era una incógnita. Normalmente, las reuniones del comité son del todo previsibles, y las cifras ya están fijadas de antemano. Sus integrantes dedican la sesión a discutir detalles menores, porque incluso esos detalles (hablar de mejoras «sustanciales» en vez de mejoras «significativas») pueden afectar seriamente a los mercados. Pero, en la actualidad, había ya un grupo considerable de miembros contrarios a las políticas de estímulo monetario.

El volumen de contratación bursátil era muy alto y los mercados estaban revueltos. Aquella reunión del comité iba a ser escenario de un enfrentamiento y nadie sabía quién saldría victorioso. Debido a las circunstancias, el conocimiento anticipado de la directiva sería incluso más valioso de lo normal y las medidas de seguridad resultarían todavía más estrictas.

Al acercarme a mi barrio, ya no vi al policía que me seguía. Debían de haber sido mis nervios. Encontré un hueco para aparcar a la vuelta de la esquina. Observé la calle de nuevo: ni rastro del coche policial sin distintivo.

Había recorrido media manzana cuando oí que el coche frenaba a mi espalda. El poli avanzó a mi lado, a paso de peatón, mientras dirigía una y otra vez la mirada de mí al portátil que tenía montado en el salpicadero. Procuré no perder la calma y pensar en lo que un ciudadano normal (no implicado en un asesinato, ni experto en cerraduras, ni metido en los preparativos de un golpe) haría en esas circunstancias. Lo cual es una manera fantástica de acabar actuando sospechosamente.

Nuestras miradas se encontraron. Le hice una seña, a modo de saludo. Él se quedó mirándome con fijeza. Me detuve. Él se detuvo. Enfilé el sendero de acceso a mi casa y arrojé la ganzúa y la llave de tensión entre los arbustos junto al buzón, ocultando la maniobra con el cuerpo. Según el código penal del estado de Virginia, la posesión de «utensilios delictivos» era un delito grave.

Un faro iluminó la entrada de mi casa. Ya me había cansado. Di media vuelta y caminé hacia el coche. El faro se apagó. Vi que el poli decía algo por radio y arrancaba.

Mi fuga no había sido tan impecable como creía, después de todo. La policía me estaba presionando. Aunque, si fuera sospechoso del asesinato, no se andarían con juegos psicológicos y ya me habrían detenido. Claro: yo sabía quién estaba detrás.

Tenía que mejorar nuestras falsas identidades para pasar el control de visitantes en la Fed de Nueva York. Me tomé en casa una taza de café y me fui al Ted's Bar Restaurante. Cartwright estaba en la trastienda, sentado a una mesa con un montón de lo que parecían impresos de solicitud de seguros de vida.

Le expliqué lo que me hacía falta. Él se rascó la mejilla con un dedo mientras pensaba.

—¿Así que es para una única verificación? —preguntó.

—Sí.

—¿Otros datos personales? ¿Van a comprobar si la fecha de nacimiento coincide y demás?

—Quizá. Será mejor que vaya preparado.

—Entonces he de encontrarte a un adulto.

—¿Cómo?

—Hoy en día, la mayor parte del material de identidad falso se obtiene robando el número de Seguridad Social de un niño y vendiéndolo a un inmigrante ilegal. Los niños no revisan su tarjeta de crédito, ni presentan solicitudes de trabajo, ni descubren que les han robado el número de la Seguridad Social hasta que sus padres piden un préstamo para la universidad y se enteran de que el chaval lleva quince años trabajando en una planta procesadora de pollos —explicó—. Pero para eso necesito una billetera reciente de alguien más o menos de tu edad. Tendré que hacer unas llamadas.

—Dicho de otro modo...

—Para los amigos, tres de los grandes.

—Podré conseguirlos. ¿Lo tendrás para el martes?

147

Asintió y me preguntó:

—¿La pelota de béisbol ha funcionado?

—Todavía no está conectada.

—¿Es tu único recurso para meterte dentro?

—He sembrado unos cuantos lápices de memoria también.

Él soltó un gruñido de desaprobación, y dijo:

—Ese método ya lo tienen controlado.

—¿Seguro?

—Antes era como una llave maestra. Bastaba con dejar algunos artilugios de esos diseminados por el aparcamiento. Si luego metían fotos de boda, de niños o perros, bueno... Pasaban de mano en mano por la oficina e infectaban los ordenadores de la empresa. Pero todos los jefes de seguridad leyeron el mismo artículo, y ahora se han puesto cabrones con el tema. Nadie usa ya lápices con «autorun»; a veces hasta bloquean con pegamento los puertos USB. Vete con ojo si andas sembrando lápices de memoria, o el Servicio Secreto acabará llamando a tu puerta.

—No así el FBI, ¿verdad?

Asintió.

—El Servicio Secreto se ocupa del fraude bancario e informático. También de la falsificación de moneda y de proteger al Presidente. Lógico, ¿no?

—Según la lógica de Washington.

—¿Tienes el nombre y los datos de tu objetivo?

—Sí. De una mujer de la oficina, y de un par de personas más.

—¿Quieres rematar la jugada de los lápices USB?

—¿En qué estás pensando?

—El último grito actualmente es meterle al objetivo un troyano en su teléfono inteligente, y después rezar para que lo enchufe para cargarlo en un puerto USB. Entonces estás en disposición de usar su red telefónica y no has de complicarte la vida con la compañía de Internet y el cortafuegos. Pero eso implica muchas variables. Yo te diría que utilices con ella un sistema de *spear-phishing*.

A mí me tenía un poco descolocado aquella conversación; no por los términos técnicos, sino porque la estuviera manteniendo con Cartwright. Me costaba imaginármelo, como me ocurría con mi padre, utilizando un artilugio más moderno que un cenicero sin tabaco masticable. Se acercó al sofá, sacó un portátil de un gastado maletín de cuero, lo trajo a la mesa donde tenía el tablero de damas y abrió una página web. Allí estaban todos los amiguetes de Derek: las chicas de la webcam, los extraños juegos rusos de fantasía y los lectores de tarjetas de crédito.

Aparté la vista de la pantalla y miré a Cartwright.

—Has de mantenerte al día con estas mierdas, Mike. Ya ni siquiera te hace falta ponerte los pantalones para robar. Bueno, sabes de qué va el *phishing*, ¿no? Esos correos electrónicos cutres que dicen: «Se ha producido un problema con su cuenta bancaria. Haga clic aquí, por favor». Y entonces ese enlace se apropia de tu ordenador. ¿De acuerdo? Bien, pues el *spear-phishing* consiste en enviar un troyano diseñado especialmente para el destinatario. Vamos a hacer una cosa: mándame el correo electrónico de esa mujer, un origen verosímil del mensaje infectado y algún documento en PDF o JPG que ella vaya a abrir con toda seguridad, y yo me encargaré de montártelo.

—Gracias —dije—. Probablemente, puedo escribirte algo ahora mismo si me concedes un momento. ¿Ella no tiene que abrir ningún programa ni descargarse nada?

—No. Al abrir ella el documento, la carga queda inyectada. Los documentos PDF están llenos de vulnerabilidades.

Me pasó el portátil y fue a servirse otra copa mientras yo esbozaba el mensaje. Lo escribí de manera que pareciese que el anexo era la típica circular interna que había visto en los archivos públicos de la Fed.

Cartwright le echó un vistazo.

Debía de haber captado la expresión preocupada que había puesto al pensar en la factura cada vez más abultada que me esperaba. Apenas podía costearme una boda, o un golpe a un banco. Mucho menos las dos cosas.

—Esto te lo incluiré gratis —dijo recuperando el portátil—. No me vendrá mal la práctica, y tú ya has acumulado suficientes puntos. Lo mandaré esta noche. Y quién sabe. Quizá tus lápices USB también acaben funcionando. ¿Una copa?

—No. Debería marcharme ya. —Me levanté, pero lo pensé mejor—. ¿Sabes qué? Sí. Una cerveza. O lo que tengas.

Annie se había ido de viaje, y no me apetecía deambular

149

nerviosamente por la casa, esperando a que Lynch me pusiera una pistola en la cara.

Cartwright se metió detrás de la barra y me trajo una Bud de cuello largo.

—Es una verdadera lástima, ¿sabes?, que tú y tu padre os hayáis regenerado. Yo me las arreglo para resolver los detalles y para engrasar las relaciones, pero nadie superaba a tu padre a la hora de ver la panorámica general. Y tú, bueno... Me limito a decir que me alegro de que hayas vuelto. —Alzó su bebida—. Aunque sea por una breve temporada, claro.

Choqué su vaso con mi botella.

—Claro.

Nos estuvimos poniendo al día un rato; después Cartwright tuvo que hacer una llamada. Aparté mi silla y ya me disponía a largarme cuando Jack asomó la cabeza por la puerta.

—Bien. Aún sigues aquí —dijo—. ¿Que hago yo? ¿Algún paso pendiente con los documentos?

—Ya me he encargado —respondí.

—Lamento el retraso. Tenía que acabar una historia. Un trabajo de correo.

—No te preocupes.

Jack se sirvió un vaso de agua del grifo y se sentó a mi lado.

—Buen trabajo hoy —me dijo.

—Gracias. ¿Sabes?, cuando pensé en llamarte para ponerme al día con mi viejo compañero de correrías y desfogarme un poco antes de la boda, lo que tenía en mente era algo así como un día bebiendo o una buena juerga en coche, pero no un golpe en la maldita Reserva Federal.

—Lo siento. Aunque lo llevas con tanta calma como si lo hicieras todos los días. —Recorrió la trastienda con la vista. Oíamos a Cartwright en el despacho, gritándole a alguien por teléfono.

Esa parte trasera todavía olía igual que el antiguo bar de Ted: armarios baratos, humedad y moho.

—Es una especie de despedida de soltero —dijo Jack, alzando su vaso de agua. Tuck me venía insistiendo para que organizara una de esas fiestas, pero yo no tenía demasiado tiempo para pensar en ello.

—He pasado momentos mucho peores. Espero que tu trabajo de correo haya ido bien.

—Sí, claro. Los vietnamitas más chungos del mundo, allá en Seven Corners… No puedo seguir con este trabajo. Pero creo que he encontrado una salida. Quizá tú puedas aconsejarme.

Sacó una carpeta de la mochila.

Me froté la sien y le solté:

—¡Por Dios, Jack! Aún no has terminado de joderme la vida con tu último lío. Quizá no sea el momento adecuado.

—No, no es eso.

Eché un vistazo a los documentos, acercándomelos un poco. Eran impresos de inscripción.

—¿Vas a volver a estudiar? —le pregunté.

—Sí. Voy a dejar el rollo de seguridad. Demasiadas complicaciones. Quería hacerte unas preguntas sobre cómo funcionan los créditos y los horarios.

—Por supuesto. Estudiar es buena idea. Y lo disfrutas mucho más cuando eres mayor.

—Si me imagino sentándome a hacer un examen… —Jack se estremeció—. Pero voy a hacer todo lo posible. Necesito un cambio. ¿Tú no sientes tentaciones a veces?, ¿no te entran ganas de volver a tu antigua vida?

—Claro —dije—. Lo echo de menos. Ojalá no estuviéramos en esta situación, pero la movida de hoy me ha recordado cómo nos divertíamos haciendo gamberradas, metiéndonos en aquellos líos, antes de que las cosas se pusieran feas.

Guardé silencio un momento.

—Pero es como la mayor parte de las cosas que haces cuando eres joven e idiota —proseguí—. Que estén a punto de matarte se convierte en una gran historia retrospectivamente. Pero yo no quiero pasarme la vida así. Tengo suerte de estar donde estoy, y no lo doy por sentado ni por un momento. Son las pequeñas cosas, ¿entiendes? Dormir de un tirón; no estremecerse cuando llaman a la puerta; no andar siempre con media docena de mentiras preparadas; tener una chica increíble a la que no he tenido que ocultarle nada hasta ahora, claro; pasar con el coche junto a la policía sin ponerse a sudar… Prefiero todo esto que el dinero fácil y la emoción de escapar por los pelos. Es una vida mucho más fácil, más sencilla, más feliz. —Terminé mi cerveza y la empujé hacia el otro lado de la barra—. Reformarse es el mejor golpe que se puede dar.

—Por eso estoy tan cabreado conmigo mismo —afirmó mi hermano—. Le dije a papá cuando lo metieron dentro que cuidaría de ti y de mamá. Pero nunca cumplí mi promesa. Y ahora todo este jaleo. No hago más que cagarla.

—Lo hiciste muy bien —dije mirándole la cicatriz que tenía en el mentón. Él se había llevado muchos mamporros para defenderme cuando yo era un crío—. Pero no tenemos que resolver eso ahora. Y tampoco es que sea mi tema predilecto.

En los viejos tiempos, estas cosas las resolvíamos emborrachándonos de lo lindo. Acabábamos abrazados, proclamando a gritos lo mucho que nos queríamos, o dándonos de puñetazos por el suelo. Ambas cosas resultaban terapéuticas.

—Esto me resulta más bien difícil —comentó Jack—. ¿Te puedo decir una cosa?

—Claro.

—Yo lo intenté, cuando lo encerraron, y creo que lo hice bien una temporada. Pero aquello acabó siendo demasiado. Y luego mamá se puso enferma y no había dinero… A mí me resultaba mucho más fácil estar jodido todo el tiempo. No es una excusa. Es lo que ocurrió. No era lo bastante fuerte; ojalá lo hubiera sido. Fue una cabronada lo que hice contigo: dejarte en la estacada. Tú eras solo un chaval y tuviste que cargar con demasiado peso siendo tan joven. Lo siento.

—¿Pretendes que te perdone…?

—No. No es eso lo que estoy diciendo. El perdón he de ganármelo, y todavía no lo he conseguido. No sé si lo conseguiré nunca. Y aquella noche cuando te detuvieron…. Nunca me perdonaré por permitir que te pillaran. Nunca. Quiero que sepas que no puedo cerrar los ojos y tratar de dormir sin que me vengan a la cabeza todos estos pesares, sin que me desgarren por dentro. Tenía que decírtelo. No quiero que me perdones, pero necesito decírtelo, necesito que me creas cuando te digo que lo siento. De verdad. Con toda mi alma. Nada más.

Bajó la vista a la barra y apretó los párpados. Le temblaba la barbilla.

—Te creo —dije poniéndole la mano en la espalda—. Te creo, Jack.

Capítulo veintiséis

*A*l salir del Ted's, fui a mi oficina a recoger un millar de páginas sobre el caso de los fondos opacos que no iba a tener tiempo de leer. Lo único que quería, en realidad, era abrir el ordenador para ver si habían picado en mis anzuelos.

Para acceder a los servidores conectados a la cámara y a los programas maliciosos, primero pasé por una red privada virtual, que creaba un túnel anónimo en Internet, y a continuación, por un sistema de anonimato llamado Tor, que rebotaba mis datos de tráfico a través de una red de servidores, ocultando su origen.

No entendía exactamente cómo funcionaba todo aquello. La impresión que había sacado hablando con Derek era que venía a ser el equivalente moderno del viejo truco consistente en adosar un teléfono a otro, micrófono con auricular, para despistar un rastreo.

Yo estaba paranoico, por lo que usé la señal de wi-fi del agente inmobiliario de la oficina de abajo. Al fin y al cabo, ellos siempre aparcaban en mi plaza. La conexión era débil y muy lenta, pero valía la pena adoptar esa precaución adicional. Entre los pasos donde debía introducir una clave y aquella señal que funcionaba a cuentagotas, seguramente habría resultado más rápido buscar un par de teléfonos públicos y pegar los malditos auriculares.

Después de todo eso, accedí al *software* cliente para mis virus: un programa llamado DarkComet RAT (Herramienta de Control Remoto), que me permitiría apoderarme por completo del ordenador de mi víctima. Cada vez que lo intentaba obtenía la misma respuesta: «Servidor no encontrado». Lo intenté con cada uno de los lápices USB. Lo intenté con el *software* malicioso de Cartwright. Lo intenté con la cámara escondida en la base de la pelota de béisbol. Nada.

Me puse a trabajar, pues tenía que preparar la declaración de los fondos opacos y evaluar la situación de mis otros casos para impedir que mis clientes restantes me dejaran plantado. No logré avanzar en absoluto. Cada cinco minutos, volvía a acceder y refrescaba mis distintos sistemas de control remoto y mis cámaras, haciendo clic una y otra vez como un adicto a las tragaperras.

Cuando me dispuse a salir para tomar el fresco, ya casi eran las ocho y media. Revisé mis cámaras una última vez, con la esperanza de tener algo que enseñarle a Lynch. Ninguna funcionaba. Tiré la toalla. Ya iba siendo hora de volver a casa. Por fortuna, Annie estaba ausente y allí tenía una pistola.

Al acercarme a casa, pasé frente a Saint Elmo's, un pequeño café que venía a ser el centro de reunión del barrio, donde podías tener abierta una cuenta y guardar tu propia taza en el estante. Al parar en el semáforo, me pareció ver a Annie dentro. Aparqué un poco más abajo y retrocedí a pie. Se suponía que ella no volvía hasta las diez de la noche.

Revisé mi móvil y me di cuenta de que se me habían pasado por alto varios mensajes. Me bastó ver su rostro para sentirme mejor. Tenía el portátil abierto en una mesa lateral, junto a una taza de café, y daba la impresión de que estaba hablando con alguien, quizá el contable de la casa de al lado.

Me dirigí hacia la entrada. Al poner la mano en el pomo de la puerta, vi la cara. Por un momento, sin embargo, no la identifiqué. Annie se reía, totalmente desprevenida, hasta que se inclinó y tocó el brazo del hombre.

Entonces caí. Estaba hablando con Lynch, riendo con Lynch.

Me acerqué por detrás de él antes de que la expresión de Annie me delatara. Él estaba sentado en una silla baja. Yo llevaba en el bolsillo la navaja que había birlado en Nueva York; la llevaba encima siempre que podía.

Abrí la hoja, me aproximé un poco más al tipo y le puse la punta en la espalda, a la altura del corazón, justo por debajo del omoplato. Le agarré del cuello de la chaqueta con la otra mano y me incliné sobre su oído.

—Ni una palabra más —susurré.

—¡Eh, Mike! He pillado un vuelo más… —empezó a decir Annie al verme. Pero su sonrisa desapareció al observar la mueca furiosa que me distorsionaba la cara y la actitud no del todo normal con la que me inclinaba sobre Lynch.

—Espere un momento, Mike —dijo él.

—Levántese y lárguese de aquí, joder.

—¿Qué demonios haces, Mike? —se extrañó Annie.

Por muy bien oculta que yo creyera que tenía la navaja, un nutrido grupo de parroquianos se había vuelto a mirar.

—Buena jugada, Mike —dijo Lynch, dándome unas palmaditas en la mano con calma. Sonreía. De hecho, era su actitud lo único que me contenía.

Observé que una vieja, sentada en el rincón del fondo frente a un rompecabezas, había atisbado la navaja y sacaba ya el móvil y se ponía las gafas de lectura para distinguir los números. Ya suponía cuáles eran los tres dígitos que tenía en mente.

155

—¿Qué está haciendo aquí? —cuestioné.

—Comerme una galleta —respondió.

—Mike —terció Annie—, ¿se puede saber qué coño haces? Miré hacia el fondo. La vieja no había tardado en marcar.

—Annie, corre. Sal de aquí.

—No voy a correr a ninguna parte. ¿Qué te pasa?

—Será mejor que esta broma no se nos vaya de las manos, Mike —sugirió Lynch.

Lo último que me faltaba era dar motivos a la policía para que se tomaran aún más interés en mí. Ya era un sospechoso de asesinato y tenía dos identidades distintas: una billetera en cada bolsillo. ¿A quién se le ocurre sacarle una navaja a un desconocido en un café por el mero hecho de hacerse el gracioso?

Doblé la navaja y me la guardé en el bolsillo. También solté la chaqueta de Lynch y di un paso atrás.

—Es una broma vieja y muy mala que solíamos gastarnos en la Marina, Annie —explicó Lynch—. Yo no era su oficial favorito.

—¿Así que os conocéis?

Lynch me miró, expectante.

Me tragué la bilis que me subía por la garganta.

—Perdona, Annie. Estaba haciendo el idiota.

—Me temo que nunca aprenderemos del todo a comportarnos —comentó Lynch, alzando las palmas.

—Ya basta —rezongó Annie, meneando la cabeza—. Os dejo para que sigáis con lo que demonios tengáis entre manos. Yo he de irme corriendo.

Recogió su portátil y fue hacia la puerta. La dejé marchar, satisfecho de haberme interpuesto entre ella y aquel hombre.

—Si vuelve a acercarse a Annie, lo mato.

Él me devolvió la mirada, impertérrito.

—Bueno, ¿qué tenemos? —preguntó.

Yo no tenía nada.

—Este no es un buen sitio para hablar —dije.

Él ladeó la cabeza, estirando el cuello. Acto seguido, se tragó el último trozo de galleta, se levantó y me guio hasta su coche.

—La policía ha patrullado hoy frente a mi casa —solté—. ¿A qué debo esa visita?

—¿Ha sido un buen chico?

—Usted dijo que los mantendría a raya.

—Y usted que conseguiría hacer el trabajo.

Suponía que él tenía a algún poli a sueldo. Me daba la impresión de que aquel coche merodeando era una advertencia. Le recité todos los pasos que había dado y le puse al corriente de mi nueva tapadera para entrar en el edificio el día del golpe.

—¿Qué más quiere de mí? —pregunté.

—Aquí no hay sobresalientes por esforzarse. Y no es la primera vez que me dan largas y me hacen perder el tiempo, Mike. ¿Cómo va a conseguir la directiva?

—Tengo un modo de entrar en la Fed y puedo llegar a la suite ejecutiva.

—Vale, muy bien. Así que hizo la puta visita, la visita para colegiales... ¿Y de qué dispone en el interior de la suite?

—Cámaras. Troyanos en los ordenadores.

—Enséñemelo. O iré a terminar mi cita con Annie.

—Necesito un ordenador para enseñárselo —dije tratando de ganar tiempo—. Quizá en mi oficina...

Él sacó del coche un portátil y lo abrió sobre el capó.

—Vale —dije—. Pero antes de conectarse con las cámaras…

Estaba a punto de hacerle partícipe de mis conocimientos recién adquiridos sobre el anonimato en Internet, pero me frené bruscamente. Cuantos más vínculos hubiera entre Lynch y la ejecución del delito, mejor.

—¿… tiene una buena señal? —pregunté.

—Funciona bien. Tiene incorporada una tarjeta móvil. ¿Qué he de hacer?

Me incliné sobre el portátil y tecleé.

—Explíqueme cada paso —ordenó mientras sacaba un bloc de notas.

—Es un poco complicado.

—Pruebe. ¿Cree que voy a limitarme a aceptar su palabra?, ¿que voy a dejar que maneje todo este asunto por su propia cuenta?

Así lo había creído, la verdad.

Lo anotó todo: las claves de acceso, los programas, las direcciones de los servidores… Tampoco importaba. Esos datos no revelaban nada.

Decidí empezar por lo menos complicado y accedí a la Red donde debía recibirse la señal de la cámara oculta en la pelota de béisbol. «Servidor no encontrado.»

—¿Eso qué significa?

—Debe de fallar la conexión.

—¿Acaso pretende joderme, Mike?

—Se trata de una cámara oculta en un regalo. Quizá no lo haya abierto todavía.

Intenté acceder a los virus que había colado en los lápices de memoria.

«Conectando…, conectando…, conectando.»

Me metí la mano en el bolsillo y palpé la navaja.

«Servidor no encontrado.»

Lynch frunció el entrecejo y hurgó en su chaqueta. Genial. Yo había traído una navaja para combatir contra una pistola.

—Son programas maliciosos. Pueden resultar un poco latosos —expliqué, y volví a intentarlo. Esta vez con el virus *spear-phishing* de Cartwright.

«Conectando…, conectando…, conectando.»

Entonces surgió una ventana con una dirección IP.

«Servidor conectado.»

Agité el puño en el aire. Estaba dentro, aunque Lynch no parecía muy impresionado.

Un menú lateral mostraba las funciones del programa. Podía rebotarme todos los correos enviados a ese ordenador, o las claves de acceso que tuviera guardadas. Pulsé la opción de «captura de webcam».

Se abrió una ventana de vídeo. Pero toda negra.

—Suba al puto coche —exigió sujetándome del brazo y clavándome la pistola en las costillas.

¿Qué ocurría?

Miré hacia el fondo de la calle: había otro coche aguardando, un Charger con sus compinches. Me tenían acorralado.

—Ahí. —Señalé una esquina de la pantalla. Apenas podía distinguirse; las letras eran muy tenues.

—¿Qué?

—Ese brillo. Es el rótulo de una salida. La oficina está cerrada. La cámara funciona, pero las luces están apagadas.

—¿Es la oficina de la novena planta?

—Sí. Y hay más en la suite ejecutiva: tengo ojos en todos los lugares por donde pasará la directiva.

—¿Podrá llegar a verla?

—Debería. Ahora las señales me llegan *on-line*. Puedo obtener las claves de acceso, ver el interior de la oficina, descubrir dónde se guarda la información restringida… Estoy en condiciones de conseguirle lo que necesita.

Él me soltó el brazo. La violencia cesó repentinamente, como si hubiera sido desconectada. Con toda frialdad.

—Buen trabajo —afirmó—. Volveré mañana, probablemente hacia las cinco. Quiero ver las pantallas, las claves de acceso y una secuencia minuto a minuto del Día Fed.

Cerró el portátil y se metió en el coche.

—Despídame de su novia.

En cuanto arrancó, me dirigí a casa para intentar suavizar las cosas con Annie. Pero ella había ido a recoger su coche y ya subía por la calle hacia donde yo estaba. Frenó al verme.

—¿A dónde vas? —pregunté.

—He quedado con mi padre para cenar —replicó—. ¿A qué venía todo ese jaleo? Te estabas portando como un idiota integral.

—Es una larga historia. —El conductor del coche que venía tras ella empezó a tocar la bocina.

—¿Podemos hablarlo cuando vuelva?

Eso no sonaba demasiado bien.

—Claro.

Annie subió el cristal y se alejó.

Lynch me tenía calado. Por más que intentara ganar tiempo, él no cesaba de tensar la correa. Y yo me iba acercando cada vez más al punto de no retorno. Entonces mi única alternativa sería dar el golpe y afrontar lo que me reservara el destino.

Pero el tipo se había acercado demasiado a mi casa, a Annie. Había rebasado el límite. Yo necesitaba encontrar una salida. La norma sobre los soplones era muy sencilla: los muertos no hablan. Pero tal vez lograra bordear el límite sin llegar a cruzarlo, tal vez pudiera sacar algo a cambio de nada.

Abrí mi billetera y saqué una tarjeta.

Emily Bloom
Directora Ejecutiva
BLOOM SECURITY

Su número de móvil figuraba en el dorso. Cogí mi teléfono y lo marqué.

Capítulo veintisiete

Veinticinco minutos después, estaba buscando a Bloom en el vestíbulo principal de una mansión de Georgetown donde ella me había dicho que la encontraría. Ya había estado allí otras veces. La casa pertenecía a una anfitriona permanente, lo cual es toda una categoría en el DC. Después de casarse por dinero, la dama en cuestión había comprado una preciosa mansión de estilo románico richardsoniano en la calle Q, y se había dedicado a organizar fiestas, que ella prefería describir con el término *salons*, pronunciado con exagerado acento francés.

No cuesta demasiado hacer salir de casa a la gente VIP. Pese a todas las servidumbres del poder, la mayoría de senadores y congresistas viven como universitarios en un campus, conviviendo con otros representantes en apartamentos de Capitol Hill y sobreviviendo a base de cereales y comida para llevar. Algunos de ellos duermen en su propia oficina, pero casi todos se alegran de tener una excusa para salir de un apartamento de dos habitaciones atestado de tipos de mediana edad en camiseta.

Así pues, ahí estaba yo, en el rutilante firmamento de la alta sociedad del DC, participando en una fiesta que terminaba a las nueve y media de la noche y donde la discusión más jugosa versaba sobre la eficacia de la Oficina de Presupuesto del Congreso. Charlé con un conocido mío, miembro de un grupo de presión financiero, que no paraba de recorrer el salón con la vista por si había alguien más interesante con quien hablar. Observó que se acercaba una especie de ballena ataviado con un traje color crema. «¡Oh, oh —exclamó—, gas natural está aquí!», y se largó dejándome a media frase.

Pronto divisé a Bloom cerca del bar. Necesitaba averiguar para quién trabajaba Lynch y encontrar el modo de llegar a sus superiores. Como ya sabía que el individuo tenía comprados a algunos polis, recurrir a las autoridades era como meterse en un campo minado. Pero Bloom tal vez pudiera ayudarme a sortear las minas.

—No se habrá tropezado otra vez con nuestros amigos del callejón, ¿verdad? —le pregunté.

—No. ¿Y usted? —respondió cogiendo dos copas de vino tinto de la bandeja de un camarero, y ofreciéndome una.

—Puede que sí.

Me indicó que la siguiera. Cruzamos la sala de estar y subimos al piso de arriba. Me guio a través del dormitorio principal hasta un despacho, en cuyas paredes se alineaban preciosos volúmenes antiguos encuadernados en piel verde y marrón (me dije que adquiridos por un decorador a tanto el metro). A decir verdad, con todos los delitos y las amenazas que me bullían en el cerebro, me sentía como un intruso entre aquellos refinados washingtonianos, como un impostor con las manos todavía manchadas de sangre. Pero con Bloom podía relajarme un poco. Era un alivio saber que había alguien allí que transitaba a veces por los mismos callejones que yo.

—¿Ha averiguado algo más sobre ellos? —inquirí.

—Personalmente, no, pero conozco a alguien con quien quizá podría hablar.

A todo esto, nuestra anfitriona abrió la puerta, y al ver a Bloom sentada en el borde del escritorio de su marido, se apresuró a disculparse y a desaparecer. Supuse que Emily solía hacer esta clase de cosas continuamente: meterse en habitaciones privadas, o adueñarse de un despacho ajeno y actuar con tanta naturalidad como si tuviera todo el derecho del mundo. Por ello, la gente que la sorprendía era la que se sentía fuera de lugar.

—¿Ese alguien pertenece a las fuerzas del orden? —pregunté.

—Sí.

—¿Y puedo fiarme de él?

161

Ella no respondió. Estaba mirando hacia la puerta.

Tuck, nuestro amigo común, se había detenido en el umbral.

—Hola, amigos —saludó mientras entraba y se sentaba en el brazo del sofá.

—¿Qué tal? —dije.

—¿De qué estáis hablando?

—Nos estábamos poniendo al día sobre algunos contactos de negocios —contesté.

—¿Alguien a quien yo conozca?

—No lo creo.

A Bloom le salió un zumbido del bolsillo.

—¡Ay, mierda! —exclamó sacando el móvil—. He de irme corriendo.

Dispuesta a marcharse, se detuvo y me susurró al oído:

—Puedo ayudarlo. Nos vemos fuera en cinco minutos.

Una vez que ella hubo salido, Tuck se acomodó y repantigó del todo en el sofá.

—No sabía que Emily y tú fuerais amigos —dijo con el tono de un fiscal.

En nuestro ambiente no resultaba extraño que un hombre y una mujer fuesen amigos o se vieran a solas, sobre todo habiendo negocios de por medio. Tuck era, sin embargo, un poco rarillo cuando se trataba de Emily Bloom. Aunque prácticamente estaba comprometido, seguía tan colado como siempre por ella.

—Nos hemos visto un par de veces —dije—. Es fantástica.

—Lo sé. ¿Va todo bien entre Annie y tú?

—Claro. Estamos un poco estresados entre el trabajo y la boda. ¿Por qué? ¿Qué te han contado?

—Annie es una chica increíble, Mike.

—¿Ella te ha dicho algo?

—No. Solo te digo que no lo des por descontado.

—No se me ocurriría jamás.

Él me dirigió una mirada escrutadora.

—He de marcharme —anuncié, y me dirigí hacia la puerta—. Tengo asuntos muy temprano.

Y

Bloom aguardaba en un rincón, a la sombra de un viejo olmo, hablando por el móvil. Cuando me acerqué, cortó la llamada.

—Ya le dije que no se enredara con esa gente, Mike. ¿Qué ha ocurrido? —Echó a andar cuesta abajo, hacia el río.

—Confiaba en que usted me lo contase. ¿No los está investigando?

—Como le he dicho, mi intervención en el caso fue muy tangencial. Pero puedo darle un nombre: Paul Lasseter.

—¿Policía Metropolitana?

—Un agente del FBI. Él dirige la investigación.

—¿De confianza?

—¡Uf! —dijo, como si la pregunta fuese muy graciosa—. Es obispo mormón. Tiene nueve hijos y vive en el condado de Loudon. Totalmente de fiar.

—¿Me puede poner en contacto con él?

—Claro.

—¿Sería posible que lo llamara ahora?

Ella hizo oídos sordos. Supuse que no se lo iba a sacar tan fácilmente.

—Me ha llegado un rumor hace poco —susurró—. Sobre usted.

—No soy un tema de cotilleo muy interesante.

—Dicen que es un artista forzando entradas. O que lo era. Un especialista muy bueno.

—¿De dónde ha sacado esa información?

Ella dejó caer los hombros con cansancio, y respondió:

—De donde saco la mayor parte de los chismes: de registros públicos.

—¿Eso está en Accurint? ¿O es que tiene acceso al NCIC? —Me refería a la base de datos criminal más importante del país.

—¡Ah, no! —exclamó desechando la idea con un gesto—. Poseo un archivo que si lo comparamos con los medios de la policía, estos parecen una colección de postales. Mi bisabuelo lo comenzó antes que el FBI. «Michael Walsh Ford. Robo con allanamiento. Delito grave de clase 3.»

—Eso quedó borrado de mis antecedentes.

—En efecto, quedó borrado —afirmó ella, sonriendo.

163

Doblamos una esquina y tomamos la calle M, la principal arteria comercial de Georgetown.

—Bueno, ¿puede ponerme en contacto con Lasseter?

Bloom revisó su teléfono y contestó:

—Lo llamaré. Él se ocupará de usted. No se preocupe.

Aguardé; miré su móvil y la miré a ella.

—Pero primero écheme una mano —solicitó—. Me gustaría que me acompañara a una habitación de hotel.

—¿Cómo dice? —me extrañé. Pero ella ya había empezado a cruzar corriendo la calle M.

Capítulo veintiocho

*E*speré a que se abriera un hueco en el tráfico y le di alcance cuando ella ya entraba en el vestíbulo del Four Seasons.

—Es un simple favor —aclaró—. Y luego lo pondré en contacto con Lasseter.

Me tenía bien cogido, y lo sabía.

—De acuerdo —acepté.

Bloom examinó un momento los ascensores, frunció el entrecejo y se apresuró a salir de nuevo, casi chocando con un tipo trajeado al cruzar la puerta giratoria. La seguí hasta el canal C&O. Es un lugar tranquilo de noche. Queda a un tiro de piedra de la calle M, pero tienes prácticamente la impresión de estar en el campo. Nos cruzamos con otra pareja que paseaba por allí.

Mientras atravesábamos el puente, observé que alguien se alejaba: un sudasiático de complexión maciza, a quien le asomaba por la chaqueta el cable de un auricular. Se parecía mucho al tipo con el que Emily se había topado al salir del vestíbulo.

Ella aguardó a que el hombre doblara la esquina, y entonces se acercó a la parte trasera del hotel, que daba al canal. Me lanzó una mirada que no me gustó nada.

—He recibido una nota sobre un amigo que está alojado aquí. Confiaba en sorprenderlo. Tal vez usted pueda ayudarme a entrar.

—Hablaré con los empleados de recepción.

—Son un verdadero coñazo para este tipo de cosas.

—Regresemos al vestíbulo; quizá podamos subir en ascensor.

—Él está en la suite del ático. Todo controlado con llave. Acceso restringido.

—¿Por qué no lo llama? Y lo sorprende abajo.

Ella ya estaba estudiando la parte trasera del edificio.

—¿Así que sabe reventar cerraduras? —preguntó.

—No, no, no.

—Pero puede hacerlo.

—Bueno, podría. Con algunas de ellas, a veces. Pero hay que tener ganzúas. Y ganas. Y no tengo ni una cosa ni otra.

Bloom observó una puerta lateral de la esquina posterior del edificio, junto a una serie de extractores de aire que quedaban disimulados entre los arbustos.

—Está justo ahí arriba. Sería fantástico.

—Acabaremos detenidos.

—Conozco al jefe de seguridad de la cadena hotelera. No hay ningún problema.

—Pues avíselo.

—No hay tiempo.

—Hay una cámara de vigilancia ahí —señalé.

Ella sacó unas llaves, apuntó un pequeño puntero láser a la pared contigua y lo fue moviendo hasta situarlo justo en el objetivo de la cámara.

Conocía ese viejo truco, por lo visto. Me acerqué a la puerta y eché un vistazo a la cerradura.

—Lo siento, Emily. Ya estoy metido en demasiados líos.

Ella chasqueó la lengua y dijo:

—Qué lástima. Se está haciendo un poco tarde para llamar a mi amigo del FBI... —Y añadió—: ¿Y con una tarjeta de crédito?

—No. Hay un mecanismo de bloqueo. Créame, abrir haciendo cuña una cerradura decente no funciona desde hace una eternidad.

—¿Qué me dice de esto? —Rebuscó en el bolso. Al hacerlo, el puntero osciló y se desvió del objetivo de la cámara.

Le sujeté la mano.

—No pierda eso de vista, ¿eh?

Ella sacó un clip para el pelo.

—En teoría, me harían falta dos clips. Y tampoco funcionaría.

—Solo tengo uno.

—Entonces sorprenda a su amigo con unas flores o mándele una botella de *champagne*.

—Veo que no está poniendo de su parte, Mike. Creía que podríamos ayudarnos el uno al otro.

Ahora ya habíamos abandonado el territorio del intercambio y habíamos entrado en la coacción descarada. Solté un suspiro y eché un vistazo al clip.

—No tendrá papel de aluminio, ¿verdad?

—No.

Miré alrededor.

—¡Ah, todavía mejor! —Había un poco de esa clase de papel en el revestimiento de los extractores. Me agaché y arranqué un trozo. Ella no iba a cejar hasta que le hubiera hecho mi numerito, de modo que decidí satisfacerla un minuto para que pudiéramos pasar a otra cosa.

La capa de aluminio era un poco más gruesa que el papel de plata que se utiliza en una cocina. Abrí la navaja, corté una tira de dos por cinco centímetros y la doblé a lo largo. A continuación, le hice en un extremo seis incisiones seguidas, con lo que quedaron cinco lengüetas sobresaliendo en la punta de mi tira de aluminio. Cada una de ellas tenía el ancho de la muesca de una llave.

Ayudándome con el clip, deslicé la tira por el ojo de la cerradura, de tal manera que las lengüetas quedaran alineadas con los pernos, y presioné todo lo que pude hacia arriba. Puse la punta de la navaja en el cilindro, lo giré y lo sacudí violentamente, como si fuera un individuo enganchado a un cable de la corriente.

No era un trabajo demasiado fino. Bloom me observaba cada vez con más dudas.

Muchos cerrajeros no se molestan en abrir una cerradura con ganzúa, puesto que ese sistema solo te permite entrar una vez. Ellos usan la técnica llamada de «impresión». Cuando abres una cerradura con ganzúa, has de alzar cada perno a la altura correcta. En cambio, la técnica de impresión funciona al revés: primero levantas los pernos al máximo y después, lentamente, dejas que empujen hacia abajo hasta la altura correcta.

Al accionar la navaja, el cilindro giró e inmovilizó los per-

167

nos; y al sacudir el cilindro, los pernos atascados empujaron hacia abajo las lengüetas de papel de aluminio hasta la altura correcta, es decir, hasta la línea de corte, y entonces cesaron de empujar. A diferencia de lo que ocurre cuando se utilizan ganzúas o se aplica el método de percusión, este sistema, bien ejecutado, no deja ni rastro para ningún análisis forense. Y no solo te permite entrar, sino que, si se lleva a cabo con herramientas adecuadas —una llave virgen y una lima—, obtienes, además, una copia de la llave que funciona perfectamente.

No esperaba que la cosa resultara, pero le fui explicando a Bloom los principios básicos con la esperanza de que le pareciera convincente y me dejara en paz.

Estuve forcejeando con mi instrumental improvisado un minuto. No se producía el aflojamiento mágico, ni el giro definitivo del cilindro.

—Bueno, olvidemos... —empecé a decir, pero me interrumpí de golpe. Oí un tintineo de llaves: un guardia—. Hemos de largarnos —susurré. Aflojé la presión sobre los pernos. La navaja sufrió una torsión; el cilindró giró. La cerradura estaba abierta. Nunca me había causado tan poca alegría conseguirlo.

—Fantástico —dijo Bloom.

El tintineo de las llaves del guardia sonó más cerca; no teníamos dónde meternos, salvo cruzando la puerta. Ella franqueó el umbral, me cogió del brazo y me arrastró adentro. Saqué la tira de aluminio y cerré la puerta. Estábamos en el hueco de una escalera. Emily me obligó a seguirla hasta el cuarto piso y pegó el oído a la puerta. Alzó un dedo para que esperase.

Al cabo de treinta segundos, abrió la puerta con sigilo. Entreví por detrás a otro asiático trajeado que se alejaba por el pasillo. Daba la impresión de que llevaba una pistolera de hombro a la izquierda, y algo más en el cinturón.

Quería preguntarle por qué había hombres armados en esta fiesta sorpresa, pero Bloom ya se había puesto en marcha. Seguimos al tipo a una distancia prudencial, pasamos junto a un carrito de la limpieza y aguardamos en la esquina hasta que se perdió de vista. Emily se dirigió a la puerta de una habitación con cerradura electrónica y puso la mano en el pomo.

—¿Su amigo está aquí? —pregunté—. Llame y ya está.

—¿Es que nunca ha asistido a una fiesta sorpresa?

—Así, no. —Lo único que yo quería era salir corriendo del pasillo y no seguir expuesto a las cámaras ocultas y a los guardias de seguridad privados—. Hace falta una percha de alambre, o un pedazo de metal o algo parecido —advertí, y di un vistazo alrededor.

El procedimiento estándar para las cerraduras de las puertas de los hoteles era meter por debajo un largo alambre, enganchar la manija por la parte de dentro y abrir.

—Deberíamos largarnos —apremié. Volviéndome hacia mi acompañante, vi que metía una tarjeta en el lector y giraba la manija.

Me indicó con una seña que pasara. Estábamos en una estancia que parecía no acabarse nunca, provista de un gran ventanal, equivalente al espacio de una pared, que daba a la terraza. Las luces estaban disimuladas en el techo como si fueran estrellas y había paneles de madera oscura por todas partes. Era la habitación más espectacular que había pisado en mi vida. Presté atención. Incluso olía lujosamente: un tenue aroma a jengibre y té verde.

Ignoraba qué me alarmaba más: que aquello no fuera ninguna sorpresa y que Bloom tuviera sus propios recursos para forzar una entrada, o que esa astuta mujer me hubiera acorralado en una habitación de hotel tras un par de copas.

—¿Quiénes eran esos guardias?

—Son nepalíes. Antiguos *gurkhas* británicos, se supone —dijo poniendo los ojos en blanco. Recorrió la estancia, registrando metódicamente las habitaciones—. Pero no se preocupe por ellos. A los jeques y a los oligarcas les gusta utilizarlos como equipo de seguridad. Pura fachada. Aunque es cierto que llevan esos cuchillos de más de treinta centímetros. —Hizo una mueca—. Es todo teatro. El tipo de cosas que le gustan a mi amigo Naiman.

—¿Podemos telefonear ahora a su contacto? —inquirí. Yo ya había terminado mi trabajo. No me costaría mucho interpretar el papel de cliente que se ha perdido por los pasillos, bajar al vestíbulo y salir de allí lo antes posible—. Porque voy a tener que...

«Marcharme», iba a decir. Pero no pude acabar la frase,

169

porque Bloom me tapó la boca con la mano y me arrastró hacia el dormitorio.

Oí la campanilla de las puertas del ascensor, al fondo del pasillo. Ella había apagado las luces y aguardamos en silencio mientras se aproximaban los pasos de tres personas por lo menos. Se abrió la puerta de la estancia.

Cuando el ocupante legítimo de la habitación pulsó el interruptor, se encontró a Emily Bloom sentada en un sillón orejero, mirándolo de frente totalmente relajada.

—Estás muerto —dijo sonriendo.

Y ahí estaba el equipo de seguridad: cuatro individuos no especialmente corpulentos, pero de aspecto duro e intimidante incluso sin las pistolas ni los cuchillos que pendían de los cinturones y les asomaban por las entreabiertas chaquetas: unos cuchillos largos y relucientes como machetes, cuya hoja dibujaba una siniestra curvatura.

A mi modo de ver, el oligarca parecía un fontanero del sindicato que hubiera ganado la lotería: de pelo más bien ralo, con un corte de estilo *mullet* —solo largo por detrás— y flequillo recortado, vestía una camisa irisada y una chaqueta de cuatro botones. De nacionalidad rusa o centroasiática, mostraba un aspecto brutal y una barba incipiente de un par de días. Era, en fin, la última persona de la Tierra con la que habría deseado enredarme, incluso sin los asesinos que tenía detrás.

El tipo se acercó a Bloom y sus guardaespaldas rodearon el sillón. Debía de ser Naiman, deduje. Observé que permanecía un momento sumido en sus pensamientos. Sus hombres se estaban poniendo cada vez más nerviosos.

—Muy bien, Bloom —dijo con un ligero acento—. Usted gana. Envíeme los documentos.

Ella se levantó y le estrechó la mano. El hombre se entretuvo un momento hablando con los *gurkhas*, apaciguándolos al parecer, mientras otros miembros de su séquito entraban en la estancia. Una mujer que calzaba unos tacones peligrosamente altos nos ofreció una copa.

—Hemos de quedarnos un rato, aceptar la hospitalidad —me susurró Emily—. Hay que dejar que salve la cara. ¿Puede esperar aquí un minuto? Voy a llamar a Lasseter. Se lo prometo.

Acabé cediendo. Naiman era, de hecho, un tío encantador y empezó a contar historias del ejército soviético y de la invasión de Afganistán.

Bloom se excusó. Momentos después, la encontré en la terraza hablando por teléfono.

—Fantástico. No. Gracias —decía—. Recuerdos a Bev y a los niños. —Y colgó sin más.

—Los *gurkhas* no parecen muy contentos con usted —opiné.

—Bueno, Naiman puede quedárselos para aparentar, si quiere, pero de ahora en adelante recurrirá a Bloom Security para su seguridad personal.

—¿Es que había hecho una apuesta con él?

Ella asintió.

—La próxima vez podría avisarme.

—Entonces no sería divertido —dijo—. He hablado con Lasseter —añadió, y me anotó un número en una tarjeta—. A las tres de la tarde. En la oficina del FBI de Washington. ¿Sabe dónde está?

—Sí, lo sé. ¿Nada más?

—Nada más.

—¿Y está segura…?

—Tan segura como cuando me lo ha preguntado la primera vez. Puede confiar en él, Mike.

—Gracias. Me da la sensación de que mi introducción al arte de abrir cerraduras era innecesaria.

—Yo necesitaba entrar por esa puerta exterior. Tenían vigilados los ascensores, y mi especialista en cerraduras estaba a una hora de camino —se justificó—. Es la primera vez que veo el truco del papel de aluminio.

—Le ha birlado la tarjeta de la habitación al guardia cuando se ha topado con él en la entrada, ¿no?

—En efecto. Se me ha ocurrido hacer un intento mientras Naiman estaba aquí. Y en parte también quería ponerlo a usted a prueba.

—No me mire de esa manera —dije.

—¿De qué manera?

—Siempre que alguien me mira así, no tarda en ofrecerme un empleo.

171

—La noche es joven.

Salimos del hotel y la acompañé hasta su oficina. Al despedirnos, la atmósfera parecía cargada con esa sensación de estar a punto de arriesgarse, típica de una primera cita, que resulta diez veces más excitante que reventar una puerta. Nos hicimos un lío cuando yo le tendí la mano y ella se inclinó para darme un beso, y luego otra vez igual con los papeles cambiados.

No había sucedido nada, a menos que hubiera que tomar en cuenta varios delitos menores. Y por lo que se refería a Annie, no había hecho nada malo: nada más que tomar unas copas con una socia de negocios e intercambiar unos favores. Pero entonces, me pregunté mientras volvía a casa y me pasaba los dedos por los labios, resecos por el vino tinto, ¿por qué me sentía tan culpable como si acabara de matar a alguien?

Capítulo veintinueve

Llegué tarde a casa. Annie ya estaba durmiendo. Yo no ignoraba que acudir a un representante de la ley era un paso peligroso, y que Lynch tenía vigilada mi casa. Subí al despacho; entré en la página del banco y comprobé que estaba al día en los pagos de mi seguro de vida. Después abrí la caja de seguridad que tenía en el armario y saqué la pistola, una Heckler & Koch que Cartwright me consiguió durante el jaleo con mi antiguo jefe. No la había tocado desde entonces.

La desenvolví y la limpié. Metí un cargador vacío y comprobé que funcionara bien. Lo saqué, llené el cargador y ya iba a colocarlo de nuevo cuando accionaron la manija de la puerta.

Metí la pistola en un cajón abierto justo cuando Annie asomaba la cabeza.

—¿Estás aquí, Mike?

—¿Es que no puedo estar tranquilo un rato? —le solté tapando el cajón con mi cuerpo.

—Muy bien —dijo ella, y cerró la puerta.

Me maldije a mí mismo. Toda aquella mierda criminal me estaba desquiciando y embruteciendo. Una reacción genial: gritarle porque yo me estaba portando como un rematado idiota.

Coloqué el cargador y volví a guardar la pistola en la caja. Al salir, cerré con llave el despacho. Ella no estaba en el dormitorio. Bajé la escalera.

—Cariño —la llamé.

Miré en la cocina. Mis platos se amontonaban en el fregadero o sobre la mesa, junto al montón del correo, donde había varias cartas relativas a la boda que no me había molestado en abrir. Uno de los inconvenientes de sumergirse en el mundo del delito es que no te queda tiempo para las tareas domésticas.

Annie, en bata, estaba sentada a la mesa con una lúgubre expresión. Se había puesto a revisar el correo, abriendo cada sobre con una vieja navaja suiza. El televisor de la sala emitía las noticias de la CNN con el volumen bajo.

—Tenemos que hablar —dijo ella—. ¿Qué te pasa?

—¿Te refieres a lo de Saint Elmo's? Ha sido una broma estúpida. Y ahí arriba…, no sé. Un mal día. Necesitaba estar solo un momento. No debería haberme puesto tan borde.

—¿Qué es lo que no me estás contando?

—¿A qué te refieres?

—¿La policía está vigilando la casa?

—No. Espera… ¿Has visto policías vigilando?

—Sí, han pasado en coche un par de veces. ¿O es que nos vigila alguien más?

—No. No pasa nada.

—¿Cómo que nada? Estás siempre ensimismado. ¿Has ido a Nueva York mientras yo estaba fuera?

Señaló un recibo que se me había olvidado sobre la mesa.

—Ha sido un viaje imprevisto. Trabajo.

—¿Y ni siquiera me lo cuentas?

—¿Cuándo te lo iba a contar? Apenas te veo —me excusé. Empezaba a sentirme exasperado y le echaba la culpa a ella. Me resultó placentero, de un modo infantil, durante medio segundo. Pero enseguida comprendí que era un error.

—No hay una manera fácil de afrontar esta situación —dijo—. Te lo voy a preguntar directamente: ¿te estás acostando con otra?

—¿Cómo? ¡No! ¿Por qué lo preguntas siquiera?

—Te he visto esta noche en el Four Seasons con una mujer.

—Es Emily Bloom. Te dije que pensaba buscar ayuda, recurrir a la policía por lo de mi hermano. Ella me ha proporcionado un contacto.

Annie reflexionó un momento y preguntó:

—¿La Emily Bloom de Tuck? ¡Por Dios! He oído hablar de ella. ¿Es que no vive aquí? Un hotel es un sitio bastante raro para una cita de trabajo, Mike.

—¿Acaso me espiabas?

—No digas eso. Estaba allí con mi padre, cenando. Joder. Todo se volvía contra mí.

—No ocurre nada. Ella tiene un contacto en el FBI con el que voy a hablar mañana. La he acompañado al hotel porque ella había quedado allí con un amigo. Estoy tratando de que toda la historia de Jack no nos acabe afectando a nosotros.

—¿Ah, sí? Pues da la impresión de que te lo estás pasando bomba. Siempre me has contado que tu hermano aparecía en la ciudad y te acababa metiendo en algún lío —prosiguió—. O sea, mírate, Mike: me respondes con brusquedad, sales todas las noches, me ocultas cosas…

—Es mi hermano, Annie. No puedo desentenderme y permitir que le hagan daño. Esta vez es diferente.

—¿Diferente? ¿Escuchas lo que dices? Parece que te hayan hecho un lavado de cerebro. ¿Vas a seguir a Jack por ese camino? ¿No te estará tendiendo una trampa?, ¿o timando otra vez?

—No, Annie. En absoluto —dije mientras me acercaba a ella.

175

—¿Seguro? Piénsalo bien, Mike. ¿No será que andas haciendo el idiota porque estás cansado de todo esto, porque echas de menos la emoción y los riesgos de tu antigua vida, porque estás harto de todo y también de mí? Dime la verdad.

En las noticias de la tele, sacaron una fotografía de Sacks.

«La policía asegura estar haciendo progresos en la investigación del asesinato de un economista de Washington perpetrado la semana pasada a plena luz de día.»

Alcé la mano, tratando de escuchar.

—¿Puedes callarte un momento? —pedí.

—¿Callarme? —replicó ella. Annie era una persona muy equilibrada y paciente, pero ahora percibí en la frialdad de su voz que había conseguido cabrearla sin remedio. Era por mi tono. Había sonado como si le dijera que cerrase el pico.

—No —dije—. No era eso. Pero quería escuchar una cosa de las noticias. Es por un caso que estoy llevando.

—¿Es que me tomas el pelo, joder? ¿En medio de semejante conversación?

—Perdona —me disculpé—. Estoy metido en una situación

un poco complicada. No te pongas como una fiera, por favor. Ya me basta con la gente de tu familia.

Ella alzó las manos con exasperación.

—¡Le has sacado una navaja a un tipo en el puto café Saint Elmo's! —Inspiró hondo—. Yo no estoy loca —dijo—. Ojalá fuera solo eso, Mike. Resultaría mucho más fácil. Pero no. Estoy pensando muy seriamente en todo esto. Escúchame. Escucha de verdad. Tú me conoces. No me gusta hacer teatro. No voy a gritarte ni a darte un ultimátum. Pero esta boda ha cobrado vida propia y se está volviendo algo demasiado grande como para que salga mal.

Habría preferido unos cuantos gritos que aquel tono pausado y reflexivo, como de sala de conferencias, que denotaba astucia y fuerza calculada. Hablaba con la misma mesura que un negociador de secuestros.

—Así pues, esta es la última salida —continuó—. Espero que sea como tú dices. Pero me temo que te estoy perdiendo, o que te has asustado y estás intentando escapar, zafarte de todo esto. Podemos hablarlo, Mike. Pero no me mientas.

—No. No es así en absoluto.

—Última oportunidad —sentenció.

—Annie. Lo que pasa con Jack...

Ella golpeó la mesa con la palma de la mano. Vi que apretaba los dientes de dolor. Se había cortado con la navaja y le salía sangre de un dedo. Me levanté para ayudarla.

—No es nada. —Se limpió con un sobre, dejando una manchita roja—. Esto no es acerca de Jack. Es acerca de nosotros. —Echó la silla hacia atrás—. ¿Sabes qué? Estoy exhausta. No creo que pueda seguir ahora con esta conversación. Hablaremos por la mañana.

Los dos estábamos consumidos por el exceso de trabajo y la falta de sueño.

—Puedo explicártelo todo, Annie. Las cosas se van a arreglar —le dije, mientras ella se dirigía a la escalera. La seguí.

—Me parece que prefiero estar sola.

—Claro. Perdona, cielo. Hablaremos mañana.

—Muy bien. —Meneó la cabeza y subió la escalera.

Limpié la cocina. Cuando subí yo, me encontré la almohada fuera, frente a la puerta del dormitorio. Las cosas mejorarían por la mañana. Conseguiría resolverlo. Cogí la almohada, entré en mi despacho y me acurruqué en el diván.

Tras una noche agitada dando solo cabezadas, me desperté hacia las seis de la mañana. Annie seguía en la cama. Salí del despacho y fui al baño. Entonces oí un golpe abajo. Esperé, aguzando el oído. Volví a oírlo. Empecé a bajar la escalera y vi que la puerta principal estaba abierta. No me cabía duda de que había cerrado y echado el cerrojo de todas las puertas y ventanas. Últimamente era muy cuidadoso con la seguridad.

Volví al despacho y saqué la pistola de la caja fuerte. Cerré al salir y bajé de nuevo. La puerta principal y la puerta trasera estaban abiertas de par en par; oscilaban con las ráfagas del fresco viento primaveral y daban golpes contra los marcos. Recorrí toda la casa, con la pistola en ristre, por si todavía había alguien dentro.

Todo despejado.

Salí afuera. Tal vez los vecinos se asustaran si veían a un tipo en bata y calzoncillos recorriendo su parcela con una pistola en la mano. Pero me tenía sin cuidado.

Quien hubiera entrado en la casa ya se había largado.

Volví adentro.

—¡Annie! —grité, al registrar por segunda vez la planta baja.

Ella no respondió. La cocina estaba vacía. También el dormitorio; las sábanas se veían revueltas.

—¡Cariño! —grité más alto.

No obtuve respuesta.

Regresé al pasillo. La puerta del despacho, que yo había cerrado con llave, estaba abierta.

—¿Annie?

Nada. Noté que se me alborotaba la sangre. Todo parecía más nítido y más claro gracias a la adrenalina. Avancé de lado hacia la puerta, con la pistola preparada y entré de golpe.

Annie estaba inclinada sobre mi escritorio, sosteniendo una ganzúa y una llave de tensión en la mano, y examinaba todo el material que yo había reunido para el golpe en la Fed: esquemas de la novena y décima plantas, guías telefónicas de las oficinas, maquetas de las placas de identificación falsas, billeteras con documentos donde figuraba mi foto con otro nombre, una caja de balas abierta, docenas de ganzúas y utensilios para forzar cerraduras y una navaja de aspecto especialmente siniestro.

Me miró y se me encaró.

—¿Qué es todo esto, Mike? —Yo escondí la pistola en un lado y la puse con disimulo en un estante, fuera de su vista.

—¿Qué haces aquí dentro? —pregunté.

—Tratar de averiguar qué demonios te pasa —contestó.

—¿Tú has abierto las puertas de abajo?

—No.

—¿Seguro?

—Sí. —Dejó la ganzúa y la llave de tensión. Cogió la navaja, la abrió y movió la hoja bajo la luz.

—O sea que no se trata de que te haya entrado canguelo, ¿no?

—No, no tiene nada que ver.

Observé más de cerca las ganzúas que Annie sujetaba. Las reconocí. Eran las que había tirado entre los arbustos cuando aquel policía me había seguido hasta casa.

—Tampoco es tan difícil —dijo volviéndose hacia la puerta—. Basta con hurgar un poco en la cerradura, ¿no?

—Con las ganzúas es fácil, desde luego.

—Tú tienes derecho a tener tu propio espacio, pero yo necesitaba averiguar qué pasaba. Nunca hasta ahora habías cerrado con llave ninguna puerta. Después de todo lo que hablamos anoche, me he despertado esta mañana y no estabas.

—¿Qué esperabas encontrar? —le pregunté. Ahora todo entre nosotros tenía un tono más tranquilo, casi apenado.

—No lo sé. En el peor de los casos, un alijo de trofeos de infidelidad: cerillas y recibos de un motel, una segunda cuenta de correo electrónico, otro teléfono móvil...

Me saqué del bolsillo uno de los móviles de prepago que utilizaba para contactar con Lynch.

—Tengo uno, pero no es para actuar a tu espalda.

—¿Esto es lo que tramabas? —dijo mirando los esquemas de seguridad y las fotos de las diferentes cerraduras y ordenadores de la Fed—. ¿El motivo de que desaparecieras tan a menudo?

Habría podido hacerme el ofendido por aquella violación de mi privacidad. Pero me lo merecía. Llevaba días actuando turbiamente, ocultándole cosas. Me sorprendía sentirme más aliviado que otra cosa. Necesitaba hablar con alguien.

Annie cogió de la mesa la falsificación de un documento de la Reserva Federal en la que yo había estado trabajando.

—Todo esto es para dar un golpe —aseveró, y se echó a reír—. Quizá sería mejor que se tratara de otra mujer. ¿En qué demonios estás metido?

Me incliné hacia el ordenador y puse un poco de música por si alguien estaba escuchando.

—Los tipos que persiguen a Jack van a matarlo a menos que les haga un trabajo. Y me han presionado para que lo ayude.

Ella cogió un permiso de conducir a nombre de Thomas Sandella, y miró mi fotografía.

—O sea que Mike Ford, que podría parecer un tipo tranquilo e imperturbable, pero que en el fondo es un maníaco del orden y el control…, ¿está simplemente echando una mano, asesorando a un hermano que nunca en su vida ha hecho nada bueno?

—No pienso llegar hasta el final, pero he de fingir que sí, he de seguirles la corriente hasta que pueda delatarlos.

Annie examinó los esquemas y preguntó:

—¿En qué consiste el golpe?

—No quiero implicarte, Annie. Si llegaras a comparecer ante un Gran Jurado…

Ella hojeó los contratos de remodelación de la suite ejecutiva.

—¿Es la Fed de Nueva York? —dijo—. Estás de broma.

—¡Ojalá!

—¿Jack no te está engañando, Mike?

—Al principio lo pensé, pero esos tipos lo matarán si no obedece.

—¿Matarlo? Vamos…

No podía engañarla; ni tampoco lo deseaba. Tenía que sincerarme del todo.

—Ese asesinato en el Mall… —le expliqué—. Yo estaba allí. La víctima formaba parte de la trama; quería acudir a las autoridades. Lo mataron justo delante de mí. Si no les sigo el juego, intentarán colgarme el muerto. El hombre del café es el cabecilla. Por eso me he puesto como loco. Me están vigilando.

—Si querías un poco de emoción, me parece que lo has conseguido. —Dio un paso atrás—. ¿Por qué no me lo habías contado?

—Porque quería mantenerte a salvo. Prefería que quedaras al margen.

Ella enarcó una ceja, cosa que bastó para doblegarme.

Me senté en el borde del escritorio.

—Bueno, supongamos que tu pareja viene un día y te cuenta que unos tipos están tratando de presentarlo como un asesino. Él jura que no es verdad y tú le concedes el beneficio de la duda. Un gesto maravilloso de tu parte. Por una vez. Sin embargo, después de todo lo que pasamos entonces, si ahora te viniera con una historia parecida, estarías totalmente justificada para cuestionarte: «Bien, ¿qué ocurre con este tipo? A lo mejor podría encontrar a alguien menos propenso a verse implicado en delitos capitales».

—Los sucesos de aquel día… —respondió ella—. Toda aquella violencia… Fue algo que me perturbó un tiempo; y no quiero verte nunca más en semejante estado. Pero lo digerí. De manera que sé tú mismo, Mike, aunque sin matar a nadie. Con eso deberías tener suficiente margen de maniobra. Ya asumí hace mucho que no voy a casarme con un tipo normal. Así lo escogí. Sé sincero. Yo no me asusto fácilmente.

—Lo sé. Por eso, en parte, no te lo había contado. Temía que te acabaras implicando.

Ella examinó mis notas sobre los ordenadores de la Fed, y preguntó:

—¿Pretendes piratearlos?

—Annie, no puedes convertirte en cómplice.

—Eso sería si te ayudara —dijo, y me señaló los papeles—. Las terminales seguras deben de estar aisladas estrictamente, en lugar de estar conectadas con la red pública de Internet. Ellos tienen sus propias redes. Y todo funciona con un sistema de autenticación de dos pasos, al menos. Necesitas la tarjeta cifrada y el PIN.

—¿Cómo lo sabes?

—Lo aprendí cuando estaba en la Oficina de Administración y Presupuesto.

—¿Tienes una acreditación?

—Quizá. Yo tengo mis propios secretos, Mike Ford.

—¿De qué nivel?

—Se supone que no debo hablar de ello —dijo sonriendo.

—Voy a ir al FBI esta tarde. Esto se acabará hoy mismo.

—¿Tu cita con Bloom fue bien?

—No. Bueno…, sí, porque me encontró un agente con el que puedo hablar. Pero no en el sentido de una cita… En todo caso, recurriré al FBI. Ya está decidido.

—Muy bien. —Y dio por zanjada la cuestión.

—Entonces, ¿estamos en paz?

—Más o menos. Aún estás castigado. Pero, como mínimo, ahora eres sincero conmigo. Ya te conozco, Mike. Me has dicho que pondrás fin a esta historia. Te creo. Porque estos manejos a hurtadillas se han acabado, o yo desaparezco.

—Lo resolveré.

—¿Tendrás cuidado?

—Como siempre.

Eso no se lo tragaba.

—No quería traer todo esto a casa —me excusé—. Ya sé que ahora es una locura, pero lo resolveré. ¿Vas a salir de la ciudad?

—Sí. Voy a ir a casa de mi padre y luego a un centro de spa con las damas de honor.

—Tal vez debería ir contigo. Con todo lo que está pasando, me quedaría más tranquilo.

—¿Pretendes meterte en una sesión de spa para mujeres?

—Podría esperar fuera, quedarme vigilando. Tengo la cita con el FBI a las tres. ¿A qué hora saldrás?

—En cuanto haya desayunado.

—Tal vez podría enviar a alguien.

—¿Un guardia, quieres decir?

—Sí, para echar un vistazo y comprobar que no pasa nada.

—No me pasará nada, tranquilo. Sé cuidar de mí misma y mi padre está bastante obsesionado con la seguridad. No te preocupes. Y no dejes que todo esto te trastorne. No has dor-

181

mido apenas. Estás un poco paranoico. No será tan grave como crees.

—Ni tan leve. Aunque tú pareces muy tranquila.

—Ya he vivido muchas situaciones complicadas. Y además, no sé..., hay algo en este asunto, en lo que me has contado sobre Jack, que no acaba de encajar. ¿No hay ninguna probabilidad de que todo sea un montaje? No sería la primera vez.

—Tampoco eso encaja. La cosa ha ido demasiado lejos.

—Me limito a pensar en voz alta. Sé que tú estás intentando reunir de nuevo a tu familia, y sé lo mucho que significa para ti. Pero no vayas a dejarte cegar. La familia no es una cosa tan perfecta como la pintan. Te lo aseguro.

—¿Les dirás a los hombres de seguridad de tu padre que estén alerta?

—Claro.

—De acuerdo —dije, y recogí la ganzúa y la llave de tensión—. Sal de la ciudad. Relájate. Te estás portando de maravilla. No me merezco a una chica como tú.

—Tal vez sea cierto. Ya lo veremos.

Capítulo treinta

Cuando se marchó Annie, fui a mi despacho y repasé cuanto sabía sobre Lynch para preparar mi reunión con Lasseter en el FBI. Más tarde, al pasar frente al espejo del vestíbulo, me percaté de que todavía tenía los labios un poco manchados de vino tinto, lo cual no contribuiría a reforzar mi credibilidad. Decidí darme una buena ducha. Entré en nuestro dormitorio, me envolví en una toalla y me senté un momento en el banco que teníamos al pie de la cama. Entonces noté que se me clavaba algo en la pierna; me ladeé un poco y palpé las mantas que Annie había dejado allí al levantarse.

Toqué un objeto frío, pequeño, de dos o tres centímetros. Lo cogí y lo giré a la luz entre mis dedos: una bala blindada de punta hueca del calibre 45. No era mía; mucho menos de Annie.

Recordé lo sucedido a primera hora de la mañana. Yo no estaba sufriendo alucinaciones. La habían dejado allí como una advertencia para que diera marcha atrás. Alguien había entrado en mi casa, en mi dormitorio, en el dormitorio que compartía con mi prometida, y había puesto una bala al pie de la cama.

Intenté localizar a Annie por teléfono, pero ya debía de estar en las montañas.

Decidí pasar antes que nada por la casa de mi hermano. Me resultaba difícil dejar de pensar en lo que Annie me había dicho de Jack. Tenía que aclarar bien la historia antes de hablar con el FBI, pero, además, estaba cabreado y lleno de sospechas, y me parecía totalmente justo desquitarme con él.

Llamé a la puerta, con fuerza. Él se asomó apenas por una rendija. Me invitó a entrar y dejó la pistola en una mesita.

—¿Qué pasa, chaval? —dijo—. ¿Hay novedades con esas cámaras? ¿Quieres un café?

—Sí, me tomaré uno —acepté.

Él sacó una taza y me la llenó. Me senté a la mesa de la cocina. Mi hermano ocupó la silla opuesta y dejó el móvil frente a él.

—Necesito que me lo cuentes todo otra vez, desde el principio —pedí.

—¿Qué ocurre? —preguntó.

—Me estoy jugando la vida por ti, o sea que limítate a responder. Dime, ¿cómo empezaste a trabajar para Lynch?

—Por referencias.

—¿De quién?

—De un tipo que conocí en Florida.

—¿Cómo se llama?

—Yo siempre lo conocí como Flores. Jeff Flores.

—¿Y su número?

—Te lo puedo conseguir.

—Venga.

—¿Ahora? Está arriba, en el despacho; en mi antiguo móvil. He de encontrar el cargador.

—Lo iremos a mirar antes de que me vaya. Necesito que me expliques cada uno de tus encuentros con Lynch, el proceso de aproximación a Sacks, todas las direcciones… ¿Sabes su verdadero nombre?

—Espera. ¿Por qué me preguntas todo esto?

Me levanté de golpe. Mi silla cayó hacia atrás.

—Porque alguien ha dejado esta mañana una puta bala en mi habitación. Porque Annie va a abandonarme si esto no se termina hoy mismo. Porque has arruinado mi vida. ¿Te gusta así? Me merezco unas cuantas respuestas y voy a sacártelas.

—¿Ha sido Lynch? Te contaré cuanto quieras saber. Pero ¿por qué?

—Tú responde a las preguntas, Jack.

—Siento haberte arrastrado a esta situación, pero no puedes mantenerme en la inopia, Mike. ¿Han amenazado a Annie?

Dejé la bala sobre la mesa.

Él se inclinó hacia delante y me dijo:

—Tienes que confiar en mí, Mike.

—¿En ti? No hay nadie a quien conozca mejor y de quien menos me fíe.

—Haremos este trabajo y no nos pasará nada. Has de creerme, te lo juro. Lo terminamos y nadie sufrirá ningún daño.

—¿Por qué estás tan seguro?

—Estoy seguro.

—Esos tipos te mandaron al hospital.

—Reñir solo servirá para hacernos daño, Mike. Tenemos que concentrarnos en el golpe y en cómo salir de esta.

—Espera. ¿Por qué estás tan seguro?

—Porque conozco a esos tipos. Porque…

—¿Estás absolutamente convencido?

—Sí. —Intentaba tranquilizarme, pero acababa de descubrir su propio juego.

—Maldito cabrón —le solté con voz gélida. Estaba paralizado, consternado por lo que, precisamente en ese momento, empezaba a comprender.

Yo siempre había sabido que Jack poseía el potencial para ser un gran estafador. En los viejos tiempos, pensaba a menudo que mi hermano podía llevar a cabo algo espectacular, algo ingenioso, una especie de obra de arte, si lograba recuperar el juicio. Bueno, aquí estaba: la estafa largamente elaborada, la jugada calculada con toda destreza de la que siempre lo había creído capaz. Había resultado tan brillante como yo lo había soñado. Con un único problema: que yo era la víctima.

Se puso un dedo en los labios y bajó la vista hacia su móvil, bruscamente asustado.

Estaban escuchando.

Me acerqué y le puse la mano en el hombro. Habría podido ser un gesto de consuelo, pero me giré de inmediato y, sujetándolo de la camisa, le clavé el antebrazo en el cuello y me situé detrás de él. Lo saqué de la silla y lo fui arrastrando sobre los talones hasta el baño.

Abrí el grifo del agua al máximo y, empujando a Jack, lo de-

185

rribé boca arriba en la bañera. Encendí la radio de la repisa y puse música a todo volumen mientras esperaba a que el baño se llenara de vapor.

Ahora nadie podría oírnos. Ningún micrófono resistiría aquella cantidad de agua.

—Me tendiste una trampa —dije—. Trabajabas para ellos desde el principio.

—No, Mike —replicó—. Ya te dije que quise hacer lo correcto. Era la verdad, pero vinieron a por mí. No tenía alternativa.

Lo agarré de la camisa empapada y lo sacudí con violencia.

—¡Deja de mentir! —grité.

—Que te jodan —dijo, y me dio un puñetazo en la mejilla. Yo no lo solté.

—Mi vida entera. Mi trabajo. Annie. Todo se está yendo a la mierda por tu culpa.

—Una parte de ti deseaba involucrarse. No se puede timar a un hombre honrado.

—¿Me echas la culpa a mí?

—Ahí está el problema: todo gira alrededor de ti. Hay miles de tipos más adecuados para este trabajo. ¿Por qué están tan empeñados en que seas tú? Me engañaron para llegar a ti, Mike. Eres tú quien me ha arrastrado a esta situación.

Me parecía increíble su descaro, su disposición no solo a deformar la verdad, sino a darle la vuelta enteramente.

—No me digas. ¿Es esa la razón? ¿Eres tú quien está detrás de todo el jodido asunto? ¿Todos trabajan para ti? Te voy a matar. —Lo sacudí con más fuerza, golpeándole la cabeza contra el borde de la bañera. Él cerró los ojos y contrajo la cara mientras se echaba a llorar.

—Lo siento, Mike. Soy una puta mierda. Lo intenté. De veras que lo intenté. Pero me pillaron. No puedo cambiar, Mike. Pero debes saber que todo esto no estaba previsto. Nadie tenía que sufrir ningún daño. Y nadie va a sufrirlo. Simplemente, hemos de hacer el trabajo, y luego seremos libres. Vamos a sentarnos y a pensarlo bien. Aún podemos arreglarlo.

¡Por Dios! Prefería que me hubiera dado un puñetazo que verlo farfullando y compadeciéndose de sí mismo.

—He terminado contigo.

—Me matarán, Mike. Tú lo sabes. Ya los has visto.

—Ya no me lo trago más, Jack.

—Tenemos que pensar cómo arreglarlo. Si averiguan que sabes que es una trampa, estoy perdido.

—No, Jack.

—Si te vas, lo sabrán. Han oído lo que has dicho. Me han estado vigilando. Quería contártelo, Mike, pero me habrían matado.

—Necesitas material fresco.

Di media vuelta y salí.

Mientras me alejaba de la casa de mi hermano, estaba tan rabioso que apenas advertí que iba a cien kilómetros por hora por calles normales. Pisé un poco el freno e inspiré hondo. No sabía realmente qué ocurría: si Jack no era más que un cebo patético o si él lo había orquestado todo y me había engañado desde el primer momento.

Sonó mi móvil. Era él. No debería haber hecho caso, pero se me ocurrieron un par de cosas más que espetarle. Respondí mientras hacía un viraje a la derecha con el semáforo en rojo.

—Ni se te ocurra llamarme, Jack. Para mí, estás muerto.

—¿Michael? —Era Lynch.

—¿Cómo?

—Quería decirle que Jack todavía no está muerto, pero que lo estará en…, no sé, diez o quince minutos. No soy médico. Así que debería darse prisa. Deje ya de resistirse, Mike. Lo único que consigue es que la gente acabe mal.

La llamada se cortó. Di un giro de ciento ochenta grados, patinando sobre la gravilla de la cuneta, y regresé a toda velocidad a casa de mi hermano.

La puerta estaba abierta. Desde allí vi sus pies asomando por la entrada de la cocina. Me acerqué. Estaba boca abajo, en un charco de sangre que iba creciendo alrededor de su cuchillo de chef.

Lynch le había hecho un profundo corte en el cuero cabelludo. Improvisé una compresa con toallas de papel, se la apliqué en el apelmazado cabello y llamé al 911. Respiraba y estaba medio inconsciente. La taza de café que yo había dejado intacta seguía enfriándose en la mesa.

Los sanitarios tardaron diez minutos en presentarse. Parecían increíblemente tranquilos mientras bajaban a Jack por los escalones y lo metían en la ambulancia. O lo parecieron hasta que le tomaron la presión arterial. Uno de ellos habló de pulso filiforme y de una presión sistólica de seis y medio. Le pusieron una vía intravenosa en el brazo con una gruesa aguja. Jack abrió un momento los ojos, me miró y volvió a desmayarse. Llamé a mi padre mientras conducía hacia el hospital.

Cuando llegamos, nos estaba esperando un cirujano con dos ayudantes. Lo llevaron directamente al quirófano de urgencias. Atisbé por la puerta abierta, mientras lo pasaban de la camilla a una mesa, y le cortaban y retiraban las ropas. El cirujano cogió el bisturí, se giró, me vio mirando y gritó que cerraran la puerta.

Alguien me acompañó a la sala de espera. Pasé el rato con los demás infortunados, comprobando cómo el reloj avanzaba hacia la hora de mi cita con el FBI.

Capítulo treinta y uno

*L*a operación duró una hora. Me llevaron a la sala de recuperación, junto a cuya puerta merodeaba como un buitre una mujer del Departamento de Facturación.

—Ha de firmarme unos impresos si tiene un momento —me dijo cuando entré.

Yo pasé de largo.

Jack seguía inconsciente; tenía la cara como la cera.

Me senté en una silla a su lado y me entretuve con un programa de la tele, de cotilleos de Hollywood, mientras contaba los minutos que quedaban para perderme la cita con Lasseter: mi única salida de aquella pesadilla.

—No puedo creerlo —exclamé cuando entró el médico.

Era el mismo de la otra vez.

—¿Se pondrá bien? —le pregunté.

—Por supuesto —respondió—. No ha habido nada más que la pérdida de sangre. La cabeza sangra y sangra sin parar. El corte era bastante extraño, de todos modos. ¿Qué estaba haciendo, exactamente?

—Preparando un curry.

—¡Ah! ¿Ustedes no estuvieron aquí otra vez?

—Quizá nos confunde con otros.

—Me parece que no. Deberían andar con más cuidado.

—Estoy de acuerdo.

Jack volvió en sí por fin. Entre muecas de dolor y esfuerzos por tragar, miró los distintos tubos de plástico que tenía en el cuerpo.

—Lo siento, Mike —se disculpó carraspeando.

—Sí, deberías sentirlo. —Me puse el abrigo. Me había quedado para verlo despierto y comprobar que sobreviviría—. Papá está en camino. Voy a arreglar todo esto de un modo u otro.

—¿Qué piensas hacer?

Salí de la habitación. La mujer de facturación me persiguió por el pasillo diciendo no sé qué sobre el documento de identidad y la persona responsable.

—Ya está despierto —le ladré—. Hable con él. Yo ya me he cansado de pagar por sus errores.

Haber visto a Jack en un charco de sangre me había convencido de una cosa: aquello era algo personal; yo había sido el objetivo desde el principio. Intenté analizarlo metódicamente, pero los nombres acudían a mi mente a borbotones: estaba el asunto del dinero opaco y de quien se ocultara detrás; estaba Mark: yo siempre había sospechado que podía andar en manejos turbios, que quizá se dedicaba a combatir a las grandes corporaciones, vendiendo al mismo tiempo sus acciones a la baja; estaban todos los secretos que había descubierto, todos los políticos corruptos que habían caído cuando hice limpieza después de acabar con mi antiguo jefe... Cada caso implicaba a un nuevo sospechoso.

Me agencié otra taza de café en el bar, de camino a la salida, y me di una vuelta por el aparcamiento para despejarme. Todavía tenía tiempo para llegar a mi cita con el FBI.

Vi que Cartwright entraba con su viejo Cadillac Eldorado en el aparcamiento. Mi padre iba a su lado.

Me acerqué mientras aparcaban.

—¿Cómo está? —preguntó mi padre.

—Bien —contesté—. Lo han rajado. Ha perdido un montón de sangre, pero saldrá esta noche o mañana.

—¿Y tú?

—He pasado mejores momentos.

—Vamos a verlo —dijo mi padre.

—Acabo de despedirme de él. Está despierto.

Mi padre asintió. Cartwright le dijo que se verían dentro y se quedó conmigo un momento. Cuando mi padre se perdió de vista, me indicó que subiéramos al coche. Nos sentamos delante. Él hurgó debajo de un falso panel del salpicadero, sacó un paquete y me lo entregó.

—Aquí tienes el lote completo. —Había permisos de conducir, tarjetas de crédito y tarjetas de la Seguridad Social.

—¿Las de la Seguridad Social son seguras? —pregunté.

—Sí. Son muertes recientes, aún no notificadas a la Administración de la Seguridad Social. Sus archivos son un desbarajuste, de todas formas.

—¿Y las placas de identificación para la Fed?

—Todavía estoy en ello. Quedarán bien. Hiciste un buen trabajo con esas fotografías.

Envolví los documentos.

—Gracias —dije—. ¿Puedo hacerte una pregunta?

—Mejor que no. Si he vivido tanto tiempo, es por no ser curioso. —Lo miré fijamente un instante. Él suspiró y echó un vistazo por los retrovisores—. Está bien.

—Si unos tipos te están jodiendo, y tú puedes hacer que la ley los quite de en medio, y ellos se lo merecen de todas todas…, estaría bien hacerlo, ¿no? Siempre que ninguno de los tuyos se vea implicado. Sin traiciones. Simplemente, derribando al enemigo.

—La cosa se está poniendo seria.

—Sí —repliqué girándome hacia el hospital.

—No hay una línea entre el blanco y el negro, Mike. Pero eso solo lo descubres cuando te acercas lo bastante al sitio donde esa línea debería estar. Ya sabes lo que pasaría si mi nombre saliera a relucir.

—Jamás se me ocurriría mencionarlo.

—Bien. Todo el mundo de cierta categoría llega a algún tipo de acuerdo con los federales. Es una pieza más del tablero. Pero deja esas maniobras para los peces gordos si puedes. Es un terreno peligroso. Te agradezco que me lo hayas preguntado primero.

—Por supuesto.

—Ten presente que una vez que te ponen las zarpas encima, ya no te sueltan. Son peores que los mafiosos. Te utilizarán. Y cometen un montón de errores. Olvida la mitología de los agentes especiales. No dejan de ser funcionarios del Gobierno.

—¿Qué pretendes decirme?

—Que vayas con mucho cuidado.

191

Me reí amargamente. No hacía falta que me lo recordaran.

—¿Qué ocurre? —preguntó Cartwright.

—Estaba pensando en el último hombre que intentó delatar a estos tipos.

—¿Cómo acabó?

—Le pegaron un tiro en el corazón en el National Mall.

Él levantó un dedo, como si recordara algo, y me dijo:

—Tengo una cosa que quizá podría interesarte. —Se bajó del coche, y yo lo seguí hasta el maletero. Cartwright sacó una bolsa de lona de un compartimiento lateral y revolvió dentro. Entreví algo que podía ser una linterna grande o una granada de mano.

—¿Llevas eso encima?

Él no hizo caso y acabó sacando un chaleco.

—Aquí lo tienes —dijo golpeándolo con los nudillos—: un chaleco antibalas. Es el que usan los polis. Nivel Dos. Útil para el trabajo diario, para la mayoría de disparos de pistola.

—Yo esperaba evitar que me disparasen, sin más.

—Con cinturón y correas. No molesta nada.

Me incliné sobre el maletero y lo cogí. Parecía tremendamente ligero.

—Añádelo a mi cuenta —sugerí.

Él lo metió todo en una bolsa de la compra.

—Detesto parecer insensible, Mike. Pero teniendo en cuenta lo que acabas de contarme…

Me costó un momento captarlo: los muertos no tienen crédito. Saqué la billetera.

Me detuve frente a un café etíope con señal de wi-fi gratuita y saqué el portátil de la funda. Tenía una tarjeta de banda ancha, pero no me fiaba de ella para mis manejos de pirata informático. Comprobé los troyanos que Cartwright había enviado por correo electrónico; no habían llegado a instalarse. Luego probé mis lápices USB. Uno de ellos respondió. Me ofrecía una panorámica del tablón de anuncios de un cubículo, aunque tapado en gran parte por la enorme cabeza de un economista de aspecto francés. Mientras se rascaba la nariz y se inclinaba sobre una hoja de cálculo apenas visible, pude echar un vistazo a la sala que quedaba a su espalda. En el tablón de anuncios no distinguí ninguna clave de acceso; únicamente, unas cuantas tarjetas de visita y unas tiras cómicas.

Tapé mi propia webcam con el pulgar. Era una tontería, ya lo sabía, pero cuando estás mirando a alguien a la cara, cuesta creer que la persona en cuestión no te esté mirando a su vez.

Me sentí bastante orgulloso de mí, de Derek y de nuestros pequeños lápices de memoria. Después probé con la pelota de béisbol. Observé la línea de puntos que desfilaba por la pantalla mientras se efectuaba la conexión y, de pronto, surgió en mi *software* cliente una ventana con una imagen a base de píxeles.

Funcionaba. Cualquiera que hubiera pasado por mi lado podría haber visto a un tipo inclinado sobre un portátil, en el interior de un coche, agitando un puño en el aire y gritando: «¡Sí! ¡Sí!».

Había logrado introducir unos ojos en el despacho donde habría de recibirse la directiva. ¡Dios mío! Lo único que tendría que hacer sería sentarme en casa en pijama y fisgar por encima del hombro del individuo en cuestión. Y ya habría terminado de una vez. O como mínimo, evitaría que Lynch me abriera un orificio en la cabeza.

La cámara enviaba fotos tomadas a intervalos de unos pocos segundos para ahorrar batería. Revisé la primera remesa. El despacho me resultó conocido: los mismos paneles de madera y el mismo escritorio.

Aunque esta vez el escritorio, dejando aparte un teléfono, estaba vacío. Saqué una de las fotos que había encontrado inicialmente del despacho del vicepresidente primero: la pelota con la cámara estaba en el estante correcto, exactamente donde yo esperaba. Por tanto, el ordenador debería haber estado ahí, a plena vista.

Distinguí unos cables en el lado derecho de la imagen, y una superficie plana sobre un soporte metálico. Parecía completamente absurdo hasta que el tipo apareció en las imágenes transmitidas poco después: estaba comiendo zanahorias de una fiambrera de plástico; luego se volvió hacia la derecha, tapando en parte la imagen, mientras tecleaba de pie.

Había trasladado el ordenador.

Agarré el volante y lo sacudí con rabia. El economista es-

193

taba trabajando en un escritorio elevado, como si tuviera problemas de espalda o algo similar. Cosa lógica, supongo, dado que había tenido que atravesar la debacle económica más grave en ochenta años. Pero aun así, sus problemas ergonómicos iban a costarme la vida.

Aquella era mi estrategia principal. A menos que consiguiera un milagro con las otras cámaras, estaba perdido. Entré de nuevo en la única webcam buena, la del rótulo de salida que le había enseñado a Lynch anoche. Al menos ahora las luces estaban encendidas.

La cámara mostraba el interior de una oficina. A un lado, vi una sala de conferencias con paredes de cristal y varios cubículos. La única imagen nítida era la de una impresora, un fax y unas resmas de papel. En la pared había pegada una hoja de tamaño folio que decía en mayúsculas: «EJECUTA LAS ÓRDENES COMO UN CAMPEÓN».

No tenía nada de nada. Y Lynch podía acceder a estas cámaras. Ya debía de saberlo a estas alturas. Probablemente, lo sabía desde esta mañana. Por eso me había dejado la bala en el dormitorio.

No había un modo fácil de hacerlo. Y Lynch vendría ahora a por mí. Mi única salida era el FBI. Cogí del asiento trasero el chaleco antibalas, me lo pasé por la cabeza y me ceñí bien las correas.

Capítulo treinta y dos

*L*a oficina del FBI en Washington estaba en Judiciary Square, al lado del despacho del fiscal del que había sacado a Sacks para conducirlo sin querer a la muerte.

Para bajar al centro, seguí con el coche la ruta de la línea roja del metro, aunque volviendo atrás por los puentes una y otra vez, virando al azar y tomando vericuetos absurdos hasta convencerme de que me había librado de cualquier seguimiento.

La presión me estaba desquiciando: una mosca volante flotaba en mi campo de visión, acompañada de un intenso dolor en la parte posterior del ojo. En cada coche negro creía ver a Lynch sonriéndome.

Aparqué a cuatro manzanas y me maldije por estar usando otra vez mi coche, en lugar de haber cogido el de Jack. Al final de la manzana un coche patrulla bajaba por la calle lentamente, provisto de cámaras montadas en el capó y en el maletero. El DC es la cuna de los lectores automatizados de matrículas: coches que recorren la ciudad grabándolas. Es un sistema que acaba en gran parte con el divertido juego del ratón y el gato en la zona de aparcamiento limitado; pero esta vez, además, podía servir para relacionar mi coche con la muerte de Sacks.

Me había llevado de casa la pistola. La escondí bajo el asiento del copiloto y me bajé. La oficina del FBI se destacaba al fondo como una gigantesca cripta de piedra gris de tinte verdoso.

Me detuve un momento al pasar frente al National Building Museum, una mole de ladrillo rojo que parecía un almacén de principios de siglo. Me pareció reconocer un coche al otro lado de la calle, un Dodge Charger, pero Washington está plagado de policía y había docenas de modelos iguales.

Aminoré el paso al cruzar el aparcamiento del museo. La oficina del FBI estaba enfrente. Tuve otra visión alucinante de Lynch. Por si acaso, me oculté tras un camión. Al asomarme por un lado, ya no me cupo duda. Era él. Vi que encendía un cigarrillo, protegiéndose del viento con ambas manos, y que daba una larga calada.

Ya no me sentiría como un loco por llevar puesto un chaleco antibalas. La situación se estaba convirtiendo en una reposición espeluznante del asesinato de Sacks frente a los juzgados. Esperé a que Lynch llegara al extremo más alejado del camión para poder volver corriendo por donde había venido; pero al mirar en esa dirección vi que su sicario, el tipo de las gafas, venía hacia mí.

Me interné entre los coches del aparcamiento. Ellos estaban en la acera norte. Me escondí detrás de una furgoneta y esperé. Faltaban tres minutos para mi cita. Me era imposible cruzar la calle corriendo sin que me vieran. Me asomé. Seguían hablando en la calle. Conté los segundos que iban transcurriendo.

Observé entonces que una mujer mayor se me aproximaba entre los coches. Me incorporé y fingí que examinaba mi móvil, procurando no parecer un hombre acorralado.

La furgoneta emitió dos pitidos y los faros parpadearon: la mujer acababa de pulsar el mando a distancia. Le dirigí una tímida sonrisa, miré un momento por el hueco y de nuevo me oculté rápidamente detrás de otro coche. La siguiente vez que me asomé, Lynch y su sicario caminaban en dirección sur; me verían en cuestión de segundos. Rodeé el coche despacio, de manera que se interpusiera siempre entre ellos y yo, y en cuanto desaparecieron tras la primera esquina de un edificio, corrí hacia el lugar donde había aparcado.

Cuando estuve a tres manzanas, me detuve bajo un enorme arco chino cubierto de dragones y pagodas, y llamé a Lasseter, mi contacto en el FBI.

—Soy Michael Ford —dije.

196

—¿Está usted aquí? —preguntó.

—Estoy cerca. Hay hombres vigilando la entrada.

—Naturalmente que los hay.

—No, no. Me refiero a la gente que usted investiga. Están vigilando por si aparece algún testigo.

—Esto es el corazón mismo de los organismos de seguridad de Estados Unidos. Si cree…

—Jonathan Sacks —dije. Me bastaba con recordarle lo que había ocurrido con su última fuente.

—¿Dónde está ahora?

—En Chinatown. ¿Podemos vernos fuera de la oficina?

—Voy a enviarle un coche. Lo traerán hasta el garaje. Nadie lo verá.

—Estoy frente a Calvary Baptist; la iglesia de ladrillo rojo —indiqué—. En la Octava con la calle H. Esperaré en los escalones de la entrada.

Me paseé por la esquina hasta que vi que se detenía un Chevy Tahoe negro de vidrios ahumados. El conductor bajó el cristal y preguntó:

—¿Michael Ford?

—¿Tiene una identificación?

Me enseñó el documento. Subí. Iba contra todos mis instintos sentarme en el asiento trasero de un coche policial. El hombre dobló por detrás del edificio del FBI y se detuvo en un garaje subterráneo. Lasseter me estaba esperando cuando salí del ascensor. Tenía en el entrecejo una arruga vertical permanente.

—Señor Ford —saludó, observando el bulto extra que me sobresalía en el pecho y en la espalda—. ¿Ha venido su abogado?

—Yo soy abogado.

—Como quiera. Vamos.

Cruzamos el pasillo de una oficina: paredes blancas y particiones de color beis; los cubículos estaban decorados con medallas e insignias. Algunos agentes exhibían el rótulo de su nombre en inglés y árabe. Abundaban los tipos mayores cuya musculatura se había transformado en grasa, aunque también había algunos agentes jóvenes de ambos sexos que sí parecían estar en forma. Se veían fundas de móvil para todos los gustos.

197

Lasseter me guio a través de una oficina diáfana y luego por un largo corredor hasta una puerta abierta a uno de cuyos lados había un rótulo que decía: «Entrevistas 3».

Me detuve. Estaba todo dispuesto para un interrogatorio.

—¿No hay una sala de conferencias o algo así? —pregunté.

—No —contestó.

No tenía alternativa. Entré en una habitación cuadrada. Había tres sillas de plástico duro alrededor de una mesa barata. En conjunto, era menos lúgubre que las salas de interrogatorio que había visto en muchas comisarías, aunque el perno en «U» atornillado sobre la mesa no resultaba muy tranquilizador.

Lasseter cerró bruscamente con un portazo metálico. Yo empezaba a intuir que echarse en brazos de la ley era un grave error.

Él se sentó frente a mí, dejando una taza sobre la mesa. Había otra silla a mi derecha, que solía utilizarse más adelante en el curso del interrogatorio cuando los tipos se dedicaban a atosigar y a tratar agresivamente al sospechoso.

Yo seguía llevando puesto el chaleco antibalas bajo una sudadera con cremallera. Después de tropezarme casi con Lynch, tenía la camiseta de debajo empapada de sudor.

—¿Vamos a hacerlo con un pacto de colaboración? —pregunté.

Cuando estás «expuesto a una acusación», como les gusta decir a los abogados —o sea, cuando eres culpable—, puedes ofrecerte a declarar haciendo un pacto de colaboración: acuerdas una cita mágica, llamada en la jerga un «reina por un día», y desembuchas ante el fiscal del distrito, contándole lo que sabes y diciéndole qué clase de acuerdo quieres. Ellos no pueden usar después tu declaración, salvo que en el juicio te contradigas y declares otra cosa.

—¿Se refiere a un «reina por un día»? —dijo—. Eso le correspondería determinarlo al fiscal. Su declaración hay que encuadrarla más bien bajo las normas del informador confidencial. Mi supervisor quería estar presente también. Es él, en realidad, quien lleva este caso. Puede preguntárselo a él. Bueno, ¿qué es lo que tiene?

Yo no sabía por dónde empezar. ¿Por la primera noche en

casa de Jack? ¿Por el momento en que acabé cubierto de sangre en el National Mall? ¿Por la sesión de compras en Bergdorf Goodman?

—¿Quiere tomar algo? —ofreció.

—No, gracias. —Eché un vistazo a su taza y observé que estaba llena de agua.

Inspiré hondo.

—Tengo alguna información sobre un delito que creo que va a cometerse —expliqué—. Y sobre otros crímenes que ya se han cometido. Por desgracia, yo mismo me he visto involucrado...

Sonó un golpe en la puerta.

—Perdón —se disculpó—. Un segundo.

Abrió la puerta, y uno de mis fantasmas hizo su entrada. Durante un instante no me inmuté, porque mi mente me había estado jugando malas pasadas todo el día.

Pero cuando el fantasma abrió la boca y habló, comprendí que aquello era completamente real.

—Muchas gracias por su ayuda —dijo el supervisor de Lasseter—. Queremos hacer todo lo posible para atrapar a esos tipos que andan persiguiéndolo.

La lengua se me atascó en el paladar.

Era Lynch. O según descifré en la placa que llevaba en el cinturón, el agente supervisor especial Daniel Waters.

Capítulo treinta y tres

—*M*ichael Ford ¿verdad? —dijo Lynch, tendiéndome la mano por encima de la mesa.

La mía se alzó como estirada por un cordel invisible y se movió arriba y abajo mientras se la estrechaba.

—Bueno, ¿cuál es esa gran información?

—Yo…, humm…

Lynch estaba impecable en su papel. Ladeó la cabeza, miró a Lasseter y volvió a mirarme a mí.

—¿Sabes qué, Paul? —dijo—. ¿Por qué no le echas una mano a Sue con esas fotografías? Quizá al señor Ford le resulte más fácil hablar sin dos tipos atosigándolo a la vez.

Lasseter asintió y salió de la habitación.

Lynch cerró la puerta. Comprobó que la cámara estaba apagada y luego rodeó la mesa y me dio un golpe en el pecho.

—¿Un chaleco, Mike? ¿Acaso le preocupa algo?

—¿Mi casa tal vez? ¿Mi hermano? Ha traspasado la línea roja, Lynch.

—¿Y qué piensa hacer? Ahora que ir a lloriquearle al profesor está descartado, no creo que le queden muchas opciones.

Se sentó a mi lado, abrió un maletín y sacó un portátil.

—Vayamos al grano. He estado revisando su *peep-show* —dijo.

Tecleó un par de cosas, tamborileó con los dedos sobre la mesa mientras esperaba y, mirándome, me preguntó:

—¿Qué ve?

—La oficina de la Fed de Nueva York.

—Yo no veo nada de nada. A menos que envíen la puta directiva representándola como en un juego de charadas en medio de la oficina. Ya le he dado bastante cuerda. Se acabaron las dilaciones. Dígame una única cosa: ¿cómo la va a conseguir?

—¿Cómo se las arregla para mantener este puesto? —le pregunté a mi vez—. No ha parado de perseguirme en los últimos cuatro días.

—Me estoy retirando —contestó haciendo un gesto despectivo dirigido hacia las oficinas—. Esto era el país de Jauja hasta que llegó Mueller. Pero ahora son los *boy scouts* quienes dirigen el cotarro. Yo ya ha terminado aquí. Tal vez ellos crean que me he ido a jugar al golf, que estoy contando los días hasta que empiece a cobrar la pensión. Pero ejerzo el pluriempleo: estoy desarrollando una segunda carrera profesional estupenda. Cuando has visto cómo el rico gilipollas número cien salía impune de un asesinato, comprendes que estabas jugando en el equipo equivocado. Su futuro, en cambio, no es tan radiante. Le queda un día, prácticamente, para actuar en la Fed de Nueva York. Por consiguiente, quiero respuestas, o empezaré a liquidar a la gente que de verdad le importa.

—Todo esto no tiene nada que ver con la Fed. —Recordé lo que me había dicho Jack en su casa: que yo había sido el objetivo desde el principio—. ¿Por qué me tiene tantas ganas a mí en particular?, ¿por qué está tan empeñado en arruinar mi vida?

—No lo sé, muchacho. Quizá es que ha jodido a quien no debía. Yo me limito a hacer lo que me ordenan. Esto es un asunto de negocios. Y sí tiene que ver con la Fed. Ya ha logrado que su hermano acabara herido, y ahora va a acabar herido usted mismo por malgastar sus energías en todo, salvo en lo único que importa: conseguirme la directiva. Así pues, cuénteme cómo piensa realizar el trabajo el martes. Y nada más.

—Tengo placas de identificación.

—¿Funcionan?

—La parte electrónica, no. Pero no importa. Tengo una cita en la Reserva Federal. Por ello, el control de acceso y las medidas de seguridad ya no me detendrán. Soy capaz de llegar hasta la suite ejecutiva.

—Y entonces, ¿qué? ¿Lo preguntará con mucha dulzura? Estamos hablando del dato de los datos: del Santo Grial del

201

mercado de valores, con un acceso restringido al máximo nivel.

—Puedo entrar en la suite y obtener la información de la gerente de la oficina. Ha de ser ella quien tiene autorización para acceder a la directiva. Así que entraré allí y…

—¿Y?, ¿improvisará sobre la marcha? —Se echó a reír—. Bueno, ¿por quién empezamos? —Se llevó la mano a la cadera. Llevaba en el lado derecho su pistola M1911 y una porra extensible, y sujetos los dos teléfonos en la parte delantera del cinturón—. ¿Annie o su padre?

—No se atreva a pronunciar sus nombres.

—¿Sus nombres? Eso va a ser lo de menos. Pero le permitiré que escoja. Ha de aprender a tomarse esto en serio. Y está claro que su hermano no es la pieza más valiosa para apretarle las tuercas. O sea que… escoja.

—No.

—Si se niega, me ocuparé de los dos. Si obedece, salva a uno y se porta como un héroe.

—No me haga esto.

—No creía que fuese de los que suplican.

—¡Por favor!

Él se mofó:

—¡Vamos, Mike!

Me arrojé de rodillas a sus pies. Por mucho que me revolviera el estómago humillarme ante aquel tipo, necesitaba una tapadera. Al arrodillarme, abrí la funda de su móvil plegable. Mientras él me empujaba para apartarme, me lo escondí en la palma de la mano. Alguien le daba órdenes, y era siempre a través de ese teléfono. Con él, podría averiguar quién estaba detrás de todo el asunto.

—Un poco de dignidad —me espetó. Volví a sentarme y dejé que el móvil me resbalara hasta el bolsillo—. Mi capacidad de compasión ya no es la que era. Bueno, ¿cuál de los dos?

—Yo —contesté—. Yo asumiré el castigo que corresponda.

—¿Además del que ya se merece? —Meneó la cabeza—. No me vale. A usted no puedo matarlo porque tiene que conseguir esas cifras el martes. Pero puedo complacerlo en parte. Es admirable, supongo. Aunque me parece que se arrepentirá. La gente siempre se cree muy dura. En unos minutos suplicará que vaya a por ellos.

Fue a dejar el portátil en un estante metálico junto a la mesa.

—¿Me va a dar una paliza en una oficina del FBI? —pregunté.

—Estas salas están muy bien insonorizadas —dijo dándose la vuelta—. Desde que se calmó todo el asunto del once de septiembre han consentido que los abogados volvieran a redoblar los controles.

Cogió del estante un grueso fajo de documentos.

—Normas y prácticas de interrogatorio —anunció—. Nos hacen pasar un examen cada seis meses, como si fuésemos colegiales. —Me tendió los documentos. Mientras yo me disponía a cogerlos (un instinto de abogado, supongo), el tipo maniobró por debajo de ellos con unas esposas y me las pasó por una muñeca. A continuación, me dio un golpe en el estómago con la porra y me tumbó sobre la mesa tirando con fuerza de la cadena de las esposas. Las argollas se me clavaron en el antebrazo. Abrió rápidamente una de las manillas y la fijó en el perno en «U» de la mesa.

Giró la mesa para colocarme mejor. Yo estaba tendido boca abajo, con los pies colgando. Me pegó otra vez, ahora en la base del cráneo, y me dejó aturdido. Luego me inmovilizó los tobillos con algo. No podía levantarme ni tampoco darme la vuelta. Estaba tendido allí encima como un asado en el horno.

Lynch alzó el manual de interrogatorio diciendo:

—Aquí explican cómo debo leerle sus derechos, cogerlo de la mano para que no se espante y traerle un café que le guste a su abogado.

Me quitó el chaleco antibalas, me colocó el manual en la zona lumbar y se apartó un poco. Extendió la porra al máximo y descargó un golpe tremendo sobre el fajo de papeles.

—Además de ser un buen sitio para ocultar unas esposas, creo que resulta muy útil para machacarle a alguien los órganos sin dejar marcas apenas.

Solté un gemido. Dolía de mala manera, pero yo resisto bastante bien el dolor. Lo que me preocupaba era una sensación de profundo malestar en mi interior, como si el tipo me estuviera haciendo papilla algún órgano importante.

203

Se echó hacia atrás y volvió a descargar un golpe con la porra, como si estuviera partiendo un tronco de leña.

Gemí de nuevo. Algo se me había fastidiado por dentro sin la menor duda. Contemplé la pared y el portátil de Lynch en el estante metálico, para tratar de distraerme.

Pero hay cosas imposibles de ignorar. Noté que me derramaba agua fría en los pantalones y luego una presión en una zona muy sensible. Giré la cabeza. No veía nada, pero deduje enseguida que el tipo estaba utilizando la taza de Lasseter como un triturador para espachurrarme poco a poco las pelotas contra la mesa.

—Un momento —dije, y miré otra vez hacia el estante.

Él aflojó la presión.

—¿Piensa tener hijos, Mike? Porque es muy fácil provocar aquí un daño permanente.

Aullé. El eco en la exigua sala me reventó los tímpanos.

—¡Espere!

—De eso nada. —Y volvió a presionar: esta vez con ambas manos, poniéndose de puntillas, casi alzándose del suelo.

—¡No! —grité—. El vídeo. Retroceda.

—¿Qué? No le oigo.

—Porque casi me está matando. La cámara. ¡Mire!

Se acercó al portátil.

—¿Qué?

—Retroceda.

—¿Y cómo lo hago?

—El botoncito de abajo.

—Si es un truco para librarse de esta, Mike…

—Pulse el maldito botón.

Así lo hizo. Yo, con la cara pegada a la mesa, jadeaba y sudaba a causa del dolor que me subía por la ingle. En la pantalla, una mujer se acercaba al fax, introducía una tarjeta en una ranura y tecleaba algo.

—¿Está enviando un fax? ¿Cree que esto le va a salvar las pelotas?

—Es una tarjeta cifrada —expliqué—. Y eso es un fax seguro.

—¿Un fax?

—Sí. La tarjeta está cifrada por la Agencia de Seguridad

Nacional. Son terminales seguros. ¿Ha tratado alguna vez con un banco? Lo envían todo por fax. La oficina de la Fed usaba una pizarra para anotar las cotizaciones hasta finales de los noventa. La directiva tiene que llegar por escrito, firmada; la envían por fax. ¿A que hora ha sido eso?

—A las dos y media.

—Debían de ser los informes de los economistas del banco para preparar el Día Fed. Son documentos de acceso restringido Clase A. Eso es. ¿Ve los números que ha tecleado?, ¿el PIN?

—El teclado es muy pequeño.

—Fíjese en la secuencia.

Él guiñó los ojos y masculló:

—Veo un seis, quizá un cinco.

—Déjeme levantar, yo lo descifraré. —Lynch titubeó—. Es la vía de acceso que necesitábamos. Yo puedo descifrarlo. Déjeme levantar.

Me soltó los tobillos con cautela, dispuesto a machacarme los sesos con la porra. Me levanté, rodeé la mesa y observé la secuencia una y otra vez. Había ocho dígitos. Ya había determinado seis y estaba a punto de dilucidar los otros dos.

—Acérquese más —le dije a Lynch—. ¿Eso es un tres o un seis?

Yo sabía que era un tres. Mientras él miraba la pantalla, me saqué su teléfono del bolsillo y eché un vistazo. No había mensajes. Ni números. Debía de eliminar el historial cada vez.

—Tendría que habérmelo señalado antes de que empezara —comentó, y se guardó la porra. Volví a meterme su teléfono en el bolsillo antes de que se diera cuenta.

—Es que lo he visto hace un momento.

Más escalofriante que su destreza para la violencia resultaba la facilidad con que la había abandonado, como un cirujano que deja en la bandeja el bisturí.

—Entonces, ¿qué? —preguntó.

—Podemos provocar un fallo con los programas maliciosos que ya tenemos instalados en la suite ejecutiva; luego me colaré allí haciéndome pasar por informático, revisaré el fax y sacaré la directiva.

—¿Cómo va a conseguir la tarjeta cifrada?

205

—La puedo robar. Mire. —Señalé la pantalla—. Se la ha guardado en el bolso que tiene colgado en el cubículo. Será fácil robársela.

Él sopesó la posibilidad un momento. Encontré graciosas sus dudas sobre mi habilidad como carterista, considerando que tenía su teléfono en mi bolsillo. De todos modos, los federales se tomaban muy en serio esas tarjetas cifradas. Si perdías la tuya, llamabas a un número a cualquier hora del día o de la noche, y un grupo de agentes se presentaba en tu casa en quince minutos.

—Quizá funcione —dijo.

Me señaló una silla.

—Prefiero quedarme de pie.

—Muy bien. ¿Qué más tiene que hacer?

—He de trabajarme ese PIN, pasar el vídeo hasta que lo tenga. Me están imprimiendo un par de placas de identificación para poder movernos por dentro, una vez pasados los controles. Tenemos que ensayar y estudiar planes alternativos de huida.

—¿Sabe lo que sucederá si vuelve a desobedecer?

—Sí.

Se inclinó sobre la mesa para liberarme de las esposas. Mientras manipulaba con la llave, su móvil empezó a zumbar en mi bolsillo. Lo oiría y advertiría que se lo había robado.

Hice una mueca y me desmoroné, fingiendo que era por efecto de las lesiones que me acababa de provocar. Al caer, chocamos de lado —mi cadera contra su cintura— el tiempo suficiente para disimular cómo le introducía de nuevo el teléfono en la funda. Esta acción es básica para un carterista: saber cubrir el toque criminal con un roce accidental más aparatoso. Me quedé derrumbado, con la mano libre en la ingle, mientras Lynch me quitaba las esposas.

Él notó el zumbido; bajo la vista al teléfono y me miró.

—Hablando del rey de Roma —dijo—. Tómese un minuto para recuperarse. Lasseter debe de andar cerca. ¿Ha aprendido la lección?

Me incorporé y salimos. Yo me movía como un vaquero, con las piernas separadas, y cerraba los ojos de dolor.

—No se me olvidará fácilmente.

—Bien. No se aleje de su casa. No haga nada raro. El domingo iremos juntos a Nueva York a ensayar.

Abrió el móvil y revisó los mensajes mientras se alejaba hacia la escalera.

Al dirigirme a los ascensores, me percaté de que él cruzaba una puerta de incendios que daba a la escalera de la otra ala del edificio. Aminoré la marcha para ver qué dirección tomaba; luego cogí el ascensor, bajé una sola planta y me colé a través de las oficinas para seguirlo por la escalera.

En la sala de interrogatorios, Lynch había pasado en un segundo de caparme casi literalmente a dejarme en paz, aunque no había sido un repentino ataque de conciencia. Yo era desechable, y lo sabía.

Mi padre tenía razón. No iban a tolerar que diera el golpe y asunto concluido. Lo más probable es que supusieran que trataría de volver la situación contra ellos. En cuanto les entregara la directiva, estaría perdido: o dejarían que cargara con toda la culpa, o me matarían sin más. Tenía que averiguar quién había al otro lado de aquel teléfono. No podía meterme en la trampa.

Todo el mundo en aquella planta llevaba una placa de identificación bien visible. Las únicas excepciones eran los hombres con chaquetas de asalto: las cazadoras azules del FBI. Yo había recuperado el chaleco antibalas y caminaba como John Wayne; no me faltaba demasiado para dar el pego. Cogí una cazadora del respaldo de una silla y me la puse sobre el brazo, tapándome así gran parte de la cintura, que era donde la mayoría de los empleados llevaba la placa.

No estaba haciéndome pasar exactamente por un agente federal, pero traté de imaginarme qué ocurriría si me daban el alto, y comprendí que esa distinción era un tanto endeble.

Nadie me cerró el paso. Yo no era más que el típico sospechoso de asesinato paseándose por la oficina central del FBI, situada a muy poca distancia de la escena del crimen. La escalera quedaba a unos escasos cincuenta metros, pero con tantos agentes circulando de un lado para otro, aquello parecía una de esas pesadillas en las que la meta se va alejando a medida que avanzas hacia ella.

Logré llegar hasta la escalera y bajé con precaución, procurando no dejar atrás a Lynch en algún rellano. En el tercer só-

207

tano, oí que se cerraba una puerta al fondo. Me asomé. Lo distinguí atravesando la planta inferior del garaje, que estaba prácticamente vacío; llevaba el teléfono en la mano. Su coche se encontraba aparcado en la otra punta. Solamente había unas cuantas furgonetas en las inmediaciones.

Cerré la puerta con sigilo a mi espalda, me pegué a las paredes de hormigón y, ocultándome tras las columnas, intenté acercarme lo suficiente para oírle.

Se detuvo junto a una maquinaria ronroneante encerrada en una jaula de acero. Me desplacé por el otro lado. Observé cómo marcaba y seguí el recorrido de sus dedos. Hay ciertas cosas —las secuencias numéricas en un teclado, las claves de acceso y los códigos— que se me quedan grabadas en la memoria. Me pasé mucho tiempo practicando en su momento, cuando era más joven, y el hábito no me ha abandonado. Tenía el número, o la mayor parte de él. Lo introduje en mi propio teléfono.

Él empezó a hablar, pero el zumbido de la maquinaria no me permitía oírlo. Me acerqué un poco más y distinguí apenas su voz:

—… no entiendo por qué no nos ocupamos de él ahora mismo. Piensa en todo lo que sabe. Ya, claro. Pero…

—…

—Si dices que lo tienes controlado, lo aplazaré. No puedo hablar aquí de estas cosas. ¿Dónde? Claro. He de comprobar ese envío de todas formas. Me ocuparé de una cosa más aquí y luego podemos vernos. Una hora más o menos. Me parece bien.

Lynch se giró de repente. Me agaché y me apretujé entre la maquinaria y la pared. Tenía la cara a diez centímetros de un tubo recalentado que olía a diésel. No oía nada con todo aquel ruido.

Aguardé lo que me pareció un minuto, pero que, probablemente, fueron diez segundos. El corazón me martilleaba contra el chaleco antibalas. Oí el golpe de una puerta. Salí de mi escondrijo, temiendo que el fulano asomara desde detrás de la siguiente columna, con la taza preparada para machacarme otra vez las pelotas.

Pero, cuando me puse de pie, me encontré solo en el garaje.

Iba a reunirse con su jefe. Tal vez fuese mi paranoia desatada, pero daba la impresión de que iban a decidir mi destino. No había oído lo suficiente para saber a dónde se dirigía. Podría haber intentado seguirlo, pero mi todoterreno me habría delatado.

Me acerqué a su Chrysler. Las furgonetas me daban cierta cobertura frente a las cámaras de seguridad. En un edificio tan enorme, las cámaras del tercer sótano, por intimidantes que pudieran parecer, no se controlaban más que de vez cuando, si es que las controlaban, y sus cintas solamente se revisaban cuando se producía un incidente. Aunque tal como me estaba yendo el día, no me habría sorprendido nada si me las hubiera arreglado para pasar frente a ellas en el peor momento.

Abrir un coche no resulta muy difícil, pero robarlo ya es otra cosa. Los inmovilizadores electrónicos del motor acabaron en los años noventa con toda la diversión que suponían. En mi adolescencia, hubo un momento mágico para el deporte de darse una vuelta gratis cuando apareció la barra antirrobo. Entonces aún quedaban muchos coches de mediados y finales de los ochenta que podías poner en marcha fácilmente haciendo un puente. Tenías que hacer mucha fuerza, sin embargo, para romper el cláusor, y resultaba tremendamente sospechoso pasearse por un aparcamiento con una palanca. Y de pronto, Dios los bendiga, los conductores comenzaron a adosar un barrote metálico al volante: la famosa barra antirrobo. Hacías el puente, reventabas el cláusor con la barra, y lo único que te hacía falta era llevar una sierra para metales en la manga para cortar el volante y sacar la barra. La ciudad se convirtió en una feria del automóvil a tu entera disposición. Después, cuando se generalizaron las llaves con chip, se acabó la fiesta: ya no servía hacer el puente. La única alternativa era asaltar a un conductor, o tomar el autobús.

Era preciso que abriera el coche sin dejar rastro. Las «Slim Jim», esas tiras de metal finas y flexibles que se usaban antes, ya hace años que no son fiables, por lo que los cerrajeros emplean ahora la técnica de la cuña. Ya que en la columna que tenía detrás había unos protectores amarillos, le quité a uno de ellos la tapa de plástico duro, la introduje por la parte superior de la puerta del conductor y la hundí cuanto pude en la ranura

209

para abrir un pequeño hueco entre la puerta y el marco. A continuación, destornillé la varilla roscada de la tubería que discurría por las paredes, le imprimí una ligera curvatura y la metí junto a la cuña. La mano me tembló cuando ya había pasado la mitad de la varilla, porque si dejaba algún arañazo en el marco de la puerta, alertaría a Lynch. Me detuve; afirmé bien la muñeca y dirigí la varilla cuidadosamente hacia el botón de cierre.

Resbaló dos veces por encima. Conseguí situarla en el punto adecuado para hacer presión. El botón descendió y los seguros de las puertas se abrieron con un chasquido.

Lynch no dejaba ninguna pista en el coche. Yo esperaba encontrar un GPS que me indicara sus puntos de reunión habituales, pero no había nada; solo un CD con *Lo mejor de Frank Sinatra* y el olor rancio a millares de cigarrillos pegado a la tapicería.

Me senté un momento. Aquella era mi única oportunidad. Lynch bajaría en cualquier momento.

Saqué mi segundo móvil; silencié completamente el volumen y todos los avisos. Lo revisé cuatro veces y lo escondí bajo el asiento trasero.

Puse el seguro y me bajé, dejando allí dentro el móvil.

Oí que venía alguien. Me alejé del coche y eché a andar tranquilamente hacia la salida.

Un tipo gordo de mediana edad, que lucía un bigote manchado de nicotina, se me aproximó desde el otro lado del garaje. Llevaba un uniforme negro de tipo militar, pero como actualmente todo el mundo (desde los guardias de supermercado para arriba) se disfraza de miembro de las fuerzas especiales, tampoco significaba mucho.

Cuando lo tuve más cerca, advertí que no era del FBI, sino del Servicio de Protección Federal, la versión gubernamental de los guardias de seguridad privados. Aun así, llevaba una radio, lo cual significaba que podía desatar sobre mí un pandemónium pronunciando unas pocas palabras.

Erguí los hombros, saqué pecho, adopté todos los tics de la pose militar que había aprendido en la Marina, y caminé directamente hacia el hombre. Le dirigí un respetuoso gesto de saludo.

Él me miró y me saludó a su vez con una leve inclinación.

Caminé hasta la escalera del garaje, subí dos pisos y salí a Judiciary Square. Disfruté un instante de la sensación de libertad antes de recordar que todavía me encontraba en pleno territorio enemigo, cerca del lugar donde Sacks había sido ejecutado. Estaba completamente rodeado de agentes, policías judiciales, fiscales y jueces. Me alejé tan aprisa como pude, caminando hacia el norte, y di un largo rodeo antes de recoger el todoterreno.

Capítulo treinta y cuatro

$\mathcal{M}$e senté frente al volante, saqué mi portátil y entré en la página web de mi teléfono. Busqué la sección «¿Dónde está mi teléfono móvil?». Introduje los datos. Y ahí estaba, en el mapa, durmiendo tranquilamente en el coche de Lynch, bajo las oficinas del FBI.

Conduje desde allí a un barrio llamado Shaw, donde había menos posibilidades de que mi coche fuese relacionado con el escenario del crimen. Aparqué frente a una lavandería y esperé. Diez minutos después, Lynch se dirigía hacia el oeste.

Lo seguí, manteniéndome unos cinco minutos por detrás de él para evitar que mi todoterreno me delatara. Bastante peligroso es el tráfico de Washington sin tener que andar mirando un portátil cada veinte segundos. Avanzamos hacia el noroeste, cruzando las poblaciones de la orilla de Maryland del Potomac, y muy pronto, mucho más de lo que uno se imagina viniendo del centro del DC, circulábamos frente a granjas de caballos y casas de diez millones de dólares.

Nos dirigimos hacia las viejas haciendas situadas río arriba, por encima de Great Falls. Estas poblaciones ribereñas —Great Falls, McLean, Potomac, Bethesda— se han convertido en la residencia de los miembros de los grupos de presión y de los proveedores del Gobierno, y son ahora de las más ricas del país. Marqué el *67 en mi teléfono de prepago (lo cual impide que aparezca tu número en el identificador de llamada), y probé el número que había visto marcar a Lynch. No obtuve respuesta.

La zona se volvía cada vez más rural, y pasé junto a bosques y escuelas de equitación. Entonces el punto se detuvo. Actualicé la página web. Pero el punto no se movió: Lynch había llegado a su destino. Hice un alto en una sinuosa carretera secundaria, a cosa de un kilómetro de donde él se encontraba.

De vez en cuando atisbaba entre los árboles el centelleo del río, deslizándose mucho más abajo. A lo lejos divisé un enorme edificio de piedra, de unos cien años de antigüedad, que parecía un antiguo hotel de lujo. Las alas se hallaban parcialmente en ruinas y medio ocultas entre los exuberantes bosques; las altas ventanas en arco estaban tapiadas con tablones, y apenas se distinguían desde tanta distancia las figuras ornamentales de cobre verde situadas a lo largo del tejado: poseidones y sirenas nadando, aunque casi ahogados entre las hojas de kudzu que cubrían la mitad del edificio. Daba la sensación de que por allí solo habían pasado gamberros, vagabundos y pintores de grafitis desde la Administración Hoover.

Circulé de nuevo. Al pasar junto a la herrumbrosa valla, observé que se habían llevado a cabo recientemente algunas mejoras en el edificio principal: había una reluciente puerta de acero y una verja electrónica. Había llegado un nuevo inquilino, obviamente, y ocultaba algo —o a alguien— de mucho valor. En el amplio sendero circular, había dos furgonetas y dos coches aparcados.

Aquel lugar no prometía nada bueno, pero yo tenía que averiguar quién estaba detrás de todo el asunto, qué parte de mi pasado había vuelto a por mí. Casi llegué a creer que era Jack quien daba órdenes a Lynch y dirigía todo el juego. Pero ¿mi hermano era tan retorcido como para dejar que le hicieran un corte de diez centímetros en el cuero cabelludo con tal de engañar a su objetivo?

¿Quién sabe? O tal vez fuese la florista a la que habíamos despedido un par de meses atrás.

Di media vuelta con el todoterreno, avancé corcoveando por un sendero del bosque hasta perder de vista el edificio y aparqué. Saqué la pistola de debajo del asiento y me la metí en el cinturón.

Los grafitis y las botellas vacías de vino fortificado hablaban de la clientela más reciente del antiguo hotel, pero incluso por la parte trasera se percibían las nuevas medidas de seguridad. De las dos alas laterales del edificio tan solo que-

213

daban las paredes, aunque la parte central abovedada había sido reforzada con planchas de acero en las ventanas y con cerraduras nuevas.

Caminé por los descuidados jardines, entre estanques vacíos y estatuas romanas sin rostro; luego fui a gatas junto a un parapeto bajo, me aproximé al coche de Lynch y llegué hasta él en una breve carrera. Casi había oscurecido y no parecía que hubiera nadie dentro. Encontré un trozo de moldura de madera. Traté de usarlo como cuña para abrir la puerta, pero se desmenuzó enseguida: estaba podrido y lleno de agujeros de termita. Busqué alrededor otra cuña sin éxito, pero se me ocurrió probar la manija.

Lo había dejado abierto. Estábamos en mitad de la nada.

Me subí al vehículo y busqué por el asiento trasero. No encontraba el teléfono. Hundí bien las manos entre los almohadones, me hice una buena rascada en los nudillos con una tuerca y acabé palpando el frío plástico del aparato.

Cerré la puerta sin hacer ruido y volví corriendo al parapeto.

A un lado del edificio había una puerta de acero empotrada en un entrante que proporcionaba una cobertura pasable para trabajar allí. Estaba cerrada con un candado americano. Era un buen candado, pero no debería haberme costado demasiado abrirlo. Estaba nerviosísimo, sin embargo, y dejaba los pernos mal alineados una y otra vez. Por fin, el cilindro giró. No existe una sensación más agradable. Crucé el umbral, iluminándome con el fino haz de la linterna de mi llavero. El corredor resultaba inquietante. El eco de mis pasos resonaba gravemente, y lo único que distinguía era el contorno de los paneles de madera y de los apliques de porcelana.

Oí un ronroneo hacia el fondo y lo seguí. Giré por donde no debía y acabé metiendo el pie en un tramo de suelo podrido y escombros. Al caer, me clavé en la rodilla un objeto dentado.

Me levanté y retrocedí. El ruido se hizo más audible. Entonces crucé el hueco que había en el corredor, donde faltaba un extenso trozo de pared.

En la penumbra, encontré una gruesa puerta, también metálica, entornada. Al franquearla, advertí que me encontraba en una cámara acorazada. En un rincón había varias cajas fuertes antiguas, demasiado pesadas para que nadie se molestara en llevárselas. Toda la estancia estaba decorada con el decadente estilo de la Edad Dorada: columnas talladas, frisos y candelabros hechos polvo.

Ahora ya estaba cerca de aquel sonido pulsátil. Parecía provenir de detrás de una puerta con un ojo de cerradura muy anticuado, de aquellos por los que se puede fisgar de verdad. O sea, una cerradura de palanca. En otras circunstancias, un modelo semejante habría constituido un interesante rompecabezas, pero con Lynch y sus secuaces tan cerca, representaba un contratiempo.

Las ganzúas que llevaba encima no eran las adecuadas, cosa que implicaba una pesadilla de ángulos forzados y un exceso de presión. Me quedaron los dedos en carne viva. Por fin conseguí alinear las palancas y retiré el cerrojo.

Al entreabrir la puerta, el ruido me llegó como un brusco estallido y una oleada de luz se coló por la rendija, deslumbrándome unos segundos.

Ahora, de golpe, estaba demasiado cerca e incluso oía voces. Los gruesos muros de la cámara acorazada me habían hecho creer que me encontraba mucho más lejos.

Cuando mis ojos se adaptaron a la luz, la escena que contemplé me pareció surrealista. Me hallaba en la parte trasera de la antigua jaula de un casino, el lugar donde se cambiaba el dinero por fichas: un amasijo profusamente decorado de hierro forjado, madera y latón que ocupaba todo un lado de la sala de juego. Al levantar la vista, contemplé los techos abovedados del local, rematados en lo alto por una cúpula. Una cuarta parte del techo se había hundido y, más allá de las molduras y los frescos resquebrajados, asomaba el amoratado cielo del crepúsculo. Aún quedaban algunas mesas para jugar a los dados pudriéndose en el suelo, pero la hierba crecía alrededor de las zonas de juego y las flores silvestres brotaban aquí y allá. La cúpula debía de llevar décadas abierta.

Oía que había gente muy cerca. Yo estaba a cubierto tras el mostrador y una caja fuerte, pero podía atisbar entre los barrotes de latón y logré ver que, al fondo de la sala, estaban montados dos focos alógenos orientados hacia mí. Detrás de estos, un grupo de hombres —quizá diez— iban de aquí para allá afano-

215

samente, aunque yo no distinguía sus caras porque los focos me deslumbraban. En el suelo había docenas de cajones que se superponían, formando grandes pilas que sobrepasaban la altura de los hombres. Asimismo había guardias a uno y otro lado, armados con rifles de asalto.

El ronroneo del generador ahogaba en parte las voces, pero me pareció reconocer la de Lynch. Estiré un poco más el cuello para descubrir con quién estaba hablando, pero solo divisé siluetas. Me acerqué un poco más y conseguí descifrar lo que decía:

—No entiendo por qué no quieres darle un buen susto a la novia, ni por qué piensas que lo tienes a tu merced cuando él está tratando claramente de hacernos...

El otro lo cortó en seco:

—Muy bien. Muy bien. Tú diriges el cotarro.

Ese era el que estaba detrás de todo el asunto. Me trasladé a gatas un poco más lejos, desesperado por verle la cara al hombre que se había empeñado en buscarme la ruina. Ya habíamos estrechado mucho el cerco entre los tipos que podían estar detrás del caso de los fondos opacos. Nos faltaba muy poco. Me bastaría con identificar la voz para saber de quién se trataba.

Lynch se apartó unos pasos. El otro siguió inmóvil. Era una simple sombra recortada contra las luces. Si se volvía, o se movía medio metro, lo vería.

Avancé a gatas un poco más. Las tablas crujieron bajo uno de mis codos. Desplacé el peso. La madera crujió bajo mi pie.

—¿Qué ha sido eso? —gritó alguien.

—¡Allí!

Me eché hacia atrás.

Unos haces de luz rasgaron la penumbra, apuntándome. Los hombres se aproximaron corriendo.

216

Capítulo treinta y cinco

*F*ranqueé corriendo la puerta, la cerré de golpe, giré el cerrojo y retorcí una ganzúa dentro hasta romperla. Se veía luz al fondo y corrí hacia allí como un loco. A mi lado desfilaban a toda velocidad las paredes en ruinas del pasillo, así como una larga zona de salones de baile, de paredes de piedra y preciosos techos de madera vista. Trepé por un montón de escombros. Allí ya no había techo; el segundo piso se había desmoronado en buena parte. Me adentré en las ruinas. Los muros de piedra se alzaban a gran altura por encima de mi cabeza.

Ya había logrado sacar bastante ventaja a los guardias cuando, a lo lejos, sonó un estruendo y luego varias voces. El crepitar de los disparos llegó enseguida. Las balas rebotaban en los muros, rasgaban el aire y alzaban nubes de tierra y de polvo de mármol.

Crucé un gran arco de piedra reforzado con puntales mecánicos. Me detuve de golpe, volví atrás. Los aflojé y aparté, y salí disparado, esperando que se desmoronase lo que quedaba del piso superior. La piedra crujió; cayeron algunos pedazos de mampostería, pero nada más. Las balas silbaban junto a mí. Aceleré.

Llegué al final del corredor. Las macizas paredes se alzaban a cinco metros, y las ventanas estaban tapiadas con planchas metálicas. Un callejón sin salida. Lo único que podía hacer era volver por donde había venido, cruzando el arco cuyos soportes acababa de retirar.

Corrí hacia las balas, zigzagueando y agachándome. Oí cómo crujía el arco al fondo. Fantástico: la bóveda había decidido colaborar. Cayeron varios pedazos más de piedra. Esprinté directamente hacia allí, crucé el arco y doblé la esquina a toda máquina, mientras el techo se desmoronaba y las balas desgarraban el aire.

Se vino todo abajo. Me lancé en plancha y noté que las piedras me acribillaban las piernas y la espalda. Quizá no me había alejado lo suficiente. Me envolvió una nube de polvo, y la boca se me llenó de gusto a yeso. Me puse de rodillas y enseguida me lancé hacia delante, aguardando a que se desmoronase lo que quedaba.

Una pesada piedra me dio en la zona lumbar. Me tambaleé. Iba a acabar enterrado vivo en aquella montaña de escombros. Unos niños jugando al escondite encontrarían dentro de unos meses mi cuerpo hinchado y azulado. Seguí avanzando a gatas. El polvo me producía picor en los ojos. La lluvia de cascotes amainó. Eché a correr, me estrellé contra un muro y seguí adelante a tientas.

El ambiente se despejó. Los muros se iban reduciendo hasta convertirse en montones de piedras. Noté la tierra bajo mis pies; salté unos escombros y crucé los jardines hacia la valla.

Alguien, provisto de un rifle, debía de haberse unido a la fiesta, porque las balas silbaban cada vez más cerca, mostrando la mano diestra de un tirador que se tomaba su tiempo para apuntar, teniendo en cuenta la distancia y el viento que subía del río.

Giré la cabeza y distinguí los fogonazos en un alto ventanal.

Corrí. Frente a mí había una última valla metálica, y después ya venía la pendiente boscosa que bajaba al río. Di un salto, me agarré a la tela metálica y empecé a trepar.

Una bala rebotó por encima de mi cabeza, y produjo un chispazo. Seguí trepando, alcancé el borde de la valla y me lancé abajo. Los nudos de la tela metálica se me clavaron en las costillas. Perdí el control y aterricé violentamente en el otro lado, golpeándome el mentón con la rodilla. Me quedé unos instantes aturdido.

La cuesta caía bruscamente a mi izquierda.

Oía los disparos del rifle. Entonces sentí como un martillazo brutal en la región lumbar. Caí hacia delante, aunque me cubrí la cara en el último momento. Logré colocar los pies por delante, pero la pendiente era muy pronunciada, y yo resbalaba entre la tierra y la hojarasca. Se me cayó la pistola de la pretina del pantalón y rodó cuesta abajo. Di una voltereta y caí de espaldas.

Solté un gemido. El mundo se volvió de color rojo y se llenó de estrellas y destellos de luz. Bajé dando tumbos por una cornisa y acabé tendido boca abajo en el fondo de un barranco.

No estaba lejos del río. De mi pistola, ni rastro. Caminé cojeando entre los árboles hacia donde había dejado el coche. Al doblar una curva del río, divisé mi todoterreno. Gracias a Dios. Quizá consiguiera salir de esta. Eché a correr, pero se me agudizó el dolor en la espalda y tuve que seguir andando. Al acercarme, vi varias figuras con linternas. Habían encontrado el coche.

Las luces recorrían el bosque. Me oculté tras un árbol y esperé a que pasaran de largo.

Di media vuelta y eché a andar otra vez hacia el río, desgarrándome con los arbustos. El dolor me recorría la espalda a cada paso. No había nada en muchos kilómetros a la redonda, excepto esos tipos dispuestos a matarme. Mientras recorría una zona encharcada de agua fría, detecté los faros de un vehículo que bajaba por una pista. Me arrojé sobre el lodo y esperé. Pasaron los minutos. Un par de arañas salieron de debajo de las hojas que tenía junto a la oreja, y noté que alguna criatura provista de garras me rozaba las piernas. Aguanté.

El coche se detuvo. Las linternas atravesaron la maleza, iluminando la tierra húmeda alrededor de mi cabeza. Enterré la cara en el suelo, tratando de respirar por un lado de la boca.

No sé cuánto tiempo pasé así, notando cómo se me metían los insectos por el cuello y cómo me entraba el lodo en la oreja.

Las linternas se desplazaron hacia otro lado y volvieron a iluminarme un momento. El motor del coche rugió pero, al fin, se marcharon.

A cosa de un kilómetro río abajo, encontré un viejo cobertizo de pesca, cerrado durante aquella estación. En el riachuelo que discurría por detrás había un esquife abandonado, lleno hasta la mitad de un agua pardusca. Me subí y lo impulsé hacia el río. Dejé que me llevara la corriente mientras me desmoronaba boca arriba y miraba las estrellas, empapado, aterido y cubierto de mugre.

219

Notaba que me salía sangre de la zona lumbar y que su calidez se mezclaba con aquella agua asquerosa. Era consciente de que había recibido un tiro. Esperaba, sin embargo, que me considerasen muerto y rezaba para que no acabasen acertando.

Aquel tramo del río era ancho y tranquilo. El bote se enredó con un amasijo de árboles. Me impulsé con el pie. Un remolino me arrastró y me condujo a la orilla opuesta, en el lado de Virginia.

Salté al agua helada y subí trabajosamente por el terraplén. Me hallaba en una especie de parque. La sangre me bajaba por las nalgas y por una pierna.

Me llevé la mano atrás, palpé el chaleco con los dedos y encontré el orificio en la plancha metálica. La bala la había atravesado.

Los senderos conducían a una carretera rural. Saqué el móvil; le había entrado agua, pero todavía funcionaba. Probé con Annie. No respondía. Iba a llamar a mi padre, pero ese era el último recurso. Si el pobre no llegaba a tiempo a casa para recibir la llamada del toque de queda de la condicional, podían encerrarlo de nuevo.

Otra posibilidad era llamar a alguna puerta, pero no les hubieran faltado motivos para recibirme apuntándome con una escopeta. Tenía toda la pinta de un asesino fugado.

Sentí que me desvanecía y tropecé un par de veces. Estaba empeorando muy deprisa. Tenía que darme un descanso. Me refugié al amparo de unos árboles y me senté con la espalda apoyada en un tronco caído.

Necesitaba una ambulancia. Iba a llamar cuando recordé que los sanitarios estaban obligados a informar de cualquier herida de bala. No podía caer en manos de la policía. Me tendí boca arriba y respiré muy despacio. Nunca me había sentido tan extenuado, ni tan aterido. Se me cerraron los ojos y me desmoroné.

El dolor, la humedad y el frío ya no importaban. La inconsciencia cayó sobre mí como un velo. Me sumí en la oscuridad.

Capítulo treinta y seis

Sonaba un campanilleo. No sé si habría bastado para despertarme por sí solo. Pero, mientras yacía medio inconsciente en el suelo, me cayó una gota de lluvia helada en el oído y recuperé el conocimiento. Me castañeteaban los dientes. El campanilleo era el estridente timbre digital del móvil. Me incorporé, apoyándome sobre el tronco, y me eché hacia delante.

Tenía que seguir en acción.

Respondí al teléfono mientras intentaba ponerme de pie.

—Hola —dije.

—¿Mike?

—¿Quién es?

—Emily. Emily Bloom. Quería saber cómo te ha ido la reunión. ¿Estás bien? ¿Te llamo en un mal momento?

—Estoy en un aprieto —farfullé—. Si pudieras pasarte por…, no sé, creo que me hallo cerca de Herndon.

Me costaba respirar debido al dolor. Cada palabra me salía como un graznido.

—Suenas fatal. ¿Te encuentras bien?

—No.

—¿Estás herido?

—Sí.

—Estaré ahí en diez minutos.

No quería meterla en aquel lío, pero preferí no morir por un exceso de consideración.

—Gracias —musité.

—Dame una dirección.

Miré mi posición en el GPS del móvil y se la leí en voz alta.

ϒ

Mientras esperaba, llamé a mi padre.

—¡Eh! —lo saludé haciendo un esfuerzo para parecer un ser vivo.

—¿Qué tal, Mike? ¿Jack está bien?

—No he llamado. Quería preguntarte por aquel doctor que tú y Cartwright conocíais. El veterinario.

—¿Macosko?

—¿Podrías llamarlo y preguntarle si puedo pasarme por ahí esta noche?

—¿Qué ha ocurrido?

—Estoy bien. Solo necesito un remiendo.

—¿Cómo? ¡Ve a urgencias, joder! —gritó—. Tú tienes un seguro.

—No puedo.

—¿Por qué no?

—Es que me han… Solo un poco, pero me han disparado.

—No pueden dispararte un poco, Mike. ¿Qué demonios ocurre?

—Te lo contaré luego. Ahora no puedo hablar. Mientras, ¿quieres llamar a Macosko y preguntarle si puedo ir a verlo? Por favor.

—Voy a buscarte.

Él estaba por lo menos a media hora.

—Ya viene una amiga. Te llamaré si hay algún problema.

Durante unos segundos, no oí más que mis jadeos. Mi padre cedió:

—De acuerdo. Lo llamaré.

Hacía lo posible para mantenerme consciente, pero me sumí otra vez en la oscuridad, aunque caía una lluvia helada. Desperté, deslumbrado por los faros.

Era Bloom. Me preguntó qué había pasado, cómo había salido de la oficina del FBI y había acabado medio desangrado en la cuneta de una carretera secundaria. Pero yo no tenía fuerzas para explicar nada. Ella sacó del asiento trasero una bolsa grande de plástico, la abrió por los lados y la extendió en el asiento del copiloto.

—¿Te importa si me limito a descansar? —le pregunté—.

No quiero parecer desagradecido, pero ha sido un día muy duro.

—Claro —dijo—. ¿Vamos al hospital?

—No. —Revisé mis mensajes y le di una dirección a la salida de la autopista Lee.

Paramos a medio kilómetro de la calle principal, frente a un local con un letrero luminoso que decía Clínica Veterinaria NoVa.

El veterinario era amigo de Cartwright. Estaba en deuda con él, al parecer, por asuntos de juego u otros pecados, y era el recurso de urgencia para las heridas que preferías no tener que explicar a la policía. Había oído hablar de Macosko por primera vez cuando mi padre y yo nos metimos en líos con mi antiguo jefe.

La hemorragia era lenta, pero constante. El dolor se había mitigado un poco, o yo me había ido acostumbrando a él. Me hacía ilusiones de que la bala no me había entrado, de que la herida se debía únicamente a la fuerza del impacto. Cuando había intentado quitarme el chaleco, sin embargo, el dolor casi me había provocado un desmayo; por eso, todavía lo llevaba puesto.

Macosko nos recibió en el vestíbulo, con una taza en la mano. Llevaba unos pantalones de chándal y una camisa de franela.

—¿Un disparo? —preguntó sacando la bolsita de té y tirándola a la papelera.

—Creo que me ha dado en el chaleco —expliqué.

—Humm —murmuró.

Cruzó el mostrador de recepción, y Bloom y yo lo seguimos. Varios perros lanzaron dentelladas a los barrotes de las jaulas que había a lo largo del pasillo. Me hizo sentar en una mesa metálica. El consultorio tenía mejor aspecto que el último hospital en el que había entrado.

Macosko despegó las correas del chaleco y me quitó la parte de delante.

Apreté los dientes con fuerza.

—¿Todo bien?

223

—Ajá.

Intentó retirarme de la espalda la parte trasera con todo cuidado. Solté varias maldiciones.

—Ya veo —dijo.

—¿Qué?

—Tiene una herida bajo el chaleco. ¿Con qué le han disparado?

—Con un rifle, creo.

Preparó una aguja hipodérmica y me puso una inyección intravenosa.

—Esto le vendrá bien —dijo mientras empujaba el émbolo de la jeringa. Me recorrió una sensación de agradable mareo.

Cogió una gasa con unas pinzas y le dijo a Bloom que sujetara los hombros del chaleco. Todas las correas estaban sueltas.

—Quítelo cuando yo diga —le ordenó—. ¿Lista?

Ella lo sujetó.

—Ahora.

Bloom lo retiró de un tirón. Sentí como si me hubieran clavado un petardo encendido en la espalda. Solté un ronco gemido y me agarré al borde de la mesa. Sonó un tintineo sobre las baldosas. Me giré y vi una bala deformada de rifle rodando por el suelo y desapareciendo bajo un armario.

Noté que un fluido cálido me resbalaba por la espalda, hasta que Macosko me taponó con gasas el orificio que había dejado la bala. Eso me dolió todavía más que el tirón del chaleco. Como ya estaba demasiado agotado para gemir siquiera, apreté los dientes, me agarré con más fuerza a la mesa y sentí que me caían gotas por las mejillas.

—¿Ha llegado a entrar la bala? —pregunté.

—Sí y no —respondió mientras examinaba la herida después de ponerse las gafas de lectura—. Este tipo de proyectil penetra en la piel, aunque no profundamente, y arrastra con él el tejido del chaleco. Es como cuando un mago estruja un pañuelo en un puño. Tiene suerte de que haya visto tantas heridas de bala. La mayoría de los médicos darían por supuesto que la bala ha entrado, lo abrirían sin más y se pasarían un par de horas hurgando en su abdomen para encontrarla.

Dio una palmada en la mesa, indicándome que me tumbara boca abajo. Obedecí, muy despacio. Él se dedicó a coserme.

—No es tan serio como parece.

Casi sonaba defraudado. Bloom fue a recoger la bala y la examinó unos instantes.

—Parece un calibre del cinco cincuenta y seis. Has tenido suerte. Estas te tumban.

Macosko tardó diez minutos en ponerme los puntos; luego me dio unas pastillas. Me incorporé y miré el frasco.

—Son para perro —comenté.

—Es todo lo mismo —dijo—. Le servirán también si tiene sarna.

Miró a Bloom y preguntó:

—¿Usted es su esposa?

—No.

—Bueno, no es cosa mía. —Se puso a cargar el autoclave—. Pero este hombre —dijo señalándome—, tiene encima una dosis de caballo de oxicodona. Manténgalo en observación las próximas ocho o doce horas. Debería recuperarse sin dificultad, pero Dios sabe que me he equivocado otras veces.

Bloom me ayudó a caminar hasta el coche. Con la bala fuera y el efecto de los medicamentos, me sentía como un hombre nuevo.

—Deduzco que el encuentro no ha salido como estaba planeado, ¿no? —me dijo Bloom cuando subimos a su camioneta.

—No. Ahora lo único que necesito es llegar a casa y tumbarme.

—¿Annie está allí?

—No.

—¿Alguna otra persona?

—No.

—Entonces te vienes conmigo —determinó—. Por prescripción médica.

Capítulo treinta y siete

Me desperté y restregué la mejilla sobre las frescas sábanas, sobre el colchón más cómodo en el que había dormido en mi vida. Seguro que no era el mío.

En la cómoda había fotos de familia: esquiando en los Alpes, cabalgando en un paisaje que parecía Montana, celebrando una graduación en Stanford... En todas ellas, aparecía Emily Bloom.

—¡Oh, no! —mascullé por lo bajo.

La noche anterior estaba envuelta en brumas. ¿Qué demonios había hecho? Me di la vuelta y solté un grito de dolor. Por suerte, descubrí que estaba solo. Me quedé tendido y observé aquella habitación perfectamente ordenada. Me parecía inconcebible que una persona real pudiera vivir allí; me sentía como si me hubiera dormido en el escaparte de una tienda de muebles de lujo. Los recuerdos de la noche anterior se fueron aclarando en mi mente. Poco a poco fui reconstruyendo los hechos, el disparo, el motivo de que estuviera en la cama de una desconocida...

Bloom abrió la puerta de la habitación.

—Buenos días —saludó—. ¿Quieres un café? ¿Un analgésico?

—Las dos cosas, Dios te bendiga. Siento haberte sacado de tu habitación. Yo debería haber dormido en el sofá. ¿Me desmayé?

—Te merecías la cama. No te preocupes.

Me senté y bajé las piernas al suelo. Llevaba puesta una camiseta y unos pantalones de chándal de Bloom.

—¿Crees que te conviene moverte? —preguntó.

—Me siento bastante bien, considerándolo todo —contesté—. Gran parte del malestar que sentía se debía a la impresión de tener la maldita bala dentro y no saber lo grave que era.

Ella había dormido en la sala de estar y había venido de vez en cuando a ver cómo estaba. En la encimera de la cocina había una bolsa de *bagels* y café de Dean and Deluca.

—Bueno, ¿qué ocurrió? —quiso saber.

—La buena noticia es que casi llegué a descubrir quién nos está acosando a mi hermano y a mí: el gran jefe.

—¿Quién es?

—Esa es la mala noticia: que no lo sé. No paro de darle vueltas. Hay varios casos que tengo entre manos que podrían estar relacionados, es decir, varios tipos con los que tuve problemas en el pasado.

—¿Me hablas con reservas? De mí puedes fiarte, Mike.

—Realmente no lo sé. Debe de tener que ver con ese caso anticorrupción. Si pudiera acceder a mis archivos y revisar algunas muestras de audio, tal vez podría reducir la lista de candidatos.

—Te acercaste lo suficiente como para que te disparasen. Supongo que ya es algo. ¿Quieres contármelo?

—Todos los que se enteran de los entresijos de este caso acaban en el hospital, o en la morgue, o en el veterinario. De manera que te voy a ahorrar los detalles.

—¿Todavía tienes intención de acudir a los federales?

—Así empezó lo de anoche. Tienen contactos en todas partes.

—¿Te refieres a Lasseter?

—No. Hay alguien de mayor rango que él. Pero no digas ni hagas nada. A los informadores los matan; lo he visto con mis propios ojos. Prométemelo.

—Claro. Bueno, ¿y ahora qué?

—¿Me puedes llevar a casa?

Llegamos a mi calle en la camioneta de Bloom. Las ropas que llevaba el día anterior, cubiertas de lodo y sangre, las tenía en una bolsa de basura a mis pies.

227

Pese a los analgésicos, la espalda me dolía de mala manera. Al acercarnos a mi casa, vi dos coches conocidos: un Bentley de los años cincuenta y un Lexus descapotable. Eran de la abuela y de la tía de Annie.

Además, había una furgoneta sin ventanillas —el vehículo predilecto de los secuestradores— aparcada en el sendero de acceso. Si Lynch y su superior sabían que era yo quien había entrado en el casino, vendrían a buscarme con toda la caballería.

Puse la mano instintivamente sobre la navaja. Entonces observé que un camarero, vestido con camisa blanca y pantalones negros, salía del patio trasero llevando una bandeja vacía, y se metía en la furgoneta.

Emergió nuevamente con un surtido de canapés y aperitivos rematados con palillos. Aparcamos delante de casa. Bloom se bajó del coche al mismo tiempo que yo.

—Debes de estar un poco débil —dijo.

—Estoy bien —contesté. Sentía mucho dolor, pero me las arreglaba.

Annie estaba en el porche. Yo creía que no volvería hasta la noche, pero quizá me había confundido.

Si hubiera sabido que había regresado, no me habría presentado allí, tras pasar toda la noche fuera, precisamente con la mujer con la que juraba que no me estaba acostando. Y desde luego, no me habría puesto las ropas que Bloom me había prestado: una camiseta deshilachada de una escuela católica para chicas y unos pantalones de chándal rojos.

Mi novia me miró con una furia apenas contenida. Teniendo en cuenta las pruebas contra mí, no era demasiado castigo. Subí los escalones del porche. Después de lo sucedido la noche anterior, me alegraba de estar vivo, de poder abrazarla. Fue como si estrechara un roble entre mis brazos. Ella me apartó de un empujón.

—¿Pretendes tomarme el pelo? —me espetó.

Teníamos una nutrida audiencia de tías, primos y amigos en la ventana panorámica. Simulaban que comían canapés, pero no se perdían detalle del espectáculo del porche.

—Puedo explicártelo todo.

—Eres increíble.

—Intenté acudir al FBI, pero…

El padre de Annie salió al porche. Alcé las manos, exasperado. La cosa ya era bastante desagradable sin tener a Clark en primera fila contemplando cómo se desmoronaba mi vida.

—Tal vez podríamos hablar luego —dije a Annie—. He pasado una noche verdaderamente espantosa.

—A mí me parece una noche muy entretenida —replicó ella, mirando mis ropas y luego a Bloom, que se había quedado junto al coche. Echó un vistazo a su padre y se me acercó—. Por supuesto que hablaremos de esto luego. Vamos a celebrar un maldito simposio sobre el asunto. Ahora ponte presentable.

¿Acaso era hoy la fiesta de las damas de honor? ¿Y entonces la sesión de spa…? Tal vez tenía otras cosas en la cabeza, además del calendario social de Annie, pero es que daba la impresión de que hubiera una serie interminable de fiestas prenupciales, en las que las amigas y las mujeres de la familia la llenaban de regalitos, bebían *champagne* y se hacían vestidos de novia con papel higiénico. Resultaba difícil acordarse de todo.

Cuando menos, tener la casa llena de invitados me proporcionaba un indulto momentáneo. Miré otra vez a Annie.

229

—¿Por qué sonríes tanto? —me preguntó.

Yo no me había dado cuenta. Simplemente, estaba muy contento de verla, de saber que los dos nos hallábamos a salvo. Pero tenía que dejar de sonreír como el que acaba de pasar la noche de su vida.

—¿No estarás colocado? —me preguntó.

Sí, con pastillas para perro. Y con receta.

No le respondí. De repente toda mi atención se concentró en el coche que había aparecido por la esquina. Era un Dodge Charger. El sicario de Lynch, el de las gafas, estaba al volante, y lo acompañaban otros tres hombres.

El Charger paró en doble fila frente a nuestra casa, bloqueando el sendero.

—¡Ve adentro, Annie! —grité.

—¿Ahora quieres darme órdenes?

Le puse la mano en la espalda y la encaminé hacia la puerta principal. Bruscamente, los ciento diez kilos de futuro suegro se plantaron ante mí para proteger a su hija.

—No tengo tiempo de explicártelo ahora, Annie. Entra en casa. Esos hombres…

—Ya basta, Mike —explotó ella—. Sé muy bien lo que ocurre.

Se metió la mano en el bolsillo y sacó un abultado sobre con miles de dólares en billetes de veinte.

—La policía se ha presentado aquí, Mike, delante de toda mi familia. Han venido para llevarte a la comisaría e interrogarte por el asesinato del Mall. ¿Es que has perdido completamente el juicio? Eres abogado. No puedes andar por ahí robando o estafando a la gente, o lo que demonios os traigáis entre manos tú y tu hermano. Pensaba que eso estaba bien claro. No puedo creer siquiera lo que te estoy diciendo. Es como una pesadilla.

—Annie. Aquí no estás segura. Entra en casa.

—Tampoco puedo creer que me tragara ayer todas tus mentiras. ¿Has perdido a tu principal cliente y no me lo cuentas? ¿Quién es esta gente con la que andas? ¿Te ha metido tu hermano en una especie de…, de banda? ¿Estás en una jodida banda criminal?

Obviamente, ahora ya le tenía sin cuidado quien la oyera.

—Estoy intentando protegerte. —La cogí del brazo. Clark me puso la mano en el pecho.

—Basta —dijo Annie—. Deja ya de mentir, Mike. Y ella… —añadió mirando a Bloom—. Es evidente que te estás acostando con ella, así que no me insultes fingiendo lo contrario. Faltan dos semanas para nuestra boda. ¿Qué coño estás haciendo, Mike?

—Te juro que no ha pasado nada, Annie. Yo…

—Creía que amabas todo esto. —Señaló la casa, el impecable jardín. Reparé que su abuela nos observaba desde dentro y que estaba disfrutando la reprimenda.

No podía discutir ahora con Annie. No tenía tiempo. Lynch y sus hombres iban a venir a vengarse. Tenía que ponerla a salvo y tratar de salir vivo. Ya buscaría después el modo de explicárselo todo, de intentar que me perdonara lo imperdonable.

—Pero no eres capaz de soportarlo —continuó ella—. No puedes soportarme a mí. ¿Crees que esto tiene que ver con tu hermano? En absoluto. Lo estás utilizando a él como excusa para ensuciarte las manos, para alejarte a hurtadillas de mí cada vez que se presenta la oportunidad. Me dijiste que cambiarías, Mike. Pero ya no sé si eres capaz. Actúas como si todo esto fuera lo correcto, como si fuera un medio para un buen fin. Pero es tu familia entera. Lo llevas en la sangre. Eres uno de ellos. Un caso perdido.

Arrojó el dinero a mis pies.

—Mejor que lo haya descubierto ahora, antes de cometer el mayor error de mi vida. —Me dirigió una mirada que conocía bien. La mirada que intentaba ocultarme desde que me había visto matar a un hombre. Una mezcla de compasión, suspicacia y temor.

Se puso la mano en la frente y, suspirando, añadió:

—No puedo creer lo que estoy diciendo. Pero se ha terminado.

—Annie, por favor. Dame la oportunidad de hablar contigo. Pero ahora no. Ahora tengo que llevarte a un lugar seguro.

Intenté tocarla. Ella retrocedió. Su padre me cerró el paso, diciéndome:

—Creo que ya te ha visto tal como eres, Mike. Te sugiero que te marches.

—¿Yo? ¿Yo soy el puto criminal?

Me dije a mí mismo que no debía enfrentarme con él, porque esa reacción se volvería contra mí, me estallaría en la cara y serviría para dejarme como un ser mezquino. Pero estaba demasiado hecho polvo para lograr contenerme. La presencia de aquel engreído gilipollas en mi propio funeral y la hipocresía de su actitud fueron demasiado para mí.

—Yo seré una basura —dije acercándome a él—. Pero no soy un timador hipócrita cuya vida entera es una mentira.

Él meneó la cabeza.

—¿Nunca te ha parecido extraño, Annie? —dije—. ¿No crees que es raro que se haya llevado un quince por ciento de beneficios durante veinte años seguidos, pasara lo que pasara en los mercados? ¿O que un promotor inmobiliario de Londres acumulara un fondo de mil millones de dólares en pocos años, mientras todo el mundo tenía el dinero escondido bajo el colchón?

Annie bajó la vista. Estaba entrando en la fase «me avergüenzo de ti».

—Tu padre es un verdadero delincuente. Pregúntale sobre sus primeras operaciones en Londres. Pregúntale por las prácticas de acoso inmobiliario. Pregúntale por los incendios de Barnsbury.

Ella lo miró. Por un momento capté un destello de duda en su rostro y advertí que ella también se lo había preguntado en algún momento. Entonces me miró a mí. La había pillado.

—Esto es patético, Mike —musitó.

Yo era consciente de que no debería haber dicho nada.

Entonces sonó mi móvil de prepago. Era Lynch. Tenía que contestar: negociar al menos la inmunidad de Annie, aunque yo tuviese que pagar un alto precio.

—Un segundo —dije.

—¿Vas a atender una llamada en mitad de esta conversación cuando toda nuestra vida se viene abajo?

—Es una emergencia —me defendí—. Te lo juro.

Me alejé por el césped, enfurecido.

—Si usted o alguno de sus hombres se acercan a mi casa, le juro que lo mato —le solté al teléfono.

—Qué miedo —replicó.

Observé que su coche doblaba la esquina y se detenía. Lynch se bajó y caminó hacia mi casa.

Bloom había permanecido todo el rato junto a su camioneta, examinando el bordillo de la acera y haciendo lo posible para no avergonzarme de mala manera. Quizá se había quedado porque era evidente que yo necesitaría pronto un vehículo para salir de allí.

Entonces miré alternativamente un par de veces a Bloom y a Lynch.

Alcé mi teléfono. Marqué el número al que Lynch había llamado en la sede del FBI. Oí los timbrazos de la llamada en mi móvil. Pero no solo en este. Otros timbrazos les hacían eco.

Provenían del bolsillo de Bloom. Ella silenció su teléfono.

—No —masculló—. ¿Tú?

Me acerqué.

—¿Tú? ¿Qué demonios te he hecho yo?

Bloom dio unos pasos hacia mí y, rodeándome con el brazo, afirmó:

—Son meros negocios.

Abrí mi navaja y exigí:

—Haz que esos hombres se alejen de mi casa.

—Fantástico. Pero no creo que clavarme una navaja a la vista de todos vaya a dejarte en muy buen lugar ante Annie. ¿Ves aquella camioneta?

Miré más allá de mi casa: había un Chevy Suburban negro en la calle lateral; la ventanilla trasera estaba abierta.

Annie permanecía en el porche, consternada por el hecho de verme haciendo arrumacos con mi amante delante de la familia en semejante momento.

—Te diré lo que vamos a hacer —me susurró Bloom—. Tú le dices a Annie que te vas con nosotros porque se trata de una despedida de soltero. Luego te subes al coche y hacemos el trabajo. Y nadie sufrirá ningún daño. ¿Entendido?

—Ni se te ocurra amenazarla.

—No la he amenazado. No me parece que sea necesario. Pero si necesitas convencerte, hay un par de cosas que debes saber: Lynch tiene a un tipo ahora mismo en la casa de tu padre. Acabo de hablar con él. Está mirando cómo lee el periódico en la terraza. Además, en ese Suburban hay otro hombre. Ambos llevan radiotransmisores y rifles con silenciador, y ambos están a la espera de una sola palabra de Lynch. El cual, como tal vez hayas notado, se está volviendo cada vez más inestable. Me parece que es mejor no darle excusas. Tal vez solo ordene que la hieran; pero ya se sabe que un disparo nunca es del todo seguro. Podría ser muy bien que acabaran dejándola paralizada de cintura para abajo. O todavía peor, ¿sabes?

—No os atreveréis.

—Claro que se atreverá. Ya le has visto hacerlo. ¿Quieres que la ponga en su punto de mira para demostrarlo?

Miré otra vez a mi prometida y a nuestros horrorizados familiares. Estaba seguro de que si me iba con Bloom, aquello sería el final de lo mejor que me había ocurrido en mi vida. El precio era Annie. Nunca volvería a dirigirme la palabra, pero lograría que estuviera a salvo. Y eso era más importante que todo lo demás.

—Dile a Annie lo que acabo de decirte —exigió Bloom—. Y luego sube al coche. Una palabra de más y ellos apretarán el gatillo…

233

Eché un vistazo a Lynch: tenía el radiotransmisor en los labios, preparado para dar la orden. Di un paso hacia el porche.

—He de irme —dije a Annie—. No te lo puedo explicar. Ve a casa de tu padre.

—¿Qué estás diciendo?

—Lo siento, Annie.

—No se te ocurra —masculló. Percibí que apretaba los puños y tensaba la mandíbula.

Caminé hacia Bloom. Me volví hacia Annie por última vez. Era como estar al borde de un precipicio. Mi cuerpo se negaba a moverse. Tuve que obligarme a dar un paso tras otro. Bloom se sentó frente al volante, se inclinó y abrió la puerta del copiloto.

—Si te vas ahora, Mike —sentenció Annie—, esto es el final.

Yo me había sentido fatal a partir de la mañana anterior, cuando entendí que Jack había estado jugando conmigo desde el principio. Ahora, mientras la trampa se cerraba en torno a mí, me recorrió una profunda sensación de pena y vergüenza, algo así como la peor resaca que había sufrido jamás.

—Te quiero —dije, de pie frente a la puerta abierta.

Bloom me agarró del cinturón y me arrastró dentro.

—Vamos, Romeo.

Me pasó el brazo por los hombros, le sonrió a Annie a través de mi ventanilla y, dirigiéndole un gesto con la mano, me besó a continuación. Y arrancó.

Capítulo treinta y ocho

—Conque esa es Annie, ¿eh? —dijo Bloom, arrugando la nariz—. ¿Siempre tiene esa pinta? Parece un plomazo.

—Haz que se retiren tus hombres —le pedí.

Ella llamó a Lynch por radio y confirmó la orden. Comprobé a través del retrovisor que los coches se alineaban a nuestra espalda mientras abandonábamos el barrio.

—Mantén a tus enemigos cerca —murmuré meneando la cabeza.

—Algo parecido —confirmó Bloom.

—¿Quién te paga?

—Todo esto es cosa mía, Mike. Concédeme un poco de crédito.

—Chorradas.

—Bueno, piensa lo que quieras.

—Entonces, ¿estás con la policía y con los ladrones al mismo tiempo? —dije, y reflexioné un momento—. Me imagino que así las investigaciones te resultan mucho más fáciles. Bloom Security: siempre capaz de introducirse en el mundo del hampa, siempre capaz de maniobrar entre las naciones más corruptas de la Tierra. Y si los otros criminales te hacen la competencia, los denuncias y te pones unas cuantas medallas ante los cuerpos de seguridad.

—Ojalá fuese tan fácil —replicó—. Ya sabes cómo son estas cosas. No hay líneas claramente definidas. Unas veces somos malos que se hacen pasar por buenos; otras, buenos que se hacen pasar por malos. Y a veces nos ocupamos de los males necesarios que los chicos buenos no pueden llevar a cabo. La mitad del tiempo no sé bien qué mierda sucede. Me limito a cobrar el cheque.

—No pretendas presentarme todo esto como una sofisticada misión secreta. Eres una criminal.

—Si trabajas en este sector toda tu vida, descubres que esa distinción tan tajante sobre lo que es un criminal tiene cada vez menos sentido. Me imagino que eres capaz de entenderlo. Digamos que soy una pragmática, una especialista en buscar oportunidades. Es decir, una buena empresaria americana.

—Y una asesina, no se te olvide.

—No, no. Si te refieres a Sacks, soy una empresaria con ciertos problemas de control de calidad con uno de mis subcontratados.

—¿No te bastaba con tu herencia de miles de millones de dólares? ¿Todavía necesitabas más?

—No es por el dinero, Mike. Después de los primeros diez millones, ya sabe siempre igual. A partir de ahí, te preocupa que tus hijos no se estropeen con todo ese dinero a su alcance.

—Es evidente que papá Bloom hizo un gran trabajo contigo.

—Mi familia lleva mucho tiempo realizando este tipo de cosas. Hay que ensuciarse las manos. Estábamos perdiendo nuestro auténtico espíritu, convirtiéndonos en los criados de un puñado de firmas legales y fondos de alto riesgo.

—Una niña rica robando por la emoción que produce eso. ¿Qué puede haber más repugnante? Te gusta meterte en los bajos fondos, ¿no?

—Sí, en efecto. Y a ti también. Pero la cuestión era volver a adquirir la empresa. Tuve que revisar ciertas fuentes de ingresos que habíamos rechazado. Y es verdad, a veces me aburro. ¿Qué cosas deberían llenarme de excitación? ¿Asistir a cenas elegantes? ¿Comprarme otra casa en el Caribe? ¿Esforzarme de verdad para ganarme una palmadita del Consejo de Administración, esa pandilla de viejos que se repartieron el legado de mi familia y lo vendieron al mejor postor? Así es como soy. Y es un trabajo importante. No puedes controlar el mercado legal sin controlar el mercado negro. Hace falta un intermediario. Y ahí entramos nosotros.

—Pareces muy espabilada, pero estás completamente loca.

—Eso me han dicho. Son cosas de la época. El Gobierno lo ha subcontratado todo: las labores de inteligencia, los interrogatorios… Es una de las pegas de privatizar la seguridad. Acabas con un montón de complicaciones.

—Acabas con un montón de criminales a sueldo que hacen mejor que nadie las cosas peores. —Observé por el retrovisor los coches que nos seguían—. Todo muy interesante. Deberías escribir un artículo de opinión en el *Washington Post* cuando te hayas deshecho de mi cadáver.

Estábamos circulando cerca de la intersección entre la Beltway y la 395, una zona saturada de bloques de apartamentos recién construidos y de complejos de oficinas rodeados de pasos elevados y cruces en trébol.

—Me caes bien, Mike. Esto no es un secuestro —confesó, mientras aparcábamos en un garaje subterráneo—. Aquí tenemos un apartamento empresarial; muy bonito, por cierto. Considéralo como una reunión fuera de la empresa, una actividad para motivar al equipo. Simplemente, vamos a hacer el trabajo que accediste a realizar.

Los demás vehículos entraron en el garaje y aparcaron a nuestro lado. Lynch me registró minuciosamente, tomándose la molestia de hurgar brutalmente en los puntos todavía tiernos de la espalda. Después desfilamos hacia los ascensores.

Estábamos en un bloque completamente nuevo. Subimos en ascensor al duodécimo piso y entramos en un precioso apartamento de planta diáfana que parecía un piso modelo de la agencia inmobiliaria. Lo único interesante para mí era que había una máquina de café expreso empotrada en los estantes junto a la nevera.

—Bienvenido —dijo Bloom—. Y como creo que acaban de echarte de tu casa, puedes quedarte a dormir aquí hasta que vayamos a Nueva York a hacer el trabajo.

—¿El trabajo? Eres increíble. Acabáis de dispararme…

—… ni siquiera te entró la bala…

—… has amenazado a mi prometida…

—… exprometida…

—… y por poco matáis a mi hermano.

—Porque tú intentaste delatarnos, Mike. Todo lo cual son

buenos motivos para que colabores esta vez. Fíjate lo fácil que es.

Se acercó a la encimera de granito, cogió una manzana de un cuenco y le dio un mordisco.

—¿Y quién sabe qué saldrá de todo esto? —planteó—. Tú eres un tipo competente. Hasta ahora me has dejado impresionada. Sabes actuar como un criminal y también como un ciudadano honrado. Resulta divertido tenerte cerca. Ven a trabajar con nosotros, aunque ya lo has hecho, en realidad. ¿Qué problema hay? Somos delincuentes, Mike. No puedes cambiar de naturaleza. Deja, pues, de torturarte y disfrútalo. Ojalá me hubiesen dado este consejo hace quince años; me habría ahorrado un montón de tiempo y de dolor.

Me ofreció la manzana.

—Muy sutil —barboté.

—Estás cabreado —concluyó ella—, ya lo veo. Y esto no es la Unión Soviética. Tú decides.

—¿Cómo que yo decido? ¿Y si me niego?

Ella descartó la idea con un gesto.

—Mantengamos el espíritu positivo. Esa es la clave del éxito. Un día me hice esta pregunta: ¿por qué los policías y los ladrones tienen que dar vueltas y vueltas en un juego de suma cero? ¡Cuánto espíritu empresarial derrochado! Vamos a convertirlo en un juego en el que todos ganen. Vamos a engordar el pastel. Y ahora mismo, Mike —dijo señalándonos a los dos—, vislumbro un montón de sinergias. Centrémonos en ese aspecto de la cuestión.

Nunca me habían amenazado de muerte de una manera tan encantadora. Casi resultaba posible olvidar que se trataba de coacción a punta de pistola.

—Lamento cómo ha ido todo —añadió ella—. Esperaba atraerte sin tantas incidencias desagradables. Deberías reposar. Saldremos para Nueva York esta noche o mañana por la mañana. Y luego ya vendrá el Día Fed. Bien, ¿qué me dices? Mira, lo llevas en la sangre, igual que lo llevo yo. Por favor, deja de mentirte y sigue tus impulsos. ¿Estás con nosotros?

Meneé la cabeza.

—Tú no sabes una mierda sobre mí —dije.

—¿Ah, no? Sé lo que le pasó a tu padre, Mike. Tú sabes que

los ladrones poseen más sentido del honor que la gente legal. ¿Por qué molestarse en seguir sus estúpidas distinciones? No pretendas fingir que te conformas con el fútbol virtual y un par de sesiones de sexo rutinario al mes. Tú necesitas esto. ¿Aún no lo comprendes? Si tratas de vivir a medias, te morirás de aburrimiento.

Emily Bloom estaba formulando en voz alta los pensamientos que me mantenían muchas noches despierto, mirando el techo de mi casita de sueño americano: los pensamientos que me atormentaban cuando examinaba diseños de porcelana o escogía el anillo de oro que habría de lucir hasta mi muerte.

Las maniobras que había intentado contra ella y Lynch me habían servido solamente para mandar mi vida al garete y ganarme un orificio en la espalda. Ya solo me quedaba una posibilidad: la única opción era seguirles el juego. Podía llevármelos a todos por delante, pero yo también caería con ellos, y primero tenía que dar el golpe.

—De acuerdo —acepté.

—Magnífico.

—Necesitaré ayuda —dije.

—Jack entrará contigo. Estará preparado. Es justo que él también se la tenga que jugar.

—Necesito varias cosas. Tarjetas de identificación y demás. Antes de irnos a Nueva York, he de ver a mi gente para recogerlas.

—Dime sus nombres —pidió Emily.

—Un tipo llamado Cartwright. Y mi padre. No creo que esté todo listo hasta esta noche.

—¿Tu padre?

—A nadie se le dan mejor los documentos.

—Nosotros iremos a recogerlos.

—Podrían ponerse nerviosos. Mejor que vaya yo…

—Ni hablar.

—Entonces telefonéales antes de ir. Te daré los números.

—Claro. ¿Necesitas algo más? ¿Un desayuno?

—No tengo hambre. Pero sí hay una cosa. ¿Sabes esas tarjetas cifradas que llevan los empleados de la Fed? Creo que funcionan con un sistema llamado Fortezza.

—Claro.

—¿Me puedes conseguir una? No hace falta que funcione, pero ha de parecer auténtica.

—No hay ningún problema —dijo yéndose hacia la puerta.

Bloom me había tendido una trampa en aquel callejón cuando apareció de improviso para salvarme de las garras de Lynch. Era un ardid para que confiara en ella, la buena samaritana de la estafa. Así podría pararme los pies cuando yo tratara de recurrir a la justicia. También me había engañado en el Four Seasons. Debía de saber que Annie nos vería. Y esta mañana había hecho todo lo posible para provocar una ruptura irremediable entre mi prometida y yo. Me habría gustado creer que era irresistible y que las mujeres se me disputaban, pero tenía que haber alguna intención más. ¿Por qué dejarlo todo completamente arrasado? ¿Para que ya no me quedase una vida lícita a la que regresar?

—Dime una cosa —exigí—. ¿Por qué yo? Lo más seguro es que tú tengas media docena de equipos capaces de dar un golpe como este. ¿Por qué reclutar a un aficionado? ¿Por qué soy tan jodidamente especial?

—No te menosprecies, Mike —respondió ella—. Tú eres el hombre adecuado para este trabajo. Ya te lo he dicho antes. Es cuestión de negocios.

Abandonó el apartamento con sus hombres, cerrando por fuera con llave.

Capítulo treinta y nueve

$\mathcal{M}$e asomé al abismo de doce plantas, sujetándome férreamente a la barandilla que tenía a mi espalda. La idea me había parecido mucho más buena mientras la planeaba por la tarde. Me encontraba en el borde de la terraza, al otro lado de la barandilla, como un niño demasiado asustado para zambullirse en el agua y seguir a sus amigos. Me giré, me sujeté a los barrotes verticales e inicié el descenso. Colgado de la base de la barandilla, mis pies quedaban todavía a quince centímetros de la barandilla de la terraza de abajo.

Aunque esto era mejor que permanecer encerrado en aquella habitación, sintiéndome paralizado e incapaz de pensar en otra cosa que no fuera que había perdido a Annie para siempre.

Afuera, el tipo de las gafas vigilaba la habitación, apostado junto a la puerta. Había intentado embaucarlos diciendo que necesitaba los utensilios y mapas de mi despacho para ejecutar el golpe. Pero ellos habían entrado en casa la noche anterior, porque todo el material de mi despacho estaba en el bloque de apartamentos, metido en los archivadores de una habitación situada al fondo del pasillo.

Al parecer, tenían controlada toda la planta. Por mi parte, había oído que el inquilino del piso de abajo se había pasado la tarde entera mirando partidos de baloncesto. Después de cenar, cuando su apartamento quedó en silencio y me percaté de que no tenía luces encendidas, salí sigilosamente a la terraza, que estaba metida en un hueco del flanco del edificio.

No pretendía escapar, pero me hacían falta algunas cosas

antes de que nos dirigiéramos a Nueva York, y ahora parecía el único momento adecuado.

Solté la mano derecha de la barandilla y me agarré del borde de cemento del suelo de mi terraza. Con la punta del pie derecho casi rozaba abajo. Bajé la mano izquierda. Ahora tenía las puntas de los pies sobre la barandilla inferior, pero me hallaba inclinado hacia atrás, asomado al vacío. Un viento frío soplaba en mi espalda.

A causa de la tensión, se me desgarraron los puntos. Tenía las manos húmedas de sudor, de manera que las puntas de los dedos se me escurrían del borde de la terraza. Solté la mano izquierda y me bamboleé hacia atrás, hacia la acera de cemento de la calle cincuenta metros más abajo. Apoyé de nuevo esa mano y la deslicé por el suelo de mi terraza, inútilmente porque ya me estaba cayendo, y luego por la pared lateral de ladrillo de la terraza inferior.

Ese contacto me proporcionó el impulso que necesitaba. Intenté agarrarme, encontré asidero en la superficie de mortero e, impulsándome hacia delante, salté a la terraza del vecino de abajo.

Las puertas correderas de cristal son fáciles. Como se instalan alzándolas y metiéndolas en el raíl, se pueden franquear subiéndolas y sacándolas fuera. Si este sistema no funciona, siempre cabe la posibilidad de golpearlas con cuidado con un ladrillo. Pero allí arriba, en el undécimo piso, el tipo ni siquiera se había molestado en cerrarlas.

Entré. Era el típico apartamento de un adicto al trabajo del DC. Los muebles eran alquilados. Distinguí grandes cajas de mudanzas llenas de trajes colgados, y un cuenco y un vaso secándose junto al fregadero.

En el rincón había un escritorio con un montón de documentos. Miré alrededor. El inquilino estaba fuera, por ahora. Levanté el auricular y llamé a mi padre.

—Hola, papá. Soy Mike.

—¿Te encuentras bien? ¿Qué demonios ha pasado en tu casa?

—Estoy un poco molido, pero bastante bien en conjunto. No tengo mucho tiempo. ¿Puedo pedirte un favor?

—Te lo ruego. Detesto ser el único Ford que no ha acabado en el hospital esta semana. Tenías que haber pedido ayuda, Mike.

—No permitiré que te vuelvan a encarcelar, papá. Lo tengo controlado.

—Es evidente.

—He de darme prisa. Seguramente, te llamarán unos tipos. Te pedirán varias cosas para el golpe. Todo controlado. ¿Puedes pedirle las placas de identificación a Cartwright y dárselas a ellos? ¿O traérmelas tú mismo si te lo permiten?

—Claro.

—¿Y podrías colar disimuladamente un par de cosas más en el paquete? Por si acaso. Me temo que van a tenderme una trampa después del golpe.

—Dime dónde estás, Mike, y te sacaremos de ahí.

—Tienen todo un ejército, papá. Se lanzarían sobre vosotros. Yo tengo un plan. Pero ahora no me queda tiempo. Has de confiar en mí. Quiero hacer el trabajo hasta el final. Es la única salida.

Discutimos un rato, pero acabó cediendo.

—Está bien —dijo—. ¿Qué necesitas?

—Ganzúas. Se me han roto las mías. No hace falta que las escondas cuando hagas el paquete. Les diré que son para la Fed. Pero necesito que disimules junto con las ganzúas una cuchilla de afeitar y una llave para esposas. Que no sea metálica, a poder ser. ¿Crees que podrás arreglártelas para que no las encuentren? Lo más probable es que revisen el paquete.

—Me he pasado en la cárcel dieciséis años, Mike. No encontrarán nada. ¿Estás decidido a hacerlo?

—No me queda más remedio. De lo contrario, matarán a Annie. También irán a por ti. Y pueden colgarme un asesinato.

—Pero ahora sabes demasiado. No permitirán que te largues sin más. No tiene ningún sentido toda esta historia. ¿Por qué utilizar a un tipo que los odia y que se muere de ganas de volverse contra ellos para que les consiga lo que necesitan?

—Deben de tenerlo todo previsto. O me echarán toda la culpa o me matarán después del golpe.

—¿Cuál es tu plan?

—Voy a cambiarles las cifras. Voy a derrotarlos en su propio juego. Tal vez lo estén esperando. He de confiar en que mis trampas sean mejores que las suyas.

—¿Jack está al corriente?

—No se lo he contado.

—¿Piensas hacerlo?

—Él me ha estado engañando todo el tiempo.

—Jack no es malo —dijo mi padre, afligido—. Pero a veces lo parece.

—Quizá es el seguro con el que ellos cuentan. Él me estará observando allí dentro y me traicionará si intento algo.

—¿Lo crees capaz de llegar tan lejos?

—Han estado a punto de matarlo. Indudablemente, eso no formaba parte de sus artimañas. Ahora, o está muerto de miedo y hará todo lo que ellos quieran; o está asustado y cabreado y hará cualquier cosa para desquitarse.

—No sé qué aconsejarte, Mike. Eres un buen chico, y eso acaba siendo mortal en este mundo.

—Yo quería creer que conseguiría que nos reuniéramos todos de nuevo, que recuperaría a Jack y lo ayudaría a solventar sus problemas. Quería creer que él podía cambiar, ¿sabes?

—Tú no puedes salvarlo, Mike. Ha de salvarse él por sí mismo. Y tú tienes tu propia vida. Que él caiga no significa que tú también hayas de caer.

—Gracias. Me he escabullido para buscar un teléfono. He de salir corriendo. Pero te quiero. Ojalá nos veamos esta noche.

—Yo también a ti.

Capítulo cuarenta

$\mathcal{M}$e senté frente al ordenador del apartamento vacío. Era un ThinkPad. La pantalla de acceso me pedía la huella dactilar. Pulsé el botón de encendido y reinicié el ordenador en modo de recuperación. Desde la pantalla con símbolos del sistema, puedes modificar los archivos del sistema operativo.

Si pulsas cinco veces la tecla de mayúsculas en un ordenador con sistema Windows, entran en acción las llamadas «teclas especiales». Es una utilidad concebida en principio para ayudar a las personas discapacitadas a mantener pulsadas ciertas teclas, como la de Control. Pero, además, es un agujero de seguridad.

Desde el modo de recuperación, reemplacé en el sistema principal el programa de teclas especiales por la función «comando ejecutar» (cmd.exe). Reinicié el ordenador y, cuando apareció la pantalla de acceso, pulsé mayúsculas cinco veces. En lugar de las teclas especiales, surgió una línea de comando en el sistema operativo principal y, desde ahí, ya solamente tuve que introducir un comando para rehacer la clave de acceso.

Una vez dentro, me metí en Internet, accedí a mi carpeta Dropbox y saqué dos falsificaciones en las que había estado trabajando desde la primera vez que había hablado con mi padre acerca de cambiar las cifras. Las había diseñado a partir de otras directivas anteriores de la Fed, reproduciendo el formato y el lenguaje de los documentos oficiales, incluido el membrete y el rótulo «Clase I FOMC–Acceso Restringido (RF)» impreso en lo alto de la página.

Necesitaba esas falsificaciones para dar el cambiazo. Una

directiva ordenaba a la oficina de compraventa que pisara el freno, que diera paso a que las tasas de interés subieran y que redujera los programas especiales de estímulo de la economía. La otra directiva ordenaba que se mantuviera el acelerador a tope.

Descargué un programa de edición fotográfica de código abierto y manipulé los filtros hasta encontrar uno que le confiriera al documento el aspecto de una mala fotocopia. Una vez conseguida la calidad granulosa de un fax, entré en Google imágenes, hallé algunos faxes escaneados y recorté rótulos de fecha y hora. Los pegué en lo alto de mis falsificaciones para que pareciera que habían llegado a las doce y cinco de la mañana del martes, hora en que la directiva sería enviada efectivamente a Nueva York.

Imprimí, pues, las dos versiones. Ahora, fuera cual fuese la decisión del comité, podría colarles a Lynch y a Bloom una falsificación que dijera lo contrario. Ellos invertirían de modo totalmente equivocado, y así conseguiría destruirlos.

Lo cual significaba, por supuesto, que tenía que ejecutar el golpe y robar primero la auténtica directiva.

Imprimí una copia más de cada versión, por si acaso. Cuando la última página salía de la impresora, oí las puertas del ascensor al fondo del pasillo.

Borré todo lo que había descargado en el ordenador y lo cerré. Recogí las hojas. El legítimo inquilino del apartamento estaba hurgando con la llave en la cerradura. Salí disparado a la terraza justo cuando se abría la puerta, y conseguí cerrar casi del todo las puertas correderas.

Me escondí en un lado, pero a pesar de todo se me veía desde la mitad del apartamento. El individuo encendió el televisor y puso un programa de información deportiva. Me aventuré a echar un vistazo. Con las luces encendidas, él solo debía de ver su propio reflejo, pero yo me sentía igualmente expuesto. Fui cerrando la puerta corredera centímetro a centímetro, temiendo que me delatara algún chirrido y que el hombre me sorprendiera ahí fuera.

Posiblemente, no debiera haberme preocupado tanto. Eché otro vistazo. El tipo se estaba comiendo un burrito en el sofá mientras leía un enorme montón de documentos legales. Le vi dar un mordisco al papel de plata, hacer una mueca y apartarlo para seguir comiendo con aire ensimismado La mitad de mis compañeros de la universidad eran así: vivían encerrados en un apartotel o un apartamento de empresa, justo enfrente de los tribunales o de los archivos de los juzgados, trabajando entre doscientas veinte y doscientas cincuenta horas al año, exprimiendo cada minuto de vigilia y durmiendo cuatro horas diarias. Lo más probable era que el individuo no se hubiera dado ni cuenta si me hubiera sentado a su lado y me hubiera comido sus nachos con guacamole.

En fin, tal vez corriera un peligro mortal, pero por lo menos ya no era un triste asociado.

Cerré completamente la puerta corredera, doblé las hojas por la mitad y me las metí en el bolsillo trasero. Apoyándome en la pared, puse un pie en la barandilla y me subí a ella. Me agarré a la pared con la mano izquierda y pivoté sobre la barandilla. Luego me incliné hacia atrás, sobre el vacío, todavía con la mano izquierda en la pared de ladrillo y presioné con la derecha el límite de mi terraza.

Las piernas empezaron a fallarme. Estaba perdiendo el equilibrio. Me impulsé hacia delante con la mano derecha y alcé la izquierda para cogerme del suelo de la terraza de encima. Al ponerme de puntillas y agarrar el borde de cemento de arriba, el peso de mi cuerpo provocó que los dedos de la mano derecha retrocedieran.

Me apresuré a situar esa mano en un asidero más firme, trepé con las piernas por la pared de ladrillo y metí un pie entre la barandilla y el suelo de mi terraza. La herida de la espalda me dolía horrores. Alcé las caderas hasta el reborde de cemento. Desde ahí, fui subiendo con las manos por los barrotes, coloqué los dos pies en el borde y me impulsé por encima de la barandilla.

Mientras me sentaba en la terraza y recobraba el aliento, oí que llamaban a la puerta de mi apartamento.

Mi guardián entró y miró alrededor, nervioso. Di unos golpes en el cristal. Se acercó, abrió la puerta corredera y asomó la cabeza.

—El jefe ha hablado con su gente. Las cosas no estarán listas hasta mañana por la mañana.

247

—De acuerdo.

—Hace mucho frío ahí fuera.

—Me agobia el encierro. ¿Podría traerme un libro titulado *Cerraduras, cajas fuertes y seguridad* que está en esas cajas, al fondo del pasillo?

—Sí. ¿No entra?

—Dentro de un minuto.

Él me miró como si estuviera chiflado y cerró la puerta.

Me senté con la espalda apoyada en la pared de ladrillo. Toqué el vendaje y di un silbido. Se me debían de haber abierto varios puntos. Ahora tenía lo que necesitaba para destruir a Lynch y a Bloom, pero había perdido la oportunidad de llamar a Annie.

Mi padre entregó el paquete a la mañana siguiente. El tipo de las gafas me lo trajo todo al apartamento. Las placas de identificación estaban bien; pasarían sin duda una inspección visual rápida.

—También había estas herramientas —dijo mostrándome un estuche de cuero negro: las ganzúas.

Extendí la mano.

—Solo puede tocarlas bajo vigilancia.

—Muy bien —acepté—. Tráigame un par de cerraduras para prácticas: la Schlage Everest y la ASSA V-10.

Regresó al cabo de diez minutos con los cilindros de prácticas y me los dio junto con las ganzúas.

—Las he contado, conque no intente ningún truco —me advirtió.

Me senté a la mesa y abrí el estuche. Había quince ganzúas y llaves de tensión. Volví a examinar el estuche. Ni rastro de la cuchilla de afeitar ni de la llave para esposas.

¿Las habrían encontrado?

Al observar más de cerca las ganzúas, detecté un símbolo diminuto grabado en la superficie de acero que no había vuelto a ver desde que era un crío: un cañón cruzado con un martillo, el emblema de la Fundición Ford. La empresa había pertenecido a la familia durante varias generaciones, hasta que se la arrebataron a mi padre mediante una argucia legal. Fue al tratar de desquitarse del hombre que lo había arruinado cuando se inició en los timos. La fecha que figuraba en la marca era 1976. Aquellas serían algunas de las últimas piezas que se habían fabricado en la Fundición Ford. Yo reconocía fácilmente las que había hecho mi padre; eran unas ganzúas preciosas, trabajadas y pulidas a mano.

Palpé los mangos de plástico duro. Parecían extraños, baratos e inadecuados.

Para el típico espectador de deportes, el arte de abrir cerraduras es menos emocionante incluso que practicar la pesca en hielo. Por ello, después de verme trabajar los cilindros durante unos veinte minutos, el tipo de las gafas se dedicó a entretenerse con un videojuego de su teléfono móvil.

Entonces pude examinar con más atención los mangos de las ganzúas. Cogí una de doble bola, introduje la uña en la juntura del mango y presioné. El plástico se desplazó. Era un tapón. Lo quité con delicadeza e incliné la ganzúa. De un hueco perfectamente formado en el plástico, salió una delgada cuchilla. La palpé. No era metálica; sería de cerámica. La dejé caer al suelo y la empujé debajo de la alfombra con el pie.

A continuación, revisé las demás ganzúas y encontré una juntura apenas visible en el mango de una de ellas para cerraduras «wafer». Retiré del todo la funda de plástico de la parte metálica. Era como un cilindro corto, de unos dos centímetros y medio de largo, y, una vez separado, detecté que asomaba por un lado una lengüeta cuadrada, de tres por cuatro milímetros, que podía sacarse. Era una llave para esposas. En el otro extremo tenía dos muescas lo bastante anchas para introducir una uña, un alfiler o una cuchilla, y hacerla girar. Las llaves para esposas en Estados Unidos son universales. Si mi padre tenía las medidas correctas, aquella llave abriría las esposas principales: Smith & Wesson, Peerless, ASP, Winchester y Chicago.

El viejo había aprendido mucho en la cárcel.

Separé la llave, volví a colocar la parte restante del mango y encajé este en la ganzúa. Tenía el mismo aspecto que las demás. Dejé caer la llave y la empujé también bajo la alfombra.

Con mis objetos de contrabando a buen recaudo, me concentré en las cerraduras, más que nada para mantenerme ocupado y no pensar demasiado en lo que me esperaba: necesitaba olvidar que iba a dar un golpe en la Reserva Federal de Nueva York y que una vez realizado, probablemente, sería ejecutado.

Conseguí abrir la barra lateral de la ASSA. La Everest seguía dándome guerra. No importaba. Las herramientas para salir de la cárcel que tenía bajo la alfombra eran lo único importante.

Al cabo de dos horas, mi guardián dijo que era hora de comer y recogió las ganzúas y las cerraduras. Trajeron unos sándwiches. Una vez solo, me até los cordones de los zapatos cerca de la alfombra, interponiendo el cuerpo entre mis manos y los lugares donde era más probable que Bloom hubiera instalado una cámara. Me escondí la cuchilla y la llave en la palma de la mano y entré en el baño. Me habían traído unas mudas de ropa. Deshice algunos pespuntes de la camisa que llevaba puesta, y colé la cuchilla en la tira frontal de los ojales y la llave cilíndrica en el puño.

Revisé otra vez las copias falsificadas de la directiva: dos versiones distintas, dos copias de cada una. Ya estaba a punto para ir a Nueva York.

Capítulo cuarenta y uno

*B*loom nos alojó (supongo que «encarceló» sería una palabra más adecuada) en otra suite empresarial de Manhattan. Era como un *American Pyscho* de lujo, a base de vidrios, cromados y muebles de cuero negro, y un televisor tan enorme que parecía un monolito presidiendo la estancia.

Los teléfonos no funcionaban; las puertas estaban cerradas por fuera y, aunque hubiera conseguido franquearlas, había tipos armados en cada extremo del pasillo.

Tampoco es que quisiera salir. Ya no me quedaba otra tarea pendiente que vengarme. Iba a hundir las garras en el corazón del montaje dirigido por Bloom y lo haría saltar por los aires. Me moría de ganas de que se iniciara el golpe.

La televisión estaba puesta en el canal Bloomberg de noticias. Los temas principales esta noche, igual que durante toda la semana, eran la reunión del FOMC[5] de Washington, y si los presidentes discrepantes de la Fed conseguirían acabar con las políticas de estímulo monetario.

Llamaron a la puerta. Fui a abrir. Era Jack, flanqueado por el tipo de las gafas y el irlandés de aquella primera noche.

Me acerqué a mi hermano. Los dos tipos se pusieron en guardia, dispuestos a abalanzarse sobre mí si lo atacaba.

Sonreí y lo abracé. Necesitaba ayuda. Necesitaba a mi hermano.

5. Comité Federal de Mercado Abierto, nombre oficial del comité. *(N. del T.)*

—Tienes buen aspecto —le dije. Apenas se le veían los puntos bajo el cabello—. ¿Qué tal la herida?

—Se puede soportar, a menos que me roce con algo. Todavía estoy un poco flojo. ¿Y tu espalda? —preguntó.

—Me duele de mala manera. Formamos un gran equipo.

—Lo lamento.

Toda aquella operación me había tenido a mí como objetivo desde un principio. Jack había sido reclutado como un medio para alcanzar un fin; era una víctima colateral, y yo no podía evitar sentir una pizca de compasión por él. De hecho, actuar amigablemente con Jack era una parte fundamental de mi plan.

—¿Nos ponemos manos a la obra? —planteé.

—Claro —dijo.

Lo conduje hasta la mesa de la cocina, donde tenía extendidos los planos de las entradas de la Fed y de la oficina de compraventa. Examiné las fotos fijas de mis cámaras y comprobé las rutinas diarias. La gerente colgaba todos los días el bolso, donde guardaba la tarjeta cifrada, en el mismo gancho. Sin esa tarjeta, todo el plan fracasaría. Teníamos que ensayar, y yo debía darle a Lynch unas clases básicas sobre mis programas maliciosos. Necesitaríamos que esos virus provocaran un fallo informático para poder entrar en la suite ejecutiva.

Como teníamos trabajo de sobra para mantenernos ocupados, mi hermano y yo logramos dejar casi todas las cuentas pendientes de lado. Llenamos las horas preparando el golpe. Era un alivio, porque si empezaba a hablar con él de lo sucedido, o simplemente pensaba demasiado en ello, me temía que acabaría matándolo o perdonándolo. No sabía muy bien qué era peor.

Cada vez que el guardián se alejaba y no podía oírnos, Jack se inclinaba sobre la mesa para hablarme por lo bajo.

—No consentirán que salgamos bien librados, Mike —me susurró una de las veces—. Nos están tendiendo una trampa. Necesitamos un plan, un modo de contraatacar, de escapar de sus garras.

—No te preocupes. Tú concéntrate en esto. —Señalé el mapa en el que había trazado la ruta que seguiríamos por la Fed y las posibles vías de salida—. Todo saldrá bien.

Él no estaba satisfecho.

En la siguiente ocasión, volvió a la carga:

—Se van a deshacer de nosotros después del golpe.

—Lo tengo controlado, Jack. No te saques nada de la chistera. Sólo conseguirás que te maten. O que me maten a mí.

—Pero ¿cómo lo vas a conseguir? —El pánico se hacía más evidente en su mirada a medida que se acercaba el momento. Daríamos el golpe en el banco dentro de doce horas.

—Lo tengo calculado…

A todo esto, se abrió la puerta y entró Lynch.

Jack y yo nos erguimos de inmediato.

—¿De qué estáis hablando, chicos? —preguntó. Estaba seguro de que tramábamos algo.

—De las rutas para escapar —respondí.

Él nos estudió con desconfianza, le gritó al tipo de las gafas que saliera del baño y nos vigilara más de cerca, y se largó.

No tuvimos más ocasiones de hablar a solas antes de que nos separasen aquella noche. Yo sabía que Jack estaba urdiendo algo y que intentaría sonsacarme sobre mi verdadero plan. Contaba con ello.

253

Capítulo cuarenta y dos

El día del golpe

*N*o había dormido en toda la noche y no había hecho más que mirar por la ventana esa luz grisácea que en Manhattan pasa por oscuridad. Me levanté, me duché y me vestí, y miré cómo se cubría el East River de crestas blancas bajo el viento racheado.

¿Por qué iban a por mí? Esa pregunta no me abandonaba.

«Jodiste al tipo equivocado», había dicho Lynch. Y mientras revisaba por enésima vez las directivas falsificadas, llevando insertados en la ropa el diminuto cilindro y la cuchilla, comprendí quién estaba detrás de todo aquello.

Lynch llamó a la puerta. Estábamos preparados. Yo era consciente de que me dirigía a una trampa, pero, sabiendo lo que sabía, y después de tanto tiempo aguardando presa del miedo, ahora me sentía más aliviado que nunca en mi vida.

Nos dirigimos a Maiden Lane en una furgoneta negra. Los rótulos laterales decían que pertenecía a un servicio de mensajería. Lynch iba al volante. Siempre conducía él. El irlandés iba a su lado. El de las gafas estaba sentado en el banco de la parte trasera, observándonos a nosotros dos. Primero nos detuvimos en un restaurante tailandés, pues el hombre ya había hecho el pedido aquella mañana.

Gafotas se bajó y fue corriendo a buscar la comida. Jack y yo nos quedamos solos en la parte trasera.

La radio estaba encendida: «... los mercados están revueltos y el volumen de contratación alcanza niveles sin precedentes mientras Wall Street aguarda los resultados de la reunión de la Fed en Washington...»

Llevábamos radiotransmisores para conectar con el equipo de Lynch y enviar mensajes a los puestos de observación y recibirlos. Pero era imposible llamar con ellos a una línea exterior.

La tapadera que teníamos para la primera fase —cruzar los controles de seguridad—, era que Jack y yo íbamos a reunirnos con el equipo de Recursos Humanos en calidad de representantes comerciales del gimnasio. Yo llevaba una carpeta de materiales promocionales, ocultando mis ganzúas en el lomo.

Para actuar en la oficina de compraventa, Jack llevaba un portátil en una mochila. Yo había escondido la falsa tarjeta cifrada y un potente imán en el receptáculo, ahora vacío, del DVD del ordenador. Así pasarían sin problemas por el detector de metales.

Al acercarnos a la Reserva Federal, Jack me miró. Mi hermano siempre había proyectado una irritante seguridad: la convicción de que, aunque hubiera ido demasiado lejos o cometido un montón de errores, él saldría ileso. Ahora, sin embargo, después de tantos años, esa seguridad se había esfumado.

Me avergüenza confesar la satisfacción que me provocó observarlo, percibir cómo comprendía que esta vez no sería tan fácil salir bien librado. Lo único que le quedaba era el miedo puro y simple.

—Nos van a joder bien jodidos —susurró.

—Sí, es cierto —contesté—. No sé si nos harán cargar con toda la culpa o, sencillamente, nos matarán.

Él tragaba una y otra vez, con la boca seca.

—Yo voy a echar a correr, o voy a entregarme a la policía...

—Ni se te ocurra. Irán a buscar a Annie y a papá. Tenemos que apechugar.

—Yo no puedo. La he cagado del todo, Mike. Estamos perdidos...

—Todavía no. Ya te lo he dicho. Tengo un plan.

—¿Qué plan?

—Parece que tenéis muchas ganas de hablar ahí detrás

—gritó Lynch a través de la partición metálica que separaba la cabina de la zona de carga.

—Estamos repasando los detalles —dije.

El tipo de las gafas volvió con la comida y la dejó a nuestro lado. Oí que Lynch decía algo al irlandés.

Miré las bolsas del restaurante y revisé el pedido.

—Muy bien. Regístralos —ordenó Lynch.

—De pie —dijo Gafotas, cerrando la puerta corredera.

—¿Qué? —exclamé.

—Quiero comprobar que está todo en orden —dijo Lynch desde el asiento de delante—. Detesto las sorpresas.

El tipo empezó a registrar a Jack. Ellos sabían que yo tramaba algo. Si me encontraban las falsas directivas, se habría terminado la partida. Saqué sigilosamente los papeles de la carpeta, donde los tenía escondidos, y esperé mientras Gafotas cacheaba a mi hermano y examinaba cada uno de los objetos que llevaba para el golpe.

Tuvo que acuclillarse para concluir el registro y, mientras rodeaba el asiento, le pasé los papeles a Jack.

Este se desconcertó un segundo, pero se apresuró a cogerlos y, al volver a sentarse, los ocultó entre sus piernas y el almohadón del asiento.

A continuación, el tipo me registró a mí. Me cacheó alrededor de la cintura, por las ingles, en las axilas… Tanteó los puños de la camisa, pero no pareció detectar el diminuto cilindro que tenía dentro. Al palparme el pecho, pasó justo por encima de la cuchilla de cerámica, pero, por suerte, era muy pequeña, como un trozo de cinco centímetros de una sierra de calar, y solo yo la noté. Me pellizcó la piel.

—¿Están limpios? —preguntó Lynch.

Su esbirro me miró otra vez. Habría jurado que estaba mirando la zona donde tenía la cuchilla, aunque resultaba difícil discernir la dirección de su mirada.

—Sí —asintió.

Lynch arrancó la furgoneta.

—Necesitamos cafés también —dije a través de la partición.

—Ya habéis tomado.

—Para el trabajo, digo. Puedo llegar a cualquier parte del edificio con un par de cafés en la mano.

—De acuerdo —dijo Lynch. Había cuatro locales de Starbucks en un radio de una manzana. El irlandés se alejó corriendo y regresó con dos vasos de papel en una bandeja.

Paramos a la vuelta de la esquina de la Fed. Puesto que la policía se echaría encima de cualquiera que aparcara una furgoneta en doble fila en aquella manzana, solamente nos detendríamos el tiempo necesario para apearnos.

La puerta se abrió con estruendo.

—No la caguéis —advirtió Lynch.

Jack y yo cogimos las cosas y nos bajamos.

—Voy a echar a correr, Mike —dijo Jack mientras empezábamos a caminar por Maiden Lane.

Estábamos a cincuenta metros de la entrada, y a cinco de la furgoneta. La policía ya nos observaba.

—No lo hagas.

—Dime por qué no.

—Porque te matarán.

—Cuando acabe este. asunto, quizá. Pero aquí no, a plena luz del día.

Tenía que contárselo, o lo arruinaría todo. Si el golpe fracasaba, no solo Annie y yo saldríamos mal parados. También irían a por mi padre. A mí, como mínimo, me colgarían el asesinato del Mall. Llevar a cabo con éxito el plan, pues, y entregarles la falsa directiva, era la única manera de derrotarlos; la única manera de recuperar a Annie.

Debía decidirme. Después de tantas cosas, ¿iba a confiar en Jack? ¿El temor por su vida le había inoculado un poco de honestidad? Lo recordé tirado en el suelo de la cocina, desangrándose, inconsciente, casi muerto.

Era mi único hermano. La gente puede cambiar. Decidí dejarlo entrar en el complot.

—Esos papeles que te he dado… —dije—. Puedo destruir a Lynch, a Bloom y a quienquiera que los dirija. Les voy a dar el cambiazo. Diga lo que diga la directiva, tengo una falsificación que dice lo contrario. Cuando salgamos, le entregaremos a Lynch la información equivocada. Y ellos se van a estrellar, se van a dar en todos los morros con el vuelco de los mercados. Los derrotaremos en su propio juego.

Jack tanteó los papeles que le había pasado antes.

—¿Aún los llevas encima? —inquirí.

—Sí.

Lynch nos observaba desde la furgoneta.

—Son lo único que puede impedir nuestra sentencia de muerte; consérvalos bien.

—¿Me los vas a confiar a mí?

—Eres el cabronazo más mentiroso que he conocido, pero sigues siendo mi hermano. Tenemos que hacer esto juntos. Tenemos que confiar el uno en el otro, Jack. O estamos muertos.

—Gracias, Mike. Dios mío. Siento todo esto. Lo siento.

—Ahórrate los lamentos. —Me volví hacia la Fed. Si me equivocaba al juzgarlo, él me enterraría. Pero había una cosa de Jack de la que podía estar absolutamente seguro. Y eso me iba a salvar la vida.

A todo esto, su radiotransmisor zumbó. Lo sacó y tecleó un mensaje mientras caminábamos hacia las puertas de la Reserva Federal.

—¿Qué pasa? —pregunté.

—Nada —respondió—. Todo despejado. Adelante.

Capítulo cuarenta y tres

*L*a Policía de la Reserva Federal custodiaba las puertas principales, pero se notaba algo distinto esta vez. Había el doble de agentes de lo normal, y muchos de ellos llevaban rifles de asalto y equipos de las fuerzas especiales. Quizá las medidas adoptadas en Washington tras la muerte de Sacks se habían ampliado a Nueva York. Quizá estaban en máxima alerta por tratarse de un Día Fed tan decisivo. O quizá habían pasado por el sistema nuestros números de la Seguridad Social y habían descubierto que eran falsos.

Me acerqué a los dos agentes de la entrada de Maiden Lane, y los saludé:

—Hola. Tenemos una cita con Steven Merrill, del Departamento de Recursos Humanos.

Echaron un vistazo a las bolsas de comida y luego se miraron entre ellos. Supuse que Steven era un especialista en sacarle a la gente almuerzos gratis.

Me pasé la factura del restaurante a la otra mano, saqué la billetera y les tendí mi permiso de conducir falso. Jack llevaba los cafés en la bandeja de cartón y les mostró el suyo.

El guardia habló por radio.

—¿Wellpoint Fitness? —preguntó.

Yo señalé el logo de mi chaleco. Entre la falta de sueño, las heridas y los ojos enrojecidos, no había nada en Jack ni en mí que hablase de salud y buena forma.

—Debería venir a echar un vistazo al gimnasio —sugerí—. Si quiere, le puedo enviar un pase de invitado.

Él escuchó lo que le decían por el auricular.

—Me temo que hoy no —dijo, y se hizo a un lado—. En recepción les darán una placa de identificación.

Franqueamos la puerta. Un guardia nos dio en el mostrador las placas de visitante y nos orientó hacia la máquina de rayos X. Los empleados desfilaban junto a nosotros hacia las esclusas de seguridad.

Aguardamos detrás de un par de turistas italianas con chaquetas acolchadas.

—El siguiente —dijo el guardia, indicándome que avanzara. Crucé el magnetómetro: ni un pitido. El agente de la máquina de rayos X dio marcha atrás a la cinta mientras examinaba nuestras bolsas.

Lo miré, nervioso, como si fuese un juez en su tribuna. Él me devolvió la mirada con una expresión extraña.

Finalmente, emergieron las bolsas. El policía de la Reserva Federal que estaba al otro lado de los rayos X pasó su tarjeta frente a la esclusa de seguridad.

Ya estábamos dentro. Nos dijo que esperáramos al tipo de Recursos Humanos junto a los ascensores. Mantuve los hombros erguidos y los codos separados (mi mejor imitación de un adicto a la cultura física), mientras el rótulo luminoso del ascensor seguía su cuenta atrás, hasta que salió un hombre rollizo con barba.

—¡Ah, han traído el almuerzo! —dijo Merrill, presentándose—. En realidad, bromeaba. Pero, bueno, gracias. —No lo había dicho en broma, en absoluto, aunque supongo que así se cubría por si llegaban a echarle la bronca por aceptar regalos. Lo seguimos a una oficina de la segunda planta. En cuanto entramos, se alzaron media docena de cabezas en los respectivos cubículos, como una horda de perros hambrientos. Dejé la comida sobre una mesa auxiliar junto a la sala de conferencias, saqué de una de las bolsas un menú de comida para llevar y me lo guardé en el bolsillo de atrás.

Merrill se sentó con nosotros en su cubículo y se dispuso a atacar un cuenco de plástico de Pad Prik Khing. Era evidente que el tipo nos escuchaba solamente por el almuerzo gratis, pero, pese a ello, me impresionó el entusiasmo que ponía Jack en venderle nuestro inexistente gimnasio. Tanto fue así que casi temí que Merrill decidiera inscribirse allí mismo, porque no llevaba encima los documentos adecuados.

Mientras Merrill echaba un vistazo alrededor en busca de más comida, y Jack decía algo del *fitness* Zumba, yo miré el reloj. Las doce menos cinco. El comité estaba sellando su decisión en ese mismo instante. La directiva llegaría aquí muy pronto. Ya era hora de largarse.

—Bueno —dije—, podemos dejarle estos folletos y volver a hablar más adelante para ver si quedamos un día en la cafetería o en el comedor comunitario.

—Ya veremos —respondió Merrill—. El personal reacciona de un modo un poco raro con los vendedores.

Ahora, con el estómago lleno, quería enfriar nuestro entusiasmo. El individuo debía de creerse un lince.

Me puse de pie.

—Estupendo. Hablaremos pronto —prometí. Le estrechamos la mano y salimos.

Cogimos el ascensor hasta la sexta y nos metimos en los lavabos que había justo a la vuelta. Ocupamos un par de retretes y cambiamos las placas de visitante por los pases de empleado que Cartwright había falsificado a partir de las fotos que yo le había proporcionado. El baño es el único lugar donde tienes garantizado que no te están observando con cámaras de seguridad.

Jack sacó la falsa tarjeta cifrada de su portátil y me la pasó por debajo de la partición. Me la metí en el bolsillo, salí del retrete y cogí las dos tazas de café que habíamos dejado junto a un lavabo. La bandeja y los chalecos del gimnasio que habíamos llevado hasta entonces los hundí en el fondo del cubo de basura.

Salimos del baño. Jack llevaba el portátil en una mano y la mochila en la otra; tenía toda la pinta de un informático estresado.

Al volver hacia los ascensores, eché una ojeada por las ventanas a Maiden Lane. Habían llegado más agentes de las fuerzas especiales y estaban cortando la calle por ambos extremos. ¿Qué demonios pasaba?

Subimos con el ascensor hasta la novena planta, donde se encontraba la oficina de compraventa de valores. La primera

261

vez que había estado allí, estudiando el terreno, no había podido observar las medidas de seguridad de esa planta. Donde se acababa la zona de ascensores había un mostrador en una pequeña área de recepción. Era lo menos que podían hacer, la verdad, teniendo en cuenta que detrás de aquellas puertas se encontraban las llaves de una cartera de valores de tres billones de dólares.

Yo llevaba un café en cada mano y Jack no levantaba la vista del portátil. Recorrimos lentamente el pasillo, enzarzados en una conversación llena de disparates sobre una supuesta emergencia técnica. Era una táctica para ganar tiempo y dejar que una mujer joven pasara antes que nosotros.

—Muy bien —dije—. Empezaremos con tu BackTrackLive y, si esto no funciona, probaremos con Knoppix.

Seguimos a la joven sin interrumpir la charla. Esta técnica se conoce como «seguir la fila» y resulta mucho más fácil que abrir cerraduras. Necesitas una buena excusa para que te sostengan la puerta. Por eso, un par de cafés funcionan tan infaliblemente como una llave maestra. La gente es buena en el fondo, o teme la confrontación, o la reprimenda que puede llevarse si se equivoca. La joven sostuvo la puerta un momento y nos echó un vistazo a mí y a Jack, que también tenía las manos ocupadas.

Es necesario dar el pego, además. Ella hizo una inspección visual rápida, comprobó que llevábamos pases de empleado y asunto concluido. La gente allí tenía una relativa conciencia de las cuestiones de seguridad, y la chica daba esa impresión. En las instituciones más severas, procuran inculcar a sus empleados una «mentalidad obstaculizadora». No te limitas a mirar la identificación, sino que le cierras a la gente la puerta en las narices y la obligas a pasar su propia tarjeta. Pero como sucede con la mayoría de las medidas estrictas, resulta tan fastidioso y desagradable cumplirlas que la gente prefiere saltárselas. Mientras transmitas la seguridad de que ese es tu lugar de trabajo, no tendrás dificultades. Pero si se percibe un atisbo de duda, todo se vendrá abajo.

La joven miró cómo entrábamos tras ella. Yo sonreí. Ella me dirigió un leve gesto con la cabeza. Ya estábamos dentro. Aunque nuestras placas no tenían un chip activo, nos habían servido para acceder al corazón de la Fed. Lo cual nos había ahorrado los problemas técnicos que hubiera supuesto intentar clonar una identificación de la Reserva Federal o piratear la base de datos central para añadir nuestras tarjetas.

Le tecleé un mensaje a Lynch: «El fallo técnico».

Aquel era el último paso antes de irrumpir en la oficina. Hice un alto, inspiré hondo. Bien, habíamos superado la puerta.

Y justo entonces, esta volvió a abrirse a nuestra espalda y dio paso a un negro viejo, de pelo muy corto, al que reconocí a primera vista. Era uno de los empleados del mostrador de recepción.

—Disculpen.

—¿Sí? —dije.

—¿Ustedes trabajan en esta planta?

—Estamos en seguridad informática —contesté.

Él miró nuestros pases. Siempre es conveniente respaldar una identidad falsa con una marca conocida: servicio técnico Xerox, FedEx, etcétera. Cuanto más importante sea la compañía, mejor. Así cuesta más hacer una comprobación. Le das a la persona que te cierra el paso un número de teléfono y tienes preparado a alguien para que la atienda y responda por ti. Pero nosotros teníamos que ser empleados de la Fed en este caso, y si aquel hombre trataba de comprobar internamente nuestras identificaciones, estábamos muertos.

—¿Quién los ha llamado? —preguntó

Bajé la vista a mi transmisor.

—Cubículo novecientos veintitrés. Es…

Jack consultó su portátil.

—Tara Pollard.

El hombre alzó la barbilla y volvió a mirarnos.

—Un segundo —dijo sacando el móvil. Iba a llamar.

Consulté el reloj. La secuencia era tremendamente ajustada. Yo le había enviado un mensaje a Lynch para que activara nuestros programas maliciosos y provocara que el ordenador de Pollard funcionara de un modo tan extraño que ella tuviera que notarlo a la fuerza, lo cual nos daría una excusa para entrar en la suite ejecutiva. Si nos anticipábamos excesivamente, nos sorprenderían reaccionando ante un

263

problema que no se había producido. Si nos retrasábamos demasiado, ella ya habría llamado al Departamento de Informática y, cuando llegaran los técnicos, descubrirían que éramos unos impostores.

—Esperen aquí —dijo el negro, y empezó a marcar. Jack me lanzó una mirada de pánico.

Capítulo cuarenta y cuatro

$\mathcal{Y}$o estaba tan agobiado por nuestra inminente perdición que no vi a la alarmada mujer que apareció a nuestra espalda.

—¿Son ustedes de informática? —preguntó.

—Sí. Hemos detectado un extraño problema de tráfico en la Red. ¿Usted está en el novecientos veintitrés?

—Gracias a Dios. Es por aquí —dijo ella, y nos indicó el camino, dejando atrás al hombre de recepción. Él cerró su teléfono, nos echó una última mirada suspicaz y regresó hacia la entrada.

El corazón palpitante del capitalismo americano era, a decir verdad, un poco decepcionante. No parecía muy distinto de cualquier sucursal bancaria: una sala de conferencias con una partición de madera y cristal de media altura ocupaba buena parte de la estancia; siete operadores, sentados ante los ordenadores a lo largo de la pared, manejaban en silencio los destinos de la economía, haciendo clic de vez en cuando con el ratón y dando sorbos a sus botellas de agua; los cubículos ocupaban la mayor parte del espacio y por las altas ventanas en forma de arco entraba la luz del sol a raudales. Un hombre mayor se acercó a los operadores y conferenció con ellos unos momentos.

Supongo que yo me esperaba un caótico parqué bursátil, donde la gente gritara órdenes de compra, marcara operaciones y sembrara el suelo de boletos de compra. Pero aquel lugar era exactamente lo que la Fed pretendía ser: lenta y pausada, una institución destinada a proporcionar equilibrio a la economía. Habría sido interesante ver lo calmadas que estarían las cosas a las dos y cuarto, cuando la decisión del comité se hiciera pública y los mercados enloquecieran. Pero para entonces, yo ya habría salido de allí.

Las cosas no iban bien en el cubículo novecientos veintitrés. Lynch se había pasado de la raya con el programa malicioso. Al acercarnos, detecté en la pantalla una docena de ventanas emergentes: «¡Haga clic aquí!», «¡Ha ganado un iPad de regalo!», «¡Su ordenador está amenazado!», «¡Alerta de virus!». La impresora no paraba de escupir papeles en una bandeja ya repleta.

—No sé qué ocurre —dijo la mujer.

—Humm… —murmuró Jack. Entramos en su cubículo.

Eran las doce. La decisión del comité llegaría en cualquier momento, si es que no había llegado ya y estaba haciendo cola en el fax, esperando a que ella accediera al sistema con su tarjeta cifrada.

—No habrá enchufado ningún USB extraño, ¿verdad? —le preguntó Jack—. ¿Ni habrá abierto ningún PDF de un desconocido?

—No —replicó la mujer.

Nos constaba que había picado el anzuelo, pues se lo habíamos puesto nosotros. Jack la miró con ese aire burlón que gastan los entendidos en informática con los simples mortales.

—Bueno —añadió ella—. Había un PDF que parecía una circular, pero no procedía del Departamento de Comunicación.

Mientras ellos examinaban el ordenador, yo me acerqué a su bolso y ejecuté una rápida inmersión para buscar la tarjeta.

Allí no estaba.

Esperé a que Jack la distrajera con una pregunta compleja. Abrí el bolso y lo registré bien. ¡Por Dios! Había visto autocaravanas con menos trastos dentro. Lo incliné hacia un lado, luego hacia el otro.

Ni rastro de la tarjeta. A través de la puerta de cristal de la suite ejecutiva, vi al guardia del mostrador de recepción. Me estaba mirando con el teléfono en la mano. Sin esa tarjeta, habríamos de esperar a que llegase la directiva… Y entonces, ¿qué? ¿Atisbar por encima del hombro de un operador? ¿Hacerle un placaje y arrebatársela?

Jack me lanzó una mirada desesperada. «Date prisa.» Me volví otra vez hacia la puerta.

Tal vez la mujer ya había sacado la tarjeta. Eché un vistazo a la almohadilla del ratón. Zurda. Miré el bolsillo izquierdo de sus pantalones: en la tela se marcaba un contorno. Podía ser una cartera.

—Voy a comprobar si hay cambios en el DNS —dije, y señalé su silla—. ¿Le importa? —Ella se levantó y yo me senté. En el estrecho ámbito del cubículo, no tenía nada de particular que mi cadera se rozase con la suya.

Noté la tarjeta en su bolsillo. Además de todos mis delitos, ahora también me detendrían por tratar de acostarme con aquella mujer tan joven y eficiente.

El arte del carterista se basa totalmente en la atención. Si miran a una persona a los ojos, esta se pondrá nerviosa en cuanto estén a menos de medio metro. Miren hacia otra parte, allí donde esa persona tenga puesta su atención, y podrán acercarse a unos centímetros de ella sin que se le disparen las alarmas.

Clavé la vista en la pantalla e introduje varios términos en la línea de comando. Parecía todo muy técnico, pero no estaba haciendo nada. Luego aparté la silla, apoyé la mano en el escritorio, puse una rodilla en el suelo y examiné los puertos de Ethernet.

Si le metes a alguien la mano en el bolsillo, lo notará. Lo que hay que hacer es cubrir esa sensación. En este caso, empujé la silla contra la mujer al tiempo que le hundía dos dedos en el bolsillo.

Ya tenía la tarjeta. Bajo el escritorio, la intercambié con la falsificación que yo llevaba encima. Al levantarme, empujé otra vez la silla hacia ella y le introduje la tarjeta falsa en el bolsillo. Cuando la mujer fuese a revisar el fax, obtendría una respuesta de «tarjeta incorrecta». Y para cuando averiguara por qué no funcionaba, nosotros ya habríamos robado la directiva y estaríamos a medio camino de Washington. O esposados. O muertos.

Me puse de pie.

—Voy a comprobar los otros puertos y la impresora.

Al dirigirme hacia allí, le mandé un mensaje a Lynch: «Pare la impresora».

El guardia del mostrador de recepción estaba hablando con alguien por teléfono y no me quitaba la vista de encima.

267

Con la tarjeta en la mano, me acerqué al fax, que estaba metido parcialmente en una estantería. Lo único que tenía a mi favor era que no había cámaras de seguridad enfocadas directamente hacia allí. En las zonas de alta seguridad, donde se procesa información restringida, no puede haber una cámara observando los secretos de Estado. Eso le proporcionaría al enemigo un medio para espiar.

Mientras ensayábamos, le había dicho a Jack que cabía la posibilidad de que hubiera que ocuparse de un cerrojo mecánico para acceder al fax. A mí me constaba que no lo había, pero tenía que reservarme para mí aquella parte del trabajo.

Metí la tarjeta en la ranura lateral del fax.

«Introduzca el PIN, por favor.»

Pulsé los ocho números.

«PIN incorrecto.»

Era el primer intento. Al tercero, me bloquearía la tarjeta. Yo había deducido el PIN por los movimientos de la mano de Pollard en el vídeo, pero el último dígito era el que menos claro me había quedado de todos. Introduje de nuevo los siete primeros dígitos y marqué un número inferior en el último dígito al que había pulsado antes.

«PIN incorrecto.»

Después de tanto trabajo y sufrimiento, estaba a punto de descubrir mi destino en un cubículo mal iluminado, mirando la pantalla negra y gris de un fax como un vulgar becario. ¿Qué había sido de la épica de Butch Cassidy y Sundance Kid?

Introduje el PIN otra vez, y para el último dígito pasé del seis al nueve.

«Acceso seguro concedido. Un fax en espera...»

Me puse a revisar los puertos de Ethernet, procurando que no se notara que el corazón me martilleaba en el pecho a ciento ochenta palpitaciones por minuto.

El fax emitió un agudo chirrido electrónico.

«Imprimiendo.»

A mí me sonó como una sirena de alerta antiaérea, pero aparte de un vistazo de uno de los operadores, nadie pareció advertirlo.

Entonces Pollard me echó una ojeada. Detecté que bajaba la mano y se palpaba el bolsillo.

El fax funcionaba con una línea telefónica normal y recibía mensajes tanto normales como cifrados; solo imprimía el material cifrado cuando estaba metida la tarjeta y se había introducido el PIN. La mujer no podía saber que yo estaba recibiendo información restringida. La tarjeta, debió de pensar sin duda, seguía a buen recaudo en su bolsillo.

Jack le dijo algo. Teníamos todo un guion ensayado con varios fallos terroríficos de seguridad informática para mantenerla entretenida. Pollard palideció y bajó la vista hacia el ordenador. Mi hermano le pidió que observara una barra de progreso mientras él hacía una comprobación en su portátil. Si la barra se detenía, quería decir quizá que había una grave filtración de datos en el Día Fed.

Dios no lo quisiera. Observé el fax.

Empezó a imprimirse la carátula. Contemplé cómo se formaban las palabras «Clase I FOMC–Acceso Restringido (RF)». A cada línea completada, a cada chirrido de la impresora, creía que el guardia regresaría, que los auténticos técnicos de informática iban a presentarse, que los agentes de las fuerzas especiales que había abajo iban a irrumpir en la suite con los rifles en ristre.

La carátula cayó en la bandeja. Pollard se puso de pie. Examinó la falsa tarjeta cifrada y me echó un vistazo.

El texto de la directiva empezó a imprimirse. Observé cómo iban saliendo las líneas de introducción que usaban siempre. A través de la puerta de cristal, vi al guardia hablando con un policía.

«El Comité Federal de Mercado Abierto trata de crear las condiciones monetarias y financieras que fomenten la estabilidad de los precios y promuevan un crecimiento sostenido…»

Nos habían descubierto. Miré cómo avanzaba renqueante el papel, un par de milímetros cada vez.

«Para conseguir sus objetivos a largo plazo, el comité pretende crear en el inmediato futuro unas condiciones en los mercados de valores compatibles con…»

Se abrió la puerta principal y entró el guardia.

Yo aguardé, mirando el fax.

Un momento después, leí los números. Ya tenía la directiva. La decisión había llegado: iban a mantener apretado el acelera-

269

dor, iban a seguir inyectando dinero en la economía en grandes cantidades. A eso se reducía todo el asunto: a un único párrafo de un seco comunicado gubernamental, a una única cifra, la tasa de interés. Pero bastaba con tan poco para sacudir los mercados hasta los cimientos y para imprimir un giro a la economía global. Había miles de millones circulando por aquellos ordenadores que me rodeaban, y quien tuviera esa cifra en sus manos en este momento estaba en condiciones de ganar cientos de millones operando en el mercado antes del anuncio oficial. Y sin embargo, a fin de cuentas, parecía muy poca cosa para todos los problemas que había causado.

Saqué la directiva, leí las líneas siguientes y la arrojé en el recipiente cerrado de la trituradora de papel.

—¿Qué está haciendo con ese fax? —me preguntó Pollard desde su cubículo.

No le hice caso. Necesitaba otro segundo. Me saqué otra hoja del bolsillo trasero, donde la había metido doblada dentro del menú del restaurante, y la arrojé también en el recipiente de la trituradora.

Eché un vistazo atrás. El guardia ya había entrado. Oí pasos apresurados al fondo del pasillo. Se había acabado la tranquilidad. En cualquier instante, la policía irrumpiría por aquella puerta.

Saqué una hoja en blanco de la bandeja del fax, garabateé una línea y la doblé por la mitad.

—Los puertos están bien —le grité a Jack.

Era la contraseña para salir de allí.

Eché a andar hacia la otra salida, un poco más lejos del despacho vacío del vicepresidente ejecutivo, que dirigía la oficina de compraventa. Él estaba en el DC, en la reunión del comité. Por eso yo había colocado la cámara en la oficina de su vicepresidente primero. Tiré la hoja al suelo y la metí bajo su puerta.

Capítulo cuarenta y cinco

—Voy a buscar otro CD —le dijo Jack a Pollard—. No pierda de vista esa barra de progreso.

La Policía de la Reserva Federal estaba en la puerta principal.

Caminamos apresuradamente y, corriendo hacia la otra salida, llegamos a la escalera.

—¡Alto! —gritó alguien a nuestra espalda.

Arranqué un pedazo de conducto eléctrico de la pared y lo encajé entre la puerta y el escalón que quedaba frente al rellano. Oí al otro lado a los policías aporreando la puerta.

Bajamos un piso. Había cámaras por todas partes. Gracias a los presupuestos de la remodelación del edificio, me constaba que había un panel de acceso cada tres plantas.

Los agentes de la Reserva Federal que controlaban los monitores eran de primera, y las cámaras estaban hechas a prueba de bala. Los contratos de seguridad para llenar el edificio de ojos capaces de verlo todo habían ascendido a decenas de millones de dólares. ¿Y los cables que lo conectaban todo? Se hallaban en una caja metálica protegida con una cerradura «wafer» de dos dólares.

Nos escondimos en un umbral. Jack sacó de la mochila un llavero con puntero láser y lo enfocó hacia la cámara. Así quedaría cegada, aunque en la sala de control captarían el destello.

—Quizá pueda encaramarme y destrozarla —sugirió él.

—Dame la mochila —le pedí, y me la pasó.

La abrí, tiré de la lengüeta del lomo de la carpeta y dejé caer las ganzúas en mi palma. Usé una «rake C» y logré abrir el panel de acceso en un dos por tres.

—Van a llegar en cualquier momento —avisó Jack.

Había un montón espantoso de cables allí dentro.

—Creo que el de las cámaras es rojo —dije. Ese detalle no estaba en los presupuestos.

—Yo creía que era el verde —opinó Jack.

—¿Seguro?

—No.

La cámara estaba alojada en un domo negro de cristal ahumado, lo cual significaba que era de tipo zoom con movimiento horizontal y vertical. Una cáscara vacía habría resultado igual de efectiva como medida disuasoria, porque nunca sabes cuándo te están enfocando. La mayoría de las cámaras provistas de un piloto rojo intermitente son falsas, pero resultan tan intimidantes para los ladrones como las auténticas. Y más baratas.

Gracias a la luz del láser de Jack que iluminaba a través del cristal ahumado, sin embargo, distinguí cómo se movía la cámara de dentro lentamente, a uno y otro lado, abarcando todo el tramo de escalera.

Quité el conector de torsión de una conexión de los cables verdes y separé con tiento las hebras de cobre. De repente se disparó una alarma de incendios, y la luz parpadeó sobre nuestras cabezas. Volví a juntar los cables.

—Está bien, rojo —dije. Tiré de los cables rojos. La escalera se sumió en una negrura total. Tanteé en la oscuridad hasta que conseguí volver a juntarlos y enrosqué el conector otra vez.

—¿Azul?

—Azul —asintió Jack.

Tiré de los cables azules; vigilé la dirección de la luz del láser a través del cristal ahumado. La cámara se detuvo.

—¿Qué salida? —preguntó mi hermano.

—Maiden Lane —respondí.

Esa salida se encontraba en el lado norte, una planta más arriba de la salida de Liberty Street. Bajamos la escalera a tal velocidad que sentí cómo me ardían los músculos de las piernas. Nos detuvimos en la puerta que daba al vestíbulo trasero, por el cual habíamos entrado. Normalmente, había cuatro agentes en las esclusas de seguridad, pero ahora formaban una muralla de uniformes negros. Era obvio que habían dado la alarma. No teníamos ninguna posibilidad. ¿Por qué había hoy un dispositivo adicional de seguridad? ¿Los habrían avisado Bloom y Lynch?

Bajamos un piso más, donde estaba el vestíbulo —mucho más grande— del lado sur: la antigua entrada para los clientes del banco. Atisbé por la ventanilla de la puerta.

Allí aún era peor.

—¿Qué demonios vamos a hacer? —preguntó Jack—. ¿Nos metemos por los túneles?

Revisé mentalmente mis planes de huida, y respondí:

—Están todos sellados. Si nos acercamos a la cámara acorazada todavía lo tendremos más difícil. Hemos de llegar al muelle de carga. Es la única salida.

—Había cuatro polis allí —me advirtió.

Oí pasos en la escalera de la planta inmediatamente superior; el chirrido de una radio, más policías.

—Es nuestra última oportunidad. ¡Vamos!

Volvimos a subir un piso, en dirección a la policía. Desactivé las cámaras a través del panel de acceso, salimos de la escalera y doblamos de inmediato a la derecha. Enfilamos un pasillo que iba todo recto a lo largo de treinta metros y luego giraba a la izquierda. Por ahí deberíamos llegar al muelle de carga.

Oí cómo se abría y se cerraba la puerta a nuestra espalda de nuevo (la policía estrechando el cerco) justo cuando girábamos a la izquierda. Entramos entonces en un extenso y ancho corredor que iba hacia el muelle de carga. No había a la vista más que otra puerta, un poco más adelante, a la derecha, metida en un hueco.

Empezamos a cruzar el corredor. Cuando habíamos avanzado un corto trecho, distinguí que asomaba hacia el final, como a sesenta metros, el cañón de un rifle de asalto, interponiéndose entre nosotros y la salida. Enseguida aparecieron otras dos armas.

Eran los equipos de las fuerzas especiales, y venían hacia donde nosotros nos hallábamos. Jack y yo nos detuvimos en

273

seco y nos metimos rápidamente en el hueco de la puerta de la derecha. Probé el pomo. Estaba cerrada con llave; no había tiempo de abrirla. Nos tenían acorralados. En cualquier momento, o bien los policías, o bien los hombres de las fuerzas especiales pasarían por allí y nos encontrarían encogidos de miedo a plena vista. Se habría acabado todo.

Al ocultarnos bruscamente, me había dado un tirón en los puntos de la espalda. Cada vez oía más cerca los pitidos y el griterío de las radios de los policías que nos habían seguido. Estaban a punto de doblar la esquina que nosotros acabábamos de rebasar.

—¡Alto! —El grito resonó por el corredor, procedente del equipo especializado—. Ustedes no pueden estar aquí.

Nos habían visto. Eché otra ojeada a la cerradura. Sería preferible entregarse y no pillar por sorpresa a una pandilla de tiradores de élite fuertemente armados y con equipo antidisturbios. Miré a Jack. Él meneó la cabeza.

—Policía de la Reserva Federal —dijo una voz desde el lado de los policías que nos habían perseguido. Ya debían de haber doblado la esquina y estarían muy cerca.

Los de las fuerzas especiales respondieron a gritos:

—Este corredor ha de quedar despejado para una operación especial. Tenemos una entrega de oro. ¿No han oído los avisos?

—Nosotros tenemos una posible filtración —gritaron los policías—. ¿Han visto a alguien corriendo por ahí?

El tipo que hablaba en nombre del equipo del oro se echó a reír, y dijo:

—Escoltamos ochenta y cinco millones de dólares en lingotes. Cualquiera que hubiese venido corriendo en esta dirección ya estaría frito hace rato. Han de despejar el corredor.

—De acuerdo, de acuerdo —respondió el policía de la Reserva. Se oyó cómo se retiraban; luego una puerta se cerró por donde habían venido. La policía nos dejaría en paz un momento, porque un grupo de nerviosos comandos venía hacia nosotros.

Estaban transportando un cargamento de oro. Así se explicaban las medidas extraordinarias de seguridad y la interrupción del tránsito en la calle.

Me di cuenta de que Jack me miraba ceñudo, como si yo

hubiera podido prever el desastre. Yo ya estaba de rodillas, examinando con detenimiento la cerradura. Era de esas electrónicas, con tarjeta codificada, que Cartwright me había enseñado a forzar. Tal vez saliéramos de esta.

Pero entonces se me encogió bruscamente el estómago, porque un poco más arriba de la cerradura electrónica había una Medeco M3 nuevecita, la que instalarías si descubrieras que tu modelo electrónico de mil trescientos dólares no servía absolutamente para nada.

Habríamos salido mejor parados arremetiendo contra los rifles de asalto del fondo del corredor. La M3 es la cerradura preferida de las sedes gubernamentales y las agencias de inteligencia; está en la Casa Blanca y en el Pentágono. Era la descendiente directa de la Medeco que me había derrotado en la prueba a la que Lynch me había sometido, aunque era tres generaciones más avanzada. Es la clase de cerradura que impulsa a un cerrajero a decir: «Al cuerno», a prescindir de sus ganzúas y a taladrar la línea de corte. Un artista del robo con allanamiento, por su parte, frente a semejante mecanismo, decidiría romper una ventana o dejarlo correr.

Yo no tenía esas opciones.

Notaba el retumbo de las ruedas en el suelo a medida que traían el oro hacia nosotros, lenta pero ineluctablemente. Era imposible que me diera tiempo de abrir aquel cierre monstruoso.

Metí una ganzúa junto al piloto de la cerradura electrónica, hice palanca contra el armazón y giré el pomo. Luego metí otra ganzúa por el cerrojo para mantenerlo abierto y no tener que ocuparme de él. Este proceso duró cuatro segundos.

El retumbo del oro se aproximaba. Se oía un clonc, clonc, clonc repetido, algo así como un estrépito de pasos pero más resonante, como metal sobre hormigón.

La M3 es una especie de objeto fetiche entre los especialistas en cerraduras a causa de su dificultad. Los pernos de hongo, carrete y serreta contaban, además, con nuevos diseños ARX: eran más difíciles de rotar, en consecuencia, y tenían falsas posiciones para disuadir a los ladrones. Tenía que desplazar todos los pernos hasta la línea de corte, y después efectuar la rotación de cada uno de ellos para que se retrajera la barra lateral.

275

Pero incluso si lograba esos dos milagros, no habría terminado, porque quedaba el «slider»: una tercera pieza de latón que hay que empujar hacia delante hasta la posición correcta para que gire la llave. La sensación normal que te dice cuándo queda colocado un perno en su sitio resulta mil veces más difícil de captar con todas estas piezas adicionales que aseguran el cilindro. Había millones de combinaciones posibles entre las alturas de los pernos, los ángulos de rotación y las posiciones del «slider», y solo una de ellas servía para abrir el maldito artilugio.

Yo había de encontrar la combinación correcta, y ahora comprenderán por qué abrir puertas con ganzúa en la vida real resulta tan arduo: debía hacerlo a través de un ojo de cerradura diminuto y de extraño diseño, mientras el miedo me atenazaba y me hacía un nudo en las tripas. Imagínense lo que sería cambiar todas las bujías del motor del coche, teniendo el capó abierto unos dos centímetros nada más y con un borracho conduciendo.

Esa era la tarea a la que me enfrentaba. Supuse que contaba con un minuto o dos hasta que llegaran las fuerzas especiales; quizá lo suficiente —con suerte— para abrir una cerradura con pernos de seguridad. Aquí no había trucos ni atajos que valieran, sino el lento y concienzudo trabajo, milímetro a milímetro, del metal contra el metal y del tacto de mis dedos. Ensamblé una llave de torsión a la ganzúa de tensión y fui colocando los pernos a su altura.

Notaba cómo retemblaba el suelo a medida que se acercaban con el oro. Era imposible. Pero no podía darme por vencido.

Tardé un minuto en alinear los pernos en la línea de corte. El primer paso parecía completo, pero no era posible saberlo.

Clonc, clonc. Oía cada vez más cerca los pasos del comando y el tintineo de sus equipos.

Saqué un alambre delgado terminado en ángulo recto para tantear las rotaciones y captar a base de tacto el más mínimo indicio de que el perno cedía, al tiempo que procuraba no desbaratar la altura de cada uno de ellos.

Ahuyenté las imágenes que me venían a la cabeza: Jack y yo tendidos en un charco de sangre; dos prometedores representantes comerciales que habían encontrado un lamentable final. Ahuyenté una visión de Annie sentada en la galería del tribunal, mientras me declaraban culpable de una larga lista de crímenes que culminaba con el asesinato de Sacks. Ahuyenté también la imagen de Lynch, situado a mi espalda entornando los ojos, previendo ya la sangría, mientras me ponía la pistola en la cabeza.

La barra lateral giró.

Clonc, clonc. ¡Dios mío! Sonaba muy fuerte.

—Están aquí mismo —susurró Jack.

Percibía el jadeo de los agentes, así como la vibración del cargamento de oro en mis propios dedos, amenazando el equilibrio que había conseguido alcanzar en el interior del laberinto de latón de la Medeco.

Debería haberme sentido eufórico al ver que cedía la barra lateral, pero algo no había salido bien: todavía notaba que ejercía presión. Alguno de los pernos se había movido, o me había inducido a cometer un error desde el principio. Aplicando la presión justa en la llave de tensión para mantenerlo todo en su sitio, los probé otra vez uno a uno. Era el cuarto el que estaba en una posición falsa.

—Bien —dijo una voz—. Hagamos un recuento rápido.

El individuo se puso a contar barras de oro. Sonaba como si estuviera justo a mi lado.

Jack se agazapó. El sudor le apelmazaba el pelo, quedando a la vista el horrible corte que le había hecho Lynch. Repasó las ganzúas y cogió una en W, que termina como una sierra, y la sujetó como si fuese un picador de hielo. Impresionante. Podíamos darle un pinchazo a un pobre empleado mientras los guardias nos llenaban el cuerpo de cartuchos NATO. A mí ya no me importaba arruinar mi vida, pero ahora, encima, iba a herir a un hombre inocente por ser demasiado chapucero para llevar a cabo mis fantasías de delincuente.

El empleado siguió contando.

Levanté el cuarto perno un milímetro, luego otro, tanteando más allá del borde dentado para encontrar la auténtica línea de corte. El cilindro se movió casi imperceptiblemente. El perno ofreció resistencia a mi presión, aplicada ahora con más fuerza, con mayor seguridad. Ya lo tenía. La rotación estaba

277

completada. Lo mantuve todo en su sitio, cogí el alambre rematado en ángulo recto y tanteé por la base de los pernos.

—Está todo —dijo el empleado. Y avanzaron de nuevo.

Los fluorescentes arrojaron sus sombras sobre nosotros. Jack se incorporó, poniéndose de puntillas.

Empujé el «slider» hacia delante, lentamente, hasta que sonó un clic. El cilindro giró. Abrí la puerta con cautela.

Se me había olvidado la ganzúa que había dejado puesta para mantener la cerradura electrónica abierta. Y cayó. Traté de cogerla al vuelo mientras giraba lentamente por el aire hacia el suelo de hormigón.

Lo oirían. Nos descubrirían.

Jack se adelantó y la cazó a unos centímetros del suelo.

Lo sujeté de la camisa, lo arrastré a través del umbral y solté la puerta. En el último segundo antes del portazo, la paré, giré el cerrojo con el pomo y lo introduje suavemente en el marco.

Lo único que se oía en la oscuridad era nuestra respiración. Yo sabía que la dirección que habíamos tomado nos situaba más cerca del extremo del muelle de carga. Cuando mis pupilas se adaptaron, distinguí los contornos de la habitación gracias al leve resplandor de varias luces LED. Había mesas de trabajo a lo largo de ambas paredes y una enorme balanza de platillos en medio.

Sonó el ruido de una llave a nuestra espalda, en la puerta.

Estábamos en la sala de conteo. No era de extrañar que hubiera allí una Medeco: iban a entrar a revisar el oro.

—Escóndete —ordené. Nos metimos corriendo en los estantes que había bajo las mesas. Yo me tendí sobre una pila de paquetes de plástico. Un olor raro, como de hucha vieja, ascendió hacia mí.

Se abrió la puerta. La luz inundó la habitación.

Capítulo cuarenta y seis

—Voy a cogerlos —oí que decía el empleado, y entró pisando con estrépito. La puerta se cerró tras él. Lo único que yo veía eran sus zapatos planos negros con protectores metálicos en la puntera. Los empleados de la cámara acorazada los llevaban para no acabar con los huesos aplastados si se caía un lingote.

Clonc, clonc.

Los zapatos se me acercaron. Absurdamente, me hicieron pensar en un caballero con armadura. Jack y yo nos miramos desde nuestras respectivas mesas. Nos sentíamos totalmente expuestos. Ahora, con la luz encendida, vi mejor los bultos sobre los que nos habíamos tumbado: eran paquetes de billetes.

La Reserva Federal distribuye quinientos cincuenta mil millones de dólares al año en efectivo. El dinero se empaqueta en fajos de cien billetes, luego en mazos de cien fajos y después en paquetes, de tipo «ladrillo», de cuatro mazos envasados al calor. Por último, hay paquetes de dinero de cuatro «ladrillos» —16.000 billetes— envueltos en plástico grueso.

Así pues, estaba tendido en un duro lecho de decenas de millones de dólares. Junto a mi cabeza había bolsas de plástico transparente con cierre hermético, repletas de billetes usados con manchas rojas y negras: sangre.

El empleado empezó a canturrear una canción country mientras arrastraba los pies a medio metro de mi rostro.

La Reserva Federal se encarga de los billetes contaminados. Mientras leía todo lo posible sobre la institución, había visto en su propia página web un vídeo sobre ello, en el que actuaban los mismos actores de los años ochenta y el mismo narrador, de voz monocorde, del vídeo que proyectaban en la cámara acorazada. Parecían todos asombrosamente tranquilos, teniendo en cuenta el tema abordado: «Sepa que tiene usted un montón de billetes manchados de sangre…»

La Fed te los cambiaba por dinero limpio y los destruía.

Observé cómo la mano del empleado, que sostenía una tablilla sujetapapeles, descendía. Estaba buscando algo. Oí un rumor de papeles.

Esta circunstancia me dio un poco de tiempo para estudiar nuestras opciones. Aquella estancia era una cámara de seguridad. Supuse que servía para almacenar dinero del muelle de carga temporalmente, hasta que se trasladaba a la cámara acorazada. Nosotros habíamos llegado por una puerta lateral, pero había otra puerta en el extremo opuesto, marcada con un rótulo de «SALIDA» y provista también de una Medeco. Aunque ahora ya estábamos dentro, y siempre es más fácil salir de una cámara de seguridad que entrar en ella.

Por lo que recordaba de los planos, esa otra puerta nos conduciría directamente al muelle de carga, donde los furgones blindados aparcaban para llevar a cabo transferencias de fondos. Dada la gran cantidad de dinero que se guardaba aquí dentro, habría guardias fuertemente armados vigilando fuera, aun cuando tuvieran instalada una Medeco en la puerta. Si lográbamos sobrevivir a las fuerzas especiales, no podríamos salir tan campantes.

Pero aquella puerta era nuestra única posibilidad.

El empleado atacó el estribillo de la canción, olvidó la letra, intentó varios arreglos y acabó conformándose con tararearla.

—Aquí está —le dijo a nadie. Abrió la puerta y salió al corredor—. Necesito un par de firmas —solicitó—. Y después lo pesaremos.

La puerta se cerró tras él. Contábamos con unos segundos antes de que regresara.

—¡La mochila! —le pedí a Jack.

Él me la lanzó mientras yo me ponía de pie y me acercaba a la puerta de salida. Retiré el cerrojo, saqué el imán de gran potencia que había traído y lo coloqué en el marco, a una altura superior a mi estatura. No quería que una alarma estridente anunciara nuestra salida; por ello, el imán evitaría que el sensor saltara.

Entreabrí la puerta diez centímetros, atisbé por la rendija y salí.

Jack me siguió.

La puerta del otro extremo de la cámara de seguridad se abrió justo cuando se cerraba la nuestra.

Nos encontrábamos en un rincón trasero del garaje, al final de un corto pasillo. El garaje y los muelles de carga quedaban dentro del perímetro vigilado del edificio. Había dos entradas de vehículos que daban a Maiden Lane.

Sobre nuestras cabezas zumbaban los conductos de ventilación. Los agentes de las fuerzas especiales tenían cubiertas ambas salidas, mientras que un furgón blindado aguardaba con el motor ruidosamente al ralentí en la zona de aparcamiento. Era imposible cruzar la barrera de vigilancia, pero tampoco podíamos volver atrás.

Escuché el zumbido del aire en los conductos, y dije:

—El dinero, Jack.

—¿Qué?

Lo miré de frente. Él se hizo el tonto.

—Me miras con esa cara desde que tengo tres años —le espeté—. No me lo trago. Necesito todo lo que hayas cogido.

—No sé de qué me hablas.

—Tú eres un ladrón. Y estabas acostado hace un momento sobre treinta millones de dólares. No me vengas con cuentos. Tienen los números de serie de esos billetes. Ya los han desechado. Carecen de valor. —No sabía si todo esto era cierto, pero de lo último sí estaba seguro—. Si no me lo das, estamos perdidos.

Uno de los guardias se situó en nuestro campo visual. Nos pegamos cuanto pudimos a la pared, pero si el tipo miraba hacia donde estábamos, nos vería. Jack sacó una bolsa llena de paquetes de dinero manchado de sangre.

Era medio millón de dólares, más o menos.

Alargué la mano.

—Yo he confiado en ti —dije—. Ahora confía tú en mí.

Él echó un último vistazo al dinero y me lo dio.

Quité la cinta de una junta del conducto que pasaba por encima de nosotros y doblé el delgado borde de acero galvanizado. Noté cómo se colaba el aire a toda velocidad. Abrí la bolsa del dinero, saqué el precinto de un fajo y lo tiré dentro. Y luego otro, y otro.

Jack me miró con ojos horrorizados.

—¿Qué coño...?

Quizá pensaba que había perdido la chaveta, o que me había convertido en una especie de anarquista radical. Pero enseguida oyó los gritos cerca de la entrada. Abrió unos ojos como platos y empezó a abrir fajos y a meterlos en el conducto.

Estábamos solamente a dos manzanas de Wall Street, el corazón mismo de la codicia americana. Yo contaba con una hipótesis para salvarnos: que tanto los empleados de Banca como los operadores de Bolsa, que caminaban apresuradamente por las aceras (con gemelos impecables y cuellos almidonados), no tendrían empacho en abalanzarse sobre un puñado de dinero sucio.

Los billetes fluían por los conductos y salían volando por los respiraderos que había sobre el garaje. Un fajo antirrobo, provisto de un explosivo teñido de rojo e imposible de distinguir a simple vista, estalló en el interior del conducto.

Jack echó a andar.

Yo lo retuve.

Tras unos segundos, se oyó el clamor general que se había desatado.

—¡Atrás, atrás! —aullaba un policía.

—¡Joder! —gritaba alguien en la calle—. ¡Son billetes de cien!

La policía y los miembros de las fuerzas especiales se desplegaron hacia las entradas, mientras nosotros nos trasladábamos sigilosamente pegados a la pared. El alboroto de la calle los tenía distraídos por completo.

No sé por qué estaban tan enfadados. Al fin y al cabo, Washington acababa de votar que se siguiera estimulando la economía, y Jack y yo estábamos contribuyendo modestamente a aumentar el flujo monetario, tal como hacían los operadores de la novena planta. Aunque me parece que nuestro sistema era mucho más divertido.

Ya veíamos Maiden Lane. Los billetes giraban y revoleaban

por los aires como hojas otoñales. La gente les daba caza y se llenaba los bolsillos a puñados. La policía trataba de hacerlos retroceder (aunque observé, aquí y allá, que algunos agentes no se resistían a atrapar uno o dos billetes de cien), y como tenían que mantener a la multitud a raya e impedir que entraran en tromba, no constituía para ellos una gran prioridad el que dos individuos pulcramente vestidos con camisa blanca trataran de salir de allí.

Llegamos a la acera y nos alejamos del tumulto.

El frío viento arremolinaba los billetes, los arrastraba a gran altura entre los edificios de oficinas y los pegaba contra los muros de piedra. Pisé un charco sucio. Ben Franklin alzaba la vista hacia mí desde el mugriento líquido.

Era una maravilla: secretarias, vendedores de shawarma, mensajeros en bicicleta, banqueros, turistas, empleados de mudanzas, taxistas…, todos ellos pillaban al vuelo los billetes de cien y los apretujaban sobre el pecho, entre risas y riñas, en mitad de la calle.

Solo dos personas parecían indiferentes a todo aquello. Jack y yo nos abrimos paso entre el gentío y caminamos a paso vivo hacia calles más silenciosas. Hacia la libertad.

283

Capítulo cuarenta y siete

*E*l punto de reunión con Lynch quedaba cerca del muelle 11, en el East River. En cuanto dejamos atrás a la policía que rodeaba la Fed, agarré a Jack del brazo.

—Pásame las directivas falsificadas —exigí. Habíamos de darles el cambiazo y luego largarnos lo más lejos posible. No nos quedaba mucho tiempo hasta las dos y cuarto. Antes de que Lynch y Bloom se dieran cuenta del engaño, yo ya habría advertido a Annie y a mi padre para que se pusieran a salvo.

—No sé, Mike.

—¡Vamos! —grité—. Haremos el cambio y acabaremos con ellos.

Él retrocedió.

—Lo siento, Mike.

Me di la vuelta, demasiado tarde para reaccionar, y descubrí que Lynch y el tipo de las gafas se me acercaban uno por cada lado. Me agarraron entre los dos y me inmovilizaron los brazos a la espalda.

—Maldito Judas de mierda —espeté a mi hermano.

Toda su comedia antes del golpe y el pavor que le había entrado constituían una estratagema para que le contara mi plan: mi intención de volver las tornas contra Bloom y Lynch. Ellos sabían que yo tramaba algo para que el golpe les fuera adverso. Jack era el seguro con el que contaban, pues una vez que yo le hubiera revelado mi secreto, suponían, ya me tendrían controlado. Solo entonces permitirían que hiciera el trabajo. Ese debía de ser el mensaje que Jack había enviado antes de entrar en la Fed.

—Tenía que elegir entre tenderte una trampa y perder la vida —explicó Jack—. ¿Tú qué habrías hecho?

Yo conocía la respuesta, porque había hecho la misma elección justo antes del golpe, cuando le había pasado los papeles. Pero eso él aún no lo sabía.

Lynch me registró hasta encontrarme la directiva.

Mientras me hacían desfilar por Pearl Street, seguí haciéndole reproches a Jack. Al taparme Lynch la boca con la mano, noté sabor y olor a tabaco en su piel. Una furgoneta se detuvo a nuestro lado. Me metieron a empujones en la parte trasera.

Mientras circulábamos por la FDR Drive, observé un ferri que amarraba en el muelle 11. Hicimos un cambio de sentido, nos dirigimos al norte y salimos de la autovía hacia un helipuerto flotante del East River. En el asiento delantero, el esbirro de Lynch se puso la directiva sobre las piernas, le sacó una fotografía con un teléfono inteligente y la envió.

Cuando la furgoneta se detuvo, me hicieron bajar. Caminamos hacia un edificio de piedra blanca y grisácea situado en un muelle, casi sobre el agua. Detrás se hallaba el helipuerto. Las aspas del helicóptero nos ensordecieron mientras cruzábamos la plataforma y subíamos al pequeño aparato. Nos elevamos y giramos en el aire; la ciudad se fue encogiendo a nuestros pies.

En cuanto le llegase la directiva, el jefe de Bloom y Lynch daría la señal y pondría decenas, quizá cientos de millones de dólares en operaciones con un elevado apalancamiento, y se crearía una posición de resultados totalmente garantizados mientras el mundo restante aguardaba el comunicado del Consejo de Gobernadores. Una vez hecha pública la decisión, en menos de dos horas, recogería sus ganancias y las convertiría en dinero contante y sonante.

—¿A dónde vamos? —pregunté a Lynch.

—Es usted un verdadero coñazo, señor Ford —replicó—. Hemos de mantenerlo calladito hasta las dos y cuarto.

En mi época en la Marina, había procurado evitar los helicópteros (era una parte de mi estrategia para pasar de los treinta), pero de nada sirvieron mis intenciones porque tuve que subirme a un aparato de esos unas cuantas veces. Ya estaba acostumbrado a los asientos traqueteantes, al frío metal y a los cinturones de seguridad de cinco puntos. Aquel aparato, en

285

cambio, estaba equipado como una limusina: mueble bar, tapicería de cuero y unos ejemplares del *Financial Times* apilados pulcramente junto a cada asiento.

Sobrevolamos el Hudson y los acantilados de piedra de la orilla de Jersey. En menos de diez minutos tomamos tierra en el aeropuerto de Teterboro. Bajamos del helicóptero. En la misma pista, a unos treinta metros, nos esperaba un jet privado. Cuando subimos a bordo, los pilotos nos saludaron. Una azafata espectacular me dirigió una sonrisa. Ya en la cabina principal, Lynch me inmovilizó una muñeca con unas esposas fijadas en el apoyabrazos.

Las examiné: Smith and Wesson. Perfecto.

Si están planeando que los secuestren, les recomiendo que sea en un avión privado. Ni control de equipaje, ni rayos X, ni arco de seguridad. Puedes pasar con los zapatos y con todos los líquidos que quieras, te toca un asiento enorme y hay un sofá y un bar en la parte trasera. Un verdadero lujo, de camino a mi propia ejecución.

Estuvimos volando algo más de una hora y aterrizamos en un pequeño aeropuerto, rodeado de sinuosas colinas por todos lados.

Mientras recorríamos la pista, reconocí a través de la ventanilla la camioneta que nos esperaba. Era el Land Cruiser de Bloom.

Ella estaba de pie en la pista cuando Lynch me sacó del avión.

—¡Ah, Michael! —exclamó—. Ya te advertimos contra el exceso de curiosidad. Es una pena, realmente.

Lynch colocó una porra entre mis muñecas esposadas y la retorció. El metal se me clavó en la piel mientras él tensaba las cadenas, lleno de excitación ante la perspectiva de hacerme daño.

—Habría sido tan fácil si te hubieras mantenido en la inopia. Pero ahora… —Bloom meneó la cabeza.

Lynch apretó con más fuerza.

—Llévatelo —le dijo ella—. Yo me encargo del otro.

Jack caminó hacia la camioneta y subió. Tenía las manos libres. Lynch me metió de un empujón en el asiento del copiloto de una furgoneta negra. Hice una mueca de dolor cuando la fina cuchilla oculta en la solapa de los ojales de mi camisa se me clavó en el pecho, justo debajo de una antigua cicatriz.

El tipo me quitó la esposa de una muñeca, y yo noté un dolor ardiente en el meñique y el anular a medida que me volvía la sensibilidad. Fue apenas un instante de alivio, porque enseguida pasó las argollas por la manija de la puerta y las cerró con llave.

Ocupó el asiento del conductor. Con la mano derecha manejaba el volante y con la izquierda me apuntaba al torso con su Colt 1911. Noté el hilillo de sangre que me iba saliendo del corte, justo por debajo del esternón. Me eché hacia delante, para disimularlo y evitar que él me encontrara la cuchilla.

—Me parecen muchas molestias para encontrar un sitio adecuado donde matarme.

—Totalmente de acuerdo. Pero ella tiene un modo misterioso de trabajar.

Tanteé las costuras de las mangas de mi camisa, buscando la llave. La mano no se me había recuperado del todo desde la última vez que me habían esposado, cuando me rompí el pulgar. Por fin noté que el cilindro de plástico emergía entre el tejido de algodón.

Fuimos serpenteando por un terreno boscoso, subiendo y bajando colinas. Por los mojones de la carretera, deduje que estábamos en algún punto de Virginia.

Los árboles desaparecieron y la carretera inició un descenso. Recorrimos una larga curva y nos acercamos a un puente de dos carriles sobre el valle de un río, en las afueras de un pueblecito. El puente, un anticuado arco de piedra, tenía aceras a ambos lados y faroles de metal trabajado colgados de postes de madera.

Con precaución, me saqué de la manga el cilindro de plástico. La mancha de sangre en la pechera de mi camisa era del tamaño de una moneda de veinticinco centavos, e iba creciendo. Tenía a mi favor dos cosas: una, que Lynch siempre conducía: una especie de manía controladora; y dos, que llevaba puesto el cinturón de seguridad. Quizá había sufrido algún accidente. Miré el anillo de boda que llevaba en la mano. A lo mejor tenía hijos.

287

Las curvas antes del puente iban a exigir toda su atención. No se me presentaría una oportunidad mejor. Abrí con la uña la lengüeta del extremo del cilindro. Deslicé este entre mis dedos, lo introduje en la cerradura de las esposas y esperé a que Lynch mirara la carretera.

Había una amplia curva a la izquierda. Cuando él volvió a mirarme, yo ya me había quitado las esposas de la muñeca y había dejado caer las argollas de la manija de la puerta.

Él alzó la pistola al ver que pasaba algo raro. Le di un golpe en el brazo de la pistola con la mano izquierda mientras con la derecha accionaba la palanca de mi asiento, reclinándolo hasta dejarlo totalmente abatido. El disparo en aquel reducido espacio fue ensordecedor. Mi ventanilla explotó en una lluvia de cristales sobre la ladera que bajaba hacia el río.

La detonación se había producido más cerca de sus oídos y lo había desconcertado más que a mí. Echándome hacia atrás, le sujeté con la derecha la mano de la pistola y le retorcí la muñeca ciento ochenta grados. Con la izquierda, agarré su cinturón de seguridad, tiré de él hacia arriba y hacia atrás y lo estrangulé con todas mis fuerzas.

La cara se le puso roja y luego morada mientras descendíamos hacia el puente. Yo confiaba en que él frenaría y detendría la furgoneta, en lugar de estrellarla y conseguir que nos matáramos los dos. Soltó un segundo la mano derecha del volante, buscó a tientas y liberó el cinturón.

Yo todavía le inmovilizaba la mano de la pistola. Cuando se aflojó el cinturón y fue a coger otra vez el volante, me incorporé y le pasé el brazo izquierdo por el cuello. Le hice una llave de estrangulación y lo arrastré hacia atrás.

Quedó de cara al techo. Ninguno de los dos veía la carretera.

—¡Frene! —grité.

Él no podía decir nada, asfixiado como estaba, y dado lo lejos que había acabado de su asiento, yo no sabía si todavía llegaba a los pedales. Su único objetivo parecía ser girar la pistola, a unos quince centímetros de mi cara, para pegarme un tiro. Yo lo agarraba de la muñeca y trataba de apartar el cañón de mi cabeza.

Lo más seguro es que la furgoneta tenía una buena alineación de ruedas, porque me pareció que pasaba mucho rato hasta que nos salimos del carril y chocamos contra otro coche.

Sonó un estrépito metálico. Nuestro vehículo patinó, se escoró violentamente hacia la derecha y nos arrojó a través de mi asiento reclinado hacia la parte trasera. Le solté un momento a Lynch la mano de la pistola para sujetarme.

Lo único que conseguí fue presionar la manija de la puerta corredera de mi lado, que se desplazó y se abrió por completo.

La colisión nos alejó de la calzada del puente. Nos subimos al bordillo y seguimos disparados por la acera, acercándonos más y más a la barandilla, al vacío abierto sobre el río.

Yo seguía aplicándole la llave a Lynch, que estaba medio tumbado sobre mí, y ambos permanecíamos boca arriba en el bamboleante asiento de atrás. La furgoneta avanzaba sin control.

Como él no disponía de ángulo para dispararme con la pistola, echó la mano derecha atrás y me metió el pulgar en el ojo. Yo giré la cabeza, pero, de repente, ya no importó el dolor ni la pistola.

Me estaba escurriendo del asiento hacia la puerta abierta. Tan solo mis caderas, apresadas por el peso de Lynch, me mantenían en el interior del vehículo. La última rueda subió el bordillo. La furgoneta dio una sacudida, sacándome todavía más afuera. Ahora la cabeza me colgaba del revés por el umbral de la puerta. El parapeto de piedra blanca pasaba a toda velocidad, acercándose más y más, amenazando con aplastarme la cabeza contra la carrocería de acero del vehículo.

Esperé hasta el último segundo. Afirmé la llave de estrangulación con el brazo izquierdo y, haciendo palanca, incorporé el torso con todas las fuerzas que me quedaban. Logré meterme dentro antes de que la carrocería tocara la barandilla y empezara a arrojar chispas sobre la acera de cemento.

Fuimos perdiendo velocidad hasta detenernos por completo, tal como se había detenido la irrigación en el cerebro de Lynch, a juzgar por su aspecto. Parecía un muñeco de trapo. Aflojé la llave; inspiré hondo. Estaba atravesado sobre el asiento, con la cabeza apoyada en el umbral, apenas a cinco centímetros de la barandilla. No era una situación ideal, pero al menos no estaba muerto.

289

Cuando inspiré por tercera vez, el cuerpo de Lynch se tensó.

—Joder —mascullé.

Empezó a darse la vuelta, ahora con la mano de la pistola libre.

Me apuntó a la cara. Yo agarré el arma con ambas manos, desviándola y arrancándosela de un tirón, al tiempo que lo impulsaba violentamente con las piernas y lo mandaba directamente por encima de la barandilla.

Me asomé. Estábamos muy cerca del final del puente y no había demasiada altura hasta los arbustos de la ladera.

Miré a ambos lados de la carretera. El otro conductor se había bajado del coche al principio del puente y parecía ileso.

Permanecí tumbado en el estribo, sujetando aún la pistola por el cañón, y dejé que el aire me llenara los pulmones y que se me calmaran los calambres del brazo. El Colt 1911 de Lynch era estupendo: un modelo Wilson Combat.

Alguien venía desde el otro extremo del puente. Cogí la pistola por el mango. Un hombre caminaba por nuestro carril.

Le apunté a la cabeza. Era mi hermano.

—Las manos arriba, Jack —grité.

Él se acercó a la furgoneta.

—¿Estás bien?

—¿Ahora te preocupa mi estado? Levanta las manos o te mato. Y lo tendrás bien merecido.

Alzó las manos. No detecté ningún signo de que fuese armado. Bloom nos llevaba una buena ventaja, pero habría visto algo. Ahora estaba aparcada de cara a nosotros en un extremo del puente. Me imaginé que tendría armas en abundancia en su camioneta.

—Lo siento, Mike. No tenía alternativa.

—Me tiene sin cuidado el motivo. He terminado contigo. Atrás.

—A fin de cuentas, sabía que ellos me matarían y que tú, no. Así de sencillo. Soy tu hermano y tú eres un buen chico. Los buenos chicos no matan a la gente.

Esa última parte era, de hecho, materia de discusión entre Annie y yo.

—Deja de fingir que vas a dispararme —dijo Jack, y se

acercó a la puerta del conductor. Me puse en cuclillas para disponer de un buen ángulo de tiro.

Él fue bajando las manos y me avisó:

—Voy a abrir esa puerta, Mike.

—Yo haré lo que sea para mantenerte a raya. No me pongas a prueba, Jack, porque dispararé.

—Tú eres un buen chico, Mike. Sal de ahí antes de que acabes herido.

Abrió la puerta del conductor, se inclinó hacía mí y adoptó una expresión llena de bondad.

Yo ya me sabía de memoria todas las frases que emplearía, todos los gestos, todas las sutilezas retóricas con las que intentaría llevarme a su terreno. Ya había visto su repertorio en innumerables ocasiones, siempre que me había hecho una de sus propuestas. ¿Cuántas veces me había mirado con expresión taimada, entornando los ojos, mientras trataba de engatusarme?

Y las conocía porque eran las mismas expresiones de mi padre, porque eran las mías. Pero ahora había algo realmente extraño en su cara, en esos ojos verdes como los míos, porque era la primera vez que los veía frente al extremo del cañón de una pistola.

Centré la mira del arma en su rostro. Era mi hermano, sin duda. Pero ¿cuántas veces vas a poner la otra mejilla? ¿Cuándo se iba a acabar aquello, si no se acababa ahora? Ya me había arruinado la vida una vez, años atrás, consintiendo que cargara con la culpa de un golpe por el que poco me había faltado para acabar en prisión. Después de todo el sufrimiento que me había hecho pasar, ¿hasta qué punto me importaba, realmente, si seguía vivo o muerto?

—Última oportunidad —dije.

Él se acercó un poco más.

—Vamos, Mike...

Contraje la mano. Y Jack, por una vez, advirtió que no me había sabido calar. Aprecié el temor en su expresión. Apreté el gatillo. El arma dio una sacudida. Mi hermano gritó de dolor.

291

Capítulo cuarenta y ocho

*L*a ventanilla del conductor estalló en pedazos. Jack se arrojó al suelo junto a la furgoneta, tapándose la cara con las manos. Me apresuré a situarme frente al volante. La puerta seguía abierta y mi hermano permanecía en el suelo.

Me vociferó una larga ristra de maldiciones mientras se palpaba las mejillas y los ojos.

Creería que le había disparado a la cara. Yo comprendía que se lo hubiera tomado a mal y confiaba en que Bloom se llevara la misma impresión, porque necesitaba ganar tiempo.

—Deja de portarte como un crío —le espeté. Me bajé del vehículo y, agachándome, a cubierto tras la puerta, le puse la pistola en la cabeza. Tenía un pequeño corte en la mejilla—. He disparado a la ventanilla. Tienes un simple rasguño por la rotura de los cristales. Dame tu móvil.

—¿Qué?

—Tu móvil —grité—. Ya sé que no te lo han quitado. ¿Dónde está? He de hacer varias llamadas.

Se señaló el bolsillo. Le quité el teléfono y le cacheé la cintura.

—¿Dónde llevas la pistola?

—Detrás.

—Ponte boca abajo.

Obedeció. Le saqué una Baby Glock de una funda que llevaba por dentro de la pretina.

—Tú no me conoces, Jack. Y tampoco eres tan bueno como te crees. —Le di un ligero cachete en la mejilla—. Gano yo.

Subí a la furgoneta, cerré de un portazo y pisé a fondo.

Incrustada la cabeza en el asiento debido a la brusca arrancada, salí disparado hacia Bloom. Giré a la izquierda, cruzando la doble raya amarilla, viré de nuevo y arremetí contra su camioneta.

Detecté en el último momento que ella se apartaba de la puerta del conductor y alzaba la pistola. Me agaché de inmediato bajo el salpicadero y percibí perfectamente el tintineo de los disparos en el capó de la furgoneta.

Me fui de morros contra el volante a causa del impacto. La furgoneta patinó hacia un lado. Mi campo de visión se había inundado de luces rojas y blancas.

El motor seguía en marcha. Describí un giro de ciento ochenta grados. La camioneta de Emily estaba medio montada sobre el final del parapeto. Aceleré, con mayor control esta vez, mientras notaba el sabor de la sangre por el corte que me había hecho en el labio con el volante.

Embestí contra el parachoques trasero y dejé la camioneta subida sobre la barandilla, con dos ruedas en el aire. Pese a la altura del bastidor, no podría salir de allí fácilmente. Recé para que ello me proporcionara el tiempo suficiente para escapar.

Bloom disparó desde los arbustos. Puse la marcha atrás, ensayé un cambio de sentido sin parar; me salió un poco chapucero y no me quedó más remedio que subirme al bordillo para completarlo.

Las ventanillas traseras y el retrovisor lateral del copiloto estallaron mientras me alejaba, pero enseguida puse una buena distancia entre nosotros. Hice varios virajes rápidos entre las casas de las afueras del pueblo y, a continuación, tomé a toda velocidad una carretera que discurría junto al río.

Mientras aceleraba, cogí el teléfono de Jack. Tenía que avisar a Annie cuanto antes.

Su móvil sonó y sonó, y saltó el buzón de voz. Dejé mi número, le dije que me llamara de inmediato, que corría peligro.

Viré bruscamente por una carretera secundaria mientras pensaba cómo podía localizar a Annie y a mi padre, cómo podía llegar a tiempo a nuestra casa en Alexandria.

Probé en nuestra línea fija. Nadie respondía. Tenía que localizarla en el trabajo, pero antes había de poner otro recurso en marcha. Llamé al 911.

293

—¿Cuál es la emergencia?

—Necesito hablar con la oficina regional más próxima del Servicio Secreto.

—¿Cuál es su situación?

—Tengo que hablar con el Servicio Secreto. Hay una grave amenaza. O déme el número y llamaré yo mismo.

—Le paso.

El Servicio Secreto dispone de ciento cincuenta oficinas regionales a lo largo y a lo ancho de todo el país. Se pueden encontrar en las páginas de emergencias de la guía telefónica. Recordé que Cartwright había dicho que esa entidad se ocupaba de los fraudes bancarios e informáticos. En cuanto Jack y yo habíamos pisado la Fed, nos habíamos convertido en un problema de dicho servicio. Así, además, podía esquivar la influencia de Lynch en el FBI. Antes del golpe, no contaba con pruebas suficientes para acabar con él, Bloom y su jefe, pero ahora los tenía bien pillados.

—Servicio Secreto —respondió un operador.

—Quiero denunciar un grave delito.

—¿Cuándo se ha producido?

—Está produciéndose ahora.

—¿Dónde?

—En la Reserva Federal de Nueva York.

—¿Y usted quién es?

—Soy el tipo que ha cometido el robo. Necesito hablar con un agente superior o con el detective en jefe.

—¿Cuál es la naturaleza del delito?

—Hemos robado la directiva, la decisión del Comité Federal de Mercado Abierto del DC. No se hará pública hasta las dos y cuarto, y, mientras tanto, nosotros vamos a operar con información privilegiada. No tiene motivos para creerme, lo sé. Pero puede llamar a la Fed y confirmar que se ha producido una filtración. A estas alturas, ya habrá salido en las noticias. Hay una cámara oculta tras el escritorio del vicepresidente primero, en la base de una pelota de béisbol con la que fue obsequiado.

—Espere, por favor —dijo el operador.

Oí un clic. Dado que el Servicio Secreto tiene que lidiar con más chiflados de la cuenta, me esperaba algún filtro. Al cabo de un momento, me conectaron con otra voz: un agente.

—¿Ha escuchado lo que le he explicado al operador? —pregunté.

—Sí. Voy a pasarle con Nueva York. Allí pueden hacer las comprobaciones necesarias.

—No. Yo ya estoy en Virginia y todos los culpables también. Voy a darle más datos para que pueda comprobar lo que le digo. ¿Está preparado?

—Sí.

—Hemos implantado un virus en el ordenador del cubículo novecientos veintitrés. El código PIN del fax de seguridad de la oficina de compraventa es el cuatro, seis, uno, nueve, cinco, cero, uno, nueve.

Oí que lo iba tecleando todo.

—Y hay una nota —continué— en la oficina del vicepresidente ejecutivo.

—¿Una nota?

—Sí. Dice: «Acabo de robar la directiva».

—¿Habla en serio? ¿De veras espera que…?

—Llame a Nueva York y confírmelo.

—¿Quién es usted?

—Nada de nombres. Pero le daré mi dirección.

Él la anotó. Le indiqué que se apuntara las operaciones bursátiles que se habían de vigilar, para confirmar que se estaban llevando a cabo con información confidencial. Acto seguido, colgué.

Supuse que el Servicio Secreto tendría gente no lejos de la dirección que les había dado. Hay un centro de emergencia llamado Mount Weather en las montañas Blue Ridge, a poco más de una hora del DC. Es un búnker construido en la ladera de la montaña, preparado para convertirse en la sede del Gobierno en casos de emergencia; es donde mantuvieron al vicepresidente Dick Cheney después de los atentados del 11 de septiembre.

Entonces marqué el número de información telefónica. Ya casi se me había olvidado que existía. Pedí el número de la oficina de Annie. Me conectaron. La recepcionista del bufete me pasó a su despacho, pero no obtuve respuesta.

¿Dónde se había metido?

Volví a llamar, pregunté por una amiga suya que trabajaba en el mismo grupo de prácticas. Ella sí contestó.

—Soy Mike Ford. Perdona que te moleste en el trabajo, pero necesito localizar a Annie. Está en peligro.

—No creo que quiera hablar contigo, Mike.

—¿Sabes dónde está? —pregunté. La cosa resulta complicada cuando tienes que esforzarte para no parecer un acosador.

—No puedo decírtelo —respondió—. Pero me comentó que iba a un lugar seguro. Tengo que dejarte. Lo lamento, pero no puedo meterme en medio de... —se excusó.

Colgué. «Un lugar seguro.» Ya sabía a dónde iba. Yo mismo le había dicho que fuese allí. Pero en estos momentos resultaba ser el sitio más peligroso en que podía estar: era la dirección que yo acababa de facilitar al Servicio Secreto.

Reduje la velocidad, di un volantazo e hice un cambio de sentido cruzando la doble línea amarilla.

Lo único que deseaba era escapar, salvarla a ella y a mi padre de la violenta amenaza que se cernía sobre nosotros.

Pero ahora tenía que meterme directamente en las brasas.

Capítulo cuarenta y nueve

Recorrí las carreteras secundarias a más de cien kilómetros por hora. Estaban prácticamente vacías y, además, me las sabía de memoria: el mercadillo agrícola, la armería, la tienda de productos regionales... Había pasado por allí un montón de veces.

Eran casi las dos de la tarde. El anuncio se efectuaría a las dos y cuarto. Y yo me encontraría en la zona cero cuando todo se viniera abajo.

Salí de la carretera a unos quince metros de la entrada de la hacienda, y paré la furgoneta entre los arbustos y los altos robles. Divisé el sendero de acceso circular en la colina donde se alzaba la mansión. Annie aún no había llegado; conseguiría detenerla antes de que lo hicieran ellos. Desde allí tenía una perspectiva aceptable de la carretera. La esperaría, me bajaría en cuanto la viera y la obligaría a frenar plantándome ante su coche. Confiaba en que todavía me tuviera el suficiente cariño como para pisar el freno.

Me mordisqueé la uña del pulgar mientras observaba la cuenta atrás en el reloj.

Al cabo de diez minutos, me incliné para revisar el móvil.

—¡Manos arriba! —gritó alguien.

Lynch apareció por el lado del copiloto, que yo tenía cegado porque Bloom me había destrozado el retrovisor lateral.

Me agaché, cogí la pistola y salí por la puerta del conductor. Rodeé la furgoneta por delante y nos encontramos frente a frente, apuntándonos el uno al otro a la cabeza. Lynch se había arañado de mala manera todo un lado de la cara cuando lo había arrojado por el puente, y deduje que tenía ganas de desquitarse.

—¡Estos chicos con sus armas! —Me giré y vi a Bloom cruzando la carretera y apuntándome con su propia pistola. Mis probabilidades en el duelo cayeron en picado.

—Quita el dedo del gatillo, Mike. Coge la pistola por el cañón, déjala en el suelo y retrocede —ordenó Emily—. Preferiría no tener que matarte aquí.

Me quedé inmóvil, evaluando mi situación: no era nada buena.

Antes de que pudiera decir o hacer algo, oí que se aproximaba otro coche y divisé el Accord de Annie, que bajaba por la ladera desde la dirección opuesta a aquella por la que yo había venido.

—Lo tengo controlado —le dijo Bloom a Lynch—. ¿Por qué no vas a saludar a la chica? No creo que se alegre mucho si me ve a mí.

El hombre se puso en marcha. Mientras él salía al trote, dejando atrás el inicio del sendero, Bloom le recordó que mantuviera encendida la radio. Un poco más lejos, aunque la carretera describía una ligera curva, divisé entre los arbustos cómo él se plantaba en la calzada frente al coche de Annie.

El Accord se detuvo con un chirrido de frenos.

Bloom sostenía la radio con una mano, sin dejar de apuntarme con la otra.

—Quizá te crees una especie de mártir, Mike, pero no te imagino permitiendo que ella muera. O sea que, por favor, déjate de teatro y suelta la pistola. Podemos solventarlo como adultos.

—No lo creo.

Ella pareció sorprendida.

—¿Ves a Annie? —preguntó.

Traté de atisbar: apenas la distinguía, aunque oía cómo insultaba furiosamente a Lynch, todavía víctima del susto que se había llevado al verlo plantarse ante el coche. Se había asomado a la ventanilla, pero no se había bajado. Lynch permanecía en la calzada, un poco girado para ocultar la pistola que llevaba pegada al flanco.

Bloom alzó la radio y dijo:

—Baja la pistola, Mike, y pórtate bien, o consentiré que la

mate. Que quede entre tú y yo, pero ese tipo empieza a preocuparme: creo que le encanta disparar a la gente.

Si solamente hubieran ido a por mí, no sé qué habría pasado. Yo estaba lleno de dolor y adrenalina, dispuesto a arrasarlo todo a sangre y fuego. Pero ahora que tenían a Annie a punta de pistola, el juego había terminado.

O eso creían ellos. Mi único punto fuerte era que no tenían ni la menor idea de con quién se enfrentaban. Annie creía conocerme. Lo mismo que Jack. Lo mismo que Emily.

Pero todavía tenían mucho que aprender.

—Ahora, Mike. O ella morirá.

Ella hablaba con gran seguridad.

—Adelante —dije.

Por una vez, se quedó pasmada.

—¿Qué?

—Adelante —repetí.

Ella tragó saliva y pulsó el botón de la radio. Sonó una ligera interferencia en la transmisión.

—La mataremos.

—¿De veras?

Observé cómo se le tensaban los músculos del antebrazo y cómo le asomaba la duda en los ojos. Pero nada más. No dio la orden. No hubo disparo.

—¿Quieres que muera? —gritó Bloom.

—Ya te tengo calada. Lo he entendido todo.

Ella bajó la radio.

—Bien —dije—. Me lo tomo como una confirmación: sé quién es la persona para la que trabajas. —Y añadí a gritos—: ¡Corre, Annie! ¡Lynch tiene una pistola!

Di unos pasos hacia Emily, sujetando mi arma con ambas manos. Ella llamó a Lynch por radio.

—Olvídate de ella. Vuelve aquí.

Había perdido su mayor baza para coaccionarme. La pelea estaba equilibrada, y no parecía muy contenta con el punto muerto en que nos encontrábamos.

Lynch se alejó del coche de Annie y corrió hacia nosotros.

—¡Eh! ¡Me ha roto mis…! —oí que le gritaba Annie; entonces arrancó y lo siguió lentamente con el coche—. ¿Qué hace en medio de la carretera? ¿Se ha vuelto loco?

Al acercarse más, nos vio en plena confrontación. Annie frenó y se bajó del coche.

—¿Mike? ¿Qué demonios hace ella aquí? ¿Eso es una pistola?

—¡Corre! —grité.

Ella se detuvo y volvió a subir al coche. Me di cuenta de que Lynch titubeaba al verla arrancar, indeciso entre venir a cubrir a Bloom o mantener a Annie controlada. Me fui hacia él, apuntándole a la cabeza.

—Es a mí a quien quieren, ¿no? —le dije.

El individuo se volvió a mirarme. Annie aprovechó para agacharse en el asiento, pisar el acelerador y dar un giro de ciento ochenta grados. Las ruedas resbalaron en la tierra de la cuneta y lanzaron una lluvia de grava hacia nosotros. Enderezó rápidamente el vehículo y, con un rugido del motor, salió disparada.

Ahora Lynch y Bloom me tenían en sus manos. No me gustaba nada aquella nueva proporción de fuerzas.

—Tira la pistola, Mike. Sería un coñazo matarte en medio de una carretera. Obedece y seremos clementes contigo.

Observé cómo desaparecía Annie por la curva. Por supuesto, yo quería que huyera. Me sacrificaba gustosamente con tal de salvarla. Pero no me habría venido mal una fracción de segundo de vacilación, una última mirada melancólica, quizá incluso un «No te olvidaré» antes de dejarme allí solo con los asesinos. Un mínimo gesto, por los viejos tiempos.

—De acuerdo —admití. Saqué el dedo del guardamonte, sujeté la pistola por el cañón con la mano izquierda y alcé los brazos.

—Déjala en el suelo —dijo Bloom—. Y apártate.

Obedecí.

—Las manos en la cabeza —ordenó—. Por aquí.

Me llevaron carretera abajo: Lynch pegado a mí, empuñando la pistola, y Bloom apuntándome desde cierta distancia. Vi su camioneta oculta entre los árboles, al otro lado de la carretera.

—Es una pena, Mike. Empezaba a disfrutar de este juego del gato y el...

El tono displicente que pretendía adoptar aquella mujer

perdió buena parte de su efecto cuando estas últimas palabras quedaron ahogadas por el rugido de un motor revolucionado al máximo. Era un V6 de tres litros y medio que yo mismo me encargaba de mantener a punto. Annie había metido la sexta marcha manual del Accord. A ella le encantaba conducir. Y aunque aquel coche no pareciera gran cosa, rugía como un jet mientras venía lanzado hacia nosotros.

El impacto inminente distrajo a Bloom y a Lynch un instante, lo que me permitió apartarme dando dos rápidas zancadas.

Ellos podrían haberle disparado, pero entonces no habrían tenido tiempo de quitarse de en medio, por lo que se lanzaron a un lado, el lado del copiloto de Annie, y cayeron en una zanja llena de hierbajos. Yo rodé por el asfalto hacia el lado del conductor.

Ella frenó dando un patinazo algo más adelante. Bloom y Lynch se dispusieron a trepar fuera de la zanja, con las pistolas preparadas. Corrí hasta la puerta trasera, la abrí y me subí de un salto.

Annie parecía una actriz de kabuki: cara blanca, ojos desorbitados y respiración agitada.

—¡Vamos, vamos, vamos! —grité.

Parecía frenética, dispuesta a todo: metió la marcha atrás y sobrepasó volando la entrada de la hacienda. Oí un tintineo de cristales en el maletero y el estruendo de algo que se hacía pedazos al frenar en seco y enfilar el sendero hacia la casa. Las alfombrillas estaban cubiertas de cristales. Reconocí las formas de los jarrones de Annie: debían de haberse hecho añicos cuando había frenado para no atropellar a Lynch.

—Por ahí, no.

Ella me miró por el retrovisor.

—Tú no vas a darme órdenes, ¿entendido?

Me senté en el centro del asiento trasero, echándome hacia delante, y apoyé el brazo en el respaldo del copiloto. Cuando habíamos recorrido la mitad del sendero, Annie paró el coche. Miró por el retrovisor. No había ningún signo de que Lynch o Bloom hubieran salido en nuestra persecución.

Tal vez los intimidaba el pequeño ejército de guardias de seguridad que rondaba por la hacienda. Aunque no lo creía.

301

—Gracias por volver —dije.

—No he vuelto por ti. He vuelto por esos dos —aclaró señalando la carretera con un gesto—. Se han metido con la mujer equivocada.

Se giró hacia mí; vio la mancha de sangre de mi camisa y mi ojo magullado y enrojecido por la pelea con Lynch. Pensé que quizá se daría cuenta de que había hecho todo aquello para evitar los peligros que la amenazaban. Me cogió la cara con ambas manos, me atrajo hacia sí y me dio un beso largo y desesperado; después me soltó. Yo sonreí, casi con lágrimas de alivio, y entonces me dio una tremenda bofetada en la cara.

Me tambaleé hacia atrás.

Por lo menos no me había dado por imposible. No era un perdón, pero sí un comienzo.

Capítulo cincuenta

*E*ran las dos y trece.

—Hemos de salir de aquí. Annie, es…

—Una palabra más y te entrego a tu amiguita —dijo, mientras volvíamos a avanzar por el sendero. Varios perros de ataque corrían y daban saltos junto al coche.

Yo había empezado a sospecharlo en la fiesta de las damas de honor, pero me había convencido esta mañana. ¿Quién era lo bastante rico para jugarse millones de dólares en la directiva, para permitirse contratar a una mercenaria como Bloom, para orquestar todo aquel montaje? ¿Quién me odiaba hasta tal punto? ¿Quién podía estar tan empeñado en tenderme una trampa, en presentarme como un criminal, en alejarme de una vez por todas de mi prometida?

Nos detuvimos cerca de la entrada flanqueada de columnas.

—Vamos adentro —dijo Annie, apagando el motor y bajándose del coche—. Los guardias se ocuparán de esa gente, sean quienes sean.

La seguí por el sendero de losas blancas; le pedí que se detuviera, que pensara lo que iba a hacer.

Los perros, silenciosos salvo por los jadeos, se me aproximaron disparados.

—¡*Hutz!* —les gritó Annie. Ellos se sentaron a unos tres metros, fijando los negros ojos en mí, abriendo y cerrando las fauces, babeando… Dos guardias de seguridad aparecieron por las entradas laterales y nos flanquearon.

Annie subió los escalones.

—No lo hagas, Annie —le aconsejé—. Estás en peligro. Esa

es la única razón por la que fui a casa con ella la otra mañana. De lo contrario, iban a matarte. Querían tenderme una trampa y convertirme en cabeza de turco. Me han obligado. Todo ha sucedido contra mi voluntad.

—Basta, Mike. Ya estoy harta.

—Me han disparado, Annie. —Me alcé la camisa para mostrarle la gasa de color rojizo que tenía en la zona lumbar—. Por eso pasé la noche fuera.

—¡Dios mío! —exclamó.

—Estaba tratando de protegerte. Hemos de marcharnos. El hombre que está detrás de todo esto, el hombre que me ha tendido la trampa...

La puerta principal se abrió antes de que pudiera concluir. Lawrence Clark salió al porche, cruzó los brazos sobre el pecho y separó sus gruesas piernas como un Atlas.

—Es tu padre, Annie. Es un asesino. —Le tendí una mano—. ¡Vámonos!

—Annie —dijo Clark, acercándose a ella—, ven adentro, cariño. ¡Por Dios! ¿Es que lleva una pistola?

Yo tenía el Colt 1911 en el cinturón. Él dio otro paso.

—Espera —dije.

—Él está detrás de ese asesinato en el Mall, Annie —informó Clark.

—No fui yo —me defendí—. Todo ha sido cosa de tu padre. Él se ha apoderado de la directiva de la Reserva Federal antes de que se haga pública. Él está invirtiendo con esos datos. El hombre del Mall lo había descubierto; por ese motivo lo mataron.

—¿Cómo sabes todo eso, Mike? —preguntó Annie.

—Porque yo la he robado para él. Hoy. En Nueva York. Él trabajaba mediante intermediarios, coaccionándome, amenazándonos a Jack y a mí. Todo estaba pensado para que él consiguiera esas cifras y yo cargara con toda la culpa. Quería separarnos.

—¿Qué estás diciendo? —se asombró Annie.

Clark soltó una risotada, y dijo:

—Suena muy digno de confianza. ¡Vamos, Annie! Ven adentro antes de que te haga daño.

En cada habitación de la casa había un televisor permanente sintonizado con el canal Bloomberg de noticias financieras. Clark nunca mantenía una conversación sin seguir de soslayo los movimientos de los mercados.

Eran las dos y cuarto.

Echó un vistazo atrás, hacia la pantalla que había junto al vestíbulo. El volumen estaba muy alto, como es lógico cuando tienes varios cientos de millones pendientes de los titulares del día.

«Nos llegan noticias de que la declaración del Comité Federal de Mercado Abierto podría retrasarse unos minutos —dijo el locutor—. No recuerdo que haya sucedido nunca tal cosa. Vamos a conectar con Jonathan Maurer en Washington.»

Desde el umbral, Clark se volvió hacia nosotros e hizo una seña a sus guardias. Estos sacaron sus armas y se acercaron.

Yo saqué la mía.

—¿También me vas a disparar a mí, Mike? —inquirió Clark, meneando la cabeza con repugnancia—. Este es el hombre con el que ibas a casarte, Annie. Échale un buen vistazo.

Ella obedeció. Ya me había visto matar en otra ocasión. Aquello siempre había sido como el recuerdo de un mal sueño, como un espacio irrespirable, como una brecha en nuestras vidas reales. Y sin embargo, aquí estaba yo de nuevo, ahora en el umbral de su casa familiar, sosteniendo una pistola contra su padre.

Reflejada en los cristales junto a la entrada, distinguí mi cara angustiada, la sangre que me manchaba los dientes... Clark estaba ganando. Yo tenía todo el aspecto del asesino que tanto temía Annie.

—Pasa adentro, cariño —dijo él, tendiéndole una mano.

Clark no se desharía de mí delante de su hija, pero si ella entraba y me dejaba con los guardias, estaba perdido. Me sacarían de allí y me pondrían en manos de Lynch. Bloom manipularía todo el asunto hasta que solo quedaran mentiras y más mentiras: que yo había matado a Sacks, que no era más que un criminal...

Annie dio un paso hacia él, pero se detuvo, indecisa, mirándonos alternativamente a su padre y a mí.

Una vez, yo le había preguntado si seguiría queriéndome si ello implicara perderlo todo.

«Por supuesto», había dicho.

305

Las cosas cambian. Dio otro paso hacia su padre.

Entonces se plantó frente a él y le planteó una pregunta. No estaba buscando protección: estaba buscando respuestas.

—¿Con quién discutías al teléfono, papá?

—¿Cómo?

—La semana pasada, en tu despacho. Le estabas gritando a alguien. Nunca te había oído hablar tan asustado. ¿Quién era?

—No me acuerdo, Annie. Ahora no tenemos tiempo de discutir. Por favor, cielo, ven aquí.

—Háblame de Barnsbury —reclamó ella.

—¿Cómo?

—Explícame cómo amasaste unos fondos de miles de millones de dólares cuando los mercados estaban estancados.

—Por favor, Annie.

Mantuve la boca cerrada, dejando que ella sacara sus conclusiones. Probablemente, yo había plantado la semilla de la duda con mis acusaciones en la fiesta de las damas de honor, y reforzado las sospechas que ella albergaba desde hacía mucho tiempo.

—Dime por qué tuvimos que salir de Londres tan precipitadamente cuando yo era una niña —exigió.

No me hacía falta convencerla de nada y lo más seguro es que no habría podido si lo hubiera intentado. Ella se había decidido por sí misma y, obviamente, había investigado un poco.

—Mamá me dijo que me lo contaría un día. Pero no tuvo la ocasión de hacerlo. Por favor, explícame la verdad.

—Annie —dijo Clark—, te lo juro. Él está mintiendo. Míralo, por el amor de Dios.

Los guardias vacilaban. Mientras ella estuviera presente, no intervendrían. Las dudas que Annie albergaba eran lo único que me mantenía con vida.

—Mike, baja la pistola —me pidió ella.

—Eso es, querida —asintió Clark.

Quité el dedo del gatillo. Su padre sonrió. Él iba a ganar.

—No lo abandonaré —le dijo ella.

—¡Annie, escucha! —replicó él. Pero entonces nos llegó el sonido de las noticias de la televisión.

Capítulo cincuenta y uno

«*E*l Comité Federal de Mercado Abierto ha emitido su comunicado. Pese a las crecientes discrepancias en el consejo, la Fed ha renovado su compromiso para seguir aplicando medidas de estímulo a la economía...»

Clark se acercó al televisor.

—Eso no es cierto —murmuró. Annie se quedó pasmada al ver que se desentendía del destino de ella y de un conflicto a punta de pistola para ir a revisar sus acciones.

Él cambió de canal; puso la Fox Business.

—«... decidido más de lo mismo en lo que ha sido indudablemente una reunión de la Fed muy conflictiva...»

Luego buscó la CNBC:

—«... seguir inyectando dinero. No piensan retirar los estímulos en bastante tiempo...».

—Lo han entendido mal —masculló.

Annie me miró.

—Ya te lo he dicho, Annie —le recordé.

Clark no tuvo más remedio que asimilar la realidad: yo lo había vencido. Regresó por el vestíbulo hecho una fiera.

—Te mataré —rugió—. ¿Qué coño has hecho?

A lo lejos, vi que varios Suburban negros subían por la carretera a toda velocidad.

—¿Qué sucede? —pregunté—. ¿Una información errónea?

—¿Qué está pasando, Mike? —quiso saber Annie.

—¿Por qué no se lo explicas tú mismo? —sugerí a su padre.

Clark dio un paso hacia mí con los puños apretados, dispuesto a golpearme. Habría valido la pena llevarse un buen puñetazo para demostrarle a Annie quién era allí el bandido.

—Annie —dije—, deberías marcharte. Esto se va a poner feo.

—Te tenían vigilado —me espetó Clark—. No puedes haberla cambiado.

En un aspecto primordial, yo tenía una fe absoluta en Jack, es decir, estaba completamente convencido de que no era de fiar. Una cualidad valiosa a su manera, como en el caso de un hombre capaz de elegir siempre el equipo perdedor. Una vez que lo tienes en cuenta, estás fuera de peligro.

Yo sabía que Lynch no me dejaría dar el golpe sin tener a uno de sus hombres vigilándome, para cerciorarse de que no se la pegaba. Ese hombre era Jack. Y yo también sabía que él me traicionaría con tanta certeza como había sabido en Nueva York que el trilero del monte de tres cartas iba a cambiarme el as por la carta perdedora. Mi hermano había fingido antes del golpe que iba a rajarse para obligarme a confesar mi plan. Cuando yo le había dado los papeles que necesitaba para dar el cambiazo, Lynch y Bloom se relajaron. Ya me tenían controlado; habían desbaratado mi plan de conseguir que todo el asunto les explotase en la cara.

Pero yo siempre pecaba de precavido al dar un golpe; siempre lo había hecho así. Por consiguiente, llevaba dos copias de las directivas falsificadas. Había metido el segundo juego entre los menús del restaurante mientras el esbirro de Lynch me cacheaba. Cuando le expliqué a Jack que pensaba dar el cambiazo, lo estaba utilizando para despistar a Bloom y a Lynch. Y más tarde, cuando mi hermano se negó a ayudarme a cambiar los papeles, creyeron que la directiva que yo llevaba encima era la auténtica.

Pero se trataba de una falsificación. La auténtica la había tirado a la trituradora y la había reemplazado por una copia que afirmaba que la Fed haría lo contrario de lo que pensaba hacer. Clark había invertido de un modo completamente erróneo.

—Está todo perdido —se lamentó Clark, y se rascó la nuca—. Todo perdido. Y yo soy hombre muerto.

—¿Qué estás diciendo, papá?

—No, no. Estoy bien. Todo se arreglará.

Caminó en círculo, sin perder de vista la cinta deslizante que iba apareciendo bajo las imágenes televisivas, en la que se informaba sobre las cotizaciones. Clark era un superdepredador y vivía entregado a este tipo de riesgos. Tenía la voluntad necesaria para tomar decisiones instantáneas que podían llevarlo a la ruina, o hacerle ganar miles de millones, y el valor suficiente para doblar la apuesta cuando las cotizaciones se volvían en su contra y para contraatacar desde el borde del abismo.

Paseó la mirada por el espacio vacío del espléndido vestíbulo mientras hacía cálculos y, acercándose a una estrecha mesa de mármol, levantó con un solo brazo la escultura de bronce de un caballo, que debía de medir sesenta centímetros, y la arrojó a través de un alto ventanal. Una lluvia de cristales la siguió hasta el césped.

Entonces apoyó las manos sobre la mesa y bajó la mirada.

—Sal de aquí, Annie —ordenó—. Déjame con él.

—No, papá. ¿Qué has querido decir con eso de que eres hombre muerto?

—Sal —repitió.

Miré hacia el exterior. Los Suburban subían ya por el sendero de acceso. A juzgar por las antenas, eran del Gobierno. El Servicio Secreto venía a buscarnos.

—No era dinero tuyo, ¿verdad, papá? —preguntó Annie.

Él no respondió.

—¿De quién? —insistió Annie. La voz de su hija parecía serenarlo un poco. Yo no dije nada; me mantuve alerta por si Clark intentaba alguna treta.

—Mala gente —dijo—. Gente muy mala.

—¿Quién?

—Los fondos han pasado unos años difíciles. Bueno, todo el mundo. Pero eso les tenía sin cuidado a los hombres que me confiaron su dinero. Tenía que devolverlo o me matarían. Necesitaba algo seguro. Estábamos apalancados doce a uno. Pero ahora todo está perdido. Todo. Los últimos ochenta millones. Lo hemos puesto todo.

—¿Qué me estás diciendo? —se extrañó Annie.

—Me matarán. ¿Crees que haría todo esto por diversión? Iba a perderlo todo: la casa, tu confianza, mi vida… No tenía opción.

Llegaban más camionetas negras. Estábamos rodeados.

—¿Quién, Lawrence? —le pregunté. Él siempre estaba viajando a Oriente Medio y a Sudamérica, y había crecido mucho más deprisa de lo que conseguiría hacerlo alguien honrado con dinero limpio.

—Mala gente.

—¿Quién?

—Cárteles criminales —confesó—. Ciertos caballeros iraníes. Si la cosa hubiese funcionado, si hubiera logrado llegar al tercer trimestre, habría podido volver a la cima. La estrategia era buena. Ha sido la jodida ejecución del plan.

Se masajeó la mejilla y me lanzó una extraña mirada desenfocada. Yo no sabía si iba a desmoronarse o si, ahora que lo había perdido todo, correría el riesgo y me mataría allí mismo.

Las fuerzas de la ley estaban llegando, y yo no tenía las manos limpias, prescindiendo de cuáles hubieran sido mis intenciones.

Me pareció vislumbrar una salida para ambos, pero incluso si lograba superar este obstáculo, Bloom y Lynch tal vez me matarían de todos modos gratuitamente por sus propios motivos. Sabía demasiado sobre ellos. Los Suburban avanzaron por el sendero, estrechando el cerco en torno a la casa.

—Hay una salida —insinué.

—¿Qué quieres decir?

—Podemos transformar este asunto en una situación donde todos ganan —expliqué, recordando lo que me había dicho Bloom después de secuestrarme en la fiesta de las damas de honor.

—Lo único que puede empeorar la cosa es que sigas hablando como un ejecutivo novato —intervino Annie.

—La policía nos persigue a todos —expuse a Clark—. Bloom va a por mí y, probablemente, irá también a por ti cuando descubra que todo el dinero ha desaparecido. Por otro lado, tus clientes te matarán cuando se enteren de que su dinero se ha evaporado.

—¿A dónde quieres ir a parar? —inquirió Annie.

—Es una buena baza —opiné—. Yo podría sacarle partido. Los cárteles. Los chicos malos. Necesitamos una moneda de cambio. Es fantástico.

—¿Fantástico? —explotó Clark, de nuevo henchido de furia, y se me aproximó. Annie se interpuso entre nosotros.

Larry era un financiero. Y los financieros ya no van a la cárcel; lo cual me venía bien. Lo que necesitábamos era un trato.

—Esos clientes tuyos… ¿Quieres protección frente a ellos?

—Es imposible protegerse de ellos. En ningún rincón del mundo. Necesitarías…

—Un ejército —dije—. Estados Unidos tiene uno bastante bueno.

Reflexioné un minuto y añadí:

—Esta situación puede terminar de dos maneras: puedes escapar o intentar combatir a los federales. Si los cuerpos de seguridad no te atrapan, lo harán los asesinos. Pero hay otra posibilidad: tú tienes información sobre miles de millones de dinero sucio, sobre peces gordos. Utiliza, pues, esa información como palanca. Haz un trato. Ellos te protegerán.

Las camionetas del Servicio Secreto se desplegaron por el círculo del sendero de acceso. Los guardias de seguridad salieron con la intención de entretener a los agentes.

—Es el Servicio Secreto —anuncié—. Les he dado el soplo. Han estado vigilando tus operaciones bursátiles y saben todo lo que tienen que saber. Negocia un trato.

—¿Qué quieres a cambio?

—Que Bloom y su gorila me dejen en paz.

—No puedo detenerlos —aseguró—. Esto ha ido mucho más lejos de lo que yo les pedí. Ya están fuera de mi control.

—¿Dónde están ahora? —pregunté—. ¿Los puedes llamar?

—En el garaje —dijo.

—¿Cuál?

Señaló el ala este. Debían de haber estado esperando allí a que los guardias de Clark me pusieran en sus manos. Pero no hacía falta que ellos me entregasen a Lynch. Lo haría yo mismo.

Capítulo cincuenta y dos

—¿*A* dónde vas, Mike? —preguntó Annie mientras me adentraba por un pasillo lateral.

Miré por la ventana y vi a los agentes del Servicio Secreto, protegidos por sus chaquetas de asalto, aproximándose a la casa.

—Ve con la policía —le aconsejé.

—Voy contigo.

—Es más seguro...

—Voy contigo.

Caminamos hacia el garaje de Clark, aunque este término puede inducir a confusión: imagínense algo así como una sala de exposición Mercedes. Me asomé a la ventanita de la puerta de acceso al garaje. Algo más lejos del Aston Martin V8 Vantage, del Mercedes Gullwing 300SL de 1955, del Plymouth Super Deluxe de 1940, algo más lejos de todos aquellos cochazos, Bloom estaba sentada en su viejo Land Cruiser, cubierto de las rascadas y los golpes provocados por nuestro tropiezo en el puente.

—Espera aquí —supliqué a Annie—. Por favor. Sin discusiones. Voy a hablar con ellos. Si sucediera algo, vete corriendo con los agentes. Allí estarás a salvo.

—De acuerdo.

Abrí la puerta y entré. Lynch estaba esperando y me apuntó con su pistola en cuanto pisé el garaje. Levanté las manos. Bloom se acercó, manteniendo su arma a un lado. Que yo entrara por mi propio pie, sin ir custodiado por los guardias de Clark, no lo tenían previsto.

—Vengo a hablar —dije—. Tengo una oferta que creo que te gustará.

—Esto no es una negociación, Mike.

Para apaciguarla, necesitaba que Larry Clark cooperase con las autoridades. Podíamos acabar con esos malvados de los que me había hablado. Si incluía a Bloom en la operación y permitía que ella se llevase el mérito de atrapar a los clientes de Clark, le ofrecería lo suficiente para que me dejase en paz. Noté que me subía un gusto a bilis por la garganta al examinar esta solución de compromiso. Pero era mi única posibilidad de salir sano y salvo.

El plan, sin embargo, me había parecido más brillante mientras lo concebía frente a la puerta principal de lo que me parecía ahora, cuando debía formularlo en voz alta, frente a dos pistolas y con la camisa empapada de sudor.

—¿Has oído la noticia? —pregunté.

—Sí.

—Entonces tenemos mucho de que hablar.

—Has desbaratado todos nuestros planes. Me has destrozado el coche. Me has tirado a una zanja. Estoy muy contrariada. Y Lynch, todavía más.

—Estamos todos jodidos —acepté—. He avisado al Servicio Secreto. Acaban de llegar. Clark no va a poder pagarte; está ahí afuera con los agentes, y debo decir que parece muy blandengue. Creo que va a cerrar un trato. ¿Quieres ser la primera o la última en salir de este desastre?

La regla número uno en el mundo del crimen, igual que en el mundo de la política, es ser el primero en actuar cuando todos empiezan a traicionarse unos a otros.

—Eso no me preocupa demasiado —dijo Bloom—. Tú no puedes acabar conmigo, Mike.

Pensé en todas la partes interesadas: el FBI, la Policía Metropolitana del DC, la Policía de Virginia, el Servicio Secreto, la Policía de la Reserva Federal, la agencia de la Comisión del Mercado de Valores, la DEA, el fiscal general del DC y el fiscal de distrito de Nueva York. Para no hablar del Foreign Service y de los servicios de inteligencia, que estarían muy interesados en los delincuentes que lavaban su dinero a través de los fondos de Clark. Era una larga lista de gente muy

313

ambiciosa, dispuesta a hacer carrera con un caso semejante. Bloom sufriría una enorme presión. Ella conocía bien el juego, pero este asunto la sobrepasaba. Por eso había tenido que llevar a cabo el golpe: para pillarla a ella y a Clark con las manos manchadas, para provocar un estropicio tan inmanejable que nadie, ni siquiera Emily Bloom, fuese capaz de solventar.

—No, es posible que no pueda acabar contigo —dije—. Pero la cosa ha salido tan mal que, al menos, puedo dejarte baldada. Es el dilema del prisionero: o nos portamos todos bien o acabamos todos colgados. Tú, como mínimo, acabarás teniendo que abandonar todas tus actividades colaterales: deberás reformarte, portarte como una buena chica y suplicar palmaditas a todos esos viejos paternalistas de tu consejo de administración.

Noté que la mera idea de todo ello la sacaba de quicio.

—Di lo que tengas que decir —me espetó.

Me acerqué a ella. Lynch me ladró que me detuviera. Dejé que me cacheara; luego se apartó. Me acerqué un poco más, a una distancia suficiente para poder susurrarle a Bloom.

314

—Todo el montaje se está yendo al carajo. ¿Sabes quiénes son los inversores de Clark? ¿Sabes por qué ha financiado este golpe disparatado?

—Me hago una idea.

—Él se va a poner del lado del Servicio Secreto. Te voy a hacer un favor. Di que todo el golpe era una misión encubierta. Que estabas investigando a Clark, que ibas detrás de sus clientes, del dinero sucio que él estaba lavando: cárteles, servicios de inteligencia extranjeros, Irán, fondos ilegales... Será tu gran momento de gloria. Te llevarán a hombros por la avenida Pensilvania y podrás hacer a partir de ahora lo que se te antoje. Me necesitas. Diré lo que te convenga. Negocia ese trato entre Clark y los federales. Serás la gran heroína. A mí me importa un bledo, siempre que acordemos una tregua y dejes en paz a mi familia.

Ella ladeó ligeramente la cabeza y reflexionó.

—Tú y yo podríamos hablar —dijo—. Engordar el pastel.

Le puse una mano en el hombro, rozándole la oreja con los labios.

—Una condición no negociable: Lynch debe pagar por el asesinato del Mall.

—Eso va a ser más complicado —susurró.

Tamborileó con los dedos en la camioneta mientras lo pensaba.

—Me gusta cómo has llevado todo esto, Mike. Muy creativo. Vamos a hacer una cosa. No te mataré ahora mismo. Voy a hacer unas consultas. ¿Los federales están aquí?

—En la entrada. Los accesos están bloqueados.

Asintió y dijo:

—No estamos tan alejados, en el fondo. Hablaré un momento con los agentes cuando salga.

—¿Tenemos un trato?

—Pronto lo sabrás.

Pasó junto a Lynch y le dijo algo que no oí. Él bajó la pistola, tan alicaído como si le hubiera quitado la pelota. Subieron a la camioneta, maniobraron y salieron por una de las puertas del garaje.

A mi espalda se abrió la puerta que daba a la casa.

—Mike —gritó Annie—, ¡ya vienen!

Volví a entrar en la mansión. Los agentes ya estaban allí.

Un hombre y una mujer, provistos de cazadoras del Servicio Secreto, se nos acercaron por el pasillo.

—Yo soy el que los ha telefoneado —dije levantando las manos—. Ella no tiene nada que ver con esto.

La agente me miró y preguntó:

—¿Cómo se llama?

—Michael Ford

—¿Michael Ford?

—Eso es.

Deliberó con el otro agente. Oí un «joder» y algo sobre la Fed.

—¿Va armado? —preguntó.

—No —dije.

—Póngase boca abajo —ordenó—. Despacio. Separe los brazos del cuerpo.

Puse una rodilla en el suelo y luego me tumbé del todo.

—Ahora cruce los tobillos y vuelva las palmas hacia arriba.

Este procedimiento está reservado para los sospechosos de los delitos más graves. En cuando a formas de detención, viene a ser como el tratamiento de alteza real.

315

La agente se situó a mi lado mientras el otro la cubría.

—Levante la mano izquierda del suelo —indicó. La alcé, con dificultad, quince centímetros. Con un gesto rápido, ella me retorció la muñeca, me colocó el brazo en la espalda y, arrodillándose sobre mi hombro, me puso las esposas. Luego me levantó el brazo derecho y completó la operación.

Me pusieron de pie y me hicieron desfilar entre las columnas de mármol del pasillo de Clark. Mantuve la cabeza bien alta. Nunca había tenido tanta pinta de criminal culpable, precisamente porque había terminado haciendo lo correcto.

Le dirigí a Annie una sonrisita, y dije:

—Ha salido todo exactamente como quería.

—Hablaré con mi padre. Se entregará.

Me acompañó hasta el sendero de acceso. Había otros agentes interrogando a Clark junto a una camioneta. Nos miramos un momento. Él me dirigió un leve gesto de asentimiento.

Me metieron en la trasera de otro Suburban.

—Te quiero, Annie —dije—. No te preocupes por mí.

—Te quiero —afirmó ella.

Avanzamos por el largo sendero. A través de la ventanilla, descubrí a Bloom y a Lynch. Ella, con los brazos cruzados, hablaba con un capitán como si fuese una agente más. Y Lynch, el hombre del FBI, parecía totalmente en su elemento, apoyado en una camioneta.

Mientras pasábamos, Bloom se volvió, me miró y se llevó el índice a los labios.

Capítulo cincuenta y tres

$\mathcal{M}$e condujeron al cuartel general del Servicio Secreto, en el centro del DC. Es un bonito y estilizado edificio de cristal y ladrillo amarillento y uno de los muchos que pueden verse en las inmediaciones de Mount Vernon Square. Los transeúntes pueden pensar que es un bloque de oficinas o de pisos de lujo. No hay ningún cartel identificativo.

Yo conocía a docenas de abogados, pero si había de escoger a alguno para asumir la defensa de un caso criminal complejo, me quedaba en blanco. También conocía a un puñado de abogados de oficio gracias a mis actividades de asistencia legal voluntaria; suelen ser tipos liberales de gran corazón. En cambio, no me relacionaba con los defensores de los peces gordos del hampa, que tienden a ser tipos más bien amargados, después de haber ayudado tantas veces a los culpables a comprar su libertad. Pero era ese tipo de abogado el que necesitaba en esta ocasión.

Cuando los agentes me concedieron una llamada telefónica, le dejé un mensaje a un amigo de la Facultad de Derecho de Harvard que trabajaba en Steptoe and Johnson.

Un agente especial me llevó a una sala de conferencias: una mucho más agradable que la del FBI (me estaba convirtiendo en todo un entendido en salas de interrogatorio). Otro agente se sentó sin decir nada en un rincón.

El que llevaba la voz cantante me quitó las esposas, se sentó y abrió el expediente que tenía sobre la mesa mientras yo me frotaba las muñecas.

—Siéntese —dijo señalando la silla opuesta.

Obedecí, acercándome a la mesa.

Él me leyó mis derechos. Yo me di por enterado.

—¿Es usted abogado? —preguntó.

—Sí.

—Entonces sabrá que se enfrenta a una pena muy larga. Francamente, no puedo creer que usted mismo nos llamara.

—Ya iba siendo hora de empezar a decir la verdad.

—¿Quiere tomar algo? ¿Café?, ¿comida?

—Estoy un poco hambriento, sí.

—¿Qué tal comida china?

Realmente, hacían muy bien su papel de polis. Casi me entraron ganas de reírme. Luego me traerían una de esas tazas azules y blancas de café griego.

—Un pollo Lo Mein sería fantástico —sugerí.

—Empiece por el principio —invitó. Una jugada inteligente. Nada de gestos agresivos, ni siquiera la pregunta de si estaba dispuesto a hablar; simplemente, un silencio comprensivo. Me vino a la memoria aquella tarde en Nueva York, cuando sentí el desatinado impulso de meterme en un callejón para jugar al monte de tres cartas. Y asimismo recordé la primera noche en casa de Jack, en el momento odioso en que comprendí, o creí comprender, que estaba metido en un grave aprieto.

¿Por dónde empezar?

El agente aguardaba.

—Bueno… —dije. Miré hacia un rincón y me arrellané en la silla como el tipo que se dispone a contar su historia favorita—. La verdad es que tengo muchas ganas de comerme ese pollo Lo Mein.

El agente soltó un bufido irritado.

—Usted sabe, Michael, que el noventa y siete por ciento de los casos termina con un acuerdo. Los jurados y los jueces no importan. Su destino está en nuestras manos; por tanto, póngase las cosas fáciles. Su hermano ha confesado. Clark ha confesado. Todos lo señalan como el cabecilla de la operación.

A los cuerpos de seguridad se les autoriza, e incluso se les anima, a mentir durante los interrogatorios. No mordí el anzuelo. Él cerró el expediente y rodeó la mesa para quedarse de pie ante mí. Antes de que pudiera decir nada más, se abrió la puerta. Era un supervisor, de expresión cabreada.

—El abogado del señor Ford está aquí —anunció.

Un hombre apareció en el umbral. Tardé unos momentos en reconocerlo. Era Sebastian, el ayudante de Bloom.

Se acercó, se agachó a mi lado y me susurró al oído.

—¿Has dicho algo? —preguntó.

—Aún no. Pero lo haré. ¿Qué vienes a ofrecerme?

—Ella está de acuerdo —dijo.

—¿La gran jefa?

Asintió.

—Trato hecho.

—Entonces nos vamos —dijo Sebastian.

El agente principal se plantó frente a él.

—Este tipo está detenido por una docena, sino más, de delitos graves. No saldrá de aquí hasta que se formule la acusación y se establezca la fianza. Y ni siquiera entonces…

—Llame a su jefe —ordenó Sebastian.

El agente miró al supervisor.

—No me digas que es verdad…

El otro asintió.

Sebastian me acompañó a la salida. En el mostrador de recepción me devolvieron mis efectos personales en un sobre.

Me pasé el cinturón por las trabillas del pantalón y me lo abroché mientras salíamos al vestíbulo. Bloom nos estaba esperando fuera, sentada en el capó de su camioneta.

—¿Dejaste una jodida nota allí? —quiso saber.

—Sí.

—Eres un auténtico coñazo. ¿Te lo has pasado bien ahí dentro? —me preguntó, señalando la central del Servicio Secreto.

—El mejor momento de mi vida. ¿Y ahora, qué?

—Te explicaré todos los detalles más tarde —replicó, y me tendió una placa de identificación.

Bloom Security
Michael Ford
investigador especial

Debajo había una tarjeta de plástico y metal. Le di la vuelta y vi que había un botón en el dorso. Era el mismo dispositivo de autenticación que había encontrado en casa de Jack una semana atrás, al principio de toda la historia.

—No pienso trabajar para ti.

—Extraoficialmente, puedes hacer lo que te apetezca. Pero oficialmente, habrás de pensártelo. Porque como miembro de la División de Pruebas de Intrusión de Bloom Security, has realizado un trabajo admirable en nuestra auditoría de seguridad de los controles de acceso a la Reserva Federal de Nueva York.

—Me tomas el pelo.

—Esa es la historia —afirmó—. Y hay toda una parte sobre una operación encubierta para atrapar a los clientes de Clark. O bien puedes devolver la tarjeta y probar suerte con los agentes que acabas de dejar ahí, o con la agencia de la Comisión del Mercado de Valores, el FBI, la Policía del DC, la Policía de Nueva York… ¿Se me olvida alguien?

—Bueno, tal vez me la quede una temporada —acepté guardándomela en el bolsillo—. ¿De veras se lo han tragado?

—Por supuesto. Los únicos escándalos de los que te acabas enterando son casos marginales: el típico congresista que no puede contenerse, o que se vuelve demasiado codicioso. Esos son casos aislados. Hay grupos de intereses que puedes usar como válvula de escape. Para limitar los daños, claro. Pero nunca llegarás a algo como esto, a la corrupción de verdad, a los males de fondo. Todo el mundo en el DC, le guste o no le guste, debe atenerse a estas reglas. Todos son cómplices, porque todos salen ganando.

—Yo respaldaré tu historia. Pero nadie va a tocar a Annie o a mi padre.

—Desde luego. Ya no tiene sentido. Aunque eran bravatas, de todos modos.

—Y Lynch, o como quiera que se llame, pagará por el asesinato de Sacks.

—Acordado. Se estaba volviendo un poco difícil de manejar. Algo sucedió al morir su mujer. Perdió completamente el control.

—Pero ¿cómo vas a procesar a un agente corrupto del FBI? Él lo sabe todo. No se dejará hundir sin contraatacar.

—Estas cosas acaban resolviéndose por sí solas. Se llevará su merecido, te lo garantizo. Así pues, ¿trato hecho?

Era una jugada bastante fea, pero resultaba mucho mejor que las opciones con las que contaba nueve horas atrás.

—Sí —asentí.

—Bienvenido a bordo, Mike. Y si buscas un poco de emoción, podríamos considerar una ampliación de tu contrato. Llámame cuando quieras.

—Ya estoy harto de emociones. Solo quiero volver a casa. ¿Tenéis mi coche? Lo dejé junto al río.

—Está en el garaje, en Georgetown. ¿Quieres que te lleve?

—Iré a pie. ¿Puedes prestarme un móvil?

Ella le hizo un gesto a Sebastian, que me ofreció uno de los suyos.

—¿Algo más? —preguntó.

Me palpé los bolsillos.

—¿Tienes una moneda de diez centavos?

Ella buscó en la guantera y me ofreció una de veinticinco.

—¿Ninguna de diez?

Sebastian buscó en su chaqueta y me puso una en la palma.

—Gracias —dije.

Capítulo cincuenta y cuatro

$\mathcal{T}$elefoneé a Annie de camino a Georgetown. No respondió. Pero en casa de su padre no había cobertura.

Mi todoterreno estaba en el garaje junto a la oficina de Bloom.

La moneda de diez centavos encajaba a la perfección en los tornillos de la matrícula trasera. Desenrosqué los dos superiores y saqué la llave de repuesto que tenía pegada detrás de la placa.

Conduje hasta casa. Llamé al teléfono fijo de la mansión de su padre, pero no solían hacer caso de mis llamadas cuando Annie estaba allí. Tenía la impresión de que mi familia política no me tenía demasiado cariño.

Ella me había mandado un correo electrónico. Todo iba bien. Le contesté y le dije que ya estaba libre; luego me desplomé en el sofá. Sus familiares habían empezado a llegar de Inglaterra para asistir a la boda, y se alojaban en la residencia de invitados de la hacienda. Annie estaba intentando calmarlos a todos, incluida a su abuela, y mi presencia no iba a ser de gran ayuda.

Yo me moría de hambre y estaba inquieto; no podía aguantar un minuto más en la casa vacía. Cogí el coche y fui hasta el final de King Street, el corazón de Old Town, junto a la orilla del río. Son todo calles adoquinadas, con tabernas del siglo XVIII e hileras de casas coloniales perfectamente conservadas.

Compré el almuerzo en un garito irlandés de pescado con patatas y caminé hacia el río. Me paseé por la orilla mientras comía. Al empezar a ponerse el sol, crucé un aparcamiento de tierra situado en una zona donde los edificios históricos daban paso a garajes mugrientos y barcas sobre bloques de hormigón.

Sería a causa de la fatiga y la paranoia que arrastraba desde hacía días, pero me dio la sensación de que alguien me observaba. Pasé junto a un cobertizo de reparación de barcas, me escondí tras una esquina y esperé. Miré hacia atrás. No había nadie.

Cuando me di la vuelta para echar otra vez a andar, tropecé con un hombre. Lo aparté de un empujón, dispuesto a pelear.

—Mike, soy yo —dijo.

Era mi hermano.

¿Acaso creía que iba a tener por eso menos ganas de darle un puñetazo? Me fui hacia él con los puños alzados. Retrocedió de un salto, pisando mi almuerzo, que yo había dejado caer.

—¿Qué quieres? —pregunté.

—Asegurarme de que estás bien.

—Estoy perfectamente. ¿Qué quieres?

—¿Por qué crees que quiero algo?

—Porque cada palabra que sale de tu boca es una estratagema para arruinarme la vida.

—Me parece que debería empezar por darte las gracias. Por no dispararme allá en el puente.

Trataba de adoptar un tono desenfadado.

—No me des las gracias. Fallé el tiro.

Contemplando el agua del río, Jack preguntó:

—¿Qué vamos a hacer?

—¿Nosotros?

—Lo siento, Mike. —Hizo una pausa, gravemente—. Lo siento mucho, joder. Tú no ibas a sufrir ningún daño. Es lo que me dijeron. Lo único que Bloom deseaba conseguir era que participaras en el golpe. Intenté pararlo todo cuando me di cuenta de lo que pasaba e intenté advertirte, pero entonces ya me tenían bien cogido. Iban a matarme. Mike, ya sé que no puedes perdonarme, pero…

Continuó con sus disculpas y sus súplicas un rato, convenciéndose a sí mismo y metiéndose en el papel: los labios trémulos, la voz aguda, la cara crispada de desesperación…

Era un truco que yo había aprendido de él, y que había

usado una o dos veces con grandes resultados. Cuando estás metido en un lío, reaccionas con un remordimiento tan desmesurado que la persona agraviada lo único que quiere es que concluya esa situación embarazosa y que no acabes quitándote la vida. La pobre víctima termina acariciándote la espalda y diciéndote que no has de ser tan duro contigo mismo. El agravio inicial ya lo ha olvidado.

—¡Basta! —exclamé.

—Podemos huir, Mike. Podemos poner tierra por medio y darnos un tiempo para pensar. ¡Vamos!

—Yo no pienso huir, Jack. No quiero volver a verte.

—¿Qué quieres decir? ¿Has conseguido que te cubran?

—Me las arreglaré.

—¿No puedes incluirme a mí también?

—¿Hablas en serio?

—Sí.

—Eres increíble. No te voy a delatar. Aunque debería, no lo haré. Pero tampoco me la voy a jugar por ti. Ya me he hartado de arreglar tus estropicios.

—Pero ¿Bloom lo tiene solucionado?

—Creo que sí. Pero no sé dónde quedas tú en esa ecuación.

—Estupendo. —Intentó adoptar un tono informal. Yo percibía que tramaba algo.

—Maldita sea, Jack. Suelta ya lo que estás pensando.

—Bueno, uno procura siempre repartir los riesgos, ¿no?

Solté un gruñido.

—Y trata siempre de aprovechar una apuesta segura —prosiguió.

Examiné su expresión un momento.

—¿Invertiste por tu cuenta con la información del golpe?, ¿con la falsa directiva? —pregunté.

—Sí. O sea, claro. Era una apuesta segura. ¿Cuántas veces en tu vida te tropiezas con una apuesta segura?

—Ya. ¿Y qué demonios quieres?

—Bueno… La cosa no salió demasiado bien, como te imaginarás. Y teniendo en cuenta que ha sido, humm, no exactamente por tu culpa, pero… En fin, he pensado que igual podrías ayudarme a arreglarlo.

—¿Cómo?

—Es que cogí un poco prestado. O sea. Una apuesta segura. Y estos tipos van en serio, Mike. Ya sé que es mucho pedir, pero...

Meneé la cabeza. Me sentía justo en el límite entre la indignación justificada y la pura admiración por la jeta del tipo.

—¿No me estarás pidiendo dinero? Dime que no me estás pidiendo dinero.

—No exactamente, pero hay...

—¡Basta!

—Pero es que esos tipos van en serio, Mike.

Eché a andar por un embarcadero. La mitad de las tablas estaban podridas. Una lancha de treinta años de antigüedad crujía contra los pilotes del final.

—¿A dónde vas? —preguntó.

Puse una mano en la borda y subí de un salto a la lancha.

—Lo siento, Mike. ¿Qué más puedo decir?

Abrí de un tirón un panel, a la derecha del podio del timón. Jack subió a la lancha.

—Tu vida, Jack —dije—. Deshazte de todo eso. Empieza de cero.

325

—Lo sé, Mike. Ya lo entiendo. Eso corre de mi cuenta. Voy a tratar de solucionar mis problemas. Pero no sé si podré, chaval... —Se le quebró la voz, aunque aguantó el tipo—. Tal vez vengan a por mí por el golpe en la Fed. Y encima están estos tipos a los que les debo el dinero. Necesito ayuda.

—Todo lo que yo te debía como hermano ya te lo he pagado con creces. Una y otra vez. Lo único que puedo ofrecerte es un medio para escapar, para salir con ventaja.

Señalé el cuadro de mandos junto al timón.

—Primero, echas el acelerador hacia delante; y luego, en el panel, conectas el cable negro con la válvula. Arrancará. Sigue a la derecha por el canal, manteniendo las boyas verdes siempre a la derecha. En Norkfolk, tomas el Canal Intracostero, que te permitirá hacer todo el trayecto hasta Key West sin entrar en mar abierto. Una vez allí, es cosa tuya. Me tiene sin cuidado. Pero como quizá esto no se solucione favorablemente para ti, te sugiero que no vuelvas a poner los pies en Estados Unidos.

—El problema es que soy así, Mike. No puedo evitarlo. La gente no cambia. Cuando has sido un delincuente, chaval...

—Eso son chorradas, lo sé por propia experiencia. El hermano que yo conocí está muerto y puede irse con viento fresco. Te quiero, Jack. Una palabra más y te mato, pero te quiero pase lo que pase. Empieza de nuevo. Cambia de vida.

Salté fuera de la lancha.

Él sacó la navaja que Bloom me había quitado en la fiesta de las damas de honor, la navaja de Nueva York. Probablemente, la había birlado de nuevo.

La rechacé, meneando la cabeza (no la quería ver más), di media vuelta y me alejé por las planchas de madera.

Él no dijo nada más. Me dejó marchar.

No miré atrás hasta que me encontré a quinientos metros, caminando junto a los embarcaderos. Mi hermano había apagado las luces de posición. Apenas lo distinguí mientras la lancha se deslizaba por las oscuras aguas y desaparecía a lo lejos.

Capítulo cincuenta y cinco

*Y*o temía que el espectáculo de los escándalos de Washington me engulliría por completo. Las furgonetas de la prensa se agolparían en torno a mi casa; el FBI desplegaría sus fuerzas, acorralaría a los agentes corruptos, confiscaría los discos duros y los archivos de las oficinas de Bloom y avanzaría lentamente desde los esbirros que ella tenía a sueldo hasta los peces gordos que la habían ayudado a salir impune. Me imaginé las dimisiones, las ruedas de prensa convocadas para negarlo todo; me imaginé a los fotógrafos apostados de rodillas en el Senado cuando la investigación alcanzase su punto culminante; me imaginé el desfile de los culpables cuando la justicia ya estuviera servida.

Pero no hubo nada de todo esto. Por el contrario, Emily Bloom, flanqueada por un ayudante del fiscal general, un fiscal federal y un agente del Servicio Secreto, compareció una tarde en una rueda de prensa en la que se anunció que habían logrado resolver uno de los mayores casos de lavado de dinero de la historia del Departamento de Justicia. El caso constituía un brillante ejemplo de la eficacia y la eficiencia de la colaboración entre organismos de seguridad públicos y privados.

Ese fue el precio que pagué por mi vida, por la de Annie y por la de mi padre. Me las arreglé para no vomitar cuando vi la rueda de prensa en la televisión. Durante meses, mientras observaba cómo se desarrollaba todo este proceso y cómo desplegaba Bloom sus artes mágicas para tapar la verdad, no pude quitarme de encima una permanente sensación de suciedad, como si tuviese la piel pringada de aceite.

Hubo, claro, preguntas, rumores e insinuaciones sobre graves secretos celosamente guardados, pero enseguida llegó la temporada de elecciones. Había noticias más importantes: el fallecimiento del perro del Presidente. La atención obsesiva respecto a las menudencias de la estrategia política, o respecto a las escaramuzas y victorias cotidianas, volvió a llenar los periódicos. La prensa pasó a otra cosa.

Clark fue sentenciado a dos años en una cárcel abierta y sufrió la destrucción completa de su reputación. Yo no sabía que podías invertir en Bolsa de un modo totalmente equivocado y ser condenado igualmente por abuso de información privilegiada. Eso no hablaba bien de sus aptitudes como inversor. Pero por todo lo que yo sabía de Wall Street, di por supuesto que al cabo de unos seis años la gente volvería a confiarle su dinero.

A Bloom procuraba evitarla en el circuito de las fiestas del DC, pero mantuve mi amenaza: Lynch debía responder por el asesinato del Mall; de lo contrario, estaba decidido a provocar la ruina de todos, incluida la mía. Ella me aseguró que ya había hecho que se ocuparan del asunto.

Lynch se retiró del FBI inmediatamente después del golpe en la Reserva Federal y se mudó a México. Al parecer, se había llevado a cabo una investigación sobre él en el Departamento de Justicia. Preguntando por ahí, supe que su caso había sido «transferido a Florida»; se lo habían encargado a un agente o un ayudante del fiscal que iba a jubilarse dentro de un año o dos. Tal vez le dijeron algo así como: «Aquí está el expediente, aunque tampoco hace falta que te mates. Basta con que hagas una llamadita a la semana y que la registres en el expediente. Si alguien pregunta, le dices: "No hacemos declaraciones sobre investigaciones todavía abiertas"». Así ganaban tiempo hasta que todo el mundo olvidara lo ocurrido.

Pero yo no iba a dejarlo pasar. Entonces Bloom me envió un recorte de periódico: Lynch había muerto de un disparo durante un robo en una gasolinera que quedaba junto a su casa. No había sospechosos ni ninguna pista. Su muerte resultaba muy oportuna para ella, sin duda. Aunque alguien ya me había dicho que estas cosas se acaban resolviendo por sí solas.

No hice preguntas.

Eso era la política: una confluencia eficiente de poder e intereses. Resultaba terrorífico verlo de cerca.

Yo ya sabía que la victoria en el mundo real podía tener sabor a derrota. Así pues, haría lo de siempre: bajar la cabeza y volver a las largas jornadas de duro trabajo, procurando hacer todo el bien que pudiera.

Capítulo cincuenta y seis

*T*odo eso vendría más tarde. Aquel primer día de libertad, después de ocuparme de Jack en los muelles de Alexandria, lo único que sentí fue alivio. Había logrado dar un golpe que al principio me había parecido imposible; había sobrevivido, evitando convertirme en cabeza de turco tal como ellos habían previsto, y consiguiendo que la trampa se volviera con-

330

tra Lynch, Bloom y Clark; y me sentía más orgulloso de lo que yo mismo quería reconocer por haberme enfrentado a Jack y haberlo superado en las artes del engaño. Mi familia se hallaba a salvo. Yo estaba libre. Lo único que quería era retomar la dulce y aburrida vida cotidiana, volver a charlar de las ventajas del último programa de contabilidad con mi vecino, arrastrar los cubos de basura hasta la acera y abrazar a Annie en el sofá mientras se quedaba dormida mirando la película.

Pero, después de despedir a Jack en el embarcadero, me quedaba pendiente una tarea más.

Conduje deprisa y llegué allí hacia las diez. Rodeé la valla hasta la entrada lateral que había junto al riachuelo.

El pestillo no representaba un gran problema. Metí las manos entre los barrotes y lo abrí con una cuña desde dentro. Quizá al propietario no le preocupaba demasiado que la gente se colara por allí, porque era un sitio letal para el que entrara ilegalmente.

Me abrí paso entre los árboles de los alrededores de la propiedad, esperando que se lanzasen a la carga. Estaba al tanto de que no hacían ningún ruido. Pero confiaba en distinguir sus relucientes ojos antes de que cerraran sus fauces sobre mi garganta.

Pero esta vez tenía un recurso secreto. Pasé junto a las dependencias anexas. Aquello era terreno conocido. Me encontraba en las zonas de césped, junto a las piscinas y las pistas de tenis. Aunque nunca había explorado conscientemente la propiedad, cuesta librarse de las viejas costumbres, y lo cierto es que tenía un mapa mental de los focos de seguridad y los sensores de movimiento. Seguí un sinuoso trayecto a través de los puntos ciegos.

Primero oí el jadeo de los perros; luego, el redoble acelerado de sus pisadas en el suelo. Cincuenta kilos de colmillos y músculos lustrosos salieron disparados hacia mí. Los ojos les destellaban como monedas en la oscuridad.

—¡*Hutz!* —grité.

Se sentaron en el acto, esperaron a que me acercara y me lamieron los dedos como perritos falderos. Seguí caminando; ellos avanzaban a grandes zancadas junto a mí, como un ejército silencioso, mientras nos acercábamos a la casa. Supongo que aquel día que había pasado dando vueltas con Jürgen, el adiestrador de los perros, no había sido una pérdida de tiempo después de todo.

Había unas pocas luces encendidas en la mansión. Vi algunas siluetas yendo de aquí para allá, pero no la de la persona que andaba buscando. El lugar entero era una fortaleza llena de alarmas y cerraduras Medeco. No había traído herramientas, pero no importaba. Contaba con un infiltrado.

Rodeé la parte trasera, lancé unos guijarros a un alto ventanal; a continuación varios más.

Se encendió la luz. Surgió una silueta negra.

—Annie —la llamé.

La ventana estaba cerrada. No podía oírme. Encontré un recoveco junto a la sala de spa. Subí a un alféizar, me agarré de un farol y me encaramé hasta un tejadillo del primer piso. Trepé entre las tejas y las lucernas. Desde allí, ya solo había un salto hasta la ventana de Annie.

Di tres golpecitos en el cristal.

—Soy Mike.

La ventana se abrió. Allí estaba mi novia, esgrimiendo un bate de béisbol y dispuesta a usarlo.

—Soy yo, cielo —dije—. Perdona que te haya asustado.

331

Ella apoyó el bate en el tocador, extendió los brazos y me estrechó con fuerza durante un minuto; al cabo me soltó y pegó su cara a la mía.

La cogí de la mano y la conduje al tejado. Nos sentamos muy juntos. Ella se apoyó sobre mí y entrelazó sus dedos con los míos.

—Sabes que tenemos una puerta de entrada, ¿no?

—Tu abuela se ha dedicado a interceptar mis llamadas.

—¡Ay, sería capaz de estrangularla!

—Ya hemos tenido bastante jaleo. No me veía con fuerzas para enfrentarme con ella ahora; he venido por la parte trasera.

Con los guardias armados, las cámaras acorazadas y los asesinos en serie no había ningún problema. Pero con Vanessa no podía.

—Ha sido buena idea. Entre lo de hoy y tu actuación en la fiesta de las damas de honor, eres persona non grata. Yo tampoco he quedado en una posición mucho mejor. Mi abuela no podía creer lo de papá. He tenido que abrirle los ojos.

—¿Cómo se lo ha tomado?

—Con consternación. Con una astuta retirada. Seguro que está planeando una venganza.

—¿Tu padre está bien?

—¿Tú quieres que esté bien?

—No quiero que lo maten, al muy cabrón.

—Va a aceptar un trato.

Asentí.

—Bien. Habrá que hacer muchas componendas, pero podremos sacar algo bueno de todo esto: llevar ante la justicia a los clientes de tu padre.

Nos quedamos callados un momento, siguiendo la pista de las constelaciones por encima del oscuro contorno de las montañas Blue Ridge. Nunca deja de asombrarme la cantidad de estrellas que puedes distinguir en esa zona.

—Annie, siento todo lo que te hecho pasar. Pensaba que podría reunir a todos de nuevo. Pensaba que, si me esforzaba lo suficiente, podría arreglarlo todo: el pasado, nuestras familias, Jack... Pero tú tenías razón; tenías razón en todo. Supongo que debería irme acostumbrando.

—Nos ahorraría un montón de tiempo. Lamento lo de tu

hermano y te perdono. Estabas haciendo algo que necesitabas hacer. Y está bien que lo intentaras, que acariciaras esa esperanza.

—Quería contártelo todo, ¿sabes? Será una tontería, pero temía decepcionarte, o ahuyentarte. Es decir, después de todo lo que ocurrió con nuestro antiguo jefe, de toda aquella violencia tan descontrolada, no quería que volvieras a verme en ese estado. No quería volver a ser así. Ese no soy yo. No es mi naturaleza.

—Lo sé. Y no me asustas, Mike. Pero la próxima vez cuéntamelo. Soy capaz de asumirlo. Es lo que quiero, lo que yo he elegido. Todo lo que tú eres. No has de protegerme.

—Ya lo he notado. Eres bastante buena al volante. Gracias por salvarme el pellejo.

—No tiene importancia. También siento lo de mi padre. ¡Por Dios! No sé ni por dónde empezar. ¿Era este el motivo de que, últimamente, estuviera más amable contigo?

—Sí. Yo intuía que pasaba algo. Era un modo de despistarme. Al fin podía relajarse: ya había encontrado la manera de destruirme.

—Tuviste suerte de firmar aquel acuerdo prenupcial. Los Clark están en la ruina.

Nos reímos los dos. La estreché contra mí y le puse los labios en la sien. Ella me cogió la mano.

—¿En qué estás pensando? —preguntó.

—En lo que he venido dándole vueltas desde la primera vez que nos vimos. Estuve a punto de soltártelo en medio de la sala de conferencias: «Te quiero. Casémonos. Escápate conmigo».

—Sí —dijo.

La miré.

—Gracias. Me inquietaba saber si todo seguía adelante. Si quieres, piénsatelo. Ya me contento con que quieras hablar conmigo.

—No, no. Lo que digo es que nos larguemos. Ahora. Cogemos el coche, cruzamos las montañas, buscamos dónde alojarnos y por la mañana ya encontraremos un juez de paz o una iglesia.

—¿Hablas en serio?

Me dio un golpe en el brazo y me dijo:

333

—¿Te cuelas por la ventana de una chica y no te vas a escapar con ella? Un poquito de clase, por favor.

—Tú lo has querido.

Ella me lanzó una mirada suspicaz.

—¿Es que no era ese tu plan cuando has venido?

Eludí la pregunta. Me tenía totalmente calado.

—¿Y la boda? —pregunté.

—Todavía podemos celebrarla, si nos apetece. Ya habrá tiempo para decidirlo. Pero esto será solo entre tú y yo. Algo nuestro.

Me puse de pie y la ayudé a levantarse.

—Me encanta. ¡Vamos!

Ella sonrió y se inclinó para darnos un largo beso.

—Prepárate —advirtió—. Y si crees que me lo voy a tomar con calma porque tienes una pequeña herida de bala, piénsatelo bien.

Quizá no iba a salir vivo de esta. La conduje por el tejado hasta el gablete y fui guiando sus pasos mientras nos descolgábamos de la ventana. La sujeté en brazos cuando saltó al suelo y la atraje hacia mí. Mi cómplice.

Corrimos por los jardines y entre las hileras de árboles, y nos dirigimos hacia el río para recoger mi todoterreno. Por un instante, la perdí entre las sombras. Ella me cogió enseguida de la mano y me arrastró hacia la noche.

ESTE LIBRO UTILIZA EL TIPO ALDUS, QUE TOMA SU NOMBRE
DEL VANGUARDISTA IMPRESOR DEL RENACIMIENTO
ITALIANO ALDUS MANUTIUS. HERMANN ZAPF
DISEÑÓ EL TIPO ALDUS PARA LA IMPRENTA
STEMPEL EN 1954, COMO UNA RÉPLICA
MÁS LIGERA Y ELEGANTE DEL
POPULAR TIPO
PALATINO

***
**
*

SEIS DÍAS
SE ACABÓ DE IMPRIMIR
UN DÍA DE OTOÑO DE 2014, EN LOS
TALLERES GRÁFICOS DE LIBERDÚPLEX, S.L.U.
CRTA. BV-2249, KM 7,4, POL. IND. TORRENTFONDO
SANT LLORENÇ D'HORTONS
(BARCELONA)

***
**
*

WITHDRAWN